日語助詞區別使用法

檜山千秋・王迪
合著

鴻儒堂出版社發行

筆者的話

本書是筆者們積十多年的教學經驗，將所研究的日語助詞區別使用的方法作一有系統的整理而成的。筆者們之所以想要研究助詞一事，是始於筆者們在大學時代與留學生們接觸之時。留學生們的日常會話一般來說都不成問題，但是聽說一到大學上課時大部份都聽不懂教授的講義。這不僅是到日本學習了一年多的日語而進入大學的學生如此，就是在臺灣學習了三，四年日語的學生也是如此。其原因之一是日語和中文有著最大不同的助詞問題，這使得留學生們束手無策。學習日語就必須剋服助詞的問題。

最近，日語語法的研究非常興盛。很多新的語法書不斷地在臺灣翻譯，出版。然而，有關日語助詞方面的書籍，大都與以往的一樣，只是說明各個助詞的用法而已，可說是非常地不實用。又，近來有些新書提及助詞的區別使用，但對其意思，用法過分地分類，數十年前的舊用法原封不動地翻載，也就是所謂的新瓶裝舊酒。過分復雜的分析，反而使得學習者感到困惑，無所是從。又有些教科書試的語法書是否實用令人感到懷疑。各語法書彼此將活用與品詞的分類互調抄襲，或者只是詳細地舉文法事項解說，這樣到底有何益處？如果不廢止教科書試的語法書的話，各語法書在本質上並沒有什麼不同。換句話說，這些語法書並沒應學習者的儒求。也就是說沒去了解什麼是日語學習者所需要的。

對學習者來說，最想知道的是什麼時候，在什麼地方使用什麼助詞。這最主要的並不僅在於格助詞如何，係助詞如何，而是必須將助詞和助詞作一比較，明白地表示出其意思，用法的不同。使學習者達到在什麼場合，使用什麼助詞的應用自如的能力。並而儘量避免煩雜的分析，不增加學習者逐一記憶的負擔，免除掉使學習者徒勞無功的弊病。將解說集中於助詞的意思之上，以其基本意思說明其全部所及之用法，而且並不越出此一範圍。所謂規則，公式也應該僅在於此。

本書即是爲解答上述所提及之諸問題而作的。因此，本書兼有教科書，自學書，詞典的功能。且是中日翻對照，所以亦可爲翻譯之範本。總之，本書能助學習者一臂之力，實感幸甚！

檜山千秋

王　廸

再版之言

本書作者當初執筆之動機是應留日學生之需求而作。後於二〇〇〇年承蒙臺灣鴻儒堂出版社出版。這些年不但受到留日學生的好評，在臺灣也頗受歡迎。此次由鴻儒堂出版社黃董事長成業先生告知宜需再版。

本書之再版，全書的構成與文法上的解釋基本上與初版無異。只是作者藉此再版之際重新校對，補其遺漏，將訂正表所記之處一一補齊更正。並將例句重新整理，把不合時宜之內容更正或修改。視情形略爲詳加說明。在中日對譯的方面也一再推敲琢磨使其更符合原文之意，亦不失中文之自然表現。

本書作者於再版之時用心於此，不外乎是本著教育者之教學態度，使本書更臻完善，以利日語學習者之需求。

序文

對外國學習者來說，學習日語時最大的障礙是助詞。從日語的特徵來看，句子後面的因素大多擔任著重要的角色，這雖然說是從所謂日語的膠著語而來的，但特別是助詞在句中的名詞與名詞的關係，或句子和句子的關係，即使句子的種類也可說是最重要的因素。其中格助詞「が」爲日語有關句子構造之根本語，係助詞「は」則在表現面擔任著重要的角色。如此「が」和「は」在語言上構造與表現的兩大因素有著密切的關係。

有關「が」和「は」到目前爲止有很多的學說，但有的學說隨即又消失了。將日語限於會話上來看，種種復返試行的結果，現在一般認爲「は」爲下判斷，「が」爲強調的助詞。但這僅是權宜之說，稍微進入某一程度的學習者，會覺得不能以此說明的例子實在太多了。日語的助詞有時會左右句子的意思。所以，不了解助詞的用法不僅不能表達出日語的神韻，有時甚至把意思弄錯。因此，與以往不同的日語語法書、助詞專門的參考書籍極爲需求。也正因如此，這本『日語助詞區別使用法』爲日語學習者所必攜之書。

名古屋外國語大學教授

長村美慧

序文

「日語很難」這句話可說一直是日語學習者的口頭禪，現在日語學校的學生們也都對這現象表示同感。但是爲何從以前到現在日語一直就被認爲是困難的語言呢？例如，中文的漢字原則上只有一個發音，而日語的漢字就有好幾個。且，自動詞和他動詞又有不容易區別等等的問題。就語法上的問題來看，助詞的區別使用可說是最困難的一環。特別是「は」和「が」或「に」和「で」等的區別用法一直困擾著日語學習者。

台灣也有多種的日語語法書，但都僅限於語法的說明而已。到目前爲止沒有一本像這樣的日語助詞區別使用法之書，來滿足日語學習者的需要。日語助詞的區別非常地困難，連日本學者也都盡量避免提及它。可是，這問題如不解決的話，日語學習者就永遠無法突破此一瓶頸向前更邁一步。

此次，檜山千秋與王迪兩位學者共著的『日語助詞區別使用法』豐富的例句，適切的說明，精確的翻譯，除了助詞區別使用法之外，亦可兼翻譯之理想範本。是日語學習者期待已久之日語學習書籍，相信必能滿足學習者的要求。

著者檜山千秋與王迪兩位學者有長期的執教和多年的研究經驗，並輔導過不少留日台灣學生，深得旅日學人的信賴。特別是檜山千秋先生曾在台灣教學日語，深知台灣學生在日語上的弊病，回國後並毫無鬆懈，繼續不斷地研究。相信此書能爲日語學習者帶來福音，使學習者受益無窮。

東京語言學院校長

林鎭

目次

第一章 接於主語的「は」和「が」

§0 序言

「は」和「が」是日語裡不可缺少之語，但對外國人來說，似乎是很難區別的。本書為了使其有正確的區別使用法，首先、說明有關「は」和「が」的基本用法。其次說明個別用法，然後、比較「は」和「が」，以此方式來進行解說。

使用「は」或「が」的句子時，當然是「主語＋は＋述語」「主語＋が＋述語」的形式。這些不同如下。

主語＋は＋述語　首先念頭裡有了主語，而言及這主語

主語＋が＋述語　言及主語及述語為一體之事項（註1）

以圖表示的話就如下：

[主語] は [述語]

[主語 が 述語]

所謂「首先念頭裡有了語，而言及這主語」是，將想說的事置於主語，將想說的內容置於述語。例如：就咖啡而言，如想對這咖啡有所敘述時，使用「は」。

第一章　主語につく「は」と「が」

§0　序言

「は」と「が」は日本語を使用するにあたって必要不可欠の語ですが、外国人の方々にとっては、その区別が難しいようです。本書では、これらを正しく使い分けるために、先ず「は」と「が」に関して基本的な説明をしておきます。次に個々の用法を説明し、その後で「は」と「が」を比較するという方法を取ります。

「は」と「が」が文に用いられた時、当然のごとく、「主語＋は＋述語」「主語＋が＋述語」という形になります。これらの違いは、次の通りです。

主語＋は＋述語　　先ず主語が念頭にあり、それについて語る

主語＋が＋述語　　主語と述語が一体になったことを語る（註1）

図で示せば、こうなります。

［主語］　は　［述語］

［主語　が　述語］

「先ず主語が念頭にあり、それについて語る」というのは、話したいことがあり、それを主語の

a. このコーヒーはおいしい。（這咖啡很好喝。）
b. このコーヒーは五百円です。（這咖啡是五百日元。）
c. このコーヒーは私のです。（這咖啡是我的。）

像這樣、首先念頭裡有咖啡，對此咖啡想敘述些什麼時，用「は」。一方面所謂「言及主語及述語爲一體之事項」時，並非對於主語作這樣那樣地敘述，而是敘述主語與述語結合而形成一個發生事項。例如、

a. 電柱が倒れた。（電線桿倒了。）
b. 隕石が落ちた。（隕石掉下來了。）
c. 鯉が釣れた。（釣到鯉魚了。）

這些例句、在念頭裡有「電線桿」「隕石」「鯉魚」、並非對「倒了」「掉下來了」「釣到了」等的敘述而是對「電線桿倒了的事」「隕石掉下來了的事」「釣到鯉魚了的事」等事態的敘述。「が」是像這樣使用於主述爲一體的事項。

部分に置いて、それについて話したい内容を述語の部分で述べる、ということです。例えば、コーヒーがあるとします。このコーヒーに関して、あなたが何かを語りたいと思って話す場合、「は」を使います。

a．このコーヒーはおいしい。

b．このコーヒーは五百円です。

c．このコーヒーは私のです。

このように、先ずコーヒーが念頭にあり、そのコーヒーに対して何かを語る時は「は」を使うのです。

一方、「主語と述語が一体になったことを語る」というのは、主語についてどうこう言うのではなく、主語と述語が結びついて出来た事態を語る、ということです。例えば、

a．電柱が倒れた。

b．隕石が落ちた。

c．鯉が釣れた。

これらの例文は、「電柱」「隕石」「鯉」が念頭にあって、それについて「倒れた」とか「落ち

那麼、留意以上所以述的，再繼續研讀。又、先要在此說明的是，本書將不涉及主語和主題的不同。

§1 有關「は」

雖說是「就主語來說」，但用「は」表示的表現是非常地復雜而多岐的。最典型的是表示事實、真理、法則、性質等事項。

a．辛亥革命は一九一一年に起こりました。（歴史的事實）（辛亥革命在一九一一年發生了。）

b．コロンブスはアメリカ大陸を発見しました。（歴史的事實）（哥倫布發現了美洲大陸。）

c．エジソンは電気を発明しました。（歴史的事實）（愛迪生發明了電燈。）

d．マグワイア選手はホームラン世界記録を達成しました。（歴史的事實）（馬怪爾選手創下了全壘打的世界記錄。）

e．地球は丸い。（真理）（地球是圓的。）

f．埼玉県は東京の隣にあります。（事實）（埼玉縣在東京的旁邊。）

た」とか「釣れた」などと言っているのではなく、「電柱が倒れたこと」「隕石が落ちたこと」「鯉が釣れたこと」という事態を語っているのです。「が」は、このような主・述一体になった事態を語る場合に使います。

では、以上のことに留意して、この先を読んで下さい。また、前以て言っておきますが、本書では主語と主題はどう違うか、などという問題には触れません。

§1 「は」について

さて、一口に「主語について語る」と言いましても、「は」で表す表現は非常に複雑多岐に渡っています。一番典型的なのは、歴史的事実、真理、法則、性質などを表すことです。

a. 辛亥革命は一九一一年に起こりました。 (歴史的事実)
b. コロンブスはアメリカ大陸を発見しました。 (歴史的事実)
c. エジソンは電灯を発明しました。 (歴史的事実)
d. マグワイア選手はホームラン世界記録を達成しました。 (歴史的事実)
e. 地球は丸い。 (真理)
f. 埼玉県は東京の隣にあります。 (真実)

g. 水は百度以上になりません。（法則或真理）（水不能熱過一百度以上。）
h. 五たす五は十です。（法則）（五加五是十。）
i. 彼は親切な人です。（性質）（他是親切的人。）
j. 彼女は誰にでも優しい。（性質）（她對誰都很溫柔和藹。）
k. 山村さんは怒りっぽい。（性質）（山村先生很容易發脾氣。）
l. 木下さんは涙もろい。（性質）（木下小姐很容易落淚。）
m. あなたは笑い上戸ですね。（性質）（你《喝了酒》很愛笑啊。）

除此之外，表示習慣性的動作，日常性的事項也使用「は」。

a. 彼は学習塾に通っています。（習慣）（他現在在補習班學習。）
b. 林さんは朝ごはんを食べません。（習慣）（林先生不吃早餐。）
c. 木村さんは何でも知っています。（性質）（木村先生什麼都知道。）
d. 彼女は毎日ジョギングをします。（習慣）（她每天早上慢跑。）
e. 隣の人は毎日夜遅くまで起きています。（習慣）（鄰居每天晚上都很晚睡。）
f. 山崎さんはいつも緑色の服を着ています。（習慣）（山崎小姐經常都穿著綠色的衣服。）
g. 警察の電話番号は一一〇番です。（真實）（警察的電話號碼是一一〇號。）

g. 水は百度以上になりません。（法則又は真理）

h. 五たす五は十です。（法則）

i. 彼は親切な人です。（性質）

j. 彼女は誰にでも優しい。（性質）

k. 山村さんは怒りっぽい。（性質）

l. 木下さんは涙もろい。（性質）

m. あなたは笑い上戸ですね。（性質）

その他、習慣的な動作や、日常的なことを表す場合にも「は」を使います。

a. 彼は学習塾に通っています。（習慣）

b. 林さんは朝ごはんを食べません。（習慣）

c. 木村さんは何でも知っています。（性質）

d. 彼女は毎日ジョギングをします。（習慣）

e. 隣の人は毎日夜遅くまで起きています。（習慣）

f. 山崎さんはいつも緑色の服を着ています。（習慣）

g. 警察の電話番号は一一〇番です。（真実）

h. このテレビは故障しています。（真實）（這個電視壞了。）

在此、再看看稍微復雜的例句。

a. 車はそこに止まっています。（車子的場所）（汽車停在那裡。）

b. 車は便利です。（車子的屬性）（汽車是很方便的。）

c. 車はここで借りられます。（租車的地方）（汽車在這兒可以租得到。）

a句是說明車子停放的場所的句子。b句是汽車所有的各種性質中，舉其方便的性質作說明的句子。c句是告訴想乘汽車的人，租汽車的地方的句子。

又、述語爲「名詞＋です」也有連結得相當復雜的句子。

a. 彼は銀座です。（他是銀座。）

b. 私は鳥取です。（我是鳥取。）

c. 僕は板橋です。（我是板橋。）

d. 彼女は池袋です。（她是池袋。）

h. このテレビは故障しています。（真実）

ここで、少し複雑な例文も見てみましょう。

a. 車はそこに止まっています。（車のある場所）
b. 車は便利です。（車の属性）
c. 車はここで借りられます。（車を貸す場所）

a文は、車のある場所を説明する文です。b文は、車の持っている色々な性質の内、便利という性質を取り上げた説明文です。c文は、車に乗りたい人に対して、車を貸してくれる場所を教える文です。

また、述語が「名詞＋です」でも、かなり複雑な結びつきを見せる文もあります。

先ず、述語に場所名詞を使う場合から述べます。

a. 彼は銀座です。
b. 私は鳥取です。
c. 僕は板橋です。
d. 彼女は池袋です。

e. 私は神田です。（我是神田。）

這種場所名詞爲述語的場合，主要的表示如下的意思（註2）

1. 存在地方　2. 出生地　3. 居住地　4. 勤務地（工作地）　5. 去處

只取a句來作說明，場所名詞在上述五種意思當中，依其所屬的意思，在文意上有如下的變化。

「彼は銀座です（他是銀座）」
存在場所的場合→「彼は銀座にいます。」（他在銀座。）
出生地下的場合→「彼は銀座出身です。」（他是銀座出生的。）
居住地的場合→「彼は銀座に住んでいます。」（他住在銀座。）
勤務地的場合→「彼は銀座で働いています。」（他在銀座工作。）
去處的場合→「彼の行く先は銀座です。」（他去的地方是銀座。）

上面例句，主語都是第二人稱與第三人稱，第二人稱平敘句的場合一定是表示「去處」。第二人稱的平敘句是說話者向對方有某種指示的句子，所以說話者向對方表示對方的存在場所或出生地，居住地等那是很奇怪的。

e．私は神田です。

さて、こういう場所名詞が述語の場合、主に次のような意味を表します（註2）。

1．存在場所　2．出身地　3．居住地　4．勤務地　5．行く先

a文だけを取り上げて説明しますと、場所名詞を上から五つの意味の内、どの意味に捉えるかによって、文意が下のように変化します。

「彼は銀座です」
存在場所の場合　→「彼は銀座にいます。」
出身地の場合　→「彼は銀座出身です。」
居住地の場合　→「彼は銀座に住んでいます。」
勤務地の場合　→「彼は銀座で働いています。」
行く先の場合　→「彼の行く先は銀座です。」

上の例文は、いずれも主語が一人称と三人称でしたが、二人称平叙文の場合は必ず「行く先」を表します。二人称の平叙文は、話者が相手に何らかの指示をする文なので、話者が相

a. 君は銀座です。（你是銀座。）
b. あなたは鳥取です。（你是鳥取。）
c. 君は板橋です。（你是板橋。）
d. あなたは池袋です。（你是池袋。）
e. 君は神田です。（你是神田。）
f. あなたは横浜です。（你是橫濱。）

這些全都是向對方指示去處。

但是、第二人稱平敘句，也有疑問句的情形，跟前述的例句同樣地，表示五種意思，所以必須注意。

述語不是場所名詞，是大樓等建築物的場合，也以前述五種意思之一表示之。

a. 私は病院です。（我是醫院。）
b. 彼は警察です。（他是警察。）
c. 彼女は区役所です。（她是區公所。）

手に相手の存在場所や出身地、居住地、勤務先などを指示するのはおかしいからです。

a. 君は｜銀座です。

b. あなたは｜鳥取です。

c. 君は｜板橋です。

d. あなたは｜池袋です。

e. 君は｜神田です。

f. あなたは｜横浜です。

これらはすべて相手の行く先を指示する文です。

但し、二人称平叙文と申しましたが、二人称でも疑問文の場合は、先ほどの例文と同様に、五つの意味を表しますので、注意が必要です。

述語が場所名詞ではなく、ビルなどの構造物である場合も、先ほどの五つの意味を表します。

a. 私は｜病院です。

b. 彼は｜警察です。

c. 彼女は｜区役所です。

d. 市川さんは図書館です。（市川先生是圖書館。）
e. 大谷さんは外務省です。（大谷先生是外交部。）

那麼現在再看一下稍微特殊的例句。

a. 魚は鯛。 ＝ 魚に関して言うなら鯛が一番よい。（說到魚的話，鯛魚是最好的。）
b. 花は桜。 ＝ 花に関して言うなら桜が一番よい。（說到花的話，櫻花是最好的。）
c. 私はコーヒーです。 ＝ 私が注文したのはコーヒーです。（我點的是咖啡。）
d. あの社長は子供です。＝ あの社長は精神的には子供です。（那社長在精神上像小孩一樣。）
e. 明日は確実です。 ＝ 今日はまだ達成できていませんが、明日は必ず達成できます。（今天還沒達成，明天一定會達成。）
f. 昨日は昨日。 ＝ 昨日のことは昨日でおしまいです。（昨日事昨日畢。）

a句是「魚に関して言うなら鯛が一番よい。（說到魚的話，鯛魚是最好的。）」的意思。魚有很多種，但其中因特地選「鯛」置於述語的部份，有「一番よい（最好）」或「一番相応しい（最適宜）」的表現效果。b句也是同樣。c句是「私が注文したのはコーヒーです。（我點的是咖啡。）」的意思。d句是「あの社長は精神的にはまだ子供並みだ（那社長在精神上像小孩）」的意思。e句是到「今日はまだ達成できていませんが、明日

d．市川さんは図書館です。
e．大谷さんは外務省です。

さて、今度は少し特殊な例も見てみましょう。

a．魚は鯛。
b．花は桜。
c．私はコーヒーです。
d．あの社長は子供です。
e．明日は確実です。
f．昨日は昨日。

a文は、「魚に関して言うなら、鯛が一番よい」という意味です。魚はたくさんいますが、その中で特に「鯛」を選んで述語の部分に置いているのですから、「一番よい」とか「一番相応しい」とかいう表現効果が出るのです。b文も同様です。c文は、「私が注文したのはコーヒーです」という意味です。d文は、「あの社長は精神的には子供並みだ」という意味になります。e文は、「今日までは達成できませんでしたが、明日は必ず達成できます」という意味になり、何

は必ず達成できます。（今天還沒達成，明天一定會達成。）」的意思，達成什麼依文脈而定。f句是「昨日のことは昨日でおしまいです（昨日事昨日畢）」的意思，暗示著從今天起將出現與昨天不同的情況。好的話、那是「昨日うまくゆかなかったことは、もう忘れた（昨天沒成功的事，已經忘了）」的意思，不好的話，那事「昨日はそのように約束したけれど、今日考え直したら、やはりその約束は守れない（昨天做了那樣的約定，但今天重新考慮的結果，還是不能遵守約定）」的意思。

有更特殊的例子。

a. 五十人は来る。 ＝ 少なくとも五十人は来るだろう。（至少會來五十個人吧。）

b. 百円は高い。 ＝ その品物が百円もするのはおかしい。（那東西要一百日元，很不合理。）

c. あの様子は大変な目にあったな。 ＝ あの様子を見ると、大変な被害を受けたな。（看了那樣子，是受了很大的害吧。）

d. それはないよ。 ＝ それはひどいではないですか。（那不是太不應該了嗎？）

e. そんなことは駄目です。 ＝ そんなことをしては駄目です。（做了那樣的事可不行的。）

a句事「少なくとも五十人は来るだろう（至少會來五十個人吧）」的意思，這「五十個人」是表示預想的最低數量。其他如「十万円は持っている（有十萬日元）」的句子，也是「少なくとも十万円（至少十萬日元）」

が達成できるかは文脈しだいです。f文は、「昨日のことは昨日で終わり」という意味であり、今日からは昨日とは違う状況が出現したことを暗示させる表現です。それが良いことなら、「昨日うまくゆかなかったことは、もう忘れた」という意味になり、悪いことなら、「昨日はそのように約束したけれど、今日考え直したらやはりその約束は守れない」などの意味になります。

もっと特殊な例もあります。

a. 五十人は｜来る。
b. 百円は｜高い。
c. あの様子は｜大変な目にあったな。
d. それは｜ないよ。
e. そんなことは｜駄目です。

a文は「少なくとも五十人は来るだろう」という意味で、この「五十人は」予想最低数量を表しています。他にも「十万円は｜持っている」という文も、やはり「少なくとも十万円」の意味であり、予想最低数量を表しています。b文の「百円」は、ある品物の金額です。ある品物を見て、「その品物が百円もするのはおかしい」という意味です。c文は、「あの様子から判断すると、(誰それは)大変な目にあっただろう」という意味です(註3)。「あの様子」と「大変な目に

的意思，表示預想的最低數量。b句的「一百日元」是某物品的價錢。看了某物品，「その品物が百円もするのはおかしい（那東西要一百日元，很不合理）」的意思。c句是「あの様子から判断すると、（誰それは）大変な目にあっただろう（從那樣子來判斷，（那個人）遇到了很糟的局面了吧）」的意思（註3）。「那樣子」和「大変な目にあったな（遇到了很糟的局面了吧）」的判斷，以「は」來連結「很糟的～」成爲「那樣子」的說明。d句是「それはひどいではないか（那不是太不應該了嗎）」的受害時，e句是對於「そんなことをすること（做了那樣的事）」敘述了「駄目です（不行的）」的評價。

述語有疑問詞的場合也使用「は」。

a. 彼は誰ですか？（他是誰？）

b. 君の家はどこにありますか？（你家在哪裡？）

c. 休日はいつですか？（假日是什麼時候？）

e. それは何ですか？（那是什麼？）

§2 有關「が」

如最初所述，敘述事項的時候主語以「が」來表示。這使用於敘述事物之存在或者發生、現象的場合。

a. 花が咲いた。（花開了。）

あったな」という判断が「は」で結びつくのは、「大変な～」が「あの様子」の説明になっているからです。d文は「それはひどいではないか」という、被害を受けた時、相手を非難する言葉です。e文は「そんなことをすること」に対して、「駄目です」という評価を述べた文です。

述語に疑問詞が来る場合も「は」を使います。

a. 彼は誰ですか？

b. 君の家はどこにありますか？

c. 休日はいつですか？

d. それは何ですか？

§2「が」について

冒頭に述べたように、主語・述語が一体となった事態を語る時は主語を「が」で表します。こういうものは、ものの存在や発生、現象を述べる場合に使います。

a. 花が咲いた。

b. お湯が沸いた。

c. 地震が起こった。

b. お湯が沸いた。(《開》水開了。)

c. 地震が起こった。(發生了地震。)

a到c的例句稱爲出來文。表示事物的發生。例如,「花」開了才稱爲「花」。沒開的話,不是「花」只不過是「蓓蕾」。b句的「開水」也是開了才稱爲「開水」。「地震」也是同樣。

a. 汗が出た。(冒汗了。)

b. 雨が降った。(下雨了。)

c. 皺が寄った。(生皺紋了。)

d. 穴が開いた。(開孔了。)

e. トンネルが貫通した。(隊道通了。)

f. 家が建った。(建房子了。)

g. 姿が見えた。(看到影子了。)

h. 泡が浮いた。(浮起泡沫了。)

i. 霧が立ち込めた。(起霧了。)

j. 赤ちゃんが生まれた。(生小孩了。)

敘述現象・事項,還有如下的句子。

aからcまでの例文は、ある物事の発生を表す文です。例えば、「花」は咲いてはじめて「花」です。咲いていなければ「花」ではなく「蕾」に過ぎません。b文の「お湯」も、沸いてはじめて「お湯」なのです。「地震」も同様です。

a．汗が出た。
b．雨が降った。
c．皺が寄った。
d．穴が開いた。
e．トンネルが貫通した。
f．家が建った。
g．姿が見えた。
h．泡が浮いた。
i．霧が立ち込めた。
j．赤ちゃんが生まれた。

現象・事柄を述べる文としては、他にも次のようなものがあります。

a. 謎が謎を呼ぶ。（謎中謎。）

b. 蟻が続々と行進している。（螞蟻長列地爬著。）

c. 扉が開いた。（門開了。）

d. 山が揺れた。（山搖動了。）

e. 大きな山が聳えている。（大山聳立著。）

f. 鳥が飛んでいる。（鳥在飛著。）

其次，請看下列例句。

a. 田中さんは目が優しい。（田中小姐的眼睛很溫柔。）

b. 私はお寿司が食べたい。（我想吃壽司。）

c. 鈴木さんは英語ができる。（鈴木先生會說英語。）

d. 彼女は髪が長い。（她的頭髮長。）

e. 佐藤さんはスイカが好きです。（佐藤先生喜歡吃西瓜。）

看了這些句子是否注意到了？哪一句都使用「は」。假如「は」和「が」均表示主語的話，這些句子就成了兩個主語，這在日語裡並非罕有。

a. 謎が謎を呼ぶ。
b. 蟻が続々と行進している。
c. 扉が開いた。
d. 山が揺れた。
e. 大きな山が聳えている。
f. 鳥が飛んでいる。

次に、下の例文を見て下さい。

a. 田中さんは目が優しい。
b. 私はお寿司が食べたい。
c. 鈴木さんは英語ができる。
d. 彼女は髪が長い。
e. 佐藤さんはスイカが好きです。

さて、これらの例文を見てお気づきでしょうか。どの文にも「は」が使われています。もし、「は」も「が」も主語を表すなら、これらの文は主語が二つあることになりますが、これは二重主語文

這還是如前所述爲「が」有將各個事項結合一個整體事項的機能，所以有將事項全體總括爲一個事項的機能。也就是，「が」將主語和述語連結成一個名詞句。

AがB＝相當於一個名詞句

a. 林さんは歌がうまい。（林小姐歌唱得好。）
b. この笛は音色がきれいです。（這支笛子音色很美。）
c. 私はお金が欲しい。（我需要錢。）
d. 私は頭が痛い。（我頭痛。）

將以上的例句圖解如下：

林(はやし)さん　は　歌(うた)がうまい　。
この笛(ふえ)　は　音色(ねいろ)がきれいです　。
私(わたし)　は　お金(かね)が欲(ほ)しい　。

といって、日本語では珍しいことではありません。

前にも述べたように、「が」は事柄全体を一つの事柄として纏める機能があります。つまり、「が」は主語と述語を結び付けて、一つの名詞句相当にするものです。

AがB ＝ 一つの名詞句相当

a. 林さんは歌がうまい。

b. この笛は音色がきれいです。

c. 私はお金が欲しい。

d. 私は頭が痛い。

以上の例文を図解すると、

［林さん］は［歌がうまい］。

［この笛］は［音色がきれいです］。

［私］は［お金が欲しい］。

私（わたし）｜は｜頭（あたま）が｜痛（いた）い。

也就是在表現上以「は」分爲兩段，「は」以下的全部是說明「は」之前的部份（註4）。二重主語文，多使用於述語（＝「が」以下）表示名詞・形容詞・形容動詞等，性質・感覺・欲求、或「大」「小」「多」「少」等存在量的語句。

a. 彼女はコンピューター｜が得意です。（她電腦很行。）
b. 私は友達の結婚｜が羨ましい。（我羨慕朋友的結婚。）
c. 私は水｜が飲みたい。（我想喝水。）
d. 彼は気持ち｜が大きい。（他肚量很大。）
e. 今年は漁獲量｜が少ない。（今年捕魚量很少。）
f. 象は鼻｜が長い。（象鼻子長。）
g. この島は鉱物資源｜が豊富です。（這個島嶼礦物資源豐富。）
h. この犬はまだ名前｜がない。（這條狗還沒有名字。）
i. このワープロは調子｜が悪い。（這臺文字處理機情況不好。）
j. 井上君は服装｜がだらしない。（井上君服裝邋遢。）

私は頭が痛い。

つまり、表現上は「は」で二分され、「は」以下全体が「は」の前の言葉を説明しているのです(註4)。二重主語文は、述語(=「が」以下)に名詞・形容詞・形容動詞など、性質・感覚・欲求、或いは「大きい」「小さい」「多い」「少ない」などの存在量を表す語句を使うことが多いです。

a. 彼女はコンピューターが得意です。
b. 私は友達の結婚が羨ましい。
c. 私は水が飲みたい。
d. 彼は気持ちが大きい。
e. 今年は漁獲量が少ない。
f. 象は鼻が長い。
g. この島は鉱物資源が豊富です。
h. この犬はまだ名前がない。
i. このワープロは調子が悪い。
j. 井上君は服装がだらしない。

在二重主語裡，也可使用動詞，但動作的意思很淺，不如說是表示性質，傾向・情況等。

a．タコは足が八本あります。（鱆魚有八條腿。）
b．島田さんはドイツ語が話せます。（島田先生會說德語。）
c．この神社は観光客がよく訪れます。（這個神社，觀光客經常來訪。）
d．この机は彼が作りました。（這張桌子是他做的。）
e．あの羊羹は私が食べてしまいました。（那個羊羹，我吃了。）
f．今井さんは奥さんが警察に逮捕されました。（今井先生的太太被警察逮捕了。）
g．この家は土台がしっかりしています。（這個房子地基不穩。）
h．犬は嗅覚が発達しています。（狗嗅覺靈敏。）
i．彼女は人が変わった。（她變了。）
j．猫は夜でも目が見える。（貓的眼睛在夜裡也看得見。）
k．この薬は気分が悪くなる。（這藥吃了不舒服。）

a句是所有動詞，b句dhi可能動詞，本來就不具動作性，c句以下是動作性動詞，但不表示動作，表示性質或情況之類的事項。

二重主語文には、動詞も使用できますが、動作の意味は薄れ、寧ろ性質・傾向・情況などを表すようになります。

a. タコは足が八本あります。
b. 島田さんはドイツ語が話せます。
c. この神社は観光客がよく訪れます。
d. この机は彼が作りました。
e. あの羊羹は私が食べてしまいました。
f. 今井さんは奥さんが警察に逮捕されました。
g. この家は土台がしっかりしています。
h. 犬は嗅覚が発達しています。
i. 彼女は人が変わった。
j. 猫は夜でも目が見える。
k. この薬は気分が悪くなる。

a文は所有動詞、b文は可能動詞なので、もともと動作性はなく、c以下は動作性動詞ですが、動作を表しているのではなく、性質や情況のようなものを表しています。

如前所述，「が」連結主語和述語而形成名詞句，因此在「は」之前亦可使用。但這場合，在最後必須附有準體助詞「の」或某種名詞。

a. 私が知りたいのは彼の犯行動機です。（我想知道的是他犯罪的動機。）
b. 彼女が来たのは昨日です。（她來的是昨天。）
c. 人が嫌がることはやめて下さい。（別人討厭的事，請不要做。）
d. 彼が買った時計はこれと同じものです。（他買的手表與這個一様。）
e. 君がそんなことをするのは何故ですか？（你做了那種事是爲什麼？）
f. 私があなたに約束したのはこれだけです。（我要跟你約定的事，只是這個而已。）
g. 鯨が哺乳類であることは誰でも知っています。（鯨魚是哺乳類的事，誰都知道的。）
h. 日本で一番ジャガイモが採れるのは岩手県です。（在日本採馬鈴薯最多的是岩手縣。）
i. 君が写した写真はどれですか？（你照的相片是哪一張？）
j. 五年前に両国政府が締結した条約は一方的に破棄されました。（五年前兩國政府所締結的條約被一方背棄了。）

述語爲名詞或形容動詞語幹的場合，一般使用「は」，但如下的名詞時用「が」。

先ほども申しましたように、「が」は主語と述語を結びつけて一つの名詞句相当にするものです。ですから、「は」の前に使用することもできます。但し、その場合は連体助詞の「の」や、何らかの名詞を最後につけなければなりません。

a. 私が知りたいのは彼の犯行動機です。
b. 彼女が来たのは昨日です。
c. 人が嫌がることはやめて下さい。
d. 彼が買った時計はこれと同じものです。
e. 君がそんなことをするのは何故ですか？
f. 私があなたに約束したのはこれだけです。
g. 鯨が哺乳類であることは誰でも知っています。
h. 日本で一番ジャガイモが採れるのは岩手県です。
i. 君が写した写真はどれですか？
j. 五年前に両国政府が締結した条約は一方的に破棄されました。

述語が名詞や形容動詞語幹の場合、一般には「は」を使いますが、次のような名詞には「が」を使用します。

a. 吉田君が病気です。（吉田君病了。）
b. 洋服が台無しです。（這件洋裝報銷了。）
c. 患者さんが呼吸困難です。（病人呼吸困難。）
d. 隣が火事です。（鄰居失火了。）
e. 中田さんが重態です。（中田先生受重傷了。）
f. 村川さんが意識不明です。（村川先生不醒人事。）
g. お父さんが大変です。（父親不好了。）
h. 君のことが心配だ。（我擔心你的事。）
i. さっきのことが気がかりだ。（我很掛意剛才的事。）

這不是對「吉田君」或「洋裝」等主語的說明，而是敘述緊迫事態全體的說明文。這些如用「は」時，就成了只對「吉田君」或「洋裝」等的說明，而無緊迫感。根據以「が」說及主述一體化的中核，才襯托其緊迫感。這些名詞・形容動詞語幹是表示事態。

主語爲疑問詞的場合也使用「が」。

a. 吉田君が病気です。
b. 洋服が台無しです。
c. 患者さんが呼吸困難です。
d. 隣が火事です。
e. 中田さんが重態です。
f. 村川さんが意識不明です。
g. お父さんが大変です。
h. 君のことが心配だ。
i. さっきのことが気がかりだ。

これは「吉田君」や「洋服」などに関する説明ではありません。緊急な事態全体を述べる文です。これに「は」を使うと、「吉田君」や「洋服」などに対する単なる説明になってしまい、緊迫感がありません。「が」で主述一体化した事態の中核として語ることによって、初めて緊迫感が出るのです。これらの名詞・形容動詞語幹は、事態を表しています。

主語が疑問詞の場合も「が」を使います。

a. 誰がそれをやりましたか?(誰做了那件事?)
b. 何時がいいですか?(幾點好呢?)
c. 何がおかしいですか?(有什麼奇怪的?)
d. どこが変なのですか?(哪裡奇怪?)

a句與b句是一般的疑問句，但c句與d句是反問句。在日常會話裡，「誰」為主語是常有的事，但「何(什麼)」或「どこ(哪裡)」為疑問句的主語是稀有的。「何時(幾點)」也是平常都是「あなたは何時でかけますか?(你幾點出去呢?)」，當主語時，就如b句問對方有空的時間之類的情形時用。

其他，表示假定的語句有「なら」「たら」「たとえ~とも」時使用「が」。

a. 君が望むなら、これをあげよう。(你想要的話，這個給你吧!)
b. 私が君の立場だったら、そんなことはしなかった。(我是你的立場的話，不做那種事。)
c. たとえ太陽が西から昇ろうとも、決してあきらめはしない。(即使是太陽從西方昇上來的話，我也決不罷休。)

a．誰がそれをやりましたか？
b．何時がいいですか？
c．何がおかしいですか？
d．どこが変なのですか？

a文とb文は通常の疑問文ですが、c文とd文は反語文です。日常会話では、「誰」は主語になりやすいですが、「何」や「どこ」は疑問文の主語になることは比較的稀です。「何時」も普通は「あなたは何時出かけますか？」のように使い、主語にする時はb文と同じように相手の都合のよい時間を聞く場合くらいのようです。

他にも、仮定を表す語句「なら」「たら」「たとえ~て(と)も」などがある時は「が」を使います。

a．君が望むなら、これをあげよう。
b．私が君の立場だったら、そんなことはしなかった。
c．たとえ太陽が西から昇ろうとも、決してあきらめはしない。

§3 「は」和「が」的比較

到目前長編地說明了「は」和「が」的用法，現在將這些作一比較，在本項與其說明爲何「は」爲對比，而「が」爲強調的理論，不如將重點放在本來應用「は」的地方，如用「が」的話則有何種不同的表現。「は」的對比和「が」的強調有如下的不同？

は　其他的不行，只有這個才可以之意（註5）

が　強調這才是正確的

「は」本來有排他性而特別發揮排他性時則爲對比。表示強調的「が」不能放在句子或會話之最前。這是因爲，這些都是對「誰が～？」「何が～？」「どこが～？」等的疑問句的回答句，所以這些句子不能使用於無疑問句之時。

那麼，請看下面例句。

a. 本は机の上にあります。（書在桌子上。）

§3 「は」と「が」の比較

今まで「は」と「が」の用法を長々と説明して来ましたが、今度はこれを比較してみましょう。本項では、何故「は」が対比になったり、「が」が強調になったりするのかという論理よりも、本来、「は」を使うべきところに「が」を使ったらどうなるのか、そして、本来「が」を使うべきところに「は」を使ったらどうなるのか、という表現の違いを中心に説明します。

「は」の対比と「が」の強調とは次のような違いがあります。

は　他のものは該当しない、これだけが該当する、という意味(註5)

が　これこそ正しく、という強調

「は」はもともと排他性を持っていますが、その排他性が特に発揮されるものが対比です。また、強調の「が」は文や会話の最初に話すことはできません。何故なら、これは「誰が～?」「何が～?」「どこが～?」などの質問文に対する回答文だからなのです。そういう質問がなければ先に回答文を使うことができません。

それでは、次の例文を見て下さい。

a．本は|机の上にあります。

b. 机の上に本があります。（桌子上有書。）

a句是所在文，b句是存在文。a句是表示書之所在場所的說明文，所以使用「は」，b句是敘述「桌子上有書。」的情景，所以使用「が」。

a. 猫は屋根の上にいます。（貓在屋頂上。）→表示貓在的地方

b. 猫が屋根の上にいます。（貓在屋頂上。）（?）→表示貓在的地方

c. 屋根の上に猫はいます。（屋頂上有貓。）（?）→表示只有貓，沒有其他的動物

d. 屋根の上に猫がいます。（屋頂上有貓。）→表示抬頭一看屋頂上有貓

a句是表示貓之場所的所在文。b句因使用「が」，所以是表示「貓在屋頂上」之情景的存在文，這句子不能敘述「貓」的所在場所。存在文一般必須像d句一樣，表示場所的語句在述主語之前。b句因將其置於主語之後，所以多少讓人覺得有點奇怪的印象，但是對於「屋根の上に何がいますか?（屋頂上有什麼?）」的問句時，可用b句來回答。這場合、「猫が」強調「猫」之事。c句是存在文的「が」以「は」替代，暗示著「屋根の上に猫はいますが、他の動物はいません（屋頂上有貓，但無其他的動物）」的意思。

b．机の上に本があります。

a文は所在文で、b文は存在文です。a文は、本の在る場所を示した説明文なので「は」を使いますが、b文は「机の上に本がある」という情況を述べた文なので、「が」を使用します。

a．猫は屋根の上にいます。
b．猫が屋根の上にいます。（？）
c．屋根の上に猫はいます。（？）
d．屋根の上に猫がいます。

a文は「猫」のいる場所を示した所在文です。b文は「が」を使っていますので、「猫が屋根の上にいる」という情景を表した存在文になっています。この文では、「猫」の所在場所を述べることはできません。存在文は、一般にはd文のように場所を表す語句が主語の前に来ます。b文はそれが主語の後にあるので少しおかしい印象を与えますが、例えば、「屋根の上に何がいますか？」という質問に対して、b文のように答えることも可能です。その場合、「猫が」は「猫」を強調したものです。c文は存在文の「が」を「は」に替えたものですが、「屋根の上に猫はいますが、他の動物はいません」という意味が暗示されています。

表示存在之語的代表有「いる」和「ある」，也有如下其他之語。

a．変な音が聞こえる。（聽到奇怪的聲音。）

b．いい匂いがする。（香味撲鼻。）

c．青空が見える。（看到藍天。）

d．燃料が少ない。（燃料很少。）

e．帽子を被った人が多い。（戴帽子的人很多。）

「音（聲音）」「匂い（味道）」「光景（光景）」等，以「聽到」「聞到」「看到」的方式存在。又、d、e等敘述存在量的句子也以此比照（註6）。這些存在文使用「は」時，暗示著「～存在，但…不存在」的意思。比如說「聽到奇怪的聲音」的話，則暗示著「聽到奇怪的聲音，但沒看到什麼」的意思。

其次，述語爲名詞・形容動詞語幹的場合，這如前所述，有指事態和非指事態兩種。指事態時使用「が」。這如用「は」時，就暗示著「主語是～，但別的主語是…」的意思。這個「…」的事態是表示與「～」的相反的事態。會話時在「は」之處加強語氣。

存在を表す言葉の代表は「いる」と「ある」ですが、他にも次のようなものがあります。

a．変な音が聞こえる。

b．いい匂いがする。

c．青空が見える。

d．燃料が少ない。

e．帽子を被った人が多い。

「音」「匂い」「光景」などは、「聞こえる」「する」「見える」というふうに存在します。また、d、eなどの存在量を述べる文もそれに準じます（註6）。こういう存在文は「は」を使うと、「～は存在するけれど、…は存在しない」という意味が暗示されます。例えば、「変な音は聞こえる」と言えば、「変な音は聞こえるが、何も見えない」というような意味が暗示されます。

次に、述語が名詞・形容動詞語幹の場合ですが、これらは前項でも述べたように、事態を指すものとそうではないものがあります。事態を指すものには「が」を使います。それに「は」を用いると、「主語は～だが、別の主語は…だ」という意味を暗示します。この「…」の事態は「～」とは反対の事態を表します。会話の時、「は」に少し強勢をおきます。

a. 自然の恵みは豊かです。（？）

b. 内容は複雑です。（？）

c. 肌は柔らかです。（？）

d. 勢いは盛んです。（？）

e. 外見は立派です。（？）

f. 旅行は楽しみです。（？）

g. 心臟の鼓動は不規則です。（？）

h. サービスは丁寧です。（？）

所謂「～」相反的事態，例如、a句「自然の恵みは豊かですが、都心まで時間がかかり過ぎる（自然之恵是很豐富的，但到市中心太花時間了）」等的意思。b句是「内容は複雑ですが、あらゆることが載っています（内容復雜，但所有的事都記載在上面）」等意思。只是、上列例句都含有不尋常的意味，多用於特殊情況。

此外、不指主述一體化的事項時用「は」，如用「が」就有「強調」的意思。

a. 彼女が親切です。（？）

a．自然の恵みは｜豊かです。（？）
b．内容は｜複雑です。（？）
c．肌は｜柔らかです。（？）
d．勢いは｜盛んです。（？）
e．外見は｜立派です。（？）
f．旅行は｜楽しみです。（？）
g．心臓の鼓動は｜不規則です。（？）
h．サービスは｜丁寧です。（？）

「〜」と反対の事態とは、例えば、a文は「自然の恵みは豊かですが、都心まで時間がかかり過ぎる」などの意味です。b文は「内容は複雑ですが、あらゆることが載っています」などの意味です。但、上のような例文は変な含みを持っていますので、特殊情況で使うことが多いようです。

その他、主述一体化した事態を指さないものは「は」を使いますが、そこに「が」を使うと強調になります。

a．彼女が｜親切です。（？）

b. 清の康熙帝が千古の偉人だ。（？）
c. 孫文が建国の父です。（？）
d. 伊藤博文が日本の最初の総理大臣です。（？）
e. この公園が静かです。（？）
f. 私がクラスで一番です。（？）
g. この部屋が不潔です。（？）
h. これが私の本です。（？）
i. 彼の話しが嘘です。（？）
j. 彼女の言っていることが本当です。（？）

這些都事「誰が（誰是）～？」「何が（什麼是）～？」「どこが（哪兒）～？」等疑問句的回答句，所以都不能放在會話或文章上之最初。以a句爲代表作説明。「她很親切。」的句子是，先有「誰親切？」的問題，而對此問題的回答。

a. 彼が根がけちです。（？）

b. 清の康熙帝が千古の偉人だ。（?）
c. 孫文が建国の父です。（?）
d. 伊藤博文が日本の最初の総理大臣です。（?）
e. この公園が静かです。（?）
f. 私がクラスで一番です。（?）
g. この部屋が不潔です。（?）
h. これが私の本です。（?）
i. 彼の話しが嘘です。（?）
j. 彼女の言っていることが本当です。（?）

これらは「誰が～?」「何が～?」「どこが～?」などの質問に対する回答文ですから、会話でも文章でも、最初に言い出すことはありません。代表として、a文を取り上げて説明します。「彼女が親切です。」という文は、「誰が親切ですか?」ということが問題になっていて、それに対する回答文なのです。

次に、二重主語文の「は」を「が」に替えたらどうなるでしょう?

a. 彼が根がけちです。（?）

b. この問題が解決がやっかいだ。（?）
c. それが解釈が間違っている。（?）
d. 彼女が気性が激しい。（?）
e. 小島さんが性格がきつい。（?）
f. 私の上司が少し頭が鈍い。（?）
g. あの子を思うと私が胸が痛む。（?）
h. この掃除機がゴミがよく吸い取れる。（?）
i. この音楽が心が静まる。（?）
j. このライターがよく火がつきません。（?）

其次、二重主語文的「は」以「が」來替代則如何?

a. この映画は予算はかかった。（?）
b. 彼は目は点になった。（?）
c. 山岡さんは足は臭い。（?）
d. この野菜は味はいい。（?）

b. この問題が解決がやっかいだ。(?)
c. それが解釈が間違っている。(?)
d. 彼女が気性が激しい。(?)
e. 小島さんが性格がきつい。(?)
f. 私の上司が少し頭が鈍い。(?)
g. あの子を思うと私が胸が痛む。(?)
h. この掃除機がゴミがよく吸い取れる。(?)
i. この音楽が心が静まる。(?)
j. このライターがよく火がつきません。(?)

これらの例文も、「が」は「強調」を表しますから、やはり文や会話の最初には使えません。

今度は、二重主語文の「が」を「は」に替えて見ましょう。

a. この映画は予算はかかった。(?)
b. 彼は目は点になった。(?)
c. 山岡さんは足は臭い。(?)
d. この野菜は味はいい。(?)

e. この地域は大気汚染はひどい。(?)

f. うちは部屋は五つある。(?)

g. 兄は日本語は上手だ。(?)

h. 山口さんは映画は好きだ。(?)

i. 富士山は裾野は広い。(?)

j. 彼女は首は長い。(?)

這場合也是「對比」。如a句這是暗示著「予算はかかったが、いい作品だ(花費了預算,但是好作品)」,和b句的「目は点になったが、すぐに気を取り直した(愣住了,但馬上定神恢復了)」等意思。

a. 犯人は彼だ。(犯人是他。)

b. 彼が犯人だ。(他就是犯人。)

先說明a句,表示「犯人」的侯補者之中,特別是根據把「彼」提出來之時,就有了排除了他人的排他性,而顯現出對比的效果。b句是說到犯人就連想到某種犯罪,根據其犯罪事項之中心存在而提到他,強調他,所以a、b兩句的效果表現是相同的。

e. この地域は大気汚染は｜ひどい。(？)

f. うちは部屋は｜五つある。(？)

g. 兄は日本語は｜上手だ。(？)

h. 山口さんは映画は｜好きだ。(？)

i. 富士山は裾野は｜広い。(？)

j. 彼女は首は｜長い。(？)

やはりこの場合も対比になります。a文のように「予算はかかったが、いい作品だ」とか、b文のように「目は点になったが、すぐに気を取り直した」などの意味が暗示されています。

また、次の文は表現効果が同じだと言われています。

a. 犯人は｜彼だ。

b. 彼が｜犯人だ。

a文から説明しますと、「犯人」の候補者の中で、特に「彼」を挙げることによって、彼以外の人への排他性を表し、対比の表現効果を出しているのです。b文は、犯人というからには何かの犯罪が連想されますが、その犯罪という事態の中心的存在として彼を語ることによって、彼

順便說明以下下列的例句。

a．彼は犯人だ。（他是犯人。）

b．犯人が彼だ。（錯誤）

a句是一般的說明文沒有對比的意思。b句勉強地說、成了「不是被害者，而是犯人」的意思，可是一般沒有這樣的說法。

到現在爲止，敘述了「は」的對比和「が」的強調，但根據句型也有「は」和「が」均可使用的場合。例如、日本札幌的夜景被稱爲世界三大夜景之一，看到這夜景時，

a．札幌の夜景はすばらしい。（札幌的夜景真美。）

b．夜景がすばらしい。（夜景真美。）

c．札幌は夜景がすばらしい。（札幌夜景真美。）

上面的例句的情報有少許的不同。但實際上看著夜景而說的場合，哪一句均可使用。敘述眼前的光景時通常使用「が」。用「は」就成爲說明文，因爲此時，主語不在眼前。這場合、「は」的不足的是眼前之光景的情報。因此、給予此一情報時，用「は」也可以。具體的說，例如、

を強調しているのです。従って、a文とb文の表現効果が同じになるのです。

ついでに、次のような文も説明しておきます。

a．彼は犯人だ。

b．犯人が彼だ。（誤文）

a文は通常の文であり、対比の意味がありません。b文は、強いて言うなら、「被害者ではなく、犯人なのだ」のような意味になるのでしょうが、こういう言い方はありません。

さて、今まで「は」の対比と「が」の強調のことを述べてきましたが、文型によっては「は」でも「が」でもよい場合があります。例えば、日本の札幌は世界三大夜景の一つと言われるそうですが、その夜景を見た時、

a．札幌の夜景はすばらしい。

b．夜景がすばらしい。

c．札幌は夜景がすばらしい。

上の例文は情報量が微妙に異なります。しかし、実際に札幌の夜景を見て述べた場合、どれでもかまいません。目前の光景を述べる場合、通常は「が」を使います。「は」では主語に対

a．月が|きれいだ。↓　月を見た場合（看到月亮的場合）

b．月は|きれいだ。↓　月の属性を述べたもの（月というものはきれいなものだ）（月亮這星球是美的）

c．今晩の月は|きれいだ。↓　a文と等価（與a句等價）

看到月亮的場合，通常使用a句。如使用b句的話，成爲「一般來說月亮這星球是美的」的意思，與情況不相稱。這場合、b句所欠缺的是「這月亮是眼前的月亮」的情報。因此，根據加了「今晩の（今晚的）」之修飾語的情報時，如c句就可與a句即可成爲等價之句子。

如下所列的其他的句子，使用「は」也可敘述眼前之光景。這些句子當中，有不特地加上新情報也可成立的例句，也有主語和述語的位置互換的例句。

a．この部屋は|暗い。（這房間很暗。）＝　部屋が|暗い。（房間裡黑暗。）

する説明になってしまい、主語は目前の事態ではなくなってしまうからです。この場合、「は」に不足しているのは眼前の光景であるという情報です。従って、そういう情報を与えれば、「は」でもよいことになります。具体的に言いますと、

a．月が|きれいだ。　→　月を見た場合

b．月は|きれいだ。　→　月の属性を述べたもの（月というものはきれいなものだ）

c．今晩の月は|きれいだ。→　a文と等価

月を見た場合、通常はa文を使用します。b文のように「は」を使うと「一般に、月というものはきれいなものだ」という意味になって、情況にそぐいません。この場合、b文に欠けているのは「この月は目の前にある月だ」という情報です。ですから、「今晩の」という修飾語句を加えることによって、そういう情報を付加すれば、c文のようにa文と等価な文ができます。

「は」を使っても目前の光景を述べている文には、他にも次のようなものがあります。これらの内には、特に新情報を付加しなくても大丈夫な例文や、主語と述語の位置が逆になっている例文もあります。

a．この部屋は|暗い。　＝　部屋が|暗い。

b. 彼の文章は|緻密だ。(他的文章很細膩。)=文章が|緻密だ。(文章細膩。)

c. 市場は|動き出した。(市場的交易活動開始了。)=市場が|動き出した。(市場的交易活動了。)

d. 今日、日本の株価は|上がった。(今天日本的股票上漲了。)=株価が|上がった。(股票上漲了。)

e. あのことは|致命傷になった。(那件事成了致命傷。)=あのことが|致命傷になった。(那件事成了致命傷。)

f. そんな昔に冷蔵庫は|あったのですか?(那樣早就有冰箱了嗎?)=そんな昔に冷蔵庫が|あったのですか?(那樣早就有冰箱了嗎?)

g. ついに時計は|止まった。(錶終於停了。)=時計が|止まった。(錶停了。)

h. こんな所に宝石は|あった。(在這樣的地方有寶石。)=宝石が|あった。(有寶石。)

i. 犯人は|彼だ。(犯人是他。)=彼が|犯人だ。(他就是犯人。)

j. 悪いのは|西川さんです。(不對的是西川先生。)=西川さんが|悪いのです。(是西川先生不對。)

a句的「部屋が|暗い(房間裡黑暗)。」,如用「この部屋が|暗い(這房間黑暗)。」的話,就成了「哪個房間黑暗?」的問題之回答句,所以非等價。b句也是一樣。c句如用「市場は動いた(市場的交易活動了)」,就成了「市場は動いたけれど、他の何々はうごかなかった(市場的交易活動了,其他的事項沒有活動)」的意思。e句和f句的場合,「は」和「が」都可以,但這是少有的。h句如用「こんな所に宝石があった(在這樣的地方有寶石)」的話,就成了偶然發現寶石的事,意思就不同了。

b. 彼の文章は緻密だ。＝ 文章が緻密だ。
c. 市場は動き出した。＝ 市場が動き出した。
d. 今日、日本の株価は上がった。＝ 株価が上がった。
e. あのことは致命傷になった。＝ あのことが致命傷になった。
f. そんな昔に冷蔵庫はあったのですか？＝ そんな昔に冷蔵庫があったのですか？
g. ついに時計は止まった。＝ 時計が止まった。
h. こんな所に宝石はあった。＝ 宝石があった。
i. 犯人は彼だ。＝ 彼が犯人だ。
j. 悪いのは西川さんです。＝ 西川さんが悪いのです。

a文の「部屋が暗い」は、もし「この部屋が暗い」にすると「どの部屋が暗いですか？」という質問文に対する回答文になってしまいますので、等価ではなくなります。b文も同様です。c文は「市場は動いた」にしますと、「市場は動いたけれど、他の何々は動かなかった」という意味になってしまいます。e文とf文の場合、「は」でも「が」でもかまいません。こういうことは稀にあります。h文は、「こんな所に宝石があった」にすると、偶然宝石を見つけたことになってしまい、意味が違ってきます。

§4 再談有關「は」

「は」和「が」的比較在前節已述完，但有關「は」有一事還得說明。那就是、不附主語的「は」。有時「は」爲「を」的代用，有時或接副詞，有時也接於表示場所或時間之後。又，連體修飾句中也使用「は」，這些「は」均無例外、全爲「對比」。

a. 三時にはそちらへ伺います。（三點到你那兒拜訪。）　助詞＋は

b. 明日中には完成します。（明天將完成。）　助詞＋は

c. 君にはこれを上げる。（給你這個。）　助詞＋は

d. ここではチケットが安く買えます。（在這裡可以買得到便宜的票。）　助詞＋は

e. 少しは見られる。（可以看到一點。）　副詞＋は

f. 穏やかには笑えない。（不能大方地笑。）　副詞＋は

g. ここを通ってはいけません。（不可以從這兒通過。）　動詞＋は

h. 家賃はちゃんと払ってください。（房租，請按期附。）　「を」の代用

i. 私は会社の売り上げは上げた。（我提高了公司的營業額。）　「を」の代用

又、如下、也有與句子構造有關的場合。

§4 「は」について、もう一言

「は」と「が」の比較は前節で終わりましたが、「は」に関しては、もう一言述べておかなければなりません。それは、主語に付かない「は」です。「は」は「を」の代用をしたり、副詞に付いたり、場所や時間を表す「に」や「で」の後に付くこともあります。また、連体修飾句中にも「は」が使われます。そういう「は」は例外なく「対比」です。

a. 三時にはそちらへ伺います。　　助詞＋は
b. 明日中には完成します。　　助詞＋は
c. 君にはこれを上げる。　　助詞＋は
d. ここではチケットが安く買えます。　　助詞＋は
e. 少しは見られる。　　副詞＋は
f. 穏やかには笑えない。　　副詞＋は
g. ここを通ってはいけません。　　動詞＋は
h. 家賃はちゃんと払ってください。　　「を」の代用
i. 私は会社の売り上げは上げた。　　「を」の代用

また、次のように、文の構造に関わる場合もあります。

a. 私はよい会社に就職できたことを喜んでいる。（我很高興能在好公司工作。）
b. 私がよい会社に就職できたことを喜んでいる。（爲了我能在好公司工作的事感到高興。）

這個句子裡有兩個動詞「できた（能）」和「喜んでいる（高興）」。a句使用「は」，「は」是涉及到整個句子。也就是、「できた」和「喜んでいる」的都是「我」。這句的主語是「我」，「能在好公司工作的事」是對象語句。「很高興」是述語。但是，b句使用「が」，「が」只涉及最初的動詞。亦即，涉及到「できた」。因此、「能」的是「我」，而「高興」的是別人。這個句子的構造沒有主語，「我能在好的公司工作的事」爲對象句，而某人「高興」。以圖表示的話就如下。

a. 私は（主語）　よい会社に就職できたことを（對象語句）　喜んでいる。（述語動詞）

b. ——（主語）　、私がよい会社に就職できたことを（對象語句）　喜んでいる。（述語動詞）

再舉一例。

a. 私はよい会社に就職できたことを喜んでいる。

b. 私がよい会社に就職できたことを喜んでいる。

この文には「できた」と「喜んでいる」の二つの動詞があります。a文は「は」を使っています。「は」は文の最後までかかります。つまり、「できた」のも「喜んでいる」のも「私」なのです。この文は「私」が主語であり、「よい会社に就職できたこと」が対象語句であり、「喜んでいる」が述語なのです。しかし、b文は「が」を使っています。「が」は最初の動詞にしかかかりません。「できた」だけにかかるのです。従って、「できた」のは「私」ですが、「喜んでいる」のは別人です。この文の構造は、主語がなく、「私がよい会社に就職できたこと」が対象語句であり、誰かが「喜んでいる」のです。図で示せば、次のようになります。

	主語	対象語句	述語動詞
a.	私は	よい会社に就職できたことを	喜んでいる。
b.		私がよい会社に就職できたことを	喜んでいる。

もう一つ例を挙げます。

a. 藤田さんは部屋に入ると、電気をつけた。(藤田先生一進入房間，就把電燈打開。)
b. 藤田さんが部屋に入ると、電気をつけた。(藤田先生一進入房間，《某人》就把電燈打開。)

「は」因是涉及到整個句子。所以「進入房間」和「打開電燈」都是「藤田先生」。但b句是「進入房間」爲「藤田先生」而「打開電燈」的不是「藤田先生」，而是另一個人。

又，「は」和「が」使用錯誤的話，有時意思完全不同。

a. 私は料金を払います。(我付帳。)
b. 私が料金を払います。(我來付帳。)

a句是「私は自分の料金だけ払います(只付自已的帳)」的意思，而b句則爲「私は皆の料金を払います(我付大家的帳)」的意思。但是a句只能在相當特殊的情況下使用。

又、在北原保雄「日語的文法」(中央公論社　日語的世界6　一九八一年)，同「日語文法的焦點」(教育出版　一九八四年)，敘述「『は』表示既知情報，『が』表示未知情報」，提倡所謂「既知未知說」。可是、既知未知說只不過是表面上的看法。例如、下面的句子並不能用既知未知說解釋。

a．藤田さんは部屋に入ると、電気をつけた。
b．藤田さんが部屋に入ると、電気をつけた。

「は」は文の最後までかかりますから、a文は「部屋に入った」のも「電気をつけた」のも「藤田さん」です。しかし、b文は「部屋に入った」のは「藤田さん」ですが、「電気をつけた」のは「藤田さん」ではなく、誰か別人です。

また、「は」と「が」を使い間違えると、意味が全く異なる場合もあります。

a．私は料金を払います。
b．私が料金を払います。

a文は「私は自分の料金だけを払います」という意味ですが、b文は「私は皆の料金を払います」という意味です。但し、a文は相当特殊な情況でしか使わない文です。

また、北原保雄「日本語の文法」（中央公論社 1981年）、同「日本語の焦点」（教育出版 1984年）では、『は』は既知の情報を表し、『が』は未知の情報を表す」という、所謂「既知未知説」を唱えています。しかし、既知未知説は皮相的な考えではないかと思います。例えば、次のような例文は既知未知説では説明できないのです。

a. 君、気は確かか？（沒問題吧？）

b. 昨日から雨が降り続いていますね。（從昨天雨就一直下個不停的啊。）

a句是、看到對方之異常行動時所說的話。「気」爲既知之事項是無意義的。這場合「は」不得不認爲是與既知未知另一次元時使用。b句是從昨天雨繼續下的話、對於說話者與聽者來說，下雨應該是既知情報。因此、「が」也不得不斷定是與既知未知別次元之時使用。因是敘述下雨現象的事項，所以使用「が」，如此的說明較爲合理。無論如何總讓人覺得既知未知說只是最重要事項之一面的問題而已。

（註）

(1) 尾上圭介「語列的意志和句子的意志」（『松村明教授還曆記念　國語學和國語史』明治書院　一九七七年）

(2) 當然、也有當事人之本名的可能。

(3) 尾上圭介「『は』的係助詞性和表現的機能」（國語和國文學　五八卷五號　一九八一年）

(4) 尾上圭介　東京言語研究所「日語文法理論」講座　一九九六年十一月十九日的講座）

(5) 在益岡隆志・野田尙史・沼田善子「日語的主題與提出」（黑潮出版　一九九五年）等，表示對比的時候，把「は」說明爲「提題助詞」，但是、不論對比的有無，「は」本來一直被認爲是係助詞，這樣一來就形成了與係助詞「は」的同形異語的「は」了。但、如認爲「は」是提出主題的話，「は只應與前接語句有關。不如此的話、就不能將主題提出。然而、尾上氏也在「『は』的係助詞性和表現的機能」（國語和國文學　五八卷五號　一

a. 君、気は確かか?
b. 昨日から雨が降り続いていますね。

a文は相手の異常行動を見た時に使う言葉です。「気」が既知のものだなどという理屈は無意味です。この場合、「は」は既知未知とは別次元で使用されると考えざるを得ません。b文は、昨日から雨が降り続いているなら、話し手にとっても聞き手にとっても、雨が降っていることは既知の情報のはずです。従って、「が」も既知未知とは別次元で使用されると断定せざるを得ません。降雨現象という事態を述べる文だから「が」を使っていると説明した方が合理的だと思います。どうも、既知未知説は、もっと重要なもののほんの一面の問題のように思えます。

(註)
(1)尾上圭介「語列の意味と文の意味」(『松村明教授還暦記念 国語学と国語史』明治書院 一九七七年)
(2)勿論、当人の本名という可能性もあります。
(3)尾上圭介「『は』の係助詞性と表現的機能」(国語と国文学 五十八巻五号 一九八一年)
(4)尾上圭介 東京言語研究所「日本語文法理論」講座 一九九六年十一月十九日の講義より
(5)益岡隆志・野田尚史・沼田善子「日本語の主題と取り立て」(くろしお出版 一九九五年)

九八一年）上指摘地說「は」與句子全體有關。例如：

〇春は来たが、まだ暖かくならない。

這個句子、不得不認爲將「春天」與「春天以外的什麼（季節）」提出來對比是不合理的。將「春天來了」和「還沒暖和」、看成句子單位的對比就很自然。由於以上的理由、本書不參考「提題助詞」之說法。

（6）尾上圭介「『は』的係助詞性和表現的機能」（國語和國文學 五八卷五號 一九八一年）

※最後、有關本項的「は」和「が」的看法，部份參考東京大學副教授尾上圭介氏於一九九六年在東京言語研究所的講義「日本語文法理論」。

などでは、対比を表す時、「は」を「取り立て助詞」だと説明しています。しかし、対比の有無に関わらず、「は」は元来係助詞だと言われて来ましたから、そうなると係助詞の「は」とは同形異語の「は」があることになってしまいます。もし「は」が主題を取り立てるというなら、「は」は前接の語句にだけかかるはずです。しかし、尾上氏も『は』の係助詞性と表現的機能」（国語と国文学　五十八巻五号　一九八一年）で指摘しているように、「は」は文全体にかかるものです。例えば、

○春は来たが、まだ暖かくならない。（尾上氏の前掲論文より）

この文を、「春」と「春以外の何か」を取り立てて対比させていというのは無理だと言わざるを得ません。「春が来たこと」と「まだ暖かくならないこと」、つまり、文単位を対比していると見るのが自然だと思います。以上のことから、本書では「取り立て助詞」というものを参考にしていません。

（6）尾上圭介『は』の係助詞性と表現的機能」（国語と国文学　五十八巻五号　一九八一年）より

＊最後になりましたが、本項の「は」と「が」に関する考えは、東京大学助教授の尾上圭介氏が一九九六年に東京言語研究所に於いて講義された「日本語文法理論」講座の内容を参考にした部分があります。

第二章 表示對象的助詞

§1「に」和「を」

附着於對象語的「に」和「を」，表示述語動詞的作用所及的範圍，但有如下的不同。

	他動詞	自動詞	使役表現
に	動作所及的間接對象	動作所及的直接對象	稍近於依賴
を	動作所及的直接對象	場所	表示強制・命令

有關自動詞文使用「に」一項，請參照第四章。

「に」在他動詞文的場合，使用於有情物，主要的是表示「對象」，但是只用「に」的情形很少，一般都與「を」並用。

a. 子供に英語を教えています。（我教小孩英語。）

b. 銀行にお金を預けました。（我把錢存入銀行了。）

c. 慈善団体に大金を寄付します。（我把錢捐贈給慈善團體。）

第二章　対象を表す助詞

§1「に」と「を」

「に」と「を」は対象語に付き、述語動詞の作用が及ぶ範囲を示しますが、次のような違いがあります。

	他動詞文	自動詞文	使役表現
に	働きかけの間接的対象	働きかけの直接的対象	やや依頼に近い
を	働きかけの直接的対象	場所	強制・命令を表す

自動詞文に「を」を使うことに関しては、第四章を参照してください。

「に」には他動詞文の場合、有情物に対して使い、主に「相手」を表しますが、「に」だけ使うことはあまりなく、「を」と併用されることが多いようです。

a．子供に英語を教えています。

b．銀行にお金を預けました。

c．慈善団体に大金を寄付します。

d. 先生に分からないところを質問しなさい。（你不明白的問題請問老師吧。）
e. 私にそれを下さい。（請把那個給我吧！）
f. 彼にビタミン剤を注射しました。（我給他打了維他命針。）
g. 私にそんな難しいことを聞かないで下さい。（請不要問我那麼難的事。）
h. 私にちゃんと事情を説明して下さい。（好好地把事情說明給我聽。）
i. 彼にこの本を借りました。（我向他借了這本書了。）
j. みんなにクリスマスカードを配りました。（我發給大家聖誕卡了。）

在他動詞文的直接對象語時使用「を」。

a. 新社長は就任早々おかしな人事をやり出した。（新社長一上任就做出奇怪的人事移動。）
b. 彼は調子に乗って何度もチャンスを失った。（他得意忘形錯過了好幾次機會。）
c. 警察は賄賂の流れを追及している。（警察追究賄賂的來源。）
d. 着地に失敗して足を痛めた。（我着路失敗把腳弄痛了。）
e. 山一証券は多額の負債を抱え込んで倒産した。（山一證券公司抱著高額的負責倒產了。）
f. 天下の英才を得てこれを教育す。（得天下之英才而教之。）
g. 成功を祈る。（祈禱成功。）

d. 先生に｜分からないところを｜質問しなさい。
e. 私に｜それを｜下さい。
f. 彼に｜ビタミン剤を｜注射しました。
g. 私に｜そんな難しいことを｜聞かないで下さい。
h. 私に｜ちゃんと事情を｜説明して下さい。
i. 彼に｜この本を｜借りました。
j. みんなに｜クリスマスカードを｜配りました。

他動詞文の直接対象語には「を」を使用します。

a. 新社長は就任早々おかしな人事を｜やり出した。
b. 彼は調子に乗って何度もチャンスを｜失った。
c. 警察は賄賂の流れを｜追及している。
d. 着地に失敗して足を｜痛めた。
e. 山一証券は多額の負債を｜抱え込んで倒産した。
f. 天下の英才を得てこれを｜教育す。
g. 成功を｜祈る。

h. あなたに大事な秘密を打ち明けます。（我把重要的秘密告訴你。）

i. 私一人で荒地を開拓して畑を作ったのです。（我一個人將荒地開墾成田地了。）

又有如下特殊句子。

a. 円山大飯店の写真を撮りました。（拍了圓山大飯店的照片。）

b. 円山大飯店を写真に撮りました。（把圓山大飯店拍入照片裡。）

a句「円山大飯店の写真」形成一個名詞語句，以「を」來表示對象語。b句從外形上來看，對象語爲「円山大飯店」和「写真」，其實「写真に撮る」是一個「動詞語句」。嚴格地說，這兩個句子的不同是b句有較強烈的「記念に（做記念）」的語意。a句與b句與其說助詞的不同不如說是表現文型的不同。

其次是自動詞文用「に」表示對象時，接表示對人關係爲前提的自動詞，或接表示某作用的波及爲前提的自動詞。當然也有表示場所語的場合，但在本章不論述，有關此項請參閱第四章。

表示「對象」的例句如下：

h. あなたに大事な秘密を打ち明けます。

i. 私一人で荒地を開拓して畑を作ったのです。

また、次のような特殊な文もあります。

a. 円山大飯店の写真を撮りました。

b. 円山大飯店を写真に撮りました。

a文は「円山大飯店の写真」が一つの語句を形成しており、「を」によってそれが対象語であることを示しています。b文は外見上は対象語が「円山大飯店」と「写真」の二つですが、「写真に撮る」は一つの成語です。両文の意味の違いは、敢えて言うなら、b文の方が「記念に」という響きが強いです。恐らく、a文とb文の違いは助詞云々の問題ではなく、表現文型の違いというべきでしょう。

次に自動詞文ですが、「に」が用いられると、対象を示す時は対人関係を前提とした自動詞か、或る作用の波及を示す自動詞に付きます。勿論、場所語を示す場合もありますが、それはここでは言及しませんので、第四章を見て下さい。

「相手」を示す例としては、

a. 先生に挨拶する。(我向老師打招呼。)

b. 彼女に電話したら留守だった。(打電話給她時她不在家。)

c. 帰る途中、彼に会った。(我在回家的路上，遇到他了。)

d. 早く彼に連絡した方がよい。(早點兒跟他聯絡的好。)

e. 早速社長に取り次ぎます。(我儘快地跟社長取得聯絡。)

f. 先生に従う。(追隨老師。)

g. 部長に面会する。(跟部長見面。)

h. 彼女が私に微笑みかけた。(她向我微笑。)

i. 私は正しい人に味方します。(我是正人君子的朋友。)

這種場合與他動詞文的場合沒有太大的差別。

表示某種作用的波及的例子就非常地復雜。

a. 良い結果に満足している。(我對好的結果感到滿足。)

b. 映画スターに憧れる。(我對電影明星有憧憬。)

c. 売り上げに協力した。(我爲營業額同心協力。)

d. それは法律に違反している。(那是違反法律的。)

a. 先生に挨拶する。
b. 彼女に電話したら留守だった。
c. 帰る途中、彼に会った。
d. 早く彼に連絡した方がよい。
e. 早速社長に取り次ぎます。
f. 先生に従う。
g. 部長に面会する。
h. 彼女が私に微笑みかけた。
i. 私は正しい人に味方します。

この場合は、他動詞文の場合とあまり変わりありません。
或る作用の波及を示す例としては、非常に多岐に渡っています。

a. 良い結果に満足している。
b. 映画スターに憧れる。
c. 売り上げに協力した。
d. それは法律に違反している。

e. あなたの意見に賛成します。（我贊成你的意見。）
f. 冷たいものを飲むと歯に滲みる。（喝冷的東西就感到扎牙。）
g. この新システムはありとあらゆる事態に対応できる。（這個新的系統能應付所有的事項。）
h. 老子の言葉は一字千金に値する。（老子之言一字值千金。）
i. 彼は酒に酔うと言葉遣いが乱暴になる。（他一喝醉了，說話就粗暴。）
j. この服に決めました。（我決定買這件衣服了。）
k. 彼は集中力に欠けています。（他缺乏集中力。）

勉強地說，用「に」表示的對象是「不動」的，也就是說表示某種作用朝向目的地波及。以「を」來表示的是受作用而動的對象。也有例外，但一般可說都是如此的。根據「に」與「を」的區別使用，其對象的意思也就跟著不同。

a. 彼は老子に学んだ。（他跟老子學習。）
b. 彼は老子を学んだ。（他學老子。）
c. 大臣に育てた。（培養成大臣了。）
d. 大臣を育てた。（《曾經》養育過大臣。）

e. あなたの意見に賛成します。
f. 冷たいものを飲むと歯に滲みる。
g. この新システムはありとあらゆる事態に対応できる。
h. 老子の言葉は一字千金に値する。
i. 彼は酒に酔うと言葉遣いが乱暴になる。
j. この服に決めました。
k. 彼は集中力に欠けています。

敢えて言うなら、「に」で表される対象は「動かない」、つまり、そこに向かって何らかの作用が波及するところの目的地を表します。「を」で表される対象は、その作用を受けて動くものを表します。例外もありますが、一般的にはそういうことが言えると思います。

「に」と「を」の使い分けによって、対象語の意味が違って来る場合もあります。

a. 彼は老子に学んだ。
b. 彼は老子を学んだ。
c. 大臣に育てた。
d. 大臣を育てた。

e. 子供に育てた。（錯誤）

f. 子供を育てた。（養育了小孩。）

上面a、b句的對象語都是「老子」。但是這兩個「老子」的意思並不一樣。「老子」有兩個意思。一個是表示人物的「老子」，一個是表示書籍的「老子道德經」。助動詞「に」因是表示對人關係的用法，因此a句的「老子」是人物。這句就成爲「他受教於老子」的意思。但是「他」與「老子」不是同一時代的人物的場合的話，受教於老子是不可能的，所以這句的意思就成爲「他透過老子的書籍學習」。「を」沒有對人關係的用法。這裡的「を」是表示動作作用的直接對象，所以b句的「老子」是指「老子道德經」。因此這句的意思是說「他學習老子道德經」。c句是使某人達到大臣的地位的意思，而d句是，曾過撫養過小時候的大臣之意。這意思的不同可以從e句和f句反映出來。「を育てた」因爲是養育的意思，對小孩可以使用，「に育てた」是表示到達某一地位，所以對小孩不能用。

其次，說明使役表現。這也是依「に」和「を」的區別使用，其意也跟著不同。

e．子供に育てた。（誤文）
f．子供を育てた。

a、bの文は両方とも対象語が「老子」です。しかし、これの「老子」は意味が違います。日本では、「老子」には二つの意味があります。一つは「老子という人間」であり、もう一つは「老子道徳経」です。助詞「に」は対人関係を表す用法があるので、a文の「老子」は人間です。この文は「彼は老子に教えを受けた」という意味になります。但し、「彼」が老子と同時代の人間ではない場合、老子から教えを受けるのは不可能ですので、「彼は老子の書物を通して色々なことを学んだ」という意味になります。「を」には対人関係を表す用法がありません。この「を」は働きかけの直接的対象を表していますので、b文の「老子」は「老子道徳経」のことです。この文は「彼は老子道徳経を学んだ」という意味です。c文は、或る人を大臣という地位につけた、という意味ですが、d文は今現在大臣である人を小さい時に養育した、の意味です。こういう意味の違いは、e文とf文に反映しています。「を育てた」は養育の意味ですから、子供に対しては仕えますが、「に育てた」は或る地位につけたことを表していますから、子供に対しては使えません。

次に、使役表現について説明します。これも「に」と「を」の使い分けによって、意味の違いが生じます。

a. 彼に行かせます。（托他去吧。）

b. 彼を行かせます。（讓他去吧。）

同樣的使役表現「行かせます」的語感也不同。使用「に」的a句較接近於依賴，含有「拜託他去」的意思。使用「を」的句有「強制的・命令的讓他去」的意思。又，關於使役表現一項，請參閱第十四章。

§2「が」和「を」

這裡所述的「が」本來與第一章所說明的「が」是相同的。也就是說這裡所說的也表示「主語」（註1）。因在文章中與表示對象語的位置類似，所以經常可以與「を」混用。因此在這裡再度的說明。

在日語裡附有對象語的是用言，但助詞「が」與「を」之區別使用的問題，主要的是在願望表現・可能表現和自發表現。

首先、先說明願望表現。日語裡的願望表現有如下的三種區別使用法。

①願望性動詞　を

a．彼に行かせます。
b．彼を行かせます。

同じ「行かせる」という使役表現でも、ニュアンスが違います。「に」を使ったa文はやや依頼に近く、「頼んで行ってもらう」のような響きがあります。「を」を使ったb文は、「強制的・命令的に行かせる」の意味です。なお、使役表現に関しては、第十四章を見て下さい。

§2「が」と「を」

ここで述べる「が」は本来第一章で説明した「が」と同じものです。つまり、これも主語を表すものなのです(註1)が、文章中、対象語を表す「を」と類似した位置に現れるので、しばしば「を」と混同されることがあります。そのため、ここでもう一度取り上げることにしました。日本語で対象語を取るのは用言ですが、「が」と「を」の使い分けが問題になるのは、主に願望表現と可能表現、それに自発表現です。

先ず、願望表現から説明します。日本語の願望表現には三種類あり、それぞれ次のように使い分けられています。

① 願望性動詞　を

②願望性形容詞 が

③動詞＋たい　が、を、に、と

表示願望的動詞通常是他動詞。敘述願望的時候，必須說出其願望的內容，所以應有其願望的對象。因此、這必須使用「を」。

a. アジア大会で台湾チームの活躍を期待する。（期待臺灣隊在亞洲大會上大顯身手。）

b. アジア大会で台湾チームの活躍が期待する。（錯誤）

c. アジア大会で台湾チームの活躍が期待される。（臺灣隊在亞洲大會上的大顯身手被期待著。）

d. どうせ貰えるならいいものを望みます。（反正是可以得到的，希望是好東西。）

e. どうせ貰えるならいいものが望みます。（錯誤）

f. この子はおもちゃよりも新しいファミコンソフトを欲しがっています。（這孩子比要玩具還希求的是電腦玩具軟件。）

g. この子はおもちゃよりも新しいファミコンソフトが欲しがっています。（錯誤）

其次是願望性形容詞（含形容動詞），這種句子就一定要使用「が」。不限於願望性，形容詞就得用「が」，不能用「を」。而這個「が」是表示主語。

② 願望性形容詞　が

③ 動詞＋たい　が、を、に、と

願望を表す動詞は通常は他動詞です。願望を述べる場合、その願望の内容を言わなければならないので、願望の向けられる対象が必要だからです。従って、これには必ず「を」を使います。

a．アジア大会で台湾チームの活躍を期待する。
b．アジア大会で台湾チームの活躍が期待する。（誤文）
c．アジア大会で台湾チームの活躍が期待される。
d．どうせ貰えるならいいものを望みます。
e．どうせ貰えるならいいものが望みます。（誤文）
f．この子はおもちゃよりも新しいファミコンソフトを欲しがっています。
g．この子はおもちゃよりも新しいファミコンソフトが欲しがっています。（誤文）

次に願望性形容詞（形容動詞も含む）ですが、これには必ず「が」を使います。願望性に限らず、形容詞には「が」を使い、「を」を使うことはありません。そして、この「が」は主語です。

a. 私は一番新しい日本語の辞書が欲しい。（我想要的是最新的日語辭典。）

b. 私は一番新しい日本語の辞書を欲しい。（錯誤）

c. これくらいのテストなら満点を取るのが望ましい。（像這樣的測驗，最好獲得滿分。）

d. これくらいのテストなら満点を取るのを望ましい。（錯誤）

e. 彼が帰って来るのが待ち遠しい。（殷切地盼望著他的歸來。）

f. 彼が帰って来るのを待ち遠しい。（錯誤）

在此必須注意的是③的「動詞＋たい」。這個「たい」是助動詞。附著於動詞之後，表示說話者的希望。這個動詞爲自動詞的時候，「たい」的有無並無差別。

a. 私は博物館に行きたい。（我想去博物館。）

b. 私はここに残りたい。（我想留在這裡。）

c. 私は公園を一人で静かに散歩したい。（我想一個人在公園裡靜靜地散步。）

d. 一度でいいからあの名車に触ってみたい。（就一次也好我很想觸摸那輛名車。）

e. あの人と一緒に暮らしたい。（我很想跟那個人一起生活。）

f. お金に困りたい。（錯誤）

a. 私は一番新しい日本語の辞書が欲しい。
b. 私は一番新しい日本語の辞書を欲しい。（誤文）
c. これくらいのテストなら満点を取るのが望ましい。
d. これくらいのテストなら満点を取るのを望ましい。（誤文）
e. 彼が帰って来るのが待ち遠しい。
f. 彼が帰って来るのを待ち遠しい。（誤文）

さて、注意しなければならないのは、③の「動詞＋たい」です。この「たい」は助動詞であり、動詞に付いて、話者がその動詞の表す事柄の実現を希望していることを示すものです。この動詞が自動詞の場合は、「たい」が有っても無くても同じです。

a. 私は博物館に行きたい。
b. 私はここに残りたい。
c. 私は公園を一人で静かに散歩したい。
d. 一度でいいからあの名車に触ってみたい。
e. あの人と一緒に暮らしたい。
f. お金に困りたい。（誤文）

g．あのスターに憧れたい。（錯誤）

f句的錯誤是含有不手歡迎的意思的語句不能附加「たい」，沒人特意希望苦惱的事。g句的場合是「憧れる（憧憬）」這個動詞本來就含有表示願望的意思，沒有必要再附加「たい」這一詞。

他動詞附加「たい」的場合，本來不使用「を」不行，也有日本人使用「が」。這種現象現在不定。還有人認爲使用「を」是正確的，如將此一問題問日本人的話，選擇「を」的傾向較多即使是錯誤的，日常會話多用「が」，這可能與對象語的性質有關。亦即，對象語是人的場合，使用「が」時候，就成爲主語，所以不能用「が」。

對象語是人的場合　↓　を

對象語不是人的場合　↓　が、を

a．彼を喜ばせたい。（想讓他高興。）

b．彼が喜ばせたい。（錯誤）

g．あのスターに｜憧れたい。（誤文）

f文が誤文なのは、好ましくない意味を持つ語句に「たい」は付かないからです。わざわざ困ることを希望する人はいません。g文の場合、「憧れる」という動詞がすでに願望を表現しているため、この上さらに「たい」を付ける必要がないからです。

他動詞に「たい」が付く場合、本来は「を」を使わなければなりませんが、「が」を使う日本人もいます。この現象は現在揺れています。まだ「を」が正しいとみなされているようですし、それゆえ、改まって「を」か「が」かを聞くと、「を」を選ぶ人が多いようですが、たとえ誤文であっても、日常会話ではよく「が」が使用されます。これは恐らく対象語の性質によるものだと思われます。つまり、対象語が人間である場合、「が」を使うと、主語になってしまうので、「が」を使えないのです。

対象語が人間である場合　→　を
対象語が人間ではない場合　→　が、を

a．彼を｜喜ばせたい。
b．彼が｜喜ばせたい。（誤文）

c. 私は彼を喜ばせたい。（我想讓他高興。）

d. 私は彼が喜ばせたい。（錯誤）

e. 水を飲みたい。（我想喝水。）

f. 水が飲みたい。（我想喝水。）

g. 彼に誕生日のプレゼントを上げたい。（我想給他生日禮物。）

h. 彼に誕生日のプレゼントが上げたい。（錯誤）

i. サンシャイン水族館を見学したい。（我想到陽光城水族館參觀。）

j. サンシャイン水族館が見学したい。（錯誤）

b句、對象語的「彼（他）」因使用「が」而成爲主語，所以不能使用「が」。d句有別的主語「私は」的情形也是一樣。e、f句是有名的例句。現在一般認爲兩句都沒錯。e句是極自然的表現。f句依使用「が」來表示「我想喝的東西」，或「我想喝水的事」，總之是強調的表現。但是在日常會話上也有人在「を」的位置上增加語氣來強調「水」。h句和j句不能使用「が」。

由上面所述來看，實際上可以說明使用「が」的情形很少。

c. 私は彼を喜ばせたい。
d. 私は彼が喜ばせたい。（誤文）
e. 水を飲みたい。
f. 水が飲みたい。
g. 彼に誕生日のプレゼントを上げたい。
h. 彼に誕生日のプレゼントが上げたい。（誤文）
i. サンシャイン水族館を見学したい。
j. サンシャイン水族館が見学したい。（誤文）

b文は、対象語「彼」が自分の意志で動くものですので「が」を使えません。d文のように、「私は」という別の主語を補っても同じことです。e、f文はあまりに有名な例文です。本来どちらが正しいかは分かりませんが、今日ではf文も間違いとはみなされていません。e文はごく自然な表現ですが、f文は「が」を使うことによって、「私が飲みたいもの」もしくは「私が水を飲みたいこと」を示し、結果的に強調表現になっています。但し、日常会話では「を」にアクセントを置いて「水」を強調する人もいるようです。h文とj文は「が」を使用できません。

さて、以上のように見てくると、実際問題として、「が」を使えるのは少ないと言ってよいでしょう。

a. 魯迅の本が読みたい。(我想看魯迅的書。)

b. もっと流暢に日本語が話したい。(我想把日語說得更流暢。)

c. 明るい歌が歌いたい。(我想唱開朗的歌。)

d. 卵焼きが食べたい。(我想吃荷包蛋。)

e. 赤い服が着たい。(我想穿紅衣服。)

f. 今まで全くなかったような小説が書きたい。(我想寫到目前所沒有的小說。)

g. おいしいデザートが作りたい。(我想做好吃的點心。)

h. 一世一代の大事業がやりたい。(我想做一生一世的大事業。)

i. ピカソの作品が見たい。(我想看畢卡索的作品。)

j. 尾上先生の講義が聞きたい。(我想聽尾上老師的課。)

上面這些例句也都可以使用「を」。但是這些例句當中有的句子或許有人認爲是錯誤的。因此可見「が」和「を」尚未定的。強而言之，述語爲極日常的意思，且對象語爲珍奇之物的場合，可以使用「が」。可能表現的場合，大體上「が」和「を」都可使用。

a. 魯迅の本が読みたい。
b. もっと流暢に日本語が話したい。
c. 明るい歌が歌いたい。
d. 卵焼きが食べたい。
e. 赤い服が着たい。
f. 今まで全くなかったような小説が書きたい。
g. おいしいデザートが作りたい。
h. 一世一代の大事業がやりたい。
i. ピカソの作品が見たい。
j. 尾上先生の講義が聞きたい。

これらの例文は「を」を使ってもかまいません。但し、上の例文の中には、人によって誤文にする人もいるかもしれません。それだけ、「が」と「を」は揺れ動いているのです。敢えて言うなら、述語が極めて日常的な意味のものであり、且つ対象語が珍しいものである場合、「が」を使える場合がある、ということが言えます。

可能表現の場合はたいてい「が」でも「を」でも使えます。

a. 私はドイツ語が話せます。（我會說德文。）
b. 彼はイタリア料理が作れます。（他會作義大利菜。）
c. この番組はいい音楽が聴けます。（這個節目能聽得到好的音樂。）
d. 彼のカメラは画像が鮮明に写せます。（他的照相機能把畫像拍得很清楚。）
e. この売り場ではピザがよく売れます。（這個販賣處義大利餅的銷路很好。）
f. 私のマンションは猫が飼える。（我的公寓可以養貓。）
g. 彼女は約束が守れますか？（她能守約嗎？）
h. この電気炊飯器はご飯がおいしく炊けます。（這個電鍋能煮好吃的飯。）
i. 気楽な時間が過ごせます。（能度過輕鬆愉快的時間。）
j. この新型機は一台で三十人分の仕事がこなせます。（這個新型的機械一台能做三十個人份的工作。）

§3「で」和「に」

這兩個詞不接於對象語，而是接於主語之後。因此最初預定列在第一章，但其顯然不同於「は」與「が」。所以列在第二章討論。

首先，說明「で」。這是在表示人數之語時，對其人數的限定或表示共同作業。表示人數之語時，並不僅限於「一人（一個人）」「二人（兩個人）」等語，名詞的列舉亦可。

a. 私はドイツ語が話せます。

b. 彼はイタリア料理が作れます。

c. この番組はいい音楽が聴けます。

d. 彼のカメラは画像が鮮明に写せます。

e. この売り場ではピザがよく売れます。

f. 私のマンションは猫が飼える。

g. 彼女は約束が守れますか？

h. この電気炊飯器はご飯がおいしく炊けます。

i. 気楽な時間が過ごせます。

j. この新型機は一台で三十人分の仕事がこなせます。

§3 「で」と「に」

この二つの語は対象語につくのではなく、むしろ主語に付くものです。ですから、最初は第一章に入れる予定でしたが、「は」や「が」とは明らかに違った性質を持っていますので、第二章に入れることにしました。

先ず、「で」から説明します。これは人数を表す語に付いて、その人数を限定したり、共同作

a. 私一人でやりました。（我一個人做了。）

b. 私と彼とで十分です。（我和她就綽綽有餘了。）

c. みんなであいつの邪魔をしてやろう。（大家來跟那傢伙搗蛋吧。）

d. 私たちでライバル会社の情報を収集しました。（我們大家向競爭公司收集情報了。）

e. 親しい仲間だけで毎週一回カラオケに行きます。（跟親近的伙伴每星期去唱一次卡拉ＯＫ。）

f. 私たちは親戚同士で助け合っています。（我們親戚大家互相幫助。）

g. 二年一組のメンバーで演劇会を行います。（二年級一組的成員們演話劇。）

有時不容易辨別是「限定」或是「共同作業」，但在文章・會話上都無太大的差別，沒有必要嚴加區別。總而言之、只要記得「限定人數」就可以了。

在有「に」的場合，用名詞節或假定條件節，表示「可能的主體」。當然、接否定語時，表示不可能。

a. 彼にできることではない。（不是他能做的事。）

業を表したりします。人数を表す語は「一人」「二人」などの語だけに限らず、名詞を列挙したものでもかまいません。

a．私一人でやりました。
b．私と彼とで十分です。
c．みんなであいつの邪魔をしてやろう。
d．私たちでライバル会社の情報を収集しました。
e．親しい仲間だけで毎週一回カラオケに行きます。
f．私たちは親戚同士で助け合っています。
g．二年一組のメンバーで演劇会を行います。

「限定」か「共同作業」か、判別できない場合もありますが、文章・会話のいずれでも大した違いはありませんので、峻別する必要はないと思います。要するに、「人数を限定する」と覚えておけば十分です。

「に」の場合、名詞節や仮定条件節に用いられ、「可能の主体」を表します。勿論、否定語が付けば、不可能を表します。

a．彼にできることではない。

b. 私に買える値段ではない。（不是我能買的價錢。）

c. 彼女に手に負える相手ではない。（不是她能應付的對手。）

d. 彼にできるなら、私にもできる。（他會的話，那我也會。）

e. 君にうまい字が書けたら、褒美をやる。（你能寫一手好字的話，我獎賞你。）

這些「に」都不能以「は」來取代。

以上、使用於名詞節的時候，有表示不可能，而使用於假定條件節時，有表示可能・不可能的傾向。使用於名詞節或假定條件節以外，「に」不接主語。

又、如下：

a. あなたでこの仕事をやってもらいます。（錯誤）

b. あなたにこの仕事をやってもらいます。（讓《托》你做這件事。）

c. あなたで妻の浮気を調査してもらいます。（錯誤）

d. あなたに妻の浮気を調査してもらいます。（讓《托》你調査我妻子的外遇。）

e. あなたで上着を修繕してもらいます。（錯誤）

f. あなたに上着を修繕してもらいます。（讓《托》你修補上衣。）

b．私に買える値段ではない。

c．彼女に手に負える相手ではない。

d．彼にできるなら、私にもできる。

e．君にうまい字が書けたら、褒美をやる。


これらの「に」は「は」に置き換えることができません。

以上、名詞節に使用する時は不可能を表し、仮定条件節に使用する時は可能・不可能の両方を表す傾向があります。名詞節や仮定条件節に使用される以外、「に」は主語に付きません。

また、次のような文もありますが、

a．あなたでこの仕事をやってもらいます。（誤文）
b．あなたにこの仕事をやってもらいます。
c．あなたで妻の浮気を調査してもらいます。（誤文）
d．あなたに妻の浮気を調査してもらいます。
e．あなたで上着を修繕してもらいます。（誤文）
f．あなたに上着を修繕してもらいます。

這些「～もらいます」的構文是使役文的一種。「～もらいます」表示依賴的對象，而不表示主語。

a. 彼はきっと新しい事業で成功する。（他一定能在新的事業上成功。）

b. 彼はきっと新しい事業に成功する。（他一定能成功於新的事業。）

a句的「で」表示領域，b句的「に」表示對象，意思是一樣的。

以上、「で」和「に」的不同較爲明顯，所以在其區別上並不須太費心。但是「で」和「に」接其他的助詞的時候，就必須注意。在此就「ては」「には」作一說明。

首先、關於「では」「には」，兩者不同的問題在於可能・不可能之面，現在就此一領域作說明。

では　表示在能力上辨不到的情形

には　表示可能・不可能兩者

「では」使用於表示能力上不可能的事項的述語，或者表示困難的事項的述語。一方面、「には」表示能力上，立場上未決定，或表示可能・不可能兩方面。例如：

これらの「～もらいます」という構文は使役文の一種です。「に」は依頼の相手を示し、主語はありません。

a．彼はきっと新しい事業で成功する。

b．彼はきっと新しい事業に成功する。

a文の「で」は分野を示し、b文の「に」は対象を表していますが、意味は同じです。

以上、「で」と「に」の違いは比較的はっきりとしていますので、特に区別に苦しむことはないと思います。しかし、「で」と「に」が単独で使用されず、他の助詞が付いた場合、注意が必要です。ここでは、「では」と「には」について説明しましょう。

先ず、「では」と「には」に関してですが、両者の違いが問題になるのは、可能・不可能の面ですから、その領域に限定して説明します。

では　能力的に無理であることを表す

には　可能・不可能の両方を表す

「では」は能力的に不可能であることを表す述語や、難しいことを表す述語の場合に使用します。一方、「には」は能力的か立場上かは決まっていませんし、可能・不可能の両方を

a. 私ではその問題を解決できません。（我對那個問題沒法解決。）
b. 私にはその問題を解決できません。（我不能解決那個問題。）
c. 私ではその問題を解決できる。（錯誤）
d. 私にはその問題を解決できる。（我能解決那個問題。）
e. 私ではこの意見に賛成できません。（錯誤）
f. 私にはこの意見に賛成できません。（我不能贊成這個意見。）

a句是表示能力上的不許可。b句是表示能力上的不許可亦或立場上的不許可，這如不從前後文脈來看則難以判斷。c句因表示可能，所以必須像d句一樣使用「には」，而不能使用「では」。e句「賛成できないこと」不是能力上的問題，所以不能用「では」。

表示能力上的不可能的場合，有如下的例句：

a. 私では彼に勝てない。（我沒法勝過他。）
b. 私には彼に勝てない。（我不能勝過他。）

表します。例えば、

a. 私ではその問題を解決できません。
b. 私にはその問題を解決できません。
c. 私ではその問題を解決できる。（誤文）
d. 私にはその問題を解決できる。
e. 私ではこの意見に賛成できません。（誤文）
f. 私にはこの意見に賛成できません。

a文は能力的にできないことを表しますが、b文は能力的にできないのか、立場上できないのか分かりません。何らかの文脈が与えられていないと判断できないのです。c文は、可能を表しているので「では」は使えません。d文のように、「には」を使わなければなりません。e文は、「この意見に賛成できないこと」が能力的な問題ではないから、「では」を使えないのです。能力的に不可能を表す場合については、次のような例文があります。

a. 私では彼に勝てない。
b. 私には彼に勝てない。

c. こんなに重いものは私では動かせない。（這麼重的東西，我沒法移動。）
d. こんなに重いものは私には動かせない。（這麼重的東西，我不能移動。）
e. 難しくて私では理解できない。（困難得我無法理解。）
f. 難しくて私には理解できない。（困難得我不能理解。）
g. 彼の字は汚くて私では読めない。（他的字亂得我沒法看得懂。）
h. 彼の字は汚くて私には読めない。（他的字亂得我看不懂。）
i. 私ではうまく歌えない。（我沒法把歌唱得好。）
j. 私にはうまく歌えない。（我不能把歌唱得好。）
k. 彼では敵を防げない。（他無法防敵。）
l. 彼には敵を防げない。（他不能防敵。）

表示立場上的不可能的場合如下：

a. この服は子供っぽすぎて私では着られない。（錯誤）
b. この服は子供っぽすぎて私には着られない。（這件衣服太孩子氣了我不能穿。）
c. そんな条件は私では飲めない。（錯誤）
d. そんな条件は私には飲めない。（那樣的條件，我不能喝。）

c. こんなに重いものは私では動かせない。

d. こんなに重いものは私には動かせない。

e. 難しくて私では理解できない。

f. 難しくて私には理解できない。

g. 彼の字は汚くて私では読めない。

h. 彼の字は汚くて私には読めない。

i. 私ではうまく歌えない。

j. 私にはうまく歌えない。

k. 彼では敵を防げない。

l. 彼には敵を防げない。

立場上不可能を表す場合は、以下の通りです。

a. この服は子供っぽすぎて私では着られない。（誤文）

b. この服は子供っぽすぎて私には着られない。

c. そんな条件は私では飲めない。（誤文）

d. そんな条件は私には飲めない。

e. 私では八百長は認められない。（錯誤）

f. 私には八百長は認められない。（我不能承認假比賽。）

g. そんなひどい話は私では許せない。（錯誤）

h. そんなひどい話は私には許せない。（那樣過分的話，我不能原諒。）

i. つまらないから私では笑えない。（錯誤）

j. つまらないから私には笑えない。（很無聊，我笑不出來。）

如上所述，不能使用「では」。

但是、主語如接「だけ（只）」或「一人（一個人）」的場合，可以用「では」，而不能用「には」。

a. こんなにたくさん、私一人では食べ切れない。（這麼多，我一個人沒法吃完。）

b. こんなにたくさん、私一人には食べきれない。（錯誤）

c. こんなにたくさん、私では食べきれない。（錯誤）

d. こんなにたくさん、私には食べきれない。（這麼多，我一個人吃不完。）

e. 彼だけでは心配だ。（我只是擔心他。）

f. 彼だけには心配だ。（錯誤）

e. 私では八百長は認められない。（誤文）

f. 私には八百長は認められない。

g. そんなひどい話は私では許せない。（誤文）

h. そんなひどい話は私には許せない。

i. つまらないから私では笑えない。（誤文）

j. つまらないから私には笑えない。

以上のように、「では」は使えません。

但し、主語に「だけ」や「一人」などが付いている場合、「では」は使えても「には」は使えません。

a. こんなにたくさん、私一人では食べ切れない。

b. こんなにたくさん、私一人には食べ切れない。（誤文）

c. こんなにたくさん、私では食べ切れない。（誤文）

d. こんなにたくさん、私には食べ切れない。

e. 彼だけでは心配だ。

f. 彼だけには心配だ。（誤文）

g. 君一人では無理だ。（你一個人是不行的。）
h. 君一人には無理だ。（錯誤）
i. 彼女一人では映画を作れない。（她一個人沒法製作電影。）
j. 彼女一人には映画を作れない。（錯誤）
k. 彼らだけでは作戦は失敗する。（只有他們的話，作戰會失敗的。）
l. 彼らだけには作戦は失敗する。（錯誤）

§4 「に」和「から」

在本項說明「に」與「から」接授與動詞的場合。「に」表示授與的目的地，「から」表示授與的起點。以授與的方向圖來表示則如下。

主語 ↓（に） 對象語（目的地）

主語（起點）↓（から） 對象語

授語動詞裡有「給與動詞」和「接收動詞」兩種。在這兩種動詞之間，「給與動詞」一定要用「に」，不能使

g. 君一人では無理だ。
h. 君一人には無理だ。(誤文)
i. 彼女一人では映画を作れない。
j. 彼女一人には映画を作れない。(誤文)
k. 彼らだけでは作戦は失敗する。
l. 彼らだけには作戦は失敗する。(誤文)

§4 「に」と「から」

本項では、「に」と「から」が授与動詞に付く場合を説明します。「に」は授与の行き先を示し、「から」は授与の起点を表します。授与の方向を図で示すと、次の通りです。

主語 ―に→ 対象語(目的地)

主語(起点) ―から→ 対象語

授与動詞には「与える動詞」と「もらう動詞」の二種類があります。この内、「与える動詞」には必ず「に」を用い、「から」を使用することはありません。「から」は主語の方向に授与が行

用「から」。因爲「から」是朝主語的方向進行授與。

a．私は彼にお金を与えた。（我給他錢了。）
b．私は彼からお金を与えた。（錯誤）
c．彼女は孫に高価な壷を上げた。（她給孩子高價的茶壺了。）
d．彼女は孫から高価な壷を上げた。（錯誤）
e．彼は野良猫に餌を恵んだ。（他給野貓食物了。）
f．彼は野良猫から餌を恵んだ。（錯誤）
g．彼は弟子に会長の地位を譲った。（他把會長的地位讓給弟子了。）
h．彼は弟子から会長の地位を譲った。（錯誤）
i．私は恩師にお歳暮を贈りました。（我送給恩師年終禮品了。）
j．私は恩師からお歳暮を贈りました。（錯誤）

「接授動詞」接「に」或「から」的場合，表示主語爲動作的接收者，對象語爲給與者的關係。但是、在此對「接收動詞」有稍加詳細說明的必要。這是因爲對象語爲組織的場合，很不容易使用「に」。

a．私は警察に表彰を受けた。（？）

われるからです。

a．私は彼にお金を与えた。

b．私は彼からお金を与えた。（誤文）

c．彼女は孫に高価な壷を上げた。

d．彼女は孫から高価な壷を上げた。（誤文）

e．彼は野良猫に餌を恵んだ。

f．彼は野良猫から餌を恵んだ。（誤文）

g．彼は弟子に会長の地位を譲った。

h．彼は弟子から会長の地位を譲った。（誤文）

i．私は恩師にお歳暮を贈りました。

j．私は恩師からお歳暮を贈りました。（誤文）

「もらう動詞」に「に」や「から」が付いた場合、主語はその動作の受け手であり、対象語は与え手という関係を示します。但し、「もらう動詞」には少し詳しい説明が必要です。と言いますのは、対象語が組織である場合、「に」は使用しにくいからです。

a．私は警察に表彰を受けた。（？）

b. 私は警察から表彰を受けた。（我接受了警察的表場。）

c. 私は図書館にこの本を借りた。（錯誤）

d. 私は図書館からこの本を借りた。（我從圖書館借了這本書。）

對象語是人的場合，「接受動詞」通常都使用「から」。但是，只有「もらう」和「いただく」的動詞時，「に」和「から」都可使用。這看起來與剛才的表示圖似不同，這是因爲這兩個詞在意思上，類似於被動表現的緣故。

a. 彼に図書券をもらいました。（從他那兒得到圖書券。）

b. 彼から図書券をもらいました。（從他那兒得到圖書券。）

c. 社長にお褒めをいただいた。（從社長那兒得到褒獎了。）

d. 社長からお褒めをいただいた。（從社長那兒得到褒獎了。）

e. 総理大臣に表彰状を頂戴した。（?）

f. 総理大臣から表彰状を頂戴した。（從總理大臣那兒得到表揚獎狀。）

g. 彼に大切なものを預かった。（錯誤）

h. 彼から大切なものを預かった。（保管了他貴重的東西。）

b. 私は警察から表彰を受けた。

c. 私は図書館にこの本を借りた。（誤文）

d. 私は図書館からこの本を借りた。

対象語が人間である場合、「もらう動詞」には通常は「から」を使います。但し、「もらう」と「いただく」という動詞だけは「に」も「から」も使えます。これは先ほどの図とは違うようですが、意味的に受身表現と類似しているからでしょう。

a. 彼に図書券をもらいました。

b. 彼から図書券をもらいました。

c. 社長にお褒めをいただいた。

d. 社長からお褒めをいただいた。

e. 総理大臣に表彰状を頂戴した。（？）

f. 総理大臣から表彰状を頂戴した。

g. 彼に大切なものを預かった。（誤文）

h. 彼から大切なものを預かった。

「給於動詞」爲被動，而在意思上爲「接收動詞」之意的場合，「に」和「から」都可使用。

a. 彼に手紙を渡された。（由他把信轉交給我了。）

b. 彼から手紙を渡された。（由他把信轉交給我了。）

c. 知らない人に変なものを送ってよこされた。（從不認識的人那兒送來了奇怪的東西。）

d. 知らない人から変なものを送ってよこされた。（從不認識的人那兒送來了奇怪的東西。）

e. 王さんは佐藤先生に学位を与えられた。（佐藤老師授給王同學學位了。）

f. 王さんは佐藤先生から学位を与えられた。（佐藤老師授給王同學學位了。）

說明了授與動詞之後，順便對「くれる」和「よこす」稍加說明。首先、關於「くれる」有如下的特徵。

①「私」「私たち」不能爲主語

②對象語一定得用「に」

③主語對說話者來說是關係疏遠的人，對象語對說話者來說是較親近的人（註2）

a. 彼は私にお金をくれた。（他給我錢了。）

b. 彼は私からお金をくれた。（錯誤）

「与える動詞」を受身にして意味的に「もらう動詞」にした場合、「に」も「から」も使えます。

a. 彼に手紙を渡された。

b. 彼から手紙を渡された。

c. 知らない人に変なものを送ってよこされた。

d. 知らない人から変なものを送ってよこされた。

e. 王さんは佐藤先生に学位を与えられた。

f. 王さんは佐藤先生から学位を与えられた。

授与動詞が出てきたついでに、「くれる」と「よこす」について少し説明します。

先ず「くれる」に関しては、次のような特徴があります。

①「私」「私たち」が主語にならない

②対象語は必ず「に」を使う

③主語は話者にとって、より縁遠い人で、対象語は話者にとって、より身近な人(註2)

a. 彼は私にお金をくれた。

b. 彼は私からお金をくれた。(誤文)

c. 私は彼にお金をくれた。(錯誤)

d. 私は彼にお金をくれてやった。(我給他錢了。)

b的錯誤是因爲與②相抵觸。c句的情形因「私」爲主語，與③不合。無論如何想以「私」爲主語的話，就必須像d句使用「くれてやった」的動詞，那就不會錯了。

問題是③，本來「くれる」的動詞，也可認爲「~が私に…をくれる(~給我…)」是其基本意思。說話者是對象語，所以「私(我)」以外的人當對象語的時候，儘量與說話者親近的人爲好，而主語的「~」的部份則爲比較疏遠的人。

a. 彼は彼の弟にお金をくれた。(錯誤)

b. 彼の弟は彼にお金をくれた。(他弟弟給他錢了。)

c. あなたは彼にお金をくれた。(?)

d. 彼はあなたにお金をくれた。(他給你錢了。)

a句的情形是「私(說話者)」的部份以「彼の弟(他的弟弟)」來取代。「彼(他)」和「彼の弟(他的弟弟)」作比較時，與說話者較接近的當然是「彼」。所以、這句必須把關係較疏遠的「彼の弟」放在主語的部份，而把較親近的「彼」放在對象語才行。因此，像b句那樣才是正確的。c句是，「あなた(你)」和「彼(他)」通常

c. 私は彼に｜お金をくれた。（誤文）

d. 私は彼に｜お金をくれてやった。

b文が誤文なのは、②に抵触しているからです。c文の場合は③に違反して「私」が主語になっているから誤文になります。どうしても「私」を主語にしたいなら、d文のように「くれてやった」という動詞を使えば誤文ではなくなります。

問題は③ですが、もともと「くれる」という動詞は「～が私に…をくれる」というのが基本的意味だと考えてかまいません。話者が対象語ですから、「私」以外の人間が対象語になる場合、できるだけ話者に身近な人が入り、主語の「～」の部分には比較的疎遠な人が入るのです。

a. 彼は彼の弟に｜お金をくれた。（誤文）

b. 彼の弟は彼に｜お金をくれた。

c. あなたは彼に｜お金をくれた。（?）

d. 彼はあなたに｜お金をくれた。

a文は、「私（話者）」の部分に「彼の弟」が入っています。「彼」と「彼の弟」を比べた場合、話者に身近なのは勿論「彼」です。この文は、より縁遠い「彼の弟」が主語の部分に来て、よ

都是「あなた（你）」與說話者較爲親近，當然也有例外。「あなた」爲初次見面等場合，「彼（他）」則爲較接近的人。但那也不太自然，所以外國人還是少用爲好。

其次談到「よこす」。

a. 彼は私に速達をよこした。（他寄給我限時信了。）

b. 私は彼に速達をよこした。（錯誤）

c. ライバル会社が当社に挑戦状をよこした。（對手公司給本公司送來了挑戰信。）

d. 店員はお釣りを投げてよこした。（店員把找的錢丟了過來。）

c句的對象語爲「当社（自己的公司）」，這可當作說話者來看。

§5「と」和「に」

某種動作發生的時候，有一個人也可以發生的動作，和必須要有對象時的動作。必須要有對象的時候，這對象的動詞有、①表示雙方性動作的動詞，②表示單方性動作的動詞，更而有③表示雙方性與單方性動作兩方面的動詞三種。這些如接「と」「に」，就如下所列。

り身近な存在である「彼」が対象語の位置に来なければなりません。従って、b文のようにするのが正解です。c文は、「あなた」と「彼」では通常「あなた」の方が身近な人ですが、そうではない場合もあります。「あなた」が初対面の人である場合などは、「彼」の方が身近な人です。それでも少し不自然な感じのする文ですので、外国人は使わない方がよいでしょう。

次に、「よこす」についてです。

a．彼は私に速達をよこした。

b．私は彼に速達をよこした。（誤文）

c．ライバル会社が当社に挑戦状をよこした。

d．店員はお釣りを投げてよこした。

c文は対象語が「当社」ですが、これは話者に準ずるものと言ってよいでしょう。

§5「と」と「に」

或る動作を行う場合、一人でもよい場合と相手を必要とする場合があります。相手を必要とする時、対象語を取る動詞には①双務的動作を表す動詞、②片務的動作を表す動詞、さらに③双務的動作と片務的動作の両方を表せる動詞、の三種類があります。これらと、「と」「に」

①表示雙方動作的動詞

②表示單方動作的動詞

③雙方動作與單方動作

像這樣的結合是，原來「と」含有並立，「に」含有歸著點的意思。

首先、說明①表示雙方動作的動詞。

a. 私は彼女と結婚します。（我將跟她結婚。）

b. 私は彼女と駅で待ち合わせをしました。（我跟她約在車站了。）

c. 伊藤さんは生徒と握手しました。（伊藤先生跟學生握手了。）

d. 木村君が中島君とケンカしました。（木村君跟中島君吵架了。）

e. 政府は民間会社と共同して新製品を開発しています。（政府與民間公司共同開發新產品。）

f. 明日から彼とこの問題を協議します。（從明天起與他共商這個問題。）

g. 我が社は主に東南アジア諸国と貿易をしています。（我們公司主要的是跟東南亞各國貿易。）

h. 古い部品を新しい部品と交換しました。（把舊的零件換了新的零件。）

の結びつきは次の通りです。

①　双務的動作を表す動詞　　と

②　片務的動作を表す動詞　　に

③　双務的動作と片務的動作を表す動詞　　と、に

このような結びつきは、元来「と」が並列、「に」が帰着点という意味を持っているからです。

先ず、①双務的動作を表す動詞から説明しましょう。

a．私は彼女と｜結婚します。

b．私は彼女と｜駅で待ち合わせをしました。

c．伊藤さんは生徒と｜握手しました。

d．木村君が中島君と｜ケンカしました。

e．政府は民間会社と｜共同して新製品を開発しています。

f．明日から彼と｜この問題を協議します。

g．我が社は主に東南アジア諸国と｜貿易をしています。

h．古い部品を新しい部品と｜交換しました。

i. 見張り役を彼と|交代した。(看守的人跟他換班了。)

上面例句,主語與對象語是對等關係。述語所表示的是當事者雙方。這種述語的場合,對象語不能使用「に」。

但在句子的構成時,「對象語+と」有時可說並非必須語句,在日常會話裡經常被省略。

另一方面、有表示共同動作的副詞「一緒に(一起)」,上面這些例句,如使用這一詞將會如何呢?

a. 私は彼女と|一緒に結婚します。(我跟她一起結婚。)
b. 私は彼女と|一緒に駅で待ち合わせをしました。(我跟她一起約在車站了。)
c. 伊藤さんは生徒と|一緒に握手しました。(伊藤先生跟學生一起握手了。)
d. 木村君が中島君と|一緒にケンカしました。(木村君跟中島君一起吵架了。)
e. 政府は民間会社と|一緒に共同して新製品を開発しています。(政府跟民間公司一起共同開發新產品。)
f. 明日から彼と|一緒にこの問題を協議します。(從明天起跟他一起協商這個問題。)
g. 我が社は主に東南アジア諸国と|一緒に貿易をしています。(我們公司主要的是跟東南亞各國一起貿易。)
h. 古い部品を新しい部品と|一緒に交換しました。(舊的零件跟新的零件一起換了。)
i. 見張り役を彼と|一緒に交代した。(看守的人跟他一起換班了。)

i. 見張り役を彼と交代した。

上の例文では、主語と述語が対等の関係にあります。述語の表す意味の当事者同士です。こういう述語の場合、対象語に「に」を使うことはできません。但し、文を構成する時、「対象語＋と」は必ずしも必須語句とは言えず、日常会話では頻繁に省略されます。

ところで、共同動作を表す「一緒に」という副詞があります。上の例文にこれを使うとどうなるのでしょうか

a. 私は彼女と一緒に結婚します。
b. 私は彼女と一緒に駅で待ち合わせをしました。
c. 伊藤さんは生徒と一緒に握手しました。
d. 木村君が中島君と一緒にケンカしました。
e. 政府は民間会社と一緒に共同して新製品を開発しています。
f. 明日から彼と一緒にこの問題を協議します。
g. 我が社は主に東南アジア諸国と一緒に貿易をしています。
h. 古い部品を新しい部品と一緒に交換しました。
i. 見張り役を彼と一緒に交代した。

大體上這些句子都可成立。但與原來的意思就不一樣了。例如，前述例句a爲「私（我）」和「彼女（她）」結婚，也就是我和她互爲結婚對象。這裡所述的例句a句的「私（我）」和「彼女（她）」各有各的結婚對象。「一緒に」一語有「同一時期」「同一結婚會場」等意思。b句也是一樣，「私（我）」和「彼女（她）」各別約了對象在同一個車站會面。這些句子裡的「～と一緒に」並不是對象語。這是表示共同者的插入句，而動作之對象的意思消失了。

a. 私は彼と会いました。（我和他見面了。）

b. 私は彼と一緒に会いました。（?）

c. 私は彼と一緒に彼女に会いました。（我跟他一起和她見面了。）

動詞語句「と会う」在語法上是指主語和對象語的共同動作。如果說「私と彼が一緒に他の人に会った（我和他一起與別人見面了）的話，那麼就必須明白表示「他の人（別人）」。像c句使用「に」是較通常的。

其次說明②表示單方動作的動詞。

a. 私は李さんに本を返しました。（我把書還給李同學了。）

一応、文としては成立します。しかし、元の文とは意味が違って来ます。例えば、前のa文は「私」と「彼女」が結婚相手であるのに対して、このa文は「私」も「彼女」もそれぞれ別の相手と結婚することを意味します。「一緒に」というのは、この場合、「同じ時期」とか「同じ結婚式場」などの意味です。b文も、「私」と「彼女」が同じ駅でそれぞれ別の相手と待ち合わせをしたという意味になります。これらの文の「〜と一緒に」は対象語ではなくなります。共同者を表す挿入句になり、動作の相手ではなくなるのです。

a．私は彼と会いました。

b．私は彼と一緒に会いました。(?)

c．私は彼と一緒に彼女に会いました。

「と会う」という動詞句は語法上、主語と対象語の共同動作を指します。もし「私と彼が一緒に他の人に会った」というのでしたら、「他の人」を明示しなければなりません。c文のように「に」を使うのが一般的です。

次に②片務的動作を表す動詞について説明します。

a．私は李さんに本を返しました。

b. 李さんは銀行にへそくりを預けました。（李小姐把私房錢存入銀行了。）

c. ついにテニスで彼に勝ちました。（我終於在網球上勝了他。）

d. 部長に面会を申し込んでありますか？（你跟部長會面的事預約了嗎？）

e. あの社長は最近、慈善団体に多額の寄付をしました。（那社長最近給了慈善團體高額的捐贈。）

f. 彼に借金の催促をしました。（向他催討借款了。）

g. みんなに配ったらなくなっちゃうよ。（分給了大家的話就沒了喲！）

h. 試験合格を神様に祈りました。（向神明祈求金榜題名。）

i. 専門家に聞いてみるとよいでしょう。（向專家問問看就可以吧？）

j. 私にいい弁護士を紹介してください。（請介紹好的律師給我。）

這是表示主語爲動作的給與者，而對象語則爲其接收者的關係。這就是單方動作的動詞。在這場合不能使用「と」。當然也不能使用「一緒に」。前面說過「對象語＋と」有時並不是必須語句，但這裡的「對象語＋に」則有不同的性質。如沒有「對象語＋に」時，例句c句就成了「ついにテニスで優勝した（終於在網球上勝了）」的意思了，g句的「みんな（全部）」就不是對象，而是所分配的全部，也就是「全部都分配了的話」的意思。

又，i句則不知道是向誰問，因此、要特別往意。對外國人來說，最好不要雖便省略「對象語＋に」。

b. 李さんは銀行にへそくりを預けました。
c. ついにテニスで彼に勝ちました。
d. 部長に面会を申し込んでありますか？
e. あの社長は最近、慈善団体に多額の寄付をしました。
f. 彼に借金の催促をしました。
g. みんなに配ったらなくなっちゃうよ。
h. 試験合格を神様に祈りました。
i. 専門家に聞いてみるとよいでしょう。
j. 私にいい弁護士を紹介してください。

これは主語が動作の与え手であり、対象語がその受け手という関係を示したものです。片務的動作とはそういうものです。この場合、「と」は使えません。勿論、「一緒に」も使えません。「対象語＋と」が必ずしも必須語句ではなかったのに対し、「対象語＋に」が無いと、例えば、c文は「ついにテニスで優勝しました」という意味になりますし、g文は「みんな」が相手ではなく、配るもの全て、つまり、「全部配ったら」の意味になります。また、i文は誰に聞くか分からなくなりますので、注意が必要です。外国人は「対象語＋に」を無闇に省略しない方がよいでしょう。

③雙方動作與單方動作的場合，「に」表示單方動作，「と」表示雙方性動作。根據「に」與「と」的不同，述語的意思有時也跟著不同。

a. 私は彼と相談しました。（我和他商量。）
b. 私は彼に相談しました。（我跟他商量。）
c. 私は彼と協力しました。（我和他共同努力了。）
d. 私は彼に協力しました。（我協助他了。）
e. 私は彼と悪いことをしました。（我和他做了壞事。）
f. 私は彼に悪いことをしました。（我對他做了壞事。）
g. いつも彼と連絡を怠りませんでした。（一直不懈怠地和他連繫了。）
h. いつも彼に連絡を怠りませんでした。（一直不懈怠地跟他連繫了。）
i. よそ見をして歩いていたら彼とぶつかった。（看著別的地方走路，與他撞上了。）
j. よそ見をして歩いていたら彼にぶつかった。（看著別的地方走路，撞上他了。）
k. 彼と明日十二時に会うことを約束した。（和他約好了明天十二點見面。）
l. 彼に明日十二時に会うことを約束した。（跟他約好了明天十二點見面。）

a句是「私（我）」跟「彼（他）」為進行某一工作而商量的句子。b是「私（我）」有不能解決的煩惱向「彼

③総務的動作と片務的動作の場合、「に」は片務的動作を表し、「と」は双務的動作を表します。「に」か「と」かによって、述語の意味が違う場合もあります。

a. 私は彼と相談しました。
b. 私は彼に相談しました。
c. 私は彼と協力しました。
d. 私は彼に協力しました。
e. 私は彼と悪いことをしました。
f. 私は彼に悪いことをしました。
g. いつも彼と連絡を怠りませんでした。
h. いつも彼に連絡を怠りませんでした。
i. よそ見をして歩いていたら彼とぶつかった。
j. よそ見をして歩いていたら彼にぶつかった。
k. 彼と明日十二時に会うことを約束した。
l. 彼に明日十二時に会うことを約束した。

a文は「私」と「彼」が共同して何かをやろうとしており、それについて相談する場合に使用

（他）」尋求解決的方法的意思。c句也是表示兩者共同的動作。d句則是，起先「彼（他）」作了某一工作，「「私（我）」幫他的時候所使用的句子。e句子也是表示「私（我）」和「彼（他）」一起做壞事，而f句則表示「私（我）」對「彼（他）」做了壞事。g句是互相取得聯絡的意思，h句是向「彼（他）」尋求指示是所使用的句子。i句是表示說話者與「彼（他）」雙方的行動而相撞。j句的「彼（他）」是靜止不動的，而是說話者撞上「彼（他）」。k句表示兩者互相同意的約會，l句表示自已約他的意思。這種情況有時也可認爲是，本來並不想見面，而是出於不得已的場合的意思。

現在敘述完了需要對象的動詞，其次說明不一定要有對象的動詞。

a. 私は彼と|勉強しました。（我和他學習了。）

b. 私は彼と|一緒に勉強しました。（我和他一起學習了。）

c. 私は彼に|勉強しました。（錯誤）

d. 私は彼と|旅行に行きました。（我和他去旅行了。）

e. 私は彼と|一緒に旅行に行きました。（我和他一起去旅行了。）

する文です。b文は「私」に何か解決できない悩み事のようなものがあり、「彼」にその解決を求めたという意味です。c文も両者の共同動作を表し、d文は最初に「彼」が何かをやっていて、「私」がそれに力を貸した時に使う文です。e文も「私」と「彼」が一緒に悪いことをしたという意味であり、f文は「私」が「彼」に対して悪いことをした、という意味です。g文もお互いに連絡を取り合った、の意味であり、h文は「彼」に何かの指示を求めたことを表す文です。i文は話者と「彼」がお互いに動いて来てぶつかったという意味でして、j文は「彼」が立ち止まっていて、話者がそれにぶつかったことを示します。k文は両者合意で約束したことを表しますが、l文は自分から約束したという意味です。そういう情況は、あまり会いたくないけれど、仕方なく約束した場合も考えられます。

さて、今までは相手を必要とする動詞につて述べて来ましたが、今度は必ずしも相手を述べる必要のない動詞について説明しましょう。

a. 私は彼と勉強しました。
b. 私は彼と一緒に勉強しました。
c. 私は彼に勉強しました。(誤文)
d. 私は彼と旅行に行きました。
e. 私は彼と一緒に旅行に行きました。

f．私は彼に旅行に行きました。（錯誤）

「勉強する」和「旅行に行く」都是一個人可以做的事。這時候、使用「と」來表示共同動作的對象，但不可使用表示單方動作的「に」。本來這是爲自己所做的事，單方動作不需用對象。一個人可以做的事，加入另一個人時，這當然是共同動作的對象。

§6 「名詞＋する」和「をする」

國立國語研究所的「日本語教育基本語彙七種比較對象表」（大藏省印刷局發行）收錄了大約六千語左右，其中名詞或形容動詞語幹就有三千六百七十二語。但是接「する」或「をする」的僅有六百八十八語（註3）。再將此加以分類，就如下所列。

兩者均接　二二四

僅接「する」　四〇三

僅接「をする」　六一

f．私は彼に旅行に行きました。（誤文）

「勉強する」も「旅行に行く」も、一人でもできることです。そういう場合、「と」を使って共同動作の相手を示すことはできても、「に」によって片務的動作の相手を表すことはできません。もともとが自分のためにすることですから、片務的動作の相手などいるはずがないのです。一人でできることに、もう一人加われば、それは共同動作の相手を表すのが当然です。

§6「名詞＋する」と「名詞＋をする」

国立国語研究所の「日本語教育基本語彙七種比較対照表」（大蔵省印刷局発行）には、およそ六千語が収録されており、その内、名詞または形容動詞の語幹は３６７２語もあります。しかし、「する」もしくは「をする」が付くのは、僅か６８８語（註３）に過ぎません。それをさらに分類してみますと、次のようになります。

両方とも付く　二三四
「する」だけが付く　四〇三
「をする」だけが付く　六一

其中也有用法不定的，例如「暇」一語，僅用於在別人的家，要回去的時候所說的「お暇します」而已。至於「焼入れ（治火）」在日常會話裡可以說是絕不使用的。又，「唾」一語僅限於「天に唾する（向天吐口沫）」的慣用語加「する」而已。很遺憾的是，什麼時候接「する」，什麼時候接「をする」，這沒有一定的法則。在本項要說明的是，有關兩者都接的名詞・形容動詞語幹（以下，稱「兩用語」），接「する」時與接「をする」時的不同。

首先，應該注意的是，因接「する」時，已經不是名詞，而是動詞，所以不能接形容詞或連體修飾句。如下例句。

a. 先輩に挨拶する。（跟校長打招呼。）
b. 彼は運動することが好きです。（他喜歡運動。）
c. 仲間に手旗信号で合図する。（跟伙伴用旗語打信號。）
d. 外国の銀行と取引した。（和外國的銀行交易了。）
e. 上司に言い訳する。（向上司辯解。）
f. 彼は邪魔した。（他打擾了。）
g. 分け前について、私は計算した。（關於配額的事，我計算了。）

この中には用法がよく定まっていないものもありますし、「暇」などは、人の家から帰る時に「お暇します。」と言う時くらいしか使いません。「焼き入れ」に至っては、日常会話では絶対と言ってよいくらい使用しません。また、「唾」は「天に唾する」という決まり文句に限って「する」が付きます。残念ながら、どういう場合に「する」が付き、どういう場合に「をする」が付くかという法則はありません。そこで、本項では、両方とも付く名詞・形容動詞語幹（以後、「両用語」と記します）に関して、「する」が付いた時と「をする」が付いた時の違いを説明することにします。

先ず、注意しなければならない点は、「する」が付くと、それはもう名詞ではなく、動詞ですから、形容詞や連体修飾語句が付きません。例えば、下のような例文があるとします。

a. 先輩に挨拶する。
b. 彼は運動することが好きです。
c. 仲間に手旗信号で合図する。
d. 外国の銀行と取引した。
e. 上司に言い訳する。
f. 彼は邪魔した。
g. 分け前について、私は計算した。

h. A会社と契約する予定です。（準備和A公司訂契約。）
i. 私はこれから毎月貯金する。（我從現在起每個月存錢。）
j. 今朝は一人で食事した。（今天早上我一個人吃早餐了。）

這些例句接於副詞或連體修飾語句之後的話，那就全都錯誤。

a. 先輩にわざとらしい挨拶する。（錯誤）
b. 彼は手足の運動することが好きです。（錯誤）
c. 仲間に手旗信号で進めの合図する。（錯誤）
d. 外国の銀行と保険の取引した。（錯誤）
e. 上司に苦しい言い訳する。（錯誤）
f. 彼は私の邪魔した。（錯誤）
g. 分け前について、私は十分な計算した。（錯誤）
h. A会社と業務提携の契約する予定です。（錯誤）
i. 私はこれから毎月十万円の貯金する。（錯誤）
j. 今朝は一人で寂しい食事した。（錯誤）

h. A会社と契約する予定です。

i. 私はこれから毎月貯金する。

j. 今朝は一人で食事した。

これらの例文に副詞や連体修飾語をつけますと、全て誤文になります。

a. 先輩にわざとらしい挨拶する。（誤文）

b. 彼は手足の運動することが好きです。（誤文）

c. 仲間に手旗信号で進めの合図する。（誤文）

d. 外国の銀行と保険の取引した。（誤文）

e. 上司に苦しい言い訳する。（誤文）

f. 彼は私の邪魔した。（誤文）

g. 分け前について、私は十分な計算した。（誤文）

h. A会社と業務提携の契約する予定です。（誤文）

i. 私はこれから毎月十万円の貯金する。（誤文）

j. 今朝は一人で寂しい食事した。（誤文）

這些例句如果使用「をする」時，都可以成立。

又、他動詞系的場合、有如下的兩種文型。

①名詞（名詞句）＋を＋兩用語＋する

②名詞＋の＋兩用語＋をする

他動詞系的兩用語像①的文型就很自然。如②的話就有名詞句不能使用的限制，這也許是會顯的冗長的緣故。

a. 荷物を管理する。（管理行李。）

b. 荷物の管理をする。（做行李的管理。）

c. 他人の荷物を管理する。（管理他人的行李。）

d. 他人の荷物の管理をする。（?）

僅有名詞的時候①，②均可，但如像「他人の（他人的）」，使用連體助詞「の」的名詞句的場合，②就顯得冗長而變得不自然的表現。c句的話就顯的極爲自然的日語表現。

これらは「をする」を使うと正しい文になります。
また、他動詞系の場合、二つの文型があります。

① 名詞（名詞句）＋ を ＋ 両用語 ＋ する

② 名詞 ＋ の ＋ 両用語 ＋ をする

他動詞系の両用語は①のような文型が自然です。②は、名詞句を使いにくいという制約があります。恐らく冗長になるからでしょう。

a．荷物を管理する。

b．荷物の管理をする。

c．他人の荷物を管理する。

d．他人の荷物の管理をする。（？）

名詞だけの時は①でも②でもよいですが、「他人の」というように、連体助詞の「の」を使った名詞句がある場合、②は長ったらしくなって少し変な表現になります。c文のようにすると自然な日本語になります。

a. 彼を歓迎する。（歡迎他。）

b. 彼の歓迎をする。（？）

c. 彼の訪問を歓迎する。（歡迎他的訪問。）

d. 彼の訪問の歓迎をする。（？）

這些例句也是一樣。

又、根據①或②的形式的不同，有時意思也跟著不一樣。

a. エイズを検査する。（検査愛滋。）

b. エイズの検査をする。（做愛滋的検査。）

愛滋病毒騷擾著整個世界，a句是「エイズ菌そのものを検査する（検査愛滋病毒）」的意思。b句是「或る人がエイズに感染しているかどうか、その人を検査する（某人患了愛滋病與否，検査那個人）」的意思。

a. サッカーを訓練する。（錯誤）

b. サッカーの訓練をする。（踢足球訓練。）

c. 飼い犬を訓練する。（訓練家犬。）

a. 彼を歓迎する。
b. 彼の歓迎をする。
c. 彼の訪問を歓迎する。
d. 彼の訪問の歓迎をする。（？）

これらの例文も同様です。

また、①の形式か②の形式かによって、意味が違う場合もあります。

a. エイズを検査する。
b. エイズの検査をする。

エイズ菌は世界中を騒がせていますが、a文は「エイズ菌そのものを検査する」という意味です。b文は「或る人がエイズに感染しているかどうか、その人を検査する」という意味になります。

a. サッカーを訓練する。（誤文）
b. サッカーの訓練をする。
c. 飼い犬を訓練する。

d. 飼い犬の訓練をする。（做家犬的訓練。）

「訓練」是兩用語，但普通並不使用a句。「～を訓練する」有「管教」「調教」的意思。所以像c句的用法是正確的。

a. 野球の運動をする。（錯誤）

b. 野球を運動する。（錯誤）

c. 富士山の登山をする。（錯誤）

d. 富士山を登山する。（錯誤）

有「馬から落ちて落馬する（從馬上掉下馬來）」這樣的一句話。這是錯誤句子的範例。「馬から落ちた（從馬上掉下來）」的表現包含了下面的「落馬する（掉下馬）」。上面四個例句也是一樣。「野球（棒球）」包含在運動裡。「山」包含在「登山」裡。這些句子應該改爲「野球をする（打棒球）」「富士山に登る（登富士山）」。

a. 法律に違反する。（違反法律。）

b. 法律に違反をする。（？）

c. 法律の違反する。（錯誤）

d．飼い犬の訓練をする。

「訓練」は両用語ですが、普通はa文のような言い方はしません。「～を訓練する」と言いますと、「しつける」とか「調教する」のような意味になるからです。ですから、c文のような言い方なら正しい文になります。

a．野球の運動をする。（誤文）
b．野球を運動する。（誤文）
c．富士山の登山をする。（誤文）
d．富士山を登山する。（誤文）

「馬から落ちて落馬する」という言葉があります。これは誤文の見本とされている言葉です。「馬から落ちた」という表現が次の「落馬する」に含まれているからですが、上の例文も同様です。「野球」は「運動」に含まれており、「山」は「登山」に決まっているからです。

a．法律に違反する。
b．法律に違反をする。（？）
c．法律の違反する。（誤文）

d．法律の違反をする。（錯誤）

這是習慣上的問題。「違反する（違反）」應使用助詞「に」。

（註）

（1）尾上圭介「思考文法（文法を考える）」主語（1）「日本語學」一九九七年十月號

主語（2）「日本語學」一九九七年十一月號

主語（3）「日本語學」一九九八年一月號

主語（4）「日本語學」一九九八年三月號

（2）久野暲「新日本文法研究」大修館書店（一九八三年）

（3）這個數目也許因人而多少相異。接「する」或「をする」，因人或地域的不同而有所不同。

d・法律の違反をする。（誤文）

これは習慣上の問題です。「違反する」は「に」を使います。

（註）

（1）尾上圭介「文法を考える」主語（1）「日本語学」一九九七年十月号

主語（2）「日本語学」一九九七年十一月号

主語（3）「日本語学」一九九八年一月号

主語（4）「日本語学」一九九八年三月号

（2）久野暲「新日本文法研究」（大修館書店　一九八三年）

（3）この数は人によって若干の違いがあるかもしれません。「する」や「をする」が付くかどうかは、人によって、或いは地域によって違いがあると思われます。

第三章 表示時間的助詞

§1「に」和「で」

「に」和「で」接於表示時間語句的場合有如下的不同。

に　表示事態的發生時點

で　表示限定事態的期間（註1）

因爲「で」表示期間的限定，所以後面的述語多爲表示終了的用言。譬如下面的例句：

a. 五時半に帰ります。

b. 五時半で帰ります。

同樣的述語「帰ります」，因助詞「に」和「で」而意思有所不同。a句「に」因表示發生時點，所以「帰る（回去）」行爲的發生時，也就表示「帰宅する（回家）」的意思。b句因「で」表示完了時點，所以「帰る（回去）」是某一行爲的停止，也就是退出或下班的意思。因此、上面例句加上「家に」使其具體的表示出「回家」的意思的話，那麼b句就錯了。

以上是「に」和「で」的基本用法。表示時間的語句有下面三種。

第三章　時間を表す助詞

§1「に」と「で」

「に」と「で」が時間を表す語句に付く場合、次のような違いがあります。

に　事態の発生時点を表す
で　事態の期間限定を表す（註1）

「で」は期間の限定を表しますから、述語には終了を表す用言が来ることが多いようです。例えば、下の例文を見て下さい。

a．五時半に帰ります。
b．五時半で帰ります。

同じ「帰ります」という述語でも、「に」か「で」によって、意味が違って来ます。a文は、「に」は発生時点を表しますので、「帰る」という行為が発生すること、つまり「帰宅する」の意味になります。b文は、「で」が終了時点を表しますから、「帰る」は或る行為を止めること、つまり退出とか退勤を意味します。

以上が「に」と「で」の基本的用法ですが、そもそも時間を表す語句には次の三種類があり

①主觀的時間　昨日、今日、明日等　以說話時點決定的時間

②客觀的時間　何時何分、何月何日、西曆何年　元號等　預先決定的時間

③抽象的時間　～分、～時間、～年等　說話的情況上決定的時間

①主觀的時間不能接「に」。如果一定要接的話，就必須以「～中に」的形式才行。

a. 今月に会社を辞めます。（?）

b. 今月中に会社を辞めます。（在這個月中辭職。）

c. 今月で会社を辞めます。（到這個月辭職。）

d. 今月、会社を辞めます。（這個月辭職。）

e. 来月に帰省します。（?）

f. 来月中に帰省します。（在下月中回家探親。）

g. 来月で帰省します。（錯誤）

h. 来月、帰省します。（下個月回家探親。）

g句的錯誤時因爲述語的「帰省します」不表示完了。

ます。

①主観的な時間　昨日、今日、明日など、発話時点を基準にして決めた時間
②客観的な時間　何時何分、何月何日、西暦など、あらかじめ決まっている時間
③抽象的な時間　〜分、〜時間、〜年など、話しの都合上決定した時間

①の主観的な時間には「に」が付きません。もしどうしても付けるなら、「〜中に」という形にしなければなりません。

a．今月に会社を辞めます。（?）
b．今月中に会社を辞めます。
c．今月で会社を辞めます。
d．今月、会社を辞めます。
e．来月に帰省します。（?）
f．来月中に帰省します。
g．来月で帰省します。（誤文）
h．来月、帰省します。

g文が誤文なのは、「帰省します」という述語が終了を表すものではないからです。

②的情形、有無「に」並無關係。強而言之，有「に」的句子，稍表強調。

a. 今朝八時半、甲信越地区で震度四の地震が発生しました。（今天早上八點半、甲信越地區發生了震度四的地震。）

b. 今朝八時半に甲信越地区で震度四の地震が発生しました。（在今天早上八點半、甲信越地區發生了震度四的地震。）

c. 二月十日、私たちは挙式します。（二月十日、我們舉行結婚典禮。）

d. 二月十日に私たちは挙式します。（在二月十日、我們舉行結婚典禮。）

e. 一九九五年、この家を新築しました。（一九九五年、新蓋了這個家。）

f. 一九九五年にこの家を新築しました。（在一九九五年、新蓋了這個家。）

g. 五年前、獅子座流星群が見られました。（五年前、看到了獅子座流星群。）

h. 五年前に獅子座流星群が見られました。（在五年前、看到了獅子座流星群。）

③的場合，使用「に」時接表示次數・數量的語句。

a. 一週間に三回休みます。（一星期休息三次。）

②は、「に」があってもなくてもかまいません。敢えて言うなら、「に」があるとやや強調の表現になります。

a. 今朝八時半、甲信越地区で震度四の地震が発生しました。

b. 今朝八時半に甲信越地区で震度四の地震が発生しました。

c. 二月十日、私たちは挙式します。

d. 二月十日に私たちは挙式します。

e. 一九九五年、この家を新築しました。

f. 一九九五年にこの家を新築しました。

g. 五年前、獅子座流星群が見られました。

h. 五年前に獅子座流星群が見られました。

③の場合、「に」を使うと、回数・数量を表す語句が付きます。「で」を使うと時間的に限定されてしまい、過去の出来事を語ることになってしまいます。「に」にはそういう制約がなく、過去でも現在でも恒常的なことでも使えます。

a. 一週間に三回休みます。

b. 一週間で三回休みます。(錯誤)

c. 一年に一回海外旅行をします。(一年一次到國外旅行。)

d. 一年で一回海外旅行をします。(錯誤)

e. あの野球チームは十年に八回も優勝した。(那個棒球隊十年間就打贏了八次。)

f. あの野球チームは十年で八回も優勝した。(那個棒球隊十年間就打贏了八次。)

g. たった一度にこれだけの大漁だった。(僅這一次就這麼(捕魚)大豐收了。)

h. たった一度でこれだけの大漁だった。(僅這一次就這麼(捕魚)大豐收了。)

i. この洗濯機は一回にワイシャツを十枚洗えます。(這臺洗衣機一次可洗十件襯衣。)

j. この洗濯機は一回でワイシャツを十枚洗えます。(這臺洗衣機一次可洗十件襯衣。)

上面例句中、因b句爲現在形的「休みます」所以是錯誤的。如爲過去形的「休みました」的話，就可使用「で」。d句也是因爲「します」爲現在形所以是錯誤的。e、f句因述語爲過去形，「に」「で」都可以用。又，「で」如果有「只有一次」的意思的話，現在形也可使用。h、j句是強調僅這一次、只是一次就有大的成果。又、時間名詞之中、屬於①②③的哪一種，有時也很難決定。

b. 一週間で三回休みます。（誤文）
c. 一年に一回海外旅行をします。
d. 一年で一回海外旅行をします。（誤文）
e. あの野球チームは十年に八回も優勝した。
f. あの野球チームは十年で八回も優勝した。
g. たった一度にこれだけの大漁だった。
h. たった一度でこれだけの大漁だった。
i. この洗濯機は一回にワイシャツを十枚洗えます。
j. この洗濯機は一回でワイシャツを十枚洗えます。

上の例文の内、b文は「休みます」と現在形なので誤文になります。「休みました」と過去形にするなら「で」が使えます。d文も「します」と現在形になっているので誤文です。e、f文は述語が過去形ですから、「に」も「で」も使えます。また、「で」は「一度だけ」という意味なら現在形でも使用できます。h、j文はたった一度で、たった一回で大きな成果があったことを強調しています。

また、時間名詞の中には、①②③のどれに属するのか簡単に決められないものもあります。

a. 三十分に終わります。（在三十分結束。）
b. 三十分で終わります。（三十分鐘結束。）
c. あと三十分に終わります。（錯誤）
d. あと三十分で終わります。（再三十分鐘結束。）

a句與b句作一比較，「三十分」是從說話的時點開始的三十分，還是「～時三十分」並不明確。但是如果是從說話時點開始的三十分的話，那麼因爲是說話者的立場所設的時間，所以其後必須要有表示次數的語句。a句並沒有這樣語句，可知道是「～時三十分」的意思。b句是從說話時點開始的三十分的意思。這樣的不同如像c句、d句一樣加「あと」一語時那就更明顯了。

a. このスーパーマーケットは夜八時に閉店です。（這家超級市場在八點打烊。）
b. このスーパーマーケットは夜八時で閉店です。（這家超級市場到八點打烊。）
c. デパートは朝十時に開店します。（百貨公司在早上十點開店。）
d. デパートは朝十時で開店します。（錯誤）

上面的例句使用②的時間的形式。但d句「開店します（開店）」沒有完了的意思，所以是錯誤的。

a．三十分に終わります。
b．三十分で終わります。
c．あと三十分に終わります。（誤文）
d．あと三十分で終わります。

a文とb文を比べて見ますと、「三十分」は発話時点から三十分なのか、「～時三十分」なのかはっきりしません。しかし、発話時点から三十分なら話者の立場で設定した時間ですので、あとに回数を示す語句がなければなりません。a文にはそういう語句がないので、「～時三十分」の意味だと分かります。b文は発話時点から三十分という意味です。こういう違いは、c文とd文のように、「あと」という言葉を付けると際立ちます。

a．このスーパーマーケットは夜八時に閉店です。
b．このスーパーマーケットは夜八時で閉店です。
c．デパートは朝十時に開店します。
d．デパートは朝十時で開店します。（誤文）

上の例文は②の時間を使っていますが、d文は「開店します」が終了の意味を表す言葉で

a. 一ヶ月に戻って来ます。(錯誤)

b. 一ヶ月で戻って来ます。(一個月就回來。)

c. 一月に戻って来ます。(在一月回來。)

d. 一月で戻って来ます。(錯誤)

使用③的時間「に」之時，就必須表示次數・數量。a句因無這類的用語，所以是錯誤的。b句是表示去了再回來的其間。「一月」因是②的時間，使用「で」其後就必須有表示完了的述語才行。

又、習慣性用法的「～します(意志性)」「～になります(非意志性)」等，什麼時候都可使用。只是它不是過去式，所以當然不能使用於表示過去的語句。

a. 仕事は明日にします。(工作明天做。)

b. 待ち合わせは十二時十五分にします。(約在十二點十五分。)

c. ただ今、十時八分になるとこです。(現在、快要十點八分了。)

d. 明後日から二十一世紀になります。(從後天起是二十一世紀了。)

はないので、誤文になります。

a．一ケ月に戻って来ます。（誤文）
b．一ケ月で戻って来ます。
c．一月に戻って来ます。
d．一月で戻って来ます。（誤文）

②の時間に「に」を使うと、回数・数量を表さなければなりません。a文にはそういう言葉がないので誤文になります。b文は行って帰って来るまでの期間を示したものです。「一月」は②の時間ですから、「で」を使うと後に終了を表す述語がなくてはなりません。
また、習慣的用法として、「～にします（意志性）」「～になります（非意志性）」などは、どの時間にも使えるようです。勿論、過去形ではありませんから、過去を表す語句には使えませんが。

a．仕事は明日にします。
b．待ち合わせは十二時十五分にします。
c．ただ今、十時八分になるところです。
d．明後日から二十一世紀になります。

e．この国に来てからもう十五年になります。（來到這個國家快十五年了。）

§2「に」和「で」接於形容名詞的場合

本項說明，前述「に」和「で」接於「～中」「～內」「～前」「～後」「～間」之後的場合，及「に」與「で」都不能使用的場合。

首先說明有關「～中」，這有下的規則

～中　表示期間全部

～中に　表示期間內的一個時點

～中で　表示期間內的完了時點

a．午前中勉強します。（上午學習。）

b．午前中に勉強します。（在上午學習。）

c．午前中で勉強します。（錯誤）

d．昨日中準備を整えました。（錯誤）

e．昨日中に準備を整えました。（在昨天準備齊全了。）

f．昨日中で準備を整えました。（？）

e．この国に来てからもう十五年になります。

§2「に」と「で」に形式名詞が付いた場合

本項では、前項で述べた「に」と「で」が「～中」「～内」「～前」「～後」「～間」の後に付いた場合、及び「に」も「で」も使用しない場合について説明します。

まず「～中」に関して説明します。これには次のような法則があります。

～中　期間全体を表す
～中に　期間内の一時点を表す
～中で　期間内の完了時点を表す

a．午前中勉強します。
b．午前中に勉強します。
c．午前中で勉強します。(誤文)
d．昨日中準備を整えました。(誤文)
e．昨日中に準備を整えました。
f．昨日中で準備を整えました。(？)。

g. 昨日中で準備を終えました。(在昨天準備好了。)

h. 彼は一年中遊んでいる。(他一整年都在玩。)

i. 彼は一年中に遊んでいる。(錯誤)

j. 彼は一年中で遊んでいる。(錯誤)

a句是「午前中ずっと勉強する(整個上午一直都在學習)」的意思。這意思也有人說「午前中は勉強します」。b句是「午前中の一時期に勉強する(在上午的某個期間學習)」的意思。c句的錯誤是「勉強する(學習)」不是含有完了之意的用語。d句的「準備を整えました(準備齊全)」因應該是昨日某一時期達成的事,不能與表示期間全部的表現並存,所以是錯誤的。在這場合必須像e句的「昨日中に」一樣,表示出其期間內的事項。f句因「準備を整えました」的表現也有完了的意思,至於正確與否,因人而異。但其因不是絕對正確的,所以外國人還是不用的爲好。如要用「昨日で」的話,那就得像g句一樣才行。關於h、i、j句是「一年を通してずっと遊んでいる(一整年一直都在玩)」的意思。因這句子如加上「に」「で」時就與文意不合,所以不加爲好。

其次、說明外國人容易犯錯的「~しない内に」「~する前に」的不同。

g. 昨日中で準備を終えました。
h. 彼は一年中遊んでいる。
i. 彼は一年中に遊んでいる。(誤文)
j. 彼は一年中で遊んでいる。(誤文)

a文は「午前中ずっと勉強する」という意味です。こういう意味では、「午前中は勉強します」と言う人もいます。b文は「午前中の一時期に勉強する」の意味です。c文が誤文なのは「勉強する」が終了を意味する言葉ではないからです。d文は、「準備は整いました」というのは昨日から或る時期に達成したはずのことですので、期間全体を表す表現とは併存できないから誤文になります。こういう場合、e文のように「昨日中に」として、それが期間内のことであることを示す必要があります。f文は、「準備を整えました」という表現が終了を意味することもありますので、正しいかどうか、人によって評価が分かれると思います。但、絶対に正しいとも言えないので、外国人の方は使わない方がよいでしょう。もし、どうしても「昨日で」と言いたいのでしたら、g文のようにしなければなりません。h、i、j文に関しては、「一年を通してずっと遊んでいる」というのが文意です。これは「に」「で」を付けてしまったら、文意に合いませんので、どちらも付けない形がよいです。

次に、外国人の方がよく間違える「～しない内に」と「～する前に」の違いを説明しましょう。

~しない内に　既知什麼時候要發生的事項
~する前に　不知什麼時候要發生的事項

因「~しない内に」是事項在什麼時候要發生有某一程度的了解時使用，所以比「~する前に」表示更迫切的事項。

a. 彼が来ない内に帰りましょう。（在他沒來之前回去吧。）
b. 彼が来る前に帰りましょう。（在他來之前回去吧。）
c. 雨が降らない内に帰りましょう。（在沒下雨之前回去吧。）
d. 雨が降る前に帰りましょう。（?）

a句是已知「彼（他）」什麼時候要來，而且、表示「もうすぐ来る（馬上就要來）」。b句是不知「彼（他）」什麼時候要來但至少不是在短時間內來的意思。c句與d句的場合，下雨前回去，說這話時必須是事先已預知今天會下雨。「~する前に」是不和什麼時候要發生時使用的，所以使人感到不自然。但也不能說是錯誤的，因「~しない内に」和「~する前に」現在都混用了。

～しない内に　　いつ起こるか分かる事柄
～する前に　　　いつ起こるか分からない事柄

「～しない内に」は、いつ起こるか或る程度分かる事柄の時に使いますから、「～する前に」よりも逼迫した事柄を表します。

a．彼が来ない内に帰りましょう。
b．彼が来る前に帰りましょう。
c．雨が降らない内に帰りましょう。
d．雨が降る前に帰りましょう。（？）

a文は、「彼」がいつ頃帰って来るか分かっており、しかも、「もうすぐ来る」ということを表しているのに対し、b文は「彼」がいつ頃帰って来るか分からないので、少なくとも今しばらくは来ない、というような意味があります。c文とd文の場合、雨が降る以前に帰る、という言葉は、今日雨が降ることをあらかじめ知っていなければなりません。「～する前に」は、いつ起こるか分からない時に使用するので、おかしい印象を与えます。それでも、d文が誤文とは言えないのは、「～しない内に」と「～する前に」が現在では混同されているからです。

a. 台風が来ない内に急いで戸締りをしましょう。（颱風沒來之前把門窗關好吧。）
b. 台風が来る前に急いで戸締りをしましょう。（?）

這裡的b句也一樣，不能說是錯誤的。

其次、說明「後」。這場合、問題在於前項與後項的時間的緊密性。也就是、前項發生時後項跟著馬上發生，或者是過一段時間才發生的。

後　　時間上的密切性很明確
後に　　時間上的密切性很緊迫
後で　　時間上的密切性較暖和

a. 風邪が治った後、練習します。（感冒好了練習。）
b. 風邪が治った後に練習します。（感冒一好就練習。）
c. 風邪が治った後で練習します。（感冒好了就練習。）

a句「風邪が治った後（感冒好了之後）」，指的是什麼時候含糊地並不明確。也就是說、不知是什麼時候練習。與此相比、b句的時間的密切性較強，讓人有「風邪が治った後、あまり間を空けず、すぐに練習する（感

a．台風が来ない内に急いで戸締りをしましょう。

b．台風が来る前に急いで戸締りをしましょう。（？）

このb文も同様に必ずしも誤文とは言えません。

次に、「後」について説明しましょう。この場合、前件と後件の時間的緊密性が問題になります。つまり、前件が起こると直ぐに後件もおこるのか、それともしばらく時間がたってから起こるのか、ということです。

後　　時間的緊密性が漠然としている

後に　時間的緊密性が緊迫している

後で　時間的緊密性が緩やか

a．風邪が治った後、練習します。

b．風邪が治った後に｜練習します。

c．風邪が治った後で｜練習します。

a文の「風邪が治った後」は、漠然として何時のことを指すのかはっきりしていません。つま

冒好了之後，沒有空閒馬上練習）」的印象。c句是有較充裕的時間，「風邪が治った後、しばらくしたら練習します（感冒好了之後，隔些時候練習）」的意思。

a. 食事をした後、ぶらぶらと散歩に出かけた。（吃過飯以後，出去溜達散步了。）

b. 食事をした後に、ぶらぶらと散歩に出かけた。（?）

c. 食事をした後で、ぶらぶらと散歩に出かけた。（吃過飯後，出去溜達散步了。）

「出去溜達散步」是「悠閑自在地出去散步」的意思。因此、不是吃完了飯後就匆匆地出去的意思。b句的不自然是，因爲「～後に」的時間的密切性與後件的「ぶらぶらと散歩に出かけた」不合。

又、只「～後」的話，有時也表示「～してから今まで（從～以後到現在爲止）」的意思。

a. あの奥さんはご主人を亡くした後、十年間一人で子供を養って来ました。（那位太太在丈夫死後，十年間一個人扶養小孩到現在。）

b. あの奥さんはご主人を亡くした後に、十年間一人で子供を養って来ました。（錯誤）

c. あの奥さんはご主人を亡くした後で、十年間一人で子供を養って来ました。（錯誤）

上面例句表示前項發生後的時間經過。時間的推移是沒有間斷的。「十年間」是長時間，因此、前項與後項

り、何時練習するのか不明なのです。それに比べてb文は時間的緊密性が強く、「風邪が治った後、あまり間を空けず、すぐに練習する」という印象があります。c文は幾らか時間的余裕があり、「風邪が治った後、しばらくしたら練習します」という意味です。

a. 食事をした後、ぶらぶらと散歩に出かけた。
b. 食事をした後に、ぶらぶらと散歩に出かけた。(?)
c. 食事をした後で、ぶらぶらと散歩に出かけた。

「ぶらぶらと散歩に出かけた」は「のんびりと散歩に出かけた」の意味です。ですから、食事をしてすぐに出かけたとは思えません。b文が変な印象を与えるのは、「～後に」という時間的緊密性と「ぶらぶらと散歩に出かけた」という後件が合わないからです。
また、「～後」だけですと、「～してから今まで」という意味を表すこともあります。

a. あの奥さんはご主人を亡くした後、十年間一人で子供を養って来ました。
b. あの奥さんはご主人を亡くした後に、十年間一人で子供を養って来ました。(誤文)
c. あの奥さんはご主人を亡くした後で、十年間一人で子供を養って来ました。(誤文)

上の例文は、前件が発生した後の時間の経過を示したものです。時間の流れには断絶があり

的時間的密切性是非常稀薄的，所以「後に」與「後で」都不能使用。

最後說明「～間」的語句。「～間で」通常不使用，在此只說明「～間」和「～間に」的不同。

～間　　通過全部期間繼續進行的事項

～間に　在期間的某時期發生的事項

a. 長い間彼から何の連絡もなかった。（很長一段時間他一點聯絡也沒有。）

b. 長い間に彼から何の連絡もなかった。（錯誤）

c. 長い間で彼から何の連絡もなかった。（錯誤）

這些例句的「連絡もなかった（都沒聯絡）」是指通過「長い間（長時間）」的全期間。如接「に」成爲「長い間に」時，是指「長い間」的某一時點，所以b句是錯誤的。這在很多的文法書上都有說明。但以下的例句又如何呢？

a. 彼の風貌は長い間すっかり変わっていた。（錯誤）

b. 彼の風貌は長い間にすっかり変わっていた。（他的容貌在這段期間裡完全地變了。）

ません。「十年間」は長く、従って前件と後件の時間的緊密性が非常に希薄になりますので、「後に」も「後で」も使えないのです。

最後に、「〜間」という語句について説明します。但し、「〜間で」という言葉は珍しいので、「〜間」と「〜間に」の違いだけを説明します。

〜間　期間全体を通して継続的に行われる事柄
〜間に　期間の或る時期に発生する事柄

a．長い間彼から何の連絡もなかった。
b．長い間に彼から何の連絡もなかった。（誤文）
c．長い間で彼から何の連絡もなかった。（誤文）

という文では、「連絡もなかった」は「長い間」の全期間に渡ります。「に」を付けて「長い間に」にすると、「長い間」の或る一時点を指してしまうので、b文は誤文になる、と多くの文法書では説明しています。この例文の場合はそうですが、では、次の例文はどうでしょうか。

a．彼の風貌は長い間すっかり変わっていた。（誤文）
b．彼の風貌は長い間にすっかり変わっていた。

c. 彼の風貌は長い間ですっかり変わっていた。(錯誤)

與前述例句一樣，這裡的例句的「長い間」是「長期間、何の音信も対面もなかった空白期間(長期間、全無音信與會面的空白期間)」的意思。「すっかり変わっていた(完全變了)」表示在其空白期間中所發生的事項。實際上，他的容貌是長期之間繼續變化的，但因說話者在長時期不見後看到了他，有突然改變的感覺，所以用「長い間に」。

a. しばらく見ない間、随分大きくなったね。(錯誤)
b. しばらく見ない間に、随分大きくなったね。(隔了一些時候沒見了，都長這麼大了呀。)
c. しばらく見ない間で、随分大きくなったね。(錯誤)

上面例句「随分大きくなった(長得相當大了)」也一樣，不是繼續性的事項，而是表示在期間中發生的事項。

§3「まで」和「に」・「で」

「まで」接「に」「で」的場合，本可放在前項說明，但「まで」不是名詞而是助詞，所以在本項說明。

c. 彼の風貌は長い間ですっかり変わっていた。(誤文)

前の例文もそうですが、この例文の場合でも、「長い間」は、「長期間、音信も対面もなかった空白期間」を意味しています。「すっかり変わっていた」は、その空白期間中に発生した事柄を表しています。実際には、彼の風貌は長期間継続的に変化して行ったのでしょうが、話者は久しぶりに彼と会ったので、突然変化したように感じてしまいます。だから、「長い間に」を使うのです。

a. しばらく見ない間、随分大きくなったね。(誤文)
b. しばらく見ない間に、随分大きくなったね。
c. しばらく見ない間で、随分大きくなったね。(誤文)

上の例文も、「随分大きくなった」という事態は、継続的な事態ではなく、期間中に発生した事柄を表しています。

§3 「まで」と「に」と「で」

「まで」に「に」と「で」が付いた場合、前の項で説明してもよかったのですが、「まで」は名

まで　　表示事態繼續的界限點　　後項是繼續的事項
までに　表示事態發生的期間　　後項是發生的事項
までで　設定事態完了的上限　　後項是完了的事項

a. 三時までそれをやって下さい。（到三點爲止，做那工作。）
b. 三時までにそれをやって下さい。（到三點爲止，完成那工作。）
c. 三時までそれをやって下さい。（錯誤）

「まで」的意思是繼續，所以a句的句意是「三時までずっとそれをやり続けて下さい（到三點爲止一直繼續做那工作）」，三點以前不得停止。b句的「までに」是發生的意思。「三時までにそれを仕上げて下さい（到三點爲止把那工作做好）」，三點以前做好了的話，停止也沒關係。像這樣，述語「やって下さい」可以解釋成繼續・完成兩個意思。但不能解釋成完了的意思，所以c句是錯誤的。

那麼、其次來看表示完了的語句。

a. 来月まで煙草を吸うのを止めます。（到下個月爲止不抽煙了。）

詞ではなく助詞ですので、ここで述べることにしました。

まで	事態が継続する限界点を示す	後件は継続的な事柄
までに	事態が発生する期限を示す	後件は発生的な事柄
までで	事態が完了する上限を設定する	後件は完了的な事柄

a．三時までそれをやって下さい。
b．三時までにそれをやって下さい。
c．三時まででそれをやって下さい。（誤文）

「まで」は継続を意味しますから、a文の文意は「三時までずっとそれをやり続けて下さい」です。三時前に止めてはいけません。b文は「までに」が発生を意味するので、「三時までにそれを完成して下さい」であり、三時前に完成したら、三時前でも止めてかまいません。このように、「やって下さい」という述語は、継続・完成の両方の意味に解釈できます。しかし、完了の意味には取れませんので、c文は誤文になります。

では、次に完了を表す語句を使って見ましょう。

a．来月まで煙草を吸うのを止めます。

b. 来月までに煙草を吸うのを止めます。（到下個月就不抽煙了。）

c. 来月までで煙草を吸うのを止めます。（到下個月底就不抽煙了。）

上面例句、從文法上來看哪一句都是正確的。只是每一句的意思都不同。a句是「来月までは煙草をすわないが、来月以降は煙草を吸う（下個月爲止不抽煙，但下個月以後抽煙）」的意思。b句是「来月になるまでの或る期間に煙草を止め、それ以降煙草を吸わない（下個月的某個期間停止抽煙，其後也不抽煙了）」的意思。c句是「来月中は煙草を吸うが、来月月末以降は煙草を吸わない（下個月中還抽煙，但下個月底以後就不抽煙了）」的意思。

a. 夕方まで雨が止みます。（錯誤）

b. 夕方までに雨が止みます。（到了傍晚雨會停。）

c. 夕方までで雨が止みます。（錯誤）

「雨が止む（雨停）」並不是一個繼續的事項。因此、a句是錯誤的。使用「までで」就成了「夕方中ずっと雨が降り続けるが、夕方が終わって夜になれば雨が止む（傍晚之間一直下個不停，傍晚過後到了晚上雨就會停）」的意思。「夕方（傍晚）」和「夜（晚上）」的界限並不明確，所以不能使用「までで」。

b. 来月までに煙草を吸うのを止めます。

c. 来月までで煙草を吸うのを止めます。

上の例文は、いずれも文法的には正しい文です。しかし、意味はそれぞれ違います。a文は、「来月までは煙草を吸わないが、来月以降は煙草を吸う」という意味です。b文は「来月になるまでの或る期間に喫煙を止め、来月以降煙草を吸わない」です。c文は「来月中は煙草を吸うが、来月以降は煙草を吸わない」の意味です。

a. 夕方まで雨が止みます。（誤文）

b. 夕方までに雨が止みます。

c. 夕方までで雨が止みます。（誤文）

「雨が止む」ということは、継続的なことではありません。従って、a文は誤文になります。「までで」を使うと、「夕方中ずっと雨が降り続けるが、夕方が終わって夜になれば雨が止む」という意味を表します。しかし、「夕方」と「夜」の境界ははっきりしていませんし、夕方中ずっと雨が降り続けるかどうかは、誰にも分からないこです。但し、間違えてc文を使う日本人もいるかもしれません。

a. 今月まで会社を辞めます。(錯誤)

b. 今月までに会社を辞めます。(在這個月辭職。)

c. 今月までで会社を辞めます。(錯誤)

這些例句也一樣,「辞める(辭職)」並不是一繼續的事態,而是「辭職」的發生,所以「までに」爲妥。

§4「から」・「に」・「で」

前面敘述了「に」和「で」接於其他語句的場合。在此、「から」與「に」「で」作比較。「から」之後不能接「に」和「で」。

から　表示連續事態的開始點

に　表示事態的發生點

で　表示事態的完了點

a. 郵便局は九時から始まります。(郵局從九點開始。)

b. 郵便局は九時に始まります。(郵局《在》九點開始。)

a．今月まで会社を辞めます。（誤文）

b．今月までに会社を辞めます。

c．今月までで会社を辞めます。（誤文）

これらの例文も同様に、「辞める」という事態は継続的なものではなく、発生を表したものですから、「までに」を使います。

§4「から」と「に」と「で」

今まで「に」と「で」が、他の語句に付いた場合を説明して来ましたが、ここでは「から」と「に」「で」を比べることにします。「から」の後には「に」も「で」も付かないからです。

から　連続的事態の開始点を示す

に　事態の発生点を示す

で　事態の完了点を示す

a．郵便局は九時から始まります。

b．郵便局は九時に始まります。

c. 郵便局は九時で始まります。（錯誤）

a句表示郵局業務的開始時間。這「始まります（開始）」的意思是，連續的活動的開始點。b句只是敘述郵局的開始時間。a句與b句有如此的不同，然而在日常會話裡，無須作如此細膩的思考，因其所說的要點都一樣，所以兩者均可使用。但其不爲完了性的語句，所以不能像c句一樣使用「で」。

a. 来年から大人の仲間入りです。（從明年進入成人的行列。）

b. 来年に大人の仲間入りです。（錯誤）

c. 来年で大人の仲間入りです。（到了明年進入成人的行列。）

以上是有關明年迎接成人式的句子。a句是「来年から大人としての人生が始まる（從明年以大人身份的人生即將開始）」的意思。c句「で」表示完了，所以是「来年で子供時代は終わりだ（明年將結束孩童時代）」的意思。b句的情形在前述§1曾說明過，「来年」一語是主觀的時間，所以不能使用「に」。如果說成「来年になったら大人の仲間入りです（到了明年進入成人的行列）」那就沒錯，這裡的「に」是表示變化的助詞。

c．郵便局は九時で始まります。（誤文）

a文は、郵便局の業務が始まる時間を表しています。この「始まります」は連続的な活動の開始時点を意味しているのです。b文は、単に郵便局の開始時間を述べたものに過ぎません。a文とb文にはこのような違いがありますが、日常会話ではそこまで考える必要はなく、どちらを使ってもかまいません。言いたいことの骨子は同じだからです。しかし、完了性の語句ではないので、c文のように「で」は使えません。

a．来年から大人の仲間入りです。

b．来年に大人の仲間入りです。（誤文）

c．来年で大人の仲間入りです。

上の例文は、来年成人式を迎える人に関する言葉です。a文は「来年から大人としての人生が始まる」という意味ですが、c文「で」が終了を表しますので、「来年で子供の時代は終わりだ」という意味になります。b文は、§1でも述べたように、「来年」という言葉が主観的な時間ですので、「に」を使えません。「来年になったら大人の仲間入りです。」という文なら正しいですが、この「に」は変化を表す助詞です。

a. また後から会いましょう。(錯誤)
b. また後に会いましょう。(錯誤)
c. また後で会いましょう。(待會兒再見。)

這是離別時的所說的句子。這句話的意思表示完了。因此使用「で」爲妥。a句的「から」如無連續的動作則不能使用。「別れる(離別)」和「また会う(再會)」不爲連續動作，所以是錯誤的。b句的情形，在§2曾敘述過，「後に」表示在時間上的密切性是緊迫的，所以爲不自然的表現。

§5「から」和「より」

「から」與「より」有如下的不同。

から　表示連續事態的開始點
より　表示基準點

「より」沒有表示連續動作的用法

a. また後から会いましょう。(誤文)

b. また後に会いましょう。(誤文)

c. また後で会いましょう。

これは別れる時に言う言葉です。この言葉は意味的に完了を表しています。従って、「で」を使うのが妥当なわけです。a文の「後から」は、連続的動作でないと使えません。「別れる」と「また会う」を連続的に行うのはおかしいので、誤文になります。b文は、§2でも述べたように、「後に」があまり時間を空けずに動作を行う言葉ですからやはり意味がおかしくなります。

§5「から」と「より」

「から」と「より」には次のような違いがあります。

から　連続的事態の開始点を示す

より　基準点を示す

「より」には連続的動作を表す用法がありません。

a. 昨年から株価が上昇し始めた。（從去年開始股票上漲了。）
b. 昨年より株価が上昇し始めた。（錯誤）
c. 朝から曇っている。（從早上就陰天了。）
d. 朝より曇っている。（錯誤）
e. 彼は昨日から留守だ。（他從昨天就不在了。）
f. 彼は昨日より留守だ。（錯誤）
g. 海に潜ってからもう一時間近く経っている。（潛入海中已經將近一個鐘頭了。）
h. 海に潜ってよりもう一時間近く経っている。（錯誤）
i. 運転免許を取ってから十年間、一度も運転したことがない。（拿到駕駛執照後十年之間一次也沒開過車。）
j. 運転免許を取ってより十年間、一度も運転したことがない。（錯誤）

一方面、表示基準點的句子裡不能使用「から」。

a. 約束の時間から五分前に着いた。（錯誤）
b. 約束の時間より五分前に着いた。（比約定的時間早五分到達。）
c. 納入期限から一週間も遅れて商品が届いた。（錯誤）
d. 納入期限より一週間も遅れて商品が届いた。（商品比交貨期遲一星期送到。）

a. 昨年から株価が上昇し始めた。

b. 昨年より株価が上昇し始めた。（誤文）

c. 朝から曇っている。

d. 朝より曇っている。（誤文）

e. 彼は昨日から留守だ。

f. 彼は昨日より留守だ。（誤文）

g. 海に潜ってからもう一時間近く経っている。

h. 海に潜ってよりもう一時間近く経っている。（誤文）

i. 運転免許を取ってから十年間、一度も運転したことがない。

j. 運転免許を取ってより十年間、一度も運転したことがない。（誤文）

一方、基準点を表す文には「から」を使えません。

a. 約束の時間から五分前に着いた。（誤文）

b. 約束の時間より五分前に着いた。

c. 納入期限から一週間も遅れて商品が届いた。（誤文）

d. 納入期限より一週間も遅れて商品が届いた。

e. 予定時間から早く到着した。（錯誤）

f. 予定時間より早く到着した。（比預定的時間提早到達了。）

g. 会見時間はお昼から夕方の方がよい。（錯誤）

h. 会見時間はお昼より夕方の方がよい。（會面的時間傍晩比中午好。）

以上的例句、其問題在於「早い」「遲い」「前」「後」。

a. 仕事は十時から始めます。（工作從十點開始。）

b. 仕事は十時より始めます。（工作從十點開始。）

c. 八時前から大勢の行列ができている。（從八點開始就大擺長龍了。）

d. 八時前より大勢の行列ができている。（錯誤）

這裡、a句與b句兩者均無錯誤，通常使用a句。「より」是文語所以讓人感到拘束。與日常會話顯得不相稱，外國人還是不用的爲好。

其後有「まで」或「に」時使用「から」。這和中文的「從～到…」一樣。

e. 予定時間から早く到着した。(誤文)

f. 予定時間より早く到着した。

g. 会見時間はお昼から夕方の方がよい。(誤文)

h. 会見時間はお昼より夕方の方がよい。

こういう場合、「早い」「遅い」「前」「後」などが問題になります。

a. 仕事は十時から始めます。

b. 仕事は十時より始めます。

c. 八時前から大勢の行列ができている。

d. 八時前より大勢の行列ができている。(誤文)

a文とb文はどちらも間違いではありませんが、通常はa文を使います。「より」は非常に文語的であり、堅苦しい感じがします。日常会話にはそぐわないところがありますので、外国人の方はあまり使用しない方がよいでしょう。

後に「まで」や「に」がある時は「から」を使います。これは中国語の「從…到～」と同じです。

a. 彼女は朝から晚まで机にしがみついています。（她從早到晚就緊坐在桌子前不肯離開。）

b. 彼女は朝より晚まで机にしがみついています。（錯誤）

c. 夜十一時から朝五時まで煙草の自動販売機は停止しています。（從晚上十一點到清晨五點香煙自動販賣機停止販賣。）

d. 夜十一時より朝五時まで煙草の自動販売機は停止しています。（錯誤）

e. 十九世紀から二十世紀にかけて産業革命が起こった。（從十九世紀到二十世紀之間發生了産業革命。）

f. 十九世紀より二十世紀にかけて産業革命が起こった。（錯誤）

g. 五十歳から六十歳にかけて、彼は多数の論文を世に送った。（他從五十歲到六十歲之間，在世上公開了很多論文。）

h. 五十歳より六十歳にかけて、彼は多数の論文を世に送った。（錯誤）

i. 一から千まで足すと幾らですか？（從一加到一千是多少？）

j. 一より千まで足すと幾らですか？（錯誤）

（註）

（1）總括地說，「に」表示「時間上・空間上的歸着點」，「で」表示「限定時間上・空間上的數量」

a. 彼女は朝から晩まで机にしがみついています。

b. 彼女は朝より晩まで机にしがみついています。(誤文)

c. 夜十一時から朝五時まで煙草の自動販売機は停止しています。

d. 夜十一時より朝五時まで煙草の自動販売機は停止しています。(誤文)

e. 十九世紀から二十世紀にかけて産業革命が起こった。

f. 十九世紀より二十世紀にかけて産業革命が起こった。(誤文)

g. 五十歳から六十歳にかけて、彼は多数の論文を世に送った。

h. 五十歳より六十歳にかけて、彼は多数の論文を世に送った。(誤文)

i. 一から千まで足すと幾らですか?

j. 一より千まで足すと幾らですか?(誤文)

(註)

(1)総括的に言えば、「に」は「時間的・空間的な帰着点」を表し、「で」は「時間的・空間的な数量の限定」を表します。

第四章　表示場所的助詞

§1「に」和「を」

「に」和「を」置於自動詞之前，可表示場所。這有如下的法則。

に　場所爲目的地的場合

を　表示在場所內的移動，或場所爲出發點

如下圖所示…

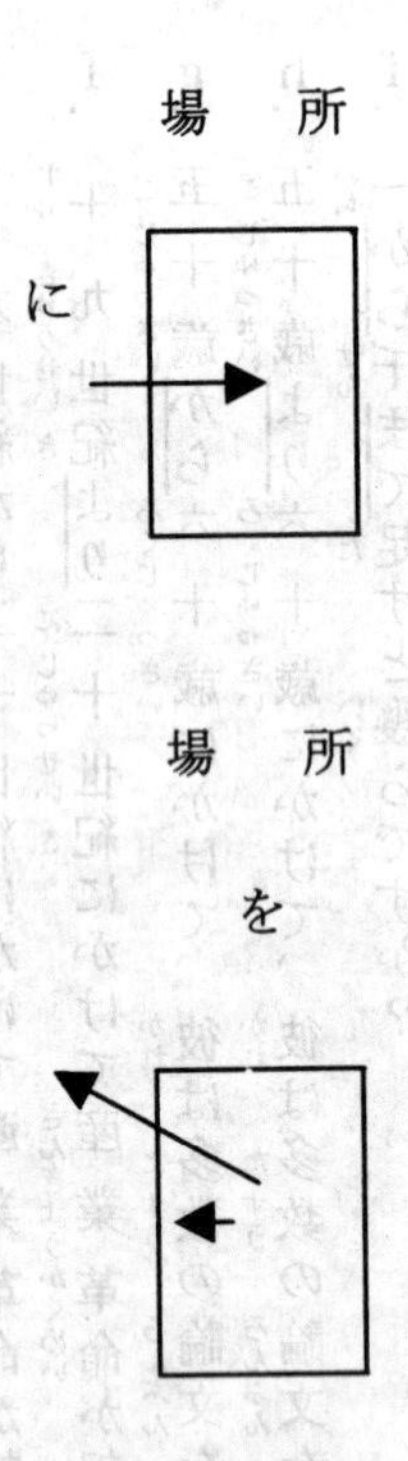

「を」可以在場所內。也可以出場所。又、在場所內的時候不只限於直線移動。

a. 海に行く。↓ 海まで行く。（到海邊去。）

第四章　場所を表す助詞

§1「に」と「を」

「に」と「を」は移動を表す自動詞の前に付いて、場所を表すことがあります。その場合、次のような法則があります。

に　場所が目的地

を　場所内での移動を表す、又は場所が出発点

これを図解すると、次のようになります。

場所　に

場所　を

「を」は場所内に留まる場合もあれば、場所から飛び出す場合もあります。また、場所内を直線的に移動するとは限りません。

a．海に行く。↓　海まで行く。

b．海を行く。↓ 船に乗って海の上を進んでいる。（乘船在海上遊。）

a句是爲了釣魚或海水浴而去海上（邊）的意思。或者也許只是想看看海而已。b句的意思是乘船在海上前進。這時的海不能成爲目的地。因此，下面的b句是錯誤的。

a．海に来た。（來到海邊。）

b．海を来た。（錯誤）

b句的錯誤是「来た」的動詞所表示的場所必須是目的地。

a．道路に走りました。（?）

b．道路を走りました。↓ 道路の中を走ること（在道路上跑。）

c．彼の背後に回った。↓ 彼の後ろ側に回ったこと（繞到他的後面。）

d．彼の背後を回った。↓ 彼の背後を通過したこと（從他的後面繞過。）

a句是在沒有道路的地方，從那兒跑向道路時所用的句子。但是、這場合很少、所以這句子不太自然。b句是在道路中央跑的意思。c句是繞到「彼（他）」的背後的意思。d句是從「彼（他）」的背後繞到別的地方的

b．海を行く。↓　船に乗って海の上を進んでいる。

a文は、魚釣りとか海水浴などをするために海まで行くことを意味します。或いは、ただ何となく海が見たいだけかもしれませんが、b文は、何かの船舶に乗って海の上を進んでするという意味です。この海は目的地にはなり得ません。従って、下のb文は誤文になります。

a．海に来た。

b．海を来た。（誤文）

b文が間違いなのは、「来た」という動作が表す場所は、「目的地」でなければならないからです。

a．道路に走りました。（?）

b．道路を走りました。↓　道路の中を走ること

c．彼の背後に回った。↓　彼の後ろ側に回ったこと

d．彼の背後を回った。↓　彼の背後を通過したこと

a文は道路のない場所にいて、そこから道路に向かって走り出す場合に使いますが、そういう

意思，而不是停在「彼（他）」的背後。

這樣的「を」雖多接表示直線的通過的自動詞，但有時也並不如此。

a. 公園をぶらぶら歩きます。（在公園內閒狂逛。）

b. 展示会場を眺めて回りました。（瀏覽著展示會場地繞著走。）

c. 山を散策しました。（在山上散步了。）

d. 森の中を縦横無尽に駆け巡った。（在森林中縱橫來往地繞著跑。）

e. 乱世を生き抜く。（度過亂世。）

f. ここから二つ目の角を曲がって真っ直ぐです。（從這兒起在第二個角落轉彎後一直走。）

g. 長い道程を毎日往復した。（每天往返了很長的路程。）

h. ボートで濁流を遡る。（乘小船在獨流逆行。）

以上的句子不能使用「に」。

又、「を」有時也表示出發點（參考§4。

情況はあまりないので、文としては少し変な印象を与えます。b文は道路の中を走るという意味です。c文はぐるっと回って彼の背後に至った、という意味です。d文は彼の背後を通過して別の場所に行ったという意味になり、彼の背後に留まったのではありません。

こういう「を」は、直線的な通過を表す自動詞に多いですが、そうではないこともあります。

a．公園を|ぶらぶら歩きます。
b．展示会場を|眺めて回りました。
c．山を|散策しました。
d．森の中を|縦横無尽に駆け巡った。
e．乱世を|生き抜く。
f．ここから二つ目の角を|曲がって真っ直ぐです。
g．長い道程を|毎日往復した。
h．ボートで濁流を|遡る。

以上の例文には「に」を使えません。

また、「を」は出発点を表す場合もあります（§4参照）。

a. 家に出発する。（錯誤）
b. 家に出る。（錯誤）
c. 家を出発する。（從家裡出發。）
d. 家を出る。（從家裡出去。）

出發點的場合、使用「に」的時候表示目的地，a句與b句兩句從意思上來說是矛盾的所以是錯誤。但也有例外。

a. 南極に旅立ちました。↓ 南極は目的地（起程到南極了。）
b. 南極を旅立ちました。↓ 南極は出発点（從南極起程了。）

動詞「旅立つ」不一定是表示出發點。因此、這種情形、a句是「目的地」，「向南極出發」的意思。b句是「出發點」，「從南極起程到其他的地方」。

關於「を」、有「表示運動向一定的方向繼續行動」此一說（註1）。這樣的話、下面的句子就應該不能成立。

a. 森を少しだけ歩いた。（在森林稍微走了一下。）

a．家に|出発する。（誤文）
b．家に|出る。（誤文）
c．家を|出発する。
d．家を|出る。

出発点の場合、「に」を使うと目的地を表し、矛盾するのでa文とb文は誤文になります。
ですが、誤文にならない場合もあります。

a．南極に|旅立ちました。→　南極は目的地
b．南極を|旅立ちました。→　南極は出発点

「旅立つ」という動詞は必ずしも出発点を表すわけではありません。従って、こういう場合は、a文が「目的地」ですから、「南極に向かって旅立った」という意味でして、b文は「出発点」ですので、「南極から他の場所へ旅立った」の意味です。
「を」に関しては、「運動の方向が続けて一方向に向かって行われることを示す」という説があります(註1)。それなら、次のような文は成り立たないはずです。

a．森を|少しだけ歩いた。

b. 坂道を二、三歩昇っただけで立ち止まった。(只爬了兩、三步坡道，就站住了。)

c. 砂漠を休み休みしながら進んだ。(在砂漠上邊走邊休息地前進。)

d. 校庭をジクザグに走った。(在校園裡“之”字形地跑。)

相反的情形是不能同時成立的。運動的方向「向著一定的方向」的話，那上面的例句就應該說是全都不正確了。

又、有「運動在場所全範圍的大部份行動」此一說(註2)。

a. 山を少し登っただけで下山した。(只爬了一點，就下山了。)

b. プールの隅を泳いだだけだった。(在游泳池角落，只游了一點。)

c. 広場の端ばかりを歩いた。(只在廣場的旁邊走。)

上面例句也都能成立。因此、關於「範圍」「方向性」並不為「を」所表示的意思，應該說是與述語動詞的意思有關。「走る」「歩く」「登る」等，表示移動的動詞，修飾語句如不接任何語句(如：少し、ばかり、だけ等)，其動詞只是表示廣範圍內的直線運動。

b．坂道を｜二、三歩昇っただけで立ち止まった。
c．砂漠を｜休み休みしながら進んだ。
d．校庭を｜ジクザグに走った。

相反するものは両立しません。運動の方向が「続けて一方向に向かって」というなら、上の例文は全て誤文にならなければなりません。

また、「運動が場所の全範囲またはかなりの範囲で行われる云々」という説もあります（註2）が、

a．山を｜少し登っただけで下山した。
b．プールの隅を｜泳いだだけだった。
c．広場の端ばかりを｜歩いた。

以上の例文も成り立ちます。従って、「範囲」と「方向性」に関しては「を」の持つ意味ではなく、述語動詞の意味だと言わざるを得ません。「走る」「歩く」「登る」など、移動を表す動詞の場合は修飾語句を何も付けなければ、その動詞だけで場所の広範囲に渡って行う、直線的な運動を表すからです。

§2「に」和「で」

「に」和「で」的區別使用法如下。

に　事項完結後，其結果存在的場所

で　事項的發生偶然存在的地方

「に」是表示某一事項向著場所行動，事項完了後，其結果存在的場所。因場所爲目的地的緣故，事項與場所的結合就比較強烈。一方面，「で」是不管是行爲也好，事件或事態也好，其發生偶爾在此一場所的意思，事項與場所並不結合。以圖表示就如下：

場所　→　に

場所　で

例如：

§2「に」と「で」

「に」と「で」の使い分けは述語動詞の性質で決まりますが、敢えて言うなら次のようになります。

に　事柄の完結後、その結果が存在している場所

で　事柄の発生が偶然そこだったという場所

「に」は或る事柄がそれに向けて行われ、事柄の完了後、その結果がそこに存在する場所を表します。場所が目的地になりますから、事柄と場所の結び付きが比較的強くなります。一方、「で」は、行為にしろ事件にしろ、或る事態の起こった場所がたまたまそこだった、という意味であり、事柄と場所の結び付きはありません。図で示すと、次のようになります。

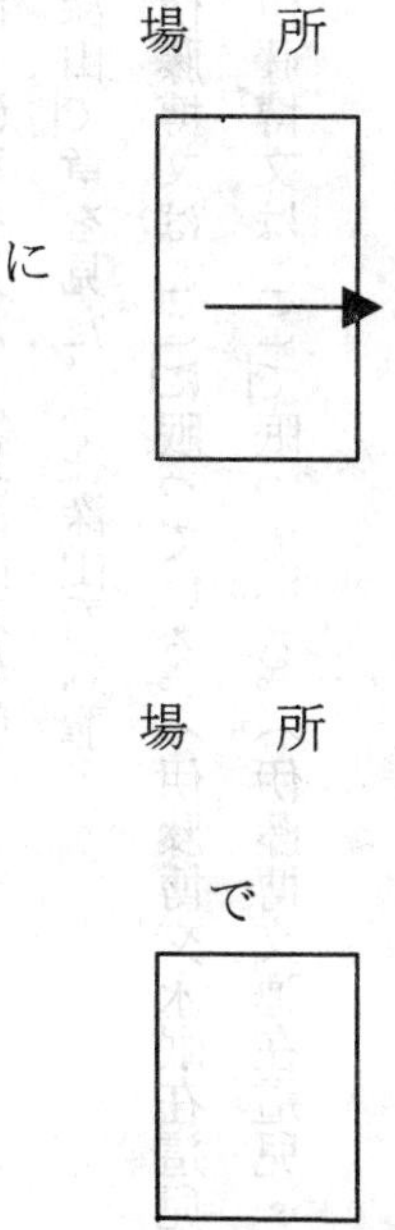

所場　に

所場　で

例えば、

a．東京に生まれ、東京に育った。（生在東京，長在東京。）
b．東京で生まれ、東京で育った。（在東京生的，在東京長大的。）
c．深山に竜を見た。（到深山看到龍了。）
d．深山で竜を見た。（在深山看到龍了。）
e．伊藤博文はここに眠っている。（伊藤博文永眠在這兒。）
f．伊藤博文はここで眠っている。（伊藤博文睡在這兒。）

a句是在東京生的，在東京長大的宿命性因素，有自己與東京的結合的必然性的意思。但是b句就沒有意思，只不過是敘述出生的地方，長大的地方而已，並不是沒有東京認的意識，但其爲東京人的意識較a句爲稀薄。c句是尋找龍，到龍住的深山去，有終於見到龍的反響作用。一方面、d句就沒有這反響作用，只是偶爾到深山去龍的意思。e句與f句的意見完全不同。f句「で」只是表示伊藤博文睡覺的地方，而e句則表示伊藤博文埋葬的地方。

a．川に泳ぐ。（錯誤）

a．東京に生まれ、東京に育った。
b．東京で生まれ、東京で育った。
c．深山に竜を見た。
d．深山で竜を見た。
e．伊藤博文はここに眠っている。
f．伊藤博文はここで眠っている。

a文は、東京で生まれて東京で育ったことが宿命的な何かであり、自分は東京の人間であるという意識、東京と自分の結び付きの必然性のようなものが出ています。しかし、b文にはそういう意味がなく、単に生まれた場所、育った場所を述べているに過ぎず、自分が東京の人間であるという意識はないわけではありませんが、a文よりもずっと希薄です。c文は、竜を探し求めて、竜が棲んでいるという深山まで行き、とうとう竜を見ることができた、という響きがあります。一方、d文にはそういう響きはなく、たまたま深山に行ったらそこで竜を見た、という意味です。e文とf文は意味が違います。f文の「で」は単に伊藤博文が寝ている場所を示すだけですが、e文は伊藤博文が埋葬されている場所を表します。

a．川に泳ぐ。（誤文）

b．川で泳ぐ。↓　動作の場所　（在河裡游泳。）

這種場合、「に」表示動作的目的地。「川（河）」爲「泳ぐ（游泳）」的目的地是很奇怪的表現。所以a句爲錯誤的句子。但如下：

a．川に泳ぎに行く。↓　動作の目的地　（到河裡去游泳。）

b．川で泳ぎに行く。（錯誤）

這例句、「泳ぐ」只是附屬性動詞，主動詞不是「泳ぐ」而是「行く」。「川」爲動詞「行く」動作的目的地，所以a句是正確的，b句則爲錯誤。

a．庭にテーブルを作りました。（在院子裡做了桌子了。）↓　動作的對象存在的場所

b．庭でテーブルを作りました。（在院子做桌子了。）↓　動作行爲的場所

這兩句都是正確的。「作る（做）」本來是動作性動詞，在這場合，因「に」是表示對象存在的場所，所以a句表示在「作る（做）」的動作完了之後テーブル（桌子）存在院子裡的意思。因此、a句是「在院子裡設置桌子」的意思。而b句則無此意思，只是單純地表示做桌子的場所。

b．川で泳ぐ。↓　動作の場所

この場合、「に」は動作の目的地を示しています。「川」が「泳ぐ」という動作の目的地になるのはおかしいですから、a文は誤文になります。しかし、

a．川に泳ぎに行く。↓　動作の目的地

b．川で泳ぎに行く。（誤文）

という文では、「泳ぐ」は付随的な意味しか持たず、主動詞は「行く」です。「川」が「行く」という動作の目的地になりますので、aは正しく、bは誤文になります。

a．庭にテーブルを作りました。↓　動作の対象が存在する場所

b．庭でテーブルを作りました。↓　動作を行う場所

今度は両方とも正しい文です。「作る」は本来は動作性動詞ですが、この場合、「に」は対象の存在場所を示しますから、a文は「作る」という動作が完了した後も、テーブルが庭に存在していることを意味しています。従って、a文は「庭にテーブルを設置した」の意味です。b文にはそういう意味はなく、単にテーブルを作った場所を示しているだけです。

桌子是可以移動的對象，但如果像不動產不能移動之類爲對象語時，那就不能使用「で」。

a. 都内に家を買いました。（在東京都内買了房子。）→ 家は移動できない

b. 都内で家を買いました。（錯誤）

b句的錯誤是「買う（買）」的動作完了以後「家」是不移動移動的。同様地使用「買う（買）」，當然應該移動的對象時，使用「で」。

a. 果物屋にリンゴを買いました。（錯誤）

b. 果物屋でリンゴを買いました。（在水果店買了蘋果了。）

這裡的a句與剛才所舉的「庭に～」作比較就更加清楚。

a. 果物屋にリンゴを買いました。（錯誤）

b. 庭にテーブルを作りました。（在院子裡做了桌子了。）

「リンゴ（蘋果）」和「テーブル（桌子）」是可以移動的東西，但又爲什麼a句錯誤而b句卻爲正確的呢？

テーブルなどは移動可能の対象ですが、不動産のように移動不可能なものを対象語にした場合には、「で」は使えません。

a. 都内に家を買いました。→ 家は移動できない

b. 都内で家を買いました。（誤文）

b文が誤文になるのは、「買う」という動作が完了しても、「家」は移動しないからです。同じ「買う」を使っても、移動するのが当然な対象は「で」を使います。

a. 果物屋にリンゴを買いました。（誤文）

b. 果物屋でリンゴを買いました。

このa文を先に挙げた「庭に～」と比較してみますと、なおさらはっきりします。

a. 果物屋にリンゴを買いました。（誤文）

b. 庭にテーブルを作りました。

「リンゴ」も「テーブル」も移動可能なものです。にもかかわらず、なぜa文は誤文で、b文は誤

這是因爲文意的不同。桌子做了以後，不知是擺在那兒還是移到別地方，但是買了蘋果後，必須從賣主的手裡移動到買主的手裡，因此不能使用「に」。

a. 家に絵を描きました。↓　家是繪畫的對象

b. 家で絵を描きました。↓　家是繪畫動作的場所

上面句子的文意也是不同的。a句是「圖畫」直接畫在房子上（例如：牆上、屋頂）的意思。有點兒奇怪，但就是這個意思。b句在家裡畫畫的意思。

a. 自分の部屋に食事をします。（錯誤）

b. 自分の部屋で食事をします。（在自己的房間吃飯。）↓　動作行爲的場所

「食事をする（吃飯）」是動作性動詞。「自分の部屋（自己的房間）」是其動作的地方。只不過偶爾在「自分の部屋（自己的房間）」吃飯，所以使用「で」。

a. ここに残る（残す）。（留在這兒。）↓　存在場所

文ではないのでしょうか。それは文意の違いに由来します。テーブルは、作ってもそこに設置するか、どこか他の場所へ持って行くか不明ですが、リンゴは買えば必ず売り手から買い手へと移動します。ですから、「に」を使用できないのです。

a．家に絵を描きました。↓　家は絵を描く対象

b．家で絵を描きました。↓　家は絵を描く動作を行う場所

上の文も文意が違います。a文は「絵」を家そのもの（例えば、壁、屋根）に直接描いたことを意味します。少し変ですが、そういう意味になります。b文は「家の中で絵を描いた」という意味です。

a．自分の部屋に食事をします。（誤文）

b．自分の部屋で食事をします。↓　動作を行う場所

「食事をする」というのは動作性動詞です。「自分の部屋」はその動作を行う場所です。「自分の部屋」は、たまたま食事をした場所に過ぎませんので、「で」を使います。

a．ここに残る（残す）。↓　存在場所

b. ここで残る(残す)。(錯誤)

c. ホテルに泊まる(泊める)。(住大飯店)↓ 存在場所

d. ホテルで泊まる(泊める)。(錯誤)

「残る(残す)」或「泊まる(泊める)」等是表示事態完了以後，其結果存在的場所的動詞，所以使用「に」。

這些都應稱爲附著性動詞。

又、動作性動詞或存在性動詞也有從意思上不能容易區別的。

a. 私はここに住んでいます。(我住在這兒。)↓ 表示繼續的狀態之存在性動詞

b. 私はここで生活しています。(我在這兒生活。)↓ 表示繼續的動作之動作性動詞

「住む」和「生活する」在意思上可以說是沒有什麼差別。詳細地說，「住む」是表示繼續狀態的存在性動詞，「生活する」則不只是狀態的繼續，而是伴有寢食，入浴等動作的意思。

再者、表示存在的動詞「ある」也有如下的問題。

a. ここに手紙があります。(在這兒有信。)↓ 存在

b. ここで手紙があります。(錯誤)

b．ここで残る（残す）。（誤文）
c．ホテルに泊まる（泊める）。→ 存在場所
d．ホテルで泊まる（泊める）。（誤文）

「残る（残す）」とか「泊まる（泊める）」などの動詞は、事態完結後、結果がそこに存在する場所を示す動詞なので、「に」を使用します。これらは、付着性動詞とでも呼ぶべきものです。

また、動作性動詞か存在性動詞か、意味の上からは簡単に区別できないものもあります。

a．私はここに住んでいます。→ 継続的な状態を表す存在性動詞
b．私はここで生活しています。→ 継続的な動作を表す動作性動詞

「住む」と「生活する」は、意味上ほとんど差がありません。敢えて言うなら、「住む」は継続的な状態を示す存在性動詞なのに対し、「生活する」は継続的状態だけでなく、寝食したり、入浴したりする動作も伴っているという意味があります。

さらに、存在を表す「ある」という動詞でも、

a．ここに手紙があります。→ 存在
b．ここで手紙があります。（誤文）

上面的例句就如上述的規則，但如下：

a．ここに会議があります。(錯誤)

b．ここで会議があります。(在這兒有會議。)↓ 會議舉行的場所

這種場合不能使用「に」。這也是文意上的問題。「会議がある(有會議)」就是「会議が開催される(開會)」的意思。

§3 「に」和「へ」

表示場所的「に」和「へ」自古就有明顯的不同。

に　表示移動動作的到達點

へ　表示移動動作的進行方向

如上的不同。對於這一點，大部份的文法書有如下的說明。「然し、今ではほとんど混合し、慣用句以外は置き換え可能である(然而、在今天幾乎都混和使用，慣用句以外可以置換)」。因此、這種錯誤到現在多少還遺留下來。例如：

上のような文は先に挙げた法則通りですが、

a. ここに会議があります。(誤文)

b. ここで会議があります。 ↓ 会議を行う場所

こういう場合は「に」を使えません。これも文意の問題です。「会議がある」というのは、「会議が開催される」という意味だからです。

§3「に」と「へ」

場所を表す「に」と「へ」は、古くは明らかな違いがありました。

に　移動動作の到達点を表す

で　移動動作の進行する方向を表す

という違いです。これについては、大部分の文法書が「しかし、今日ではほとんど混合し、慣用句以外は置き換え可能である」と説明していますが、この違いは現在でも少し残っています。例えば、

a. 駅に行きます。(到車站。)

b. 駅へ行きます。(去車站。)

像這樣、還未到車站的場合,以「駅(車站)」爲到達點或爲方向都無所謂。但已到了車站的場合,就如下面例句一樣不能使用「へ」。

a. 駅に到着しました。(到達車站了。)

b. 駅へ到着しました。(錯誤)

這是因爲已經到了車站,使用「へ」來表示方向是很奇怪的。

a. 全員が学校に集まった。(全部人員在學校集合了。)

b. 全員が学校へ集まった。(?)

這裡也使用「に」。這是因爲上面例句爲過去式動詞,因此從文意上來說,全部人員已經在學校集合的狀態,用表示到達點的「に」比用表示方向的「へ」要來得符合文意。「へ」的可使用與否是一問題。有人主張可使用,也有人覺得不妥。在日常會話裡,日本人也經常用「へ」,但外國人還是使用「に」比較好。

a．駅に行きます。

b．駅へ行きます。

このように、まだ駅に到達していない場合は、「駅」を到達点にしても、方向にしてもかまいません。しかし、既に駅に着いている場合は、下のように「へ」を使えません。

a．駅に到着しました。

b．駅へ到着しました。（誤文）

なぜなら、既に駅に着いているので、「へ」を使って方向を示すのはおかしいからです。

a．全員が学校に集まった。

b．全員が学校へ集まった。（？）

これも「に」を使います。それは、上の例文が過去形の動詞であり、従って、文意上、全員が既に学校に集合している状態を表しているので、方向を表す「へ」よりも到達点を表す「に」の方がふさわしいからです。「へ」を使えるという人もいるでしょうが、おかしいと言う人も

以上、敘述了「に」和「へ」意思的不同，最後說明構文上的不同。

「へ」可與連體助詞「の」結合形成修飾句，但「に」就沒有這種機能。

a. あなたにの手紙。(錯誤)

b. あなたへの手紙。(給你的信。)

§4「を」和「から」

「を」和「から」附著於場所名詞，表示出發點，經由點。在這兒先說明一下，「を」之後的動詞有如下的限制。

「を」不能使用於有出現・接近之意的動詞。

a. 太陽が東を出ました。(錯誤)

いるでしょう。日常会話では、日本人もよく「へ」を使いますが、外国人は「に」を使った方がいでしょう。

以上、「に」と「へ」の意味的な違いを述べてきましたが、最後に構文的な違いを説明します。「へ」は連体助詞「の」と結び付いて修飾句を形成しますが、「に」にはそういう機能がありません。

a. あなたにの手紙。(誤文)

b. あなたへの手紙。

§4 「を」と「から」

「を」と「から」は場所名詞に付いて、出発点・経由点を表します。最初に述べておきますが、「を」の後に来る動詞は限られていて、次のような制約があります。

「を」には出現・接近の意味の動詞は使えない

例えば、

a. 太陽が東を出ました。(誤文)

b. 太陽が東から出ました。(太陽從東邊出來了。)

c. 指を血が出る。(錯誤)

d. 指から血が出る。(手指出血了。)

如上所示，表示「出現」的動詞，或者…

a. 私は新潟を来ました。(錯誤)

b. 私は新潟から来ました。(我是從新潟來的。)

像這樣、不能與表示「接近」的動詞一起使用。

a. 私はこの道を歩いて来ました。(我從這條路走來的。)

b. 私はこの道から歩いて来ました。(?)

上面例句、一看像是與動詞「来る(來)」可以兩立的樣子。但是、這不是「を」接「来る」，而是「道を歩いて(走街道)」只不過表示「来ました(來了)」之動作的方法而已。

那麼、其次說明「を」與「から」，這有如下的不同。

b．太陽が東から出ました。
c．指を血が出る。（誤文）
d．指から血が出る。

という「出現」を表す動詞や、

a．私は新潟を来ました。（誤文）
b．私は新潟から来ました。

のように、「接近」を表す動詞とは両立しません。

a．私はこの道を歩いて来ました。
b．私はこの道から歩いて来ました。（?）

という文では、一見、「来る」という動詞と両立しているように見えます。しかし、これは「を」に「来る」が付いているのではなく、「道を歩いて」が「来ました」という動作の方向を表しているに過ぎません。

さて、そでは「を」と「から」の説明をしますが、これには、次のような違いがあります。

を　場所內的移動、又、場所爲出發點

から　從某場所移動到別的場所時的出發點・經由點（註3）

這以圖示之如下：

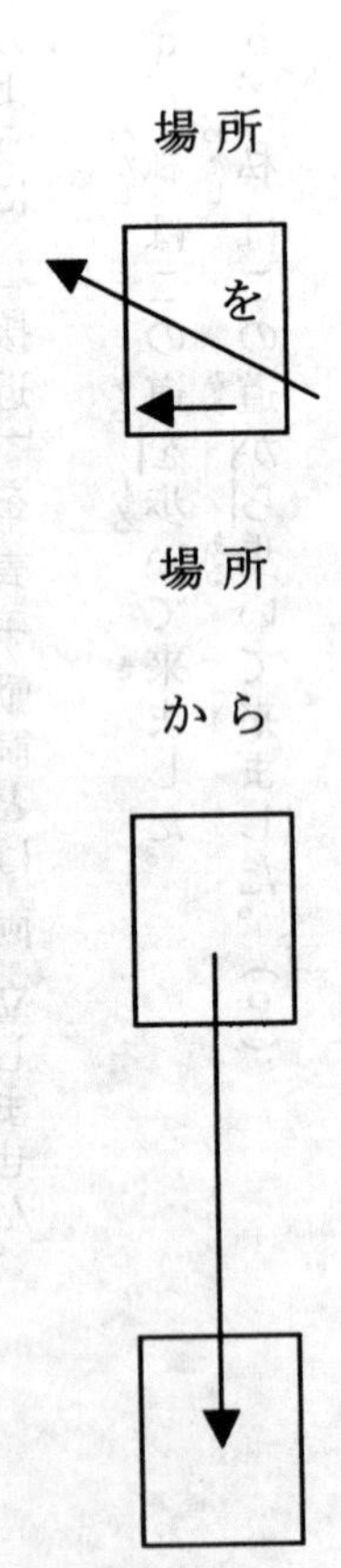

「から」是意識到「他の場所（別的場所）」時所使用的。

a. 山を降りる。（下山。）

b. 山から降りる。（從山下來。）

a句只是單純地表示「下山する（下山）」的意思。而b句則有「山から降りて人里に行く（從山上下來到村莊去。）」的意思。

a. 学校を出発する。（從學校出發。）

を　場所内での移動、又は場所が出発点

から　或る場所から他の場所へ移動する時の出発点(註3)

これを図解すると、次のようになります。

場所を

場所から

場所

「から」は「他の場所」を意識する時に使います。例えば、

a・山を降りる。

b・山から降りる。

a文は単に「下山する」という意味ですが、b文は「山から降りて人里へ行く」という意味があります。

a・学校を出発する。

b. 学校から出発する。(從學校出發。)

這場合、a句也只是表示出發的場所，而b句則比較強烈地表示到某一其他的場所。

a. 二階を降りる。(錯誤)

b. 二階から降りる。

上面例句不能使用「を」。先前的例句「山を降りる」從山上下來不一定馬上就是村莊，而這裡的二樓下來一定就是一樓，很明顯的是「別的場所」。像這樣表示向其他場所移動的場合，不能使用「を」。

a. 大学を卒業する。

b. 大学から卒業する。(錯誤)

b句使用「から」時，就成了從學校之地出到校外的意思。而另外、「卒業する(畢業)」因是學校教育完了的意思，所以與表示物理性外出的「から」不能兩立。因此這裡的b句是錯誤的。

b．学校から出発する。

この場合、a文はやはり単に出発する場所を述べただけですが、b文はどこか他の場所へ行くという意味が強く出ます。

a．二階を降りる。（誤）

b．二階から降りる。

上の例文では、「を」を使えません。先の例文「山を降りる」は、山を降りてもすぐそこが人里であるとは限りませんが、二階から降りたら、そこは一階に決まっています。明らかに「他の場所」です。このように、他の場所への移動を表す場合には、「を」は使えないのです。

a．大学を卒業する。

b．大学から卒業する。（誤文）

b文は「から」を使うと、大学の敷地から外へ出るという意味になってしまいます。一方、「卒業する」は学校教育を終えるという意味ですから、物理的に外へ出る意味の「から」とは両立しません。そのため、b文は誤文になるのです。

§5「から」和「より」

「から」與「より」中文都翻成「從」。因此外國的日語學習者容易混用。「から」與「より」有如下的區別。

から　從某一場所移動到別的場所時的出發點・經由點

より　表示基準點

「から」與「より」都被認爲是表示出發點・經由點。但是、「より」其基本用法到底是表示「前後・左右・先後・上下・遠近・東西・南北・多少・高低・狹廣」等的基準點。然而、基準點與出發點有些場合也很含糊。

a. 白線から内側に下がってください。（請退到白線內側。）

b. 白線より内側に下がってください。（請退到白線內側。）

上面例句是車站的內廣播。a句的「白線から内側」是，把白線內與白線外認爲是不同的場所。b句的「白線より内側」是，以白線爲基準點，在其內側的意思。兩句都是正確的。

§5「から」と「より」

「から」と「より」は、中国語で書けば両方とも「従」です。そのため、外国人がよく誤用します。「から」と「より」には次のような区別があります。

から　或る場所から他の場所へ移動する時の出発点・経由点

より　基準点を表す

「から」も「より」も空間的出発点・経由点を表すと言われていますが、「より」はあくまでも「前後・左右・先後・上下・遠近・東西・南北・多少・高低・狭広」などの基準点です。しかし、基準点と出発点の境界が曖昧な場合もあります。

a. 白線から内側に下がってください。

b. 白線より内側に下がってください。

上の例文は駅の場内放送ですが、a文の「白線から内側」は白線の内と外を別の場所と考えているのです。b文の「白線より内側」は、白線を基準としてその内側を示しています。どちらも正しい文です。

a．ここから先は東京です。（從這裡起是東京。）
b．ここより先は東京です。（?）

a句是有東京之區別的意識，而b句則表示「ここ（這裡）」爲基準點。b句稍有一點不自然的語感，或許有人使用。在此「より」比「から」文言。b句的不自然是因爲文言的緣故。下面例句b也是同樣。

a．北の方から冷たい風が吹いて来た。（從北方吹來了冷風。）
b．北の方より冷たい風が吹いて来た。（錯誤）

後面如有表示歸著點的助詞「へ」「まで」的場合是用「から」。

a．台北から東京まで飛行機で三時間くらいです。（從臺北到東京搭飛機大概要三小時。）
b．台北より東京まで飛行機で三時間くらいです。（錯誤）
c．渡り鳥が南から北へ飛んで行きます。（候鳥從南往北飛起。）
d．渡り鳥が南より北へ飛んで行きます。（錯誤）

a．ここから先は東京です。
b．ここより先は東京です。(？)

a文は東京以外の場所と東京を意識したものですが、b文は「ここ」という基準点を示しています。b文は少しおかしな語感がありますが、使う人がいるかもしれません。「より」は「から」と比べて文語的な言葉です。b文のおかしさは、この文語的な印象に由来します。次のb文も同様です。

a．北の方から冷たい風が吹いて来た。
b．北の方より冷たい風が吹いて来た。(誤文)

後に帰着点を表す助詞「へ」「まで」がある場合は「から」を用います。

a．台北から東京まで飛行機で三時間くらいです。
b．台北より東京まで飛行機で三時間くらいです。(誤文)
c．渡り鳥が南から北へ飛んで行きます。
d．渡り鳥が南より北へ飛んで行きます。(誤文)

另一方面、很明顯地表示比較的基準點的場合時用「より」。

a. ここから向こうの方が涼しい。(錯誤)

b. ここより向こうの方が涼しい。(對面比這兒涼快。)

「より」比「から」文言。在日常會話裡已漸漸不被使用。

§6 「まで」「に」「へ」

「まで」與「に」「へ」一樣是表示移動的助詞，但接表示場所的名詞時，其意思就不同。在此、並不是說明三者的不同，而是說明「まで」與「に」「へ」兩個助詞有什麼不同。

まで　表示移動動作的範圍・界限(階段性的進行)

に　表示移動動作的到達點

へ　表示移動動作進行的方向

「まで」表示某一計劃性的移動動作所及的範圍・界限。「に」是一躍就到到達點，而「まで」是抵達到達點

一方、明らかに比較の基準点を表す場合は「より」を使います。

a．ここから向こうの方が涼しい。（誤文）

b．ここより向こうの方が涼しい。

「から」と比べ、「より」は文語的です。日常会話では使われなくなって来ています。

§6 「まで」「に」「へ」

「まで」は「に」「へ」と同じく移動を表す助詞ですが、場所を表す名詞に付くと少し違った意味になります。ここでは、三つの助詞の違いを説明するのではなく、「まで」が「に」「へ」の二つの助詞といかに違うかを説明します。

まで　移動動作の範囲・限界を表す（段階的に進む）

に　移動動作の到達点を表す

へ　移動動作の進行する方向を表す

「まで」は或る計画的な移動動作の及ぶ範囲・限界を示します。「に」は一足飛びに到達点に

作階段性的進行的意思。

a. 鎌倉まで行きます。(到鎌倉去。)

b. 鎌倉に行きます。(到鎌倉。)

c. 鎌倉へ行きます。(去鎌倉。)

a是「鎌倉」爲到達點，首先有「鎌倉へ行く(去鎌倉)」的計劃，表示到達「鎌倉」爲止的階段性移動。

問中學生將來的出路時，

a. 大学まで行きます。(進大學。)

b. 大学に行きます。(到大學。)

c. 大学へ行きます。(去大學。)

必須回達a句。「まで」因是表示階段性移動，有「高中」「大學」的升學順續的意思。但是、「に」「へ」是直接進入大學的意思。一般常識、中學生直接進入大學是不可能的事。

達しますが、「まで」は到達点まで段階的に進むことを意味します。先ず、範囲を表す場合について説明しましょう。

a．鎌倉まで行きます。
b．鎌倉に行きます。
c．鎌倉へ行きます。

a文は「鎌倉」が到達点であり、まず「鎌倉へ行く」という計画があり、「鎌倉」に到達するまでの段階的移動を表します。

中学生に進路を聞いたら、

a．大学まで行きます。
b．大学に行きます。
c．大学へ行きます。

a文のように答えなければなりません。「まで」は段階的な移動を表しますので、「高校」「大学」と順番に進学するという意味になりますが、「に」と「へ」は直接大学に入るという意味になるからです。常識的に考えれば、中学生が直接大学に入ることはできません。

又、「まで」也表示移動動作的界限。

a. 飛行機で仙台まで行く。（搭飛機到仙臺去。）

b. 飛行機で仙台に行く。（搭飛機到仙臺。）

c. 飛行機で仙台へ行く。（搭飛機去仙臺。）

a句與其他兩句的不同是，有兩個意思。一個是「乘飛機到仙臺」的意思。另一個「到仙臺是乘飛機去，但是在這之後就不乘飛機，利用別的交通工具（或者步行）去」的意思。這種場合、「仙臺」不是「行く（去）」之動作的目的地。只是「飛行機で行く（乘飛機去）」的動作的界限點（註4）。b句與c句因「仙臺」爲其目的地，所以就沒有仙臺以後的行程。

到目前爲止，敘述了以遠處的場所爲對象，現在舉近處的場所爲例看看。這時、有「まで」不能用的情形。

a. トイレまで行って来ます。（錯誤）

b. トイレに行って来ます。（到洗手間。）

また、「まで」は移動動作の限界を表すこともあります。

a．飛行機で仙台まで行く。

b．飛行機で仙台に行く。

c．飛行機で仙台へ行く。

a文が他の二つと違う点は、二通りの意味を持っているところです。一つは、ただ単に「飛行機に乗って仙台に行きます」という意味です。もう一つは「仙台までは飛行機に乗って行くが、それから先は飛行機に乗らず、別の交通機関を利用して(或いは歩いて)行く」という意味です。この場合、「仙台」は「行く」という動作の目的地にはなっていません。あくまでも「飛行機で行く」という動作の限界を示しています(註4)。b文とc文は「仙台」が目的地を示していますから、仙台から先に行くことはありません。

さて、今までは遠くの対象ばかりにして来ましたが、今度は近くの場所を取り上げてみましょう。すると、「まで」を使えない場合が出て来ます。

a．トイレまで行って来ます。(誤文)

b．トイレに行って来ます。

c. トイレへ行って来ます。（去洗手間。）

這是因爲「まで」是以「外出」爲前提的表現。說得更精確一點，「に」與「へ」可以表示相當近距離的場所，但「まで」則不能表示太近的場所。那麼，如何程度的距離才能表示呢？到「屋外的場所」才能使用。「屋內」或「屋外」清大體的推測，例如下例 a 句九錯了。

a. ちょっと台所まで行って来ます。（錯誤）
b. ちょっと離れまで行って来ます。（去一下外房。）

這是同屬於家中的建築物，「台所（廚房）」在屋內，而「離れ（離開主建築物的獨立建築物）」在屋外的緣故。

§7 「に」和「から」

在本項說明「に」與「から」接於表示場所之語時，其所示的遠近關係的場合有如下的規則。

距離近時　に、から

c．トイレへ行って来ます。

これは、「まで」が「外出」を前提としているからです。もっと精確に言えば、「に」と「へ」はかなり近くの場所を表すこともできますが、「まで」はあまり近くの場所を表すことができません。では、どの程度の距離の場所ならよいのかと言いますと、「屋外の場所」に行く時になって初めて使えます。「屋内」か「屋外」かを目安にしてください。例えば、下のa文は誤文になります。

a．ちょっと台所まで行って来ます。(誤文)

b．ちょっと離れまで行って来ます。

これは、同じ家の敷地の中でも「台所」が屋内であるのに対し、「離れ」が屋外だからです。

§7「に」と「から」

本項では、「に」と「から」が場所を表す時、遠近関係を示す場合について説明します。これには、次のような法則があります。

距離が近い時　　に、から

距離遠時　から

以A地點與B地點的遠近關係來說明。「に」因本來有「附著」之意，沒有「移動」的念頭。因此、只能用於A地點與B地點近的時候，表示兩地點的地理位置關係。「から」因爲本來的意思是出發點・經由點，所以遠近都能使用，表示從A移動到B的場合的遠近關係。

a. 私の家は駅に近い。（我家到車站很近。）
b. 私の家は駅から近い。（我家離車站很近。）

像這樣、表示近距離的句子是，「に」和「から」都可以使用。但a句與b句的意思有點兒不同。a句表示「私の家（我家）」的地理位置關係，並沒表示距離，而b句則表示距離。

表示遠距離的句子不能使用「に」。

a. 私の家は駅に遠い。（錯誤）
b. 私の家は駅から遠い。（我家離車站很遠。）

距離が遠い時　から

A地点とB地点の遠近関係について考えてみましょう。「に」は元来が「付着」の意味ですから、移動そのものを念頭においたものではありません。ですから、A地点とB地点が近い時にしか使えず、両地点の地理的位置関係を表します。「から」は出発点・経由点が本来の意味なので、近くても遠くても使用でき、AからBへ移動する場合の遠近関係を表します。

a. 私の家は駅に近い。

b. 私の家は駅から近い。

このように、近いことを示す文には「に」も「から」も使用できます。但、a文とb文では少し意味が違います。a文は「私の家」と「駅」の地理的位置関係を示しており、距離は示していませんが、b文は距離を示しています。

遠いことを示す文では「に」は使えません。

a. 私の家は駅に遠い。(誤文)

b. 私の家は駅から遠い。

「遠い（遠）」與其說它是表示位置關係，不如說它是表示距離的概念。

現在以「駅（車站）」爲主語來看。

a. 駅は私の家に近い。（？）

b. 駅は私の家から近い。（車站離我家很近。）

同樣以「近い（近）」爲述語，主語爲「駅（車站）」時，很難使用「に」。「私の家は駅に近い（我家到車站近）」是「私の家は駅に近くて便利です（我家到車站近很方便）」的敘述處於方便的地理條件。但是、「（車站離我家近）」則必須敘述「駅までの移動する距離（到車站的移動距離）」，所以得用「から」。有「移動」的念頭，所以很難使用「に」。

又、向路上行人問某一場所時，

a. この近くです。（在這附近。）

b. ここに近いです。（錯誤）

c. ここから近いです。（離這兒很近。）

一般用a句回答，c句也可以。但是、b句就錯了。

「遠い」というのは、位置関係よりも、寧ろ距離を表す概念だからでしょう。

今度は「駅」を主語にしてみましょう。

a. 駅は私の家に近い。(?)

b. 駅は私の家から近い。

同じ「近い」という述語でも、主語を「駅」にすると「に」を使いにくくなります。「私の家は駅に近い」は、「私の家は駅に近くて便利です」という、立地条件の良さを述べた文ですが、「駅は私の家に近い」は「駅まで移動する距離」を述べなければならない文なので、「から」を使わなければなりません。

また、路上で通行人に場所を聞かれた場合、「移動」が念頭にあるので、「に」は使用しにくいのです。

a. この近くです。

b. ここに近いです。(誤文)

c. ここから近いです。

普通はa文のように答えますが、c文でもかまいません。しかし、b文は間違いです。

§8 「に」和「には」

第一章說明了「は」和「が」。在此一面復習「に」，並說明「に」接對比的「は」的「には」。以在什麼場合使用對比的觀點來研讀本項。

場所以「には」表示的主語（以が格來表示的）（註5）如下：

①引起他人注意的事項

②說話者促使注意的事項

例如下面句子：

a．机の上に書類があります。

b．机の上には書類があります。

a句只是單純地敘述桌子有文件。b句則有強調作用。

「に」和「には」的區別是，根據其句子爲存在文或所在文的不同而有所不同。

§8「に」と「には」

さて、前章で「は」と「が」を説明しましたが、ここで復習のために「に」と、「に」に対比の「は」が付いた「には」について説明します。対比とはどういう時に使うのか、という眼で本項を読んで下さい。

場所が「には」で表される文の主語(ガ格で表されるもの)(註5)は次のようなものです。

①人の注意を引くもの

②話者が注意を促したいもの

例えば、次のような文を見て下さい。

a．机の上に書類があります。

b．机の上には書類があります。

a文はただ単に机の上に書類があることを述べた文ですが、b文はそのことを強調したような響きがあります。

「に」と「には」の区別は、文が存在文か所在文かによって異なります。

a．机の上に書類があります。（桌上有文件。）→ 存在文

b．書類は机の上にあります。（文件在桌上。）→ 所在文

如a句，先敘述場所語「机の上（桌子上）」的爲存在文，又如b句後述的則爲所在文。再簡單地說，中文裡使用「有」的爲存在文，使用「在」的爲所在文。

關於「に」與「には」的區別使用，有必須說明一下在存在文與所在文裡的不同。

首先說明存在文。

肯定文　に、には

否定文　には

否定句一定得使用「には」，肯定句時使用「に」或「には」依文脈而定。

a．この近くに川があります。（這附近有河。）

b．この近くには川があります。（在這附近有河。）

a．机の上に書類があります。↓　存在文

b．書類は机の上にあります。↓　所在文

a文のように、「机の上」という場所語が先に来るのが存在文であり、b文のように後に来るのが所在文です。もっと分かりやすく言えば、中国語で「有」を使うのが存在文で、「在」を使うのが所在文です。

「に」と「には」の使い分けに関しては、存在文と所在文とでは違う説明が必要です。

まず、存在文の説明から行きます。

肯定文　　に、には

否定文　　には

否定文には必ず「には」を使いますが、肯定文の場合、「に」を使うか「には」を使うかは文脈次第です。

a．この近くに川があります。

b．この近くには川があります。

上面兩句的不同是，a句只是敘述「この近くに川があること（這附近有河流的事）」，而b句則是將其加以強調。爲何要強調呢？說話者因某種理由（例如：這河流很美，或是聽者喜歡釣魚等等）爲了引起聽者的注意。像河流之類不稀奇的場合，「に」「には」都可使用，但比較稀奇的就不易使用「に」。

a．この公園に|日本一大きな噴水があります。（？）

b．この公園には|日本一大きな噴水があります。（在這公園裡有日本最大的噴水池。）

a句在日語裡多少讓人感覺到有點兒不自然的是，因爲這句的內容本來是介紹稀奇的事引起別人的注意，而卻沒用表示強調的「は」。

其次、所在文有如下的規則。

肯定句　に

否定句　には

上の二文の違いは、a文が単に「この近くに川があること」を述べただけの文であるのに対し、b文はそれを強調した文だということです。なぜ強調するのかと言いますと、話し手が聞き手に何らかの理由で（例えば、その川がきれいな川であるとか、聞き手が釣りが好きだとか）注意を引きたかったからです。

川のように珍しくないものの場合は「に」も「には」も使えますが、珍しいものには「に」は使いにくいようです。

a．この公園に日本一大きな噴水があります。（？）

b．この公園には日本一大きな噴水があります。

a文が日本語としては少し不自然な感じがするのは、この文の内容が本来珍しいことを紹介して人の注意を引こうとするものであるにもかかわらず、「は」で強調されていないからでしょう。

次に、所在文には次のような法則があります。

肯定文　に

否定文　には

也就是、只是肯定的單句時使用「に」，除此之外使用「には」。

a. 鍵は引き出しの中にあります。(鑰匙在抽屜裡。)

b. 鍵は引き出しの中にはあります。(錯誤)

c. 鍵は引き出しの中にありません。(錯誤)

d. 鍵は引き出しの中にはありません。(鑰匙不在抽屜裡。)

這些例句是「鍵はどこにある?(鑰匙在哪裡?)」的回答句。

首先說明b句錯誤的理由。「には」表示對比，對比是根據排斥其主語以外的來強調主語。這場合、因其問題的所在在於鑰匙的存在場所，所以說了「引き出しの中にある(在抽屜裡)」就足夠了。亦即、沒有必要特意排斥主語以外的來強調。如使用「には」來排斥主語以外的話，就成了「鍵は引き出しの中にはありますが、他のところにはありません(鑰匙在抽屜裡，而不在其他的地方)」的意思，所以顯得非常不自然。c句的錯誤是，因只敘述「鍵が引き出しの中に入っていないこと(鑰匙沒放在抽屜裡)」而已。以鑰匙的存在場所爲其問題之所在的場合，只言及其不存在之場所並無多大意義。使用「には」含有「鍵は引き出しの中にはありませんが、他のところにはあります(鑰匙不在抽屜裡，在別的地方)」比較好。

つまり、肯定の単文だけが「に」を使い、それ以外は「には」を使用するのです。

a．鍵は引き出しの中にあります。
b．鍵は引き出しの中にはあります。（誤文）
c．鍵は引き出しの中にありません。（誤文）
d．鍵は引き出しの中にはありません。

これらの例文は「鍵はどこにある？」の回答文です。
b文が誤文になる理由を説明しましょう。「には」は対比を表しますが、この対比は、その主語以外を排斥することによって、その主語を強調することです。この場合、鍵の存在場所が問題になっているので、「引き出しの中にある」と言えば事足ります。つまり、わざわざ主語以外を排斥する必要がないのです。「には」を使って主語以外を排斥すると、「鍵は引き出しの中にはありますが、他のところにはありません」という意味になってしまうので、おかしな文になるのです。
c文が誤文になるのは、ただ単に「鍵が引き出しの中に入っていないこと」を述べただけの文だからです。鍵の存在場所が問題になっている場合、鍵が存在していない場所を言っても何もなりません。「には」を使って、「鍵は引き出しの中にはありませんが、他のところにはあります」という含みを持たせた方がよいのです。

以上、敘述了「に」「には」的不同，但也有些例外。那是，附有「あんな」「こんな」「そんな」等語的場合。

肯定句　に

否定句　に、には

這場合與到目前所述的相反，肯定句一定用「に」，否定句通常用「に」，強調否定句時，用「には」。

a. あんな(こんな、そんな)所に交番がある。(在那《這、那》樣的地方有派出所。)

b. あんな(こんな、そんな)所には交番がある。(錯誤)

c. あんな(こんな、そんな) 所に交番はない。(在那《這、那》樣的地方沒有派出所。)

d. あんな(こんな、そんな)所には交番はない。(在那《這、那》樣的地方沒有派出所。)

但必須注意的是否定句的場合，主語爲「が」的地方。一定要改爲「は」。

(註)

(1) 久野暲「日本文法研究」(大修館書店　一九八三年)

以上、「に」と「には」の違いを見てきましたが、少し例外もあります。それは、場所語に「あんな」「こんな」「そんな」という言葉が付いた場合です。

肯定文　　に
否定文　　に、には

この場合、今までとは反対に、肯定文には必ず「に」、否定文には通常は「に」、否定文を強調したい時は「には」を使います。

a. あんな(こんな、そんな)所に交番がある。
b. あんな(こんな、そんな)所には交番がある。(誤文)
c. あんな(こんな、そんな)所に交番はない。
d. あんな(こんな、そんな)所には交番はない。

但し、否定文の場合、「が」で表されていたものが、必ず「は」になることに気をつけて下さい。

(註)
(1)久野暲「日本文法研究」(大修館書店　1973年)

(2) 久野暲「日本文法研究」(大修館書店 一九八三年)
(3) 森田良行「基礎日本語辭典」(角川書店 一九八九年)
(4) 寺村秀夫「日本語のシンタクスと意味Ⅲ」(黑潮出版 一九九一年)一一五頁(含例文)
(5) 日語裡有ガ格的全應稱爲主語的想法是根據尾上圭介的學說。

(2)久野暲「日本文法研究」(大修館書店　1973年)
(3)森田良行「基礎日本語辞典」(角川書店　1989年)
(4)寺村秀夫「日本語のシンタクスと意味Ⅱ」(くろしお出版)一一五頁(例文も含めて)
(5)日本語では「ガ格」に立つ語を主語と呼ぶべきだ、という考えは尾上圭介氏の学説によります。

第五章　表示列舉的助詞

在本章將說明的助詞是，於單句中列舉名詞與名詞，或名詞句的助詞。

§1「と」和「に」

「と」和「に」爲連接名詞或名詞句（以下僅以「名詞」表示），成爲「AとB」「AにB」的形式。區別「と」和「に」時，重要的是，這個「A」和「B」的關係。這有如下的規則。

AとB　　A與B爲對等關係
AにB　　A爲主，B爲附加物

「附加物」就是有如追加之物，而不是主從關係。

a. 試験科目は国語と数学です。（考試科目是國語和數學。）
b. 試験科目は国語に数学です。（考試科目是國語跟數學。）
c. 今日のランチはハンバーグと野菜スープです。（今天的午餐是漢堡和蔬菜湯。）
d. 今日のランチはハンバーグに野菜スープです。（今天的午餐是漢堡跟蔬菜湯。）
e. 持って行くものは見本とパンフレットです。（要帶去的東西是樣本和小冊子。）
f. 持って行くものは見本にパンフレットです。（要帶去的東西是樣本跟小冊子。）

第五章 列挙を表す助詞

本章で説明する助詞は、単文に於いて名詞と名詞、もくしは名詞句を列挙する助詞です。

§1「と」と「に」

「と」と「に」が名詞または名詞句(以後、「名詞」とだけ表記)を結び付けると、「AとB」、「AにB」という形になります。「と」と「に」を区別する時、重要なのは、この「A」と「B」の関係です。これには、次のような法則があります。

AとB　AとBが対等の関係
AにB　Aが主で、Bが付加物

「付加物」というのは、追加のようなものであり、主従関係ではありません。

a. 試験科目は国語と数学です。
b. 試験科目は国語に数学です。
c. 今日のランチはハンバーグと野菜スープです。
d. 今日のランチはハンバーグに野菜スープです。
e. 持って行くものは見本とパンフレットです。

g. 劉備に付き従ったのは関羽と張飛です。（追隨劉備的是關羽和張飛。）

h. 劉備に付き従ったのは関羽に張飛です。（追隨劉備的是關跟跟張飛。）

i. 渋滞しているのは関越自動車道と東名高速道路です。（交通擁擠的是關越公路和東名高速公路。）

j. 渋滞しているのは関越自動車道に東名高速道路です。（交通擁擠的是關越公路跟東名高速公路。）

a句是、考試科目「國語和數學」兩者同時在念頭中。相對的、b句是考試科目先是「國語」一科在念頭裡「其他還有數學」的追加時使用的句子。以下也一樣。

上面例句所舉的只有兩個而已，舉得多的場合使用「に」，以追加形式表示。

a. 試験科目は国語と数学と歴史と化学と地理と英語と生物です。（?）

b. 試験科目は国語に数学に歴史に化学に地理に英語に生物です。（?）

c. 試験科目は国語に、数学に、歴史に、化学に、地理に、英語に、生物です。（考試科目是國語《跟》、數學《跟》、歷史《跟》、化學《跟》、地理《跟》、英語《跟》、生物。）

考試科目全部七科。a句是這些全部於一瞬間在腦海裡出現。在文法上雖不能說是錯誤的，但是沒有一個日本人會這樣地說。b句爲追加的形式，但實際會話上一般用c句的每一個「に」的地方稍微停頓的說法。其中也有日本人，以「と」代替「に」，採稍停頓式的說法。停頓不停頓依說話者而異，但大體上有如下的趨式。

f. 持って行くものは見本にパンフレットです。
g. 劉備に付き従ったのは関羽と張飛です。
h. 劉備に付き従ったのは関羽に張飛です。
i. 渋滞しているのは関越自動車道と東名高速道路です。
j. 渋滞しているのは関越自動車道に東名高速道路です。

a文は、試験科目として「国語と数学」の二つが同時に念頭にあります。それに対して、b文は、試験科目として先ず「国語」一科目が念頭にあり、「その他に数学もある」というふうに、追加した場合に使います。以下も同様です。

上の例文では、挙げたものは二つだけですが、もっと多くのものを挙げる場合、「に」を使って追加的に述べます。

a. 試験科目は国語と数学と歴史と化学と地理と英語と生物です。(?)
b. 試験科目は国語に数学に歴史に化学に地理に英語に生物です。(?)
c. 試験科目は国語に、数学に、歴史に、化学に、地理に、英語に、生物です。

試験科目は全部で七つもあります。a文はそれらの全てを一瞬の内に思い浮かべて述べる

所舉的在三個以內的不停頓，四個以上的就要停頓

其次、說明如上所述考試科目的「所舉的事項」。「と」和「に」所舉的到底有多少分量。所謂「列舉」有只舉主要的事項的「一部列舉」和舉所有的事項的「全部列舉」。「と」和「に」是全部列舉。也就是舉全部所有的事項。

a. この病院には外科と|内科と|小児科があります。（這個醫院有外科和內科和小兒科。）
b. この病院には外科に|内科に|小児科があります。（這個醫院有外科跟內科跟小兒科。）
c. 博士号を取れたのは王さんと|楊さんと|周さんです。（取得博士學位的是王先生和楊先生和周先生。）
d. 博士号を取れたのは王さんに|楊さんに|周さんです。（取得博士學位的是王先生跟楊先生跟周先生。）
e. 私はこれと|それと|あれを論文に取り入れました。（我把這項和那項和那一項寫入論文裡。）

文です。文法的には間違いとは言えないかもしれませんが、こういうふうに話す日本人は一人もいないでしょう。b文は追加的ですが、実際の会話ではc文のように「〜に」ごとに区切って話すのが普通です。中には「〜に」の代わりに「〜と」を使い、区切って話す日本人もいます。区切るか区切らないかは本人次第ですが、大体次のような傾向があるようです。

挙げるものが三つまでは区切らず、四つから区切って話す

次に、上の試験科目のように、「挙げるもの」について言及します。「と」と「に」は一体どれだけの分量を挙げるのか。所謂「列挙」の中には主なものだけを挙げる「一部列挙」と、全てのものを挙げる「全部列挙」があります。「と」に「に」は全部列挙です。つまり、あるもの全てを挙げるのです。

a. この病院には外科と|内科と|小児科があります。
b. この病院には外科に|内科に|小児科があります。
c. 博士号を取れたのは王さんと|楊さんと|周さんです。
d. 博士号を取れたのは王さんに|楊さんに|周さんです。
e. 私はこれと|それと|あれを論文に取り入れました。

f. 私はこれにそれにあれを論文に取り入れました。(我把這項跟那項跟那一項寫入論文裡。)

g. 中国語の辞書には中日辞典と日中辞典があります。(中國語的辭典裡有中日辭典和日中辭典。)

h. 中国語の辞書には中日辞典に日中辞典があります。(中國語的辭典裡有中日辭典跟日中辭典。)

i. ネックレスと指輪と財布を盗まれました。(項鏈和介指和錢包被偷了。)

j. ネックレスに指輪に財布を盗まれました。(項鏈跟介指跟錢包被偷了。)

例如、a句與b句都表示這個醫院只有「外科、內科、小兒科」三科而已。除此以外沒有別科。以下的例句也是一樣。

又、「と」表示對等的關係，但「に」不表示對等的關係，所以不能表示關係或比較、共同。

a. 王さんは老荘思想と日本の室町時代との関連を研究しています。(王同學研究老莊思想與日本室町時代的關聯。)→關係

b. 王さんは老荘思想に日本の室町時代との関連を研究しています。(錯誤)

c. 私と彼とは考えが違います。(我和他的想法不同。)→比較

d. 私に彼とは考えが違います。(錯誤)

e. A会社とB銀行は協力体制を築いています。(A公司和B銀行建立起協力體制)→共同

f. A会社にB銀行は協力体制を築いています。(錯誤)

f. 私はこれにそれにあれを論文に取り入れました。

g. 中国語の辞書には中日辞典と日中辞典があります。

h. 中国語の辞書には中日辞典に日中辞典があります。

i. ネックレスと指輪と財布を盗まれました。

j. ネックレスに指輪に財布を盗まれました。

例えば、a文もb文も、この病院にあるのは「外科、内科、小児科」の三つだけです。それ以外の科はありません。以下の例文も同様です。

また、「と」は対等の関係を表しますが、「に」は対等の関係を表さないので、関係や比較、共同を表すことができません。

a. 王さんは老荘思想と日本の室町時代との関連を研究しています。

b. 王さんは老荘思想に日本の室町時代との関連を研究しています。（誤文）

c. 私と彼とは考えが違います。

d. 私に彼とは考えが違います。（誤文）

e. A会社とB銀行は協力体制を築いています。

f. A会社にB銀行は協力体制を築いています。（誤文）

g. 張さんは楊さんと王さんと郭さんにご馳走しました。（張同學請楊同學和王同學和郭同學吃飯。）

h. 張さんは楊さんに王さんに郭さんにご馳走しました。（錯誤）

h句的錯誤是，「楊同學」與「王同學」與「郭同學」必須是對等關係，而此句使用不表示對等關係的「に」的緣故。

其次、說明「A（は）がBと」和「AとB（は）が」的不同。

Aは（が）Bと　表示共同動作

AとBは（が）　表示共通點

a. 私は彼と結婚しました。（我跟他結婚了。）

b. 私と彼は結婚しました。（我和他結婚了。）

c. 私は彼と握手しました。（我跟他握手了。）

d. 私と彼は握手しました。（我和他握手了。）

e. 私は彼と首相に会いに行きました。（我去跟他和首相見面了。）

f. 私と彼は首相に会いに行きました。（我和他去跟首相見面了。）

a句是「我跟他成爲夫婦了」的意思。b句有兩種解釋。「我和他都是已婚者。」的意思，和「我和他成爲夫

g．張さんは楊さんと｜王さんと｜郭さんにご馳走しました。
h．張さんは楊さんに｜王さんに｜郭さんにご馳走しました。（誤文）

h文が誤文なのは、「楊さん」と「王さん」「郭さん」を対等に扱わなければならないのに、対等の関係を表さない「に」を使ったからです。

次に、「Aは(が)Bと」と「AとBが(は)」の違いを説明します。

Aは(が)Bと　　共同動作を表す
AとBは(が)　　共通点を表す

a．私は彼と｜結婚しました。
b．私と｜彼は結婚しました。
c．私は彼と｜握手しました。
d．私と｜彼は握手しました。
e．私は彼と｜首相に会いに行きました。
f．私と｜彼は首相に会いに行きました。

a文は「私と彼は夫婦になりました」という意味しかありませんが、b文は二通りの解釈が

婦」的意思。d句也是我和他互相握手或者是與別人握手之事並不清楚。e句是「我和他」去跟首相會面或者「我」去跟「他和首相」會面之是並不清楚。這種意思的二重性、是因爲於表示共通點的「AとBは（が）」的構文裡使用了表示共同動作的述語的緣故。

那麼，使用表示共同點的述語的情形如何。

a. 私は彼と独身です。（錯誤）
b. 私と彼は独身です。（我和他是單身。）
c. 私は彼と受験生です。（錯誤）
d. 私と彼は受験生です。（我和他是考生。）
e. 私は彼と大学に合格しました。（錯誤）
f. 私と彼は大学に合格しました。（我和他考上了大學了。）
g. 私は彼と水泳の代表選手になりました。（錯誤）
h. 私と彼は水泳の代表選手になりました。（我和他成爲游泳de代表選手了。）
i. 携帯電話はノート型パソコンとビジネスマンの必須用品です。（錯誤）
j. 携帯電話とノート型パソコンはビジネスマンの必須用品です。（大哥大和筆記本型電腦是處理實務的人的必須品。）

できます。「私と彼は共に既婚者です」という意味と、「私と彼は夫婦になりました」の意味です。d文も、私と彼がお互いに握手し合ったのか、それとも別人と握手したのか不明です。e文は、「私と彼」が首相に面会に行ったのか、「私」が「彼と首相」に面会に行ったのか分かりません。こういう意味の二重性は、共通点を表す「AとBは(が)」の構文に共同動作を表す述語を使っていることが原因です。

では、共通点を表す述語を使ってみましょう。

a. 私は彼と｜独身です。(誤文)
b. 私と｜彼は独身です。
c. 私は彼と｜受験生です。(誤文)
d. 私と｜彼は受験生です。
e. 私は彼と｜大学に合格しました。(誤文)
f. 私と｜彼は大学に合格しました。
g. 私は彼と｜水泳の代表選手になりました。(誤文)
h. 私と｜彼は水泳の代表選手になりました。
i. 携帯電話はノート型パソコンと｜ビジネスマンの必須用品です。(誤文)
j. 携帯電話と｜ノート型パソコンはビジネスマンの必須用品です。

像這樣「Aは（が）Bと」的構文不能表示共通點。存在文的場合也是不能使用「Aは（が）Bと」的構文。

a. ここにノートが鉛筆と|あります。（錯誤）

b. ここにノートと|鉛筆があります。（這兒游筆記本和鉛筆。）

c. 箪笥の上に旅行カバンがカメラと|あります。（錯誤）

d. 箪笥の上に旅行カバンと|カメラがあります。（廚子上有旅行袋和照相機。）

e. 縁側に長椅子がテーブルと|置いてあります。（錯誤）

f. 縁側に長椅子と|テーブルが置いてあります。（走廊上放著長椅子和桌子。）

g. 窓辺に花瓶が置物と|飾ってあります。（錯誤）

h. 窓辺に花瓶と|置物が飾ってあります。（窗戶旁邊擺飾物。）

表示「類似」或「親密」的意思的場合，兩種構文均可使用。

a. 李さんは陳さんと|似ている。（李先生跟陳先生很像。）

b. 李さんと|陳さんは似ている。（李先生和陳先生很像。）

c. あなたは高橋さんと|兄弟みたいだ。（你跟高橋先生好像兄弟一樣。）

このように、「Aは(が)Bと」構文は共通点を表すことができません。
存在文も場合も、「Aは(が)Bと」構文は使えません。

a. ここにノートが鉛筆とあります。(誤文)

b. ここにノートと鉛筆があります。

c. 箪笥の上に旅行カバンがカメラとあります。(誤文)

d. 箪笥の上に旅行カバンとカメラがあります。

e. 縁側に長椅子がテーブルと置いてあります。(誤文)

f. 縁側に長椅子とテーブルが置いてあります。

g. 窓辺に花瓶が置物と飾ってあります。(誤文)

h. 窓辺に花瓶と置物が飾ってあります。

「類似」や「親密さ」の意味の場合は、どちらの構文でもかまいません。

a. 李さんは陳さんと似ている。

b. 李さんと陳さんは似ている。

c. あなは高橋さんと兄弟みたいだ。

d. あなたと高橋さんは兄弟みたいだ。（你和高橋先生好像兄弟一樣。）
e. 大槻さんは韮澤さんと仲がよい。（大槻先生跟韮澤先生很要好。）
f. 大槻さんと韮澤さんは仲がよい。（大槻先生和韮澤先生很要好。）
g. 彼の会社はX銀行と親密な関係にある。（他的公司跟X銀行有很密切的關係。）
h. 彼の会社とX銀行は親密な関係にある。（他的公司和X銀行有很密切的關係。）

但是、「Aは（が）Bと」終究是以A爲中心的構文，而「AとBは（が）」是以AB兩者爲主題構文，兩者之間在意思上有微妙的不同。

§2 「と」と「や」

「と」和「や」有如下的不同。

と　　全部列擧

や　　僅是例示而已

一般來說、「と」是全部列擧，「や」是一部份列擧。這是這樣的思考方式：有某集團，列擧集團之全部的構

d. あなたと高橋さんは兄弟みたいだ。
e. 大槻さんは韮澤さんと仲がよい。
f. 大槻さんと韮澤さんは仲がよい。
g. 彼の会社はX銀行と親密な関係にある。
h. 彼の会社とX銀行は親密な関係にある。

但し、「Aは(が)Bと」はあくまでもAを中心に述べる構文ですが、「AとBは(が)」はAB両者を主題にして述べる構文ですから、微妙な意味の違いはあります。

§2「と」と「や」

「と」と「や」には次のような違いがあります。

と　全部列挙
や　単に例示するだけ

「と」が全部列挙であるのに対し、「や」は一部列挙だと言われています。これは、或る集団があり、その集団の構成要素の全部を列挙するのが「と」であり、構成要素の一部を取り上げ

成要素時用「と」，舉其構成要素之一部份用「や」。這種思考方式基於無論什麼集團都是由多數的構成要素所成立的爲前提。原來、例如「AとB」是列舉全部的構成要素，然而說到「AやB」的場合這只是集團的一部份嗎?集團並非只有由多數的構成要素形成的。其中也有由極少數構成要素形成的集團。這種少數構成要素形成的集團，例如、構成要素只有兩個的集團，只說「AやB」時，就可列舉了全部的構成要素，也就是說「AやB」時，就列舉了全部。例如：

a. アフリカやインドにはライオンが棲息しています。（非洲與印度有獅子棲息。）

b. アメリカやロシアや中共には有人宇宙ロケットを打ち上げる技術があります。（美國、《與》俄國、《與》中共有發射有人太空火箭的技術。）

c. お父さんやお母さんがいないと、鍵のある場所が分かりません。（父親與母親不在時，就不知道擺鑰匙的地方。）

d. 蟹や海老の甲羅は茹でると赤くなります。（螃蟹與蝦子的殼一煮就變紅。）

e. 台湾大学や師範大学や政治大学は台湾を代表する名門大学です。（臺灣大學、《或》師範大學、《或》政治大學是代表臺灣的名門大學。）

f. 鯨や鯱や海豚は魚の形をした哺乳類です。（鯨魚、《與》鯱魚、《與》海豚是魚形的哺乳類。）

g. 日本や中華民国や中共では、漢字を国字として採用しています。（日本、《與》中華民國、《與》中共採用漢字爲國字。）

a句「アフリカやインド」果真是列舉一部份嗎?現在有獅子的只有非洲和印度（當然，動物園裡也有，但

るのが「や」である、という考えです。この考えは、どの集団も多数の構成要素から成り立っている、という前提に基づいています。なるほど、例えば「AとB」と言えば、それは構成要素の全部を列挙しています。しかし、「AやB」と言った場合、これは集団の一部に過ぎないのでしょうか。集団は多数の構成要素から成るものだけではありません。中には極めて少数の構成要素しかない集団もあります。そういう少数構成要素の集団、例えば、構成要素が二つしかない集団は、「AやB」と言っただけで、構成要素の全てを列挙できるのです。つまり、「AやB」と言っただけで全部を列挙することになるのです。例えば、

a. アフリカやインドにはライオンが棲息しています。
b. アメリカやロシアや中共には有人宇宙ロケットを打ち上げる技術があります。
c. お父さんやお母さんがいないと、鍵のある場所が分かりません。
d. 蟹や海老の甲羅は茹でると赤くなります。
e. 台湾大学や師範大学や政治大学は台湾を代表する名門大学です。
f. 鯨や鯱や海豚は魚の形をした哺乳類です。
g. 日本や中華民国や中共では、漢字を国字として採用しています。

a文の「アフリカやインド」は果たして一部列挙でしょうか？ 現在ライオンがいるのはア

以野生狀態棲息的只有非洲和印度）。這樣的話，這個「や」就不能表示一部份的列舉。又、b句的「アメリカやロシアや中共」也不能表示一部份的列舉。有發射太空火箭技術的除了美俄中以外，還有其他的國家，但是有發射有人太空火箭技術的只有美俄中而已。c句也一樣，知道鑰匙的場所的只有父親和母親，這樣的話，「お父さんやお母さん」不應爲一部的列舉。以下的例句也一樣。因此、有關「や」必須如下：

「や」只是舉例，但構成要素多的時候爲部份列舉，少數時可爲全部列舉

列舉的事項太多，全部列舉很煩雜的場合，一般使用「や」來舉例。

a. アジア大会に参加したのは台湾と|インドと|韓国と日本です。（?）

b. アジア大会に参加したのは台湾や|インドや|韓国や日本です。（參加亞洲大會的是臺灣與印度與韓國跟日本。）

c. この下宿には横山さんと|長谷川さんと|望月さんが住んでいます。（這宿舍住著橫山和長谷川和望月。）

フリカとインドだけです（勿論、動物園にもいますが、野生の状態で棲息しているのはアフリカとインドだけです）。ならば、この「や」は一部列挙では有り得ないはずです。また、b文の「アメリカやロシアや中共」も一部列挙では有り得ません。宇宙ロケットを打ち上げる技術は米露中以外の国にもありますが、有人の宇宙ロケット打ち上げ技術を持っているのは米露中だけです。c文も、鍵のある場所を知っているのがお父さんとお母さんだけだとしたら、「お父さんやお母さん」は一部列挙ではないはずです。以下の例文も同様です。従って、「や」に関しては、次のように言わなければなりません。

「や」は例を挙げるだけだが、集団の構成要素が多数の時は一部列挙になり、少数の時は全部列挙になり得る

列挙するものがあまりに多く、全部挙げるのが煩雑な場合、「や」を使って例を挙げるのが普通です。

a．アジア大会に参加したのは台湾とインドと韓国と日本です。（？）
b．アジア大会に参加したのは台湾やインドや韓国や日本です。
c．この下宿には横山さんと長谷川さんと望月さんが住んでいます。（？）

d. この下宿には横山さんや長谷川さんや望月さんが住んでいます。(這宿舍住著橫山與長谷川與望月。)

e. この事業を展開して行く上で、問題なのは人件費と品質管理です。(發展這個事業,問題是在工資和品質管理。)

f. この事業を展開して行く上で、問題なのは人件費や品質管理です。(發展這個事業,問題是在工資與品質管理。)

g. 私は夏目漱石の未発表原稿と直筆の手紙と日記を所有しています。(我有夏目漱石未發表的原稿和親筆的信和日記。)

h. 私は夏目漱石の未発表原稿や直筆の手紙や日記を所有しています。(我有夏目漱石未發表的原稿與親筆的信與日記。)

不是一一舉出參加亞洲大會的國家名。亞洲有很多國家。這種場合、「や」因是一部份列舉,所以在此使用「や」只舉出主要的國家。然而a句使用「と」,就成了參加亞洲大會的只有四個國家,這是不可能的。c句是表示住在宿舍的人只有三個人,而d句則暗示著還住著其他的人。這種場合、住在宿舍的人是多數亦或僅有三個人並不清楚。以下的例句也是一樣。

a. 私の家には超大型テレビと高性能ステレオと最新型ビデオデッキがあります。(我家有超大型的電視和高性能的音響和最新型閉路電視。)

b. 私の家には超大型テレビや高性能ステレオや最新型ビデオデッキがあります。(我家有超大型的電視與高性能的音響與最新型閉路電視。)

d. この下宿には横山さんや長谷川さんや望月さんが住んでいます。

e. この事業を展開して行く上で、問題なのは人件費と品質管理です。

f. この事業を展開して行く上で、問題なのは人件費や品質管理です。

g. 私は夏目漱石の未発表原稿と直筆の手紙と日記を所有しています。

h. 私は夏目漱石の未発表原稿や直筆の手紙や日記を所有しています。

アジア大会に参加した国の名前など逐一挙げられるものではありません。アジアには多数の国があります。この場合、「や」は一部列挙になりますから、ここは「や」を使って、主な国だけを挙げるしかありません。ところが、a文は「と」を使っているため、アジア大会に参加したのはたった四カ国ということになります。そんなことは有り得ません。c文は下宿屋に住んでいるのが三人だけであることを表していますが、d文は他にも住んでいることを暗示しています。この場合、下宿の住人が多数か三人だけか不明だからです。以下の例文も同様です。

a. 私の家には超大型テレビと高性能ステレオと最新型ビデオデッキがあります。

b. 私の家には超大型テレビや高性能ステレオや最新型ビデオデッキがあります。

上の例文はどちらも正しい文です。しかし、この文には本来「私」が上に挙げたものを持っ

上列例句均爲正確。但是、這種句子本來是「私（我）」擁有所列舉的東西而感到自豪。使用「と」表示全部列舉。那也可以表示自豪。但是使用「や」可暗示還有其他的東西，較符合表示自豪的句子。

「と」因是全部列舉，所以不能與「など」一起用。

a．この店では野菜と果物と卵などを売っています。（錯誤）

b．この店では野菜や果物や卵などを売っています。（這家店買蔬菜《與》、水果《與》、蛋等東西。）

c．青森県の名物はリンゴと牛肉などです。（錯誤）

d．青森県の名物はリンゴや牛肉などです。（青森縣的名產是蘋果跟牛肉等。）

「や」爲部份列舉的場合，不能和「〜だけ」共存。

a．テストの一問目と二問目だけは分からなかった。（考試題只有第一題和第二題不會。）

b．テストの一問目や二問目だけは分からなかった。（錯誤）

c．手続きに必要なものは印鑑と印鑑証明書と身分証明書だけです。（手續所必須的東西是印鑑和印鑑證明書和身分證明書而已。）

d．手続きに必要なものは印鑑や印鑑証明書や身分証明書だけです。（錯誤）

e．みんなの中でこの決議に対し、吉村さんと岩井さんだけが反対しました。（成員當中對這個決議反對的只有吉村先生和岩井先生。）

f．みんなの中でこの決議に対し、吉村さんや岩井さんだけが反対しました。（錯誤）

ていることを自慢しているものです。「と」を使うと全部列挙になります。それでも自慢になることはなりますが、「や」を使って他にもまだあることを暗示した方が、自慢に相応しい文になります。

「と」は全部列挙ですから、「など」と一緒に使うことはありません。

a．この店では野菜と果物と卵などを売っています。（誤文）
b．この店では野菜や果物や卵などを売っています。
c．青森県の名物はリンゴと牛肉などです。（誤文）
d．青森県の名物はリンゴや牛肉などです。

「や」は一部列挙の場合、「～だけ」と共存できません。

a．テストの一問目と二問目だけは分からなかった。
b．テストの一問目や二問目だけは分からなかった。（誤文）
c．手続きに必要なものは印鑑と印鑑証明書と身分証明書だけです。
d．手続きに必要なものは印鑑や印鑑証明書や身分証明書だけです。（誤文）
e．みんなの中でこの決議に対し、吉村さんと岩井さんだけが反対しました。
f．みんなの中でこの決議に対し、吉村さんや岩井さんだけが反対しました。（誤文）

g．李さんと苗さんだけは誘いましたが、林さんは誘いませんでした。（只邀請了李小姐和苗小姐，而沒邀林小姐。）

h．李さんや苗さんだけは誘いましたが、林さんは誘いませんでした。（錯誤）

可是、「や」爲全部列舉的場合，可與「だけ」共存。

a．社長と重役たちだけが合併工作の真相を知っている。（只有社長和重要職員們知道工作合併的真相。）

b．社長や重役たちだけが合併工作の真相を知っている。（只有社長與重要職員們知道工作合併的真相。）

c．貴族と大金持ちと有名人だけが社交界に参加できる。（只有貴族和有錢人可參加社交會。）

d．貴族や大金持ちや有名人だけが社交界に參加できる。（只有貴族與有錢人可參加社交會。）

e．湯さんと賀さんと張さんだけがトンボ返りができる。（只有湯同學和賀同學和張同學會翻筋斗。）

f．湯さんや賀さんや張さんだけがトンボ返りができる。（只有湯同學與賀同學與張同學會翻筋斗。）

又、「や」不能表示「選擇」和比較。

a．赤いスイカと黄色いスイカ、好きな方を選んでください。（紅西瓜和黃西瓜，請選你喜歡的。）→選擇

b．赤いスイカや黄色いスイカ、好きな方を選んでください。（錯誤）

c．鮪と鰹では、どちらが大きいですか？（鮪魚和鰹魚，哪一種大？）→比較

d．鮪や鰹では、どちらが大きいですか？（錯誤）

g. 李さんと苗さんだけは誘いましたが、林さんは誘いませんでした。
h. 李さんや苗さんだけは誘いましたが、林さんは誘いませんでした。（誤文）

しかし、「や」が全部列挙の場合、「～だけ」と共存できます。

a. 社長と重役たちだけが合併工作の真相を知っている。
b. 社長や重役たちだけが合併工作の真相を知っている。
c. 貴族と大金持ちと有名人だけが社交界に参加できる。
d. 貴族や大金持ちや有名人だけが社交界に参加できる。
e. 湯さんと賀さんと張さんだけがトンボ返りができる。
f. 湯さんや賀さんや張さんだけがトンボ返りができる。

また、「や」は「選択」と「比較」の意味を表すことができません。

a. 赤いスイカと黄色いスイカ、好きな方を選んでください。
b. 赤いスイカや黄色いスイカ、好きな方を選んでください。（誤文）
c. 鮪と鰹では、どちらが大きいですか？
d. 鮪や鰹では、どちらが大きいですか？（誤文）

e. 猪と豚はどう違いますか？（野豬和豬有什麼不同？）→比較
f. 猪や豚はどう違いますか？（錯誤）
g. 海と山、どちらに行きたいですか？（海和山，你想去哪一邊？）→選擇
h. 海や山、どちらに行きたいですか？（錯誤）

以上、説明了「と」和「や」的不同，但有時使用「や」，會使對方感到困擾。例如、問作菜的材料時，

a. ニンジンとジャガイモと豚肉です。（胡蘿蔔和馬鈴薯和豬肉。）
b. ニンジンやジャガイモや豚肉です。（胡蘿蔔或馬鈴薯或豬肉。）

如用b句回答的話，對方可能會這樣想「不好好地教我。真是不親切的人。」這種場合、就必須回答a句。

§3 「と」和「か」

「か」的基本用法如下：

e．猪と豚はどう違いますか？

f．猪や豚はどう違いますか？（誤文）

g．海と山、どちらに行きたいですか？

h．海や山、どちらに行きたいですか？（誤文）

以上、「と」と「や」の違いを説明して来ましたが、「や」を使うと相手が困る場合があります。例えば、或る料理の材料を聞かれた時、

a．ニンジンとジャガイモと豚肉です。

b．ニンジンやジャガイモや豚肉です。

b文のように答えたら、相手はあなたを「きちんと教えてくれない。不親切な人だ」と思うかもしれません。こういう場合は、a文のように答えなければなりません。

§3「と」と「か」

「か」の基本的用法は次の通りです。

①選擇其中之一

②表示大體上程度

①爲表示「擇一」。例如：

a．コーヒーと紅茶を飲みたい。(?)

b．コーヒーか紅茶を飲みたい。(想喝咖啡或紅茶。)

a句是「想喝咖啡和紅茶兩者」的意思，但如這樣說的話對方一定會感到吃驚。b句是「想喝咖啡或紅茶」的意思。

a．十分と二十分で着きます。(錯誤)

b．十分か二十分で着きます。(十分鐘或二十分鐘可到。)

這是②的用法。b句的「か」是「十分鐘到二十分鐘左右可到達的意思。「と」就沒有這樣的用法，所以a句是錯誤。

「と」和「か」的區別因較簡單，以上的說明就足夠了。其次說明「か」所列舉之事項的最後可否接「か」。

① どれか一つを選ぶ
② 大体の程度を表す

①は「択一」を表します。例えば、

a．コーヒーと紅茶を飲みたい。（?）
b．コーヒーか紅茶を飲みたい。

a文は「コーヒーと紅茶の両方を飲みたい」という意味であり、こんなことを言ったら相手は驚くでしょう。b文は「コーヒーまたは紅茶を飲みたい」の意味です。

a．十分と二十分で着きます。（誤文）
b．十分か二十分で着きます。

これは②の用法です。b文の「か」は「十分から二十分程度で着きます」という意味です。こういう用法は「と」にはありませんので、a文は誤文になります。

「と」と「か」の区別は簡単ですから、以上の説明で充分だと思います。次に、「か」は列挙したものの最後に「か」を付けるかどうかを述べます。

a．賛成か反対をはっきりさせる。（錯誤）
b．賛成か反対かをはっきりさせる。（是贊成是反對，明確地表示。）
c．漢字かローマ字で記入して下さい。（請用漢字或羅馬字塡寫。）
d．漢字かローマ字かで記入して下さい。（?）

a句因在最後沒使用「か」而錯誤，但d句卻又因使用「か」而使人覺得不自然。這是爲什麼呢?其實、這由於有個人差，並無明確的規則，大體上、如下之場合在最後附加「か」。

①列舉之事物爲對象語的場合
②列舉之事物爲相反之事物的場合
③有疑問詞或不定詞的場合

以前述之例句來說明，a句與b句是因「贊成」與「反對」是相反的事項，所以最後不能不加「か」。現在試著在c句與d句加入不定詞的「どちらか」看看。

a．賛成か反対をはっきりさせる。（誤文）
b．賛成か反対かをはっきりさせる。
c．漢字かローマ字で記入して下さい。
d．漢字かローマ字かで記入して下さい。（？）

a文は最後に「か」を使っていないので誤文ですが、d文は逆に「か」を使っているので耳慣れない文になっています。これはどういうことでしょうか？　実は、これには個人差があり、はっきりと法則があるわけではないのですが、大体の傾向として、次のような場合は最後に「か」を付けるようです。

①　列挙したものが対象語である場合
②　列挙したものが相反するものである場合
③　疑問詞や不定詞がある場合

前の例文を説明しますと、a文とb文は、「賛成」と「反対」が相反する事柄ですから、最後に「か」をつけなければなりません。c文とd文は、「漢字」と「ローマ字」は相反する事柄ではありません。単に文字の種類が違うだけですから、最後に「か」を付けにくくなります。試

a. 漢字かローマ字か、どちらかで記入して下さい。（請以漢字或羅馬字塡寫。）

b. 漢字かローマ字、どちらかで記入して下さい。（錯誤）

像這樣、有不定詞的場合，在「ローマ字（羅馬字）」之後、不能不加「か」。

§4 「と」和「も」

「も」和中文的「也」相似，是"連這樣的事物都有的話，那其他的事物更應該有的"意思。「も」爲列舉某一事物的場合，表示以下之事項。

①表示還有其他事物

②表示充分地具備必要的事物

「も」爲部份列舉（＝①），但是暗示其他事物的存在，所以在意思上就成爲全部列舉了（＝②）。也就是說、根據表示還有其他的事物，來暗示著全部具備了的意思。

みに、c文とd文に不定詞「どちらか」を挿入してみましょう。

a．漢字か｜ローマ字か｜、どちらかで記入して下さい。

b．漢字か｜ローマ字、どちらかで記入して下さい。（誤文）

このように、不定詞がある場合は、「ローマ字」の後に「か」を付けなくてはなりません。

§4「と」と「も」

「も」は中国語の「也」に似ており、こんなものまで有るのだから、ましてや他のものは尚更有る、という意味を表します。

「も」が或るものを列挙する場合、次のようなことを示しています。

①　他にもまだ何か有ることを示す

②　必要なものが充分に揃っていることを示す

「も」は部分列挙です（＝①）が、他のものの存在を暗示しますから、意味的には全部列挙ということにもなります（＝②）。つまり、他にもまだ何か有ることを暗示することによって、全部

a. おいしいラーメンとギョウザがあるよ。（有好吃的麵條和餃子喔。）
b. おいしいラーメンもあるよ。（也有好吃的麵條喔。）
c. この公園は小さいが、ブランコと滑り台がある。（這公園雖小，但有鞦韆和滑梯。）
d. この公園は小さいが、ブランコも滑り台もある。（這公園雖小，但有鞦韆也有滑梯。）

a句是，有的是「好吃的麵條和餃子」而已，但b句使用「も」暗示著也有其他好吃的東西。c句表示公園的設備只有「鞦韆和滑梯」而已，但d句是說「有鞦韆也有滑梯」時，表示這就十分足夠了的說話者的想法。

a. 時計と髭剃りをちゃんと旅行カバンに入れた。（手表和刮鬍刀完全放入旅行皮包了。）
b. 時計も髭剃りもちゃんと旅行カバンに入れた。（手表和刮鬍刀也都完全放入旅行皮包了。）
c. 先生に進学先と就職を相談した。（跟老師商量升學和就職之事了。）
d. 先生に進学先も就職も相談した。（升學和就職之事都跟老師商量了。）
e. 私は浅草寺と東京タワーと新宿都庁を見学した。（我參觀了淺草寺和東京鐵塔和新宿都政府了。）
f. 私は浅草寺も東京タワーも新宿都庁も見学した。（我也參觀了淺草寺和東京鐵塔和新宿都政府。）

揃っているということを仄めかしているのです。

a．おいしいラーメンとギョウザがあるよ。
b．おいしいラーメンもあるよ。
c．この公園は小さいが、ブランコと滑り台がある。
d．この公園は小さいが、ブランコも滑り台もある。

a文は、あるのは「おいしいラーメンとギョウザ」だけですが、b文は「も」を使って他にもおいしいものがあることを暗示させる表現です。c文は公園の設備が「ブランコと滑り台」の二つだけであることを示していますが、d文は「ブランコも滑り台も」と言うことによって、それで十分だという話者の気持ちを表しています。

a．時計と髭剃りをちゃんと旅行カバンに入れた。
b．時計も髭剃りもちゃんと旅行カバンに入れた。
c．先生に進学先と就職を相談した。
d．先生に進学先も就職も相談した。
e．私は浅草寺と東京タワーと新宿都庁を見学した。
f．私は浅草寺も東京タワーも新宿都庁も見学した。

g. 私は彼へのプレゼントに音楽のCDとパソコンソフトを選んだ。(我選了雷射唱片和個人電腦軟件作爲給他的禮物。)

h. 私は彼へのプレゼントに音楽のCDもパソコンソフトも選んだ。(我選了雷射唱片也選了個人電腦軟件作爲給他的禮物。)

i. 政府は教育予算と福祉予算を削減すると発表した。(政府發表了削減教育預算和福利預算。)

j. 政府は教育予算も福祉予算も削減すると発表した。(政府發表了削減教育預算也削減福利預算之事。)

「と」爲列舉事物之全部，沒有其他的了。但是「も」則暗示著其他還有，所以有「做了如此厲害的事，因此、不比這事厲害之事一定也做了」的反響。j句有「連教育預算或福利預算的削減都決定了，比這不重要的預算更是如此了」的反響。

又、也有「と」和「も」連接的「とも」。這場合、「も」的意思比較強。

a. 私は彼とも彼女とも面識がない。(我跟他和她都不認識。)

b. 林さんは鈴木さんとも吉田さんとも仲がよい。(林先生跟鈴木先生和吉田先生都很要好。)

c. 課長は株主とも社長ともやり合った。(課長跟股東和社長互相爭論了。)

d. 彼女は私とも彼とも一夜を共にした。(她跟我和他都共渡一晚。)

e. 縦線とも横線とも交わる直線を引きなさい。(請畫上縱線和橫線都交叉的直線。)

g．私は彼へのプレゼントに音楽のCDとパソコンソフトを選んだ。

h．私は彼へのプレゼントに音楽のCDもパソコンソフトも選んだ。

i．政府は教育予算と福祉予算を削減すると発表した。

j．政府は教育予算も福祉予算も削減すると発表した。

「と」は列挙しているものが全てであり、他には何もありませんが、「も」は他のものを暗示しているため、「こんな凄いことまでやった。だから、それより凄くないことなどやって当然だ」という響きがあります。j文がそれで、「教育予算や福祉予算さえ削減を決めたのだから、それより大切でない予算など尚更だ」という響きがあります。

また、「と」と「も」が結び付いた「とも」もあります。この場合、「も」の意味の方が強く出ます。

a．私は彼とも彼女とも面識がない。

b．林さんは鈴木さんとも吉田さんとも仲がよい。

c．課長は株主とも社長ともやり合った。

d．彼女は私とも彼とも一夜を共にした。

e．縦線とも横線とも交わる直線を引きなさい。

f. やばい、妻の出産予定日が友達の結婚式とも母の三回忌とも重なっている。（糟了！妻子的預產期和朋友的結婚典禮和母親的三週年忌都碰在一起了。）

g. 私はもう役員とも会ったし、現場責任者とも会った。（我已經和要員見了面，也和現場的負責人見面了。）

但、如下例句因不爲列舉的「と」所以必須要注意。

a. 彼は善人とも悪人とも言えない人だ。（他不能說是好人，也不能說是壞人。）

b. そうとも限りません。（也不一定如此。）

c. 彼は山賊とも見まがう格好で森の中から現れた。（他《看上去》像似山賊從森林裡出來的。）

d. この点は良いとも言える。（這一點也可說是很好。）

e. そんなへんな命令は聞かなくともよい。（那種奇怪的命令不聽也好。）

f. いくら人に悪く言われても、彼は何とも思わない。（再被人說得怎麼壞，他都無動於衷。）

g. 文字とも絵とも思われるものが古代遺跡から発掘された。（從古代的遺跡挖掘出來了像文字又像畫的東西。）

h. 誰とも知らない人が突然部屋の中に入って来た。（誰也不認識的人突然進到屋子裡來了。）

i. あんな、海のものとも山のものとも付かない奴など雇えるか。（那種、不知打哪兒見來的傢伙怎麼能雇用。）

這些「と」都是表示引用的「と」。也就是「～と言う」或是「～と思う」等的「と」。

f. やばい、妻の出産予定日が友達の結婚式とも母の三回忌とも重なっている。
g. 私はもう役員とも会ったし、現場責任者とも会った。

但し、次のような例文は列挙の「と」ではあませんから注意が必要です。

a. 彼は善人とも悪人とも言えない人だ。
b. そうとも限りません。
c. 彼は山賊とも見まがう格好で森の中から現れた。
d. この点は良いとも言える。
e. そんなへんな命令は聞かなくともよい。
f. いくら人に悪く言われても、彼は何とも思わない。
g. 文字とも絵とも思われるものが古代遺跡から発掘された。
h. 誰とも知らない人が突然部屋の中に入って来た。
i. あんな、海のものとも山のものとも付かない奴など雇えるか。

これらの「と」は引用の「と」を表しています。つまり、「〜と言う」或いは「〜と思う」等の「と」です。

（註）

（1）此項基本上參考寺村秀夫氏的「日本語的シンタクス和意味Ⅲ」（黒潮出版　一九九一年）的主張，寺村氏敘述「や」爲一部列舉。

參考文獻

森田良行「基礎日本語辭典」（角川書店　一九八九年）

（註）

（1）この項は基本的には、寺村秀夫氏の「日本語のシンタクスと意味Ⅲ」（くろしお出版　1991年）の考えを参考にしていますが、寺村氏も「や」は一部列挙するものだと述べています。

参考文献

森田良行「基礎日本語辞典」（角川書店　1989年）

第六章「くらい」和「ほど」

§1 くらい ほど

「くらい」和「ほど」都是大略地表示程度或數量之語，有如下的不同。

くらい　程度、例示、比較的基準（只用於肯定句）
ほど　程度、比例・比較的基準

首先說明「例示」。這在有的文法書上寫著「最低限度的用法」。

a. お茶くらい飲んで行きなさい。（想喝點茶再走。）
b. お茶ほど飲んで行きなさい。（錯誤）
c. 電話代くらい払いなさい。（最起碼電話費，你付吧！）
d. 電話代ほど払いなさい。（錯誤）
e. ネクタイくらい締めなさい。（最起碼也繫個領帶吧。）
f. ネクタイほど締めなさい。（錯誤）
g. 自分が使った食器くらい自分で片付けます。（最起碼自己用過的碗筷，自己整理。）

第六章　程度を表す助詞

§1「くらい」と「ほど」

「くらい」と「ほど」は共に程度や数量をおおよそに表すものですが、次のような違いがあります。

くらい　程度、例示、比較の基準（肯定文のみ）
ほど　程度、比例・比較の基準

まず、「例示」から説明します。これは、文法書によっては、「最低限の用法」と書いてあります。

a. お茶くらい飲んで行きなさい。
b. お茶ほど飲んで行きなさい。（誤文）
c. 電話代くらい払いなさい。
d. 電話代ほど払いなさい。（誤文）
e. ネクタイくらい締めなさい。
f. ネクタイほど締めなさい。（誤文）
g. 自分が使った食器くらい自分で片付けます。

h. 自分が使った食器ほど自分で片付けます。（錯誤）

i. これくらいの日本語なら分かります。（這程度的日語我懂。）

j. これほどの日本語なら分かります。（錯誤）

所謂「最低限度的用法」是「最少也要～（最起碼也～）」或「最少也有～」等的意思。

「比例」相當於中文的「～越…越」。

a. 考えれば考えるくらい分からなくなって来た。（錯誤）

b. 考えれば考えるほど分からなくなった。（越想越不明白了。）

c. 高く売れれば売れるくらいよい。（錯誤）

d. 高く売れれば売れるほどよい。（賣得越貴越好。）

e. 観客が増えれば増えるくらい売上も上がる。（錯誤）

f. 観客が増えれば増えるほど売上も上がる。（觀眾越增加收入也就越高。）

g. 雪が降れば降るくらい作業が困難になる。（錯誤）

h. 雪が降れば降るほど作業が困難になる。（雪越下工作就越困難。）

i. この本は読めば読むくらい面白くなって来る。（錯誤）

h. 自分が使った食器ほど自分で片付けます。（誤文）

i. これくらいの日本語なら分かります。

j. これほどの日本語なら分かります。（誤文）

「最低限の用法」というのは「少なくとも～はします」とか「少なくとも～はあります」などの意味です。

「比例」は中国語の「越～越…」に相当するものです。これには「ほど」を使います。

a. 考えれば考えるくらい分からなくなって来た。（誤文）

b. 考えれば考えるほど分からなくなった。

c. 高く売れれば売れるくらいよい。（誤文）

d. 高く売れれば売れるほどよい。

e. 観客が増えれば増えるくらい売上も上がる。（誤文）

f. 観客が増えれば増えるほど売上も上がる。

g. 雪が降れば降るくらい作業が困難になる。（誤文）

h. 雪が降れば降るほど作業が困難になる。

i. この本は読めば読むくらい面白くなって来る。（誤文）

j. この本は読めば読むほど面白くなって来る。(這本書越看越有趣。)

表示比較的基準的場合，在肯定句裡「くらい」和「ほど」均可使用。

a. 猿は人間の三歳児くらいの知能があります。(猴子差不多有人類三歳小孩的智能。)
b. 猿は人間の三歳児ほどの知能があります。(猴子有人類三歳小孩程度的智能。)
c. 彼女はアインシュタインと同じくらい賢い。(她差不多跟愛因斯坦一樣聰明。)
d. 彼女はアインシュタインと同じほど賢い。(她跟愛因斯坦同樣程度的聰明。)

但是、否定句的場合，不能使用「くらい」。

a. 私の妹は彼女くらいきれいではない。(錯誤)
b. 私の妹は彼女ほどきれいではない。(我妹妹沒有她那樣漂亮。)
c. 橋本さんは川上さんくらい足が速くありません。(錯誤)
d. 橋本さんは川上さんほど足が速くありません。(橋本先生的腳沒有川上先生快。)
e. 私はあなたくらい要領がよくありません。(錯誤)
f. 私はあなたほど要領がよくありません。(我沒有你那樣有要領。)
g. この掃除機は前の掃除機くらいゴミをよく吸い取りません。(錯誤)

j. この本は読めば読むほど面白くなって来る。

比較の基準を表す場合、肯定文には「くらい」も「ほど」も使えます。

a. 猿は人間の三歳児くらいの知能があります。
b. 猿は人間の三歳児ほどの知能があります。
c. 彼女はアインシュタインと同じくらい賢い。
d. 彼女はアインシュタインと同じほど賢い。

しかし、否定文の場合、「くらい」は使えません。

a. 私の妹は彼女くらいきれいではない。(誤文)
b. 私の妹は彼女ほどきれいではない。
c. 橋本さんは川上さんくらい足が速くありません。(誤文)
d. 橋本さんは川上さんほど足が速くありません。
e. 私はあなたくらい要領がよくありません。(誤文)
f. 私はあなたほど要領がよくありません。
g. この掃除機は前の掃除機くらいゴミをよく吸い取りません。(誤文)

h. この掃除機は前の掃除機ほどゴミをよく吸い取りません。（這臺吸塵器沒有以前的吸塵器那麼能吸拉圾。）

i. お金なら山くらいある。（錯誤）

j. お金なら山ほどある。（錢的話有山那麼高。）

表示最高或者最低的事物的場合，「くらい」和「ほど」都能使用。這場合、述語伴同否定語。

a. 彼くらい正直な人はいない。（再也沒有像他那樣的老實的人。）

b. 彼ほど正直な人はいない。（再也沒有像他那樣的老實的人。）

c. 東条さんくらい立派な人は滅多にいない。（像東條先生那樣優秀的人非常稀少。）

d. 東条さんほど立派な人は滅多にいない。（像東條先生那樣優秀的人非常稀少。）

e. あいつくらい馬鹿な奴はいない。（再也沒有像那傢伙那樣笨的東西。）

f. あいつほど馬鹿な奴はいない。（再也沒有像那傢伙那樣笨的東西。）

g. これくらいひどい話はない。（再也沒有像這樣過分的話。）

h. これほどひどい話はない。（再也沒有像這樣過分的話。）

i. 漢詩くらい素晴らしい文学はない。（再也沒有像漢詩那樣出色的文學。）

j. 漢詩ほど素晴らしい文学はない。（再也沒有像漢詩那樣出色的文學。）

h. この掃除機は前の掃除機ほどゴミをよく吸い取りません。

i. お金なら山くらいある。（誤文）

j. お金なら山ほどある。

最高、または最低のことを表す場合、「くらい」も「ほど」も使えます。どちらを使ってもかまいません。この場合、述語に否定語を伴います。

a. 彼くらい正直な人はいない。

b. 彼ほど正直な人はいない。

c. 東条さんくらい立派な人は滅多にいない。

d. 東条さんほど立派な人は滅多にいない。

e. あいつくらい馬鹿な奴はいない。

f. あいつほど馬鹿な奴はいない。

g. これくらいひどい話はない。

h. これほどひどい話はない。

i. 漢詩くらい素晴らしい文学はない。

j. 漢詩ほど素晴らしい文学はない。

在「くらいなら」的用法裡，有一種表示比較的慣用語「くらいなら」。這個「くらい」不能以「ほど」來替代。

a. 人に上げるくらいなら自分で食べます。（與其給人倒不如自己吃。）
b. 人に上げるほどなら自分で食べます。（錯誤）
c. あんな奴と仲直りするくらいなら死んだ方がましだ。（跟那種傢伙和好，倒不如死了的好。）
d. あんな奴と仲直りするほどなら死んだ方がましだ。（錯誤）
e. 飛行機に乗るくらいなら自分の足で歩いて行きます。（與其坐飛機倒不如自己走路去。）
f. 飛行機に乗るほどなら自分の足で歩いて行きます。（錯誤）
g. 自分でできるくらいなら人に頼みません。（自己會的話，就不拜託別人了。）
h. 自分でできるほどなら人に頼みません。（錯誤）
i. そんなに簡単に行くくらいなら誰も心配しません。（那樣容易去的話，那誰也不擔心。）
j. そんなに簡単に行くほどなら誰も心配しません。（錯誤）

但是、其次的「くらいなら」不是比較，是表示「程度」，所以可以以「ほど」替代。

a. あんな大企業が倒産するくらいなら、中小企業はもっと悲惨な状況だろう。（那樣的大企業都破產了的話，那中小企業的狀況更是悲慘的吧？）

「くらい」には、「くらいなら」という決まり文句で一種の比較を表すことがあります。この「くらい」は「ほど」と置き換えができません。

a. 人に上げるくらいなら自分で食べます。
b. 人に上げるほどなら自分で食べます。(誤文)
c. あんな奴と仲直りするくらいなら死んだ方がましだ。
d. あんな奴と仲直りするほどなら死んだ方がましだ。(誤文)
e. 飛行機に乗るくらいなら自分の足で歩いて行きます。
f. 飛行機に乗るほどなら自分の足で歩いて行きます。(誤文)
g. 自分でできるくらいなら人に頼みません。
h. 自分でできるほどなら人に頼みません。(誤文)
i. そんなに簡単に行くくらいなら誰も心配しません。
j. そんなに簡単に行くほどなら誰も心配しません。(誤文)

但し、次の「くらいなら」は比較ではなく、「程度」を表していますから、「ほど」と置き換えができます。

a. あんな大企業が倒産するくらいなら、中小企業はもっと悲惨な状況だろう。

b. あんな大企業が倒産するほどなら、中小企業はもっと悲惨な状況だろう。（那樣的大企業都破產了的話，那中小企業的狀況更是悲慘了。）

c. 彼が落ちるくらいなら多分誰も受からないだろう。（他都落榜了，大概沒人會考上吧！）

d. 彼が落ちるほどなら多分誰も受からないだろう。（他都落榜了，大概沒人會考上吧！）

e. 岩を砕くくらいのパンチなら、人間などイチコロだ。（都能打碎岩石的拳頭，那人類準會一拳斃命的。）

f. 岩を砕くほどのパンチなら、人間などイチコロだ。（都能打碎岩石的拳頭，那人類準會一拳斃命的。）

g. 卵を摑めるくらい精密な機械なら、大いに役立ちます。（可以抓起雞蛋的精密機械的話，那是非常有用的。）

h. 卵を摑めるほど精密な機械なら、大いに役立ちます。（可以抓起雞蛋的精密機械的話，那是非常有用的。）

這些全都是前項舉異常程度的事項，那樣異常的話比那弱的會遭到更慘的局面。或者比那簡單的事會更簡單等的意思。

a. 彼女のために三十分くらい待って上げなさい。（爲了她你等三十分鐘左右吧。）

b. 彼女のために三十分ほど待って上げなさい。（爲了她你等三十分鐘左右吧。）

事項的程度「くらい」和「ほど」都可使用，但表示主觀的時間或客觀的時間之前後只用「くらい」。

b. あんな大企業が倒産するほどなら、中小企業はもっと悲惨な状況だろう。
c. 彼が落ちるくらいなら多分誰も受からないだろう。
d. 彼が落ちるほどなら多分誰も受からないだろう。
e. 岩を砕くくらいのパンチなら、人間などイチコロだ。
f. 岩を砕くほどのパンチなら、人間などイチコロだ。
g. 卵を摑めるくらい精密な機械なら、大いに役立ちます。
h. 卵を摑めるほど精密な機械なら、大いに役立ちます。

これらはいずれも、前件で程度の甚だしい事柄を挙げ、そういう甚だしい程度なら、それより弱いものはもっとひどい目に会う、或いはそれより簡単なことはもっと簡単にできる等の意味です。

a. 彼女のために三十分くらい待って上げなさい。
b. 彼女のために三十分ほど待って上げなさい。

事柄の程度では「くらい」も「ほど」も使えますが、主観的な時間や客観的な時間（註1）の前後を表すのは「くらい」だけです。

a. 明後日くらいには結果が出るでしょう。（大後天左右，可知道結果吧。）↑主観的時間

b. 明後日ほどには結果が出るでしょう。（錯誤）

c. 一週間後くらいから暖かくなって来ます。（大概一星期後，會暖和起來。）↑主觀的時間

d. 一週間後ほどから暖かくなって来ます。（錯誤）

e. 十時くらいに行ったら、店はもう閉まっていた。（十點左右去了，店已經打烊了。）↑客觀的時間

f. 十時ほどに行ったら、店はもう閉まっていた。（錯誤）

g. 三時くらいになったら、少し休息しましょう。（到了三點左右，稍微休息一下吧。）↑客觀的時間

h. 三時ほどになったら、少し休息しましょう。（錯誤）

i. 三月くらいになると忙しくなって来ます。（一到三月左右就會忙起來。）↑客觀的時間

j. 三月ほどになると忙しくなって来ます。（錯誤）

又、其他也有必要注意的地方。

a. 私は一日に四時間くらい眠らない。（我一天有四個小時左右沒睡覺。）

b. 私は一日に四時間ほど眠らない。（我一天有四個小時左右沒睡覺。）

c. 私は一日に四時間くらいしか眠らない。（我一天只睡四個小時左右。）

d. 私は一日に四時間ほどしか眠らない。（我一天只睡四個小時左右。）

a. 明後日くらいには結果が出るでしょう。

b. 明後日ほどには結果が出るでしょう。（誤文）

c. 一週間後くらいから暖かくなって来ます。

d. 一週間後ほどから暖かくなって来ます。（誤文）

e. 十時くらいに行ったら、店はもう閉まっていた。

f. 十時ほどに行ったら、店はもう閉まっていた。（誤文）

g. 三時くらいになったら、少し休息しましょう。

h. 三時ほどになったら、少し休息しましょう。（誤文）

i. 三月くらいになると忙しくなって来ます。

j. 三月ほどになると忙しくなって来ます。（誤文）

また、他にも注意しなければならないことがあります。

a. 私は一日に四時間くらい眠らない。

b. 私は一日に四時間ほど眠らない。

c. 私は一日に四時間くらいしか眠らない。

d. 私は一日に四時間ほどしか眠らない。

a句和b句是同樣的意思，一天大都在睡覺，醒著的時間只有四個小時的意思。如果一天的睡眠時間只有四個小時的話，那就必須像c句或d句附加「しか」。

§2 「しか」和「だけ」

「しか」和「だけ」都表示程度低或量少的語句。兩者在構文上的不同如下。

	肯定形式	否定形式
Aしか	(不能使用)	排除A以外
Aだけ	排除A以外	只排除A

「しか」不能使用於肯定形式，「だけ」可使用於肯定形式亦可使用於否定形式（註2）。

a. 消しゴムしか買わなかった。（只買了橡皮擦。）

a文とb文は同じ意味ですが、一日のほとんどを眠っており、起きているのは四時間だけ、という意味になります。一日にたった四時間しか睡眠時間がないという意味なら、c文やd文のように、「しか」を付けなくてはなりません。

§2「しか」と「だけ」

「しか」と「だけ」はどちらも程度の低さや量の少なさを表す語句です。両者の構文的な違いは次の通りです。

	肯定形式	否定形式
Aしか	(不能使用)	A以外を排除する
Aだけ	A以外を排除する	Aのみを排除する

「しか」は肯定形式には使用できませんが、「だけ」は肯定形式にも否定形式にも使用できます(註2)。

a．消しゴムしか買わなかった。

b. 消しゴムだけ買った。（只買了橡皮擦。）

c. 消しゴムだけ買わなかった。（只有橡皮擦沒買。）

說到關於買的東西，是a句和b句的「橡皮擦」，c句是「橡皮擦以外的東西」。那麼，否定形式的「しか」和肯定形式的「だけ」的意思一樣嗎？　這又有點不同。這個不同是，與其說「しか」和「だけ」的不同，倒不如說是在根本上是否定形式和肯定形式的不同。

a. 彼女はパンしか食べなかった。（她只吃了麵包。）

b. 彼女はパンだけ食べた。（她只吃麵包了。）

c. みそ汁には豆腐しか入っていない。（味噌湯裡只放了豆腐。）

d. みそ汁には豆腐だけ入っている。（味噌湯裡只放豆腐了。）

e. 今、所持金は十万円しかない。（現在，所帶的錢只有十萬日元了。）

f. 今、所持金は十万円だけある。（現在，所帶的錢只有十萬日元。）

g. 十万円しか残っていない。（只剩下十萬日元了。）

h. 十万円だけ残っている。（只剩十萬日元。）

b．消しゴムだけ買った。
c．消しゴムだけ買わなかった。

買ったものに関して言えば、a文とb文は「消しゴム」ですが、c文は「消しゴム以外のもの」です。では、否定形式の「しか」と肯定形式の「だけ」は同じ意味なのか、と言いますと、少し違うと言わざるを得ません。そして、その違いは、「しか」と「だけ」の違いと言うよりも、根本的には否定形式と肯定形式の違い、ということになるでしょう。

a．彼女はパンしか食べなかった。
b．彼女はパンだけ食べた。
c．みそ汁には豆腐しか入っていない。
d．みそ汁には豆腐だけ入っている。
e．今、所持金は十万円しかない。
f．今、所持金は十万円だけある。
g．十万円しか残っていない。
h．十万円だけ残っている。

否定形式終究是說負面的事項。肯定形式結果是說正面的事項。這種不同、從上面的例句亦可反映出來。a句「パンしか食べなかった（只吃了麵包）」是，對吃飯一事表示否定的態度。也就是、沒有食欲。但是、b句的「パンだけ食べた（只吃麵包了）」是有食欲，但麵包以外的東西不合胃口的意思。c句是表明味噌湯裡只有豆腐的不滿，但d句的只放豆腐了，有比什麼都沒放的要好的反響。e句是剩的錢很少「糟了」的意思，相對的f句是因爲還有十萬日元，暫時是沒問題的意思。g句、還是有處於困境的反響，但h句是還稍有一點充裕的表現。

像這樣、「しか」和「だけ」的不同也反映在會話的場合。

a. 原発が暴走し始めたら、彼しか直せません。（核能發電廠失去控制的話、只有他才能整頓。）
b. 原発が暴走し始めたら、彼だけが直せます。（?）
c. この病気には、X薬品しか効きません。（對於這種病、只有X藥品有效。）
d. この病気には、X薬品だけが効きます。（?）
e. 私は一年に一日しか休みません。（我一年只休息一天。）
f. 私は一年に一日だけ休みます。（?）

否定形式は所詮マイナスのことを語っています。肯定形式は結局プラスのことを語っています。この違いが、上の例文にも反映しています。a文の「パンしか食べなかった」というのは、食事そのものに対して否定的な態度を表しています。つまり、食欲がなかったということです。しかし、b文の「パンだけ食べた」は食欲はあったがパン以外のものは口に合わなかったということです。c文はみそ汁に豆腐しかないことに不満を表明していますが、d文は豆腐だけは入っている、何も入っていないよりはよい、という響きがあります。e文は、もう残金が少ない、大変だという意味なのに対し、f文は、まだ十万円あるから、暫くは大丈夫という意味があります。g文もやはり、ピンチだという響きがありますが、h文の方はまだ少し余裕がある、という表現です。

このような、「しか」と「だけ」の違いは会話場面にも反映しています。

a. 原発が暴走し始めたら、彼しか直せません。
b. 原発が暴走し始めたら、彼だけが直せます。（？）
c. この病気には、X薬品しか効きません。
d. この病気には、X薬品だけが効きます。（？）
e. 私は一年に一日しか休みません。
f. 私は一年に一日だけ休みます。（？）

g. あの社員は一年に数回しか会社に姿をみせません。（那個職員一年只有數次在公司裡出現。）

h. あの社員は一年に数回だけ会社に姿を見せます。（?）

i. あのラーメン屋は偏屈だから、一日に十五人分しか作らない。（那家麵館特別乖僻，一天只做十五人份而已。）

j. あのラーメン屋は偏屈だから、一日に十五人分だけ作る。（?）

k. 三人しか集まらなくても平気さ。（只集合了三人也無所謂的。）

l. 三人だけ集まっても平気さ。（錯誤）

上面例句，全部敘述非常事態。這種表示非常事態的場合，否定形式比較有效果（註2）。最後，也有使用「だけ」和「しか」組合而成的「だけしか」的形式（沒有「しかだけ」之語）。這與「しか」一樣，有否定語的伴同。

a. 犯人の遺留品はボタン一つだけしかありません。（犯人遺忘的東西只有一個扣子而已。）

b. 犯人の遺留品はボタン一つだけしかあります。（錯誤）

c. 私が招聘した人はこれだけしか来なかった。（我聘請的人只來了這些。）

d. 私が招聘した人はこれだけしか来ました。（錯誤）

g. あの社員は一年に数回しか会社に姿を見せません。

h. あの社員は一年に数回だけ会社に姿を見せます。(?)

i. あのラーメン屋は偏屈だから、一日に十五人分しか作らない。

j. あのラーメン屋は偏屈だから、一日に十五人分だけ作る。(?)

k. 三人しか集まらなくても平気さ。

l. 三人だけ集まっても平気さ。(誤文)

上の例文は、全て通常ではない事態を述べた文です。こういう非常事態を表す場合、否定形式の方が効果があります(註2)。

最後に、「だけ」と「しか」を組み合わせて、「だけしか」という形で使用することもあります(「しかだけ」という言葉はありません)。これも「しか」と同様に、否定語を伴います。

a. 犯人の遺留品はボタン一つだけしかありません。

b. 犯人の遺留品はボタン一つだけしかあります。(誤文)

c. 私が招聘した人はこれだけしか来なかった。

d. 私が招聘した人はこれだけしか来ました。(誤文)

§3「ばかり」和「ほど」

「ばかり」和「ほど」均表示程度或大略的數量之語。這兩者可以互換的場合很多，但其基本用法如下：

	接於名詞・用言的場合	接於數量名詞的場合
ばかり	限定	程度
ほど	程度、比例・比較的基準	

首先、說明不同之處。「ばかり」用法裡的「限定」是這樣的。

a. 十人ばかりのサークル。（十個人左右的小組。）

b. 男ばかりのサークル。（光是男性的小組。）

a句是表示程度。與「十人程度のサークル（十個人左右的小組）」同樣的意思。但是如將上面例句以「ほど」替代的話，

a. 十人ほどのサークル。（十個人左右的小組。）

§3「ばかり」と「ほど」

「ばかり」も「ほど」も、程度やおおよその数量を表す語句です。この両者は置き換え可能な場合が多いですが、基本的な用法は次の通りです。

	名詞・用言に付く場合	数量名詞に付く場合
ばかり	限定	程度
ほど	程度、比例・比較の基準	

先ず、違う点から説明します。「ばかり」の用法にある「限定」とは、こういうことです。

a．十人ばかりのサークル。

b．男ばかりのサークル。

a文は程度を表しています。「十人程度のサークル」と言っても同じです。しかし、上の例文を「ほど」で置き換えると、

a．十人ほどのサークル。

b. 男ほどのサークル。（錯誤）

如此，b句是錯誤的。a句因爲是程度的用法所以「ばかり」和「ほど」均可用，但「限定」的用法不能改爲「ほど」。像這樣的例句，其他也可見到。

a. 肉ばかり食べていては健康によくないです。（光是吃肉，對健康不好。）
b. 肉ほど食べていては健康によくないです。（錯誤）
c. 人を信用してばかりいては、いつか騙されます。（光是信用別人，總會上當的。）
d. 人を信用してほどいては、いつか騙されます。（錯誤）
e. 知識ばかりではなく、経験も重視すべきです。（不光是知識，也應該重視經驗。）
f. 知識ほどではなく、経験も重視すべきです。（錯誤）
g. 現象ばかり見ていては、本質を見落とします。（光是看現象，漏了本質。）
h. 現象ほど見ていては、本質を見落とします。（錯誤）
i. 小さい活字ばかり見ていたら近視になってしまった。（光是看活字，成了近視眼了。）
j. 小さい活字ほど見ていたら近視になってしまった。（錯誤）
k. 建てたばかりの家が地震で倒壊してしまった。（剛建的房屋，因地震倒塌了。）
l. 建てたほどの家が地震で倒壊してしまった。（錯誤）

b. 男ほどのサークル。

という風に、b文は誤文になります。a文は程度の用法ですから、「ばかり」でも「ほど」でもかまいませんが、「限定」の用法は「ほど」にはないからです。こういう例は、他にもあります。

a. 肉ばかり食べていては健康によくないです。
b. 肉ほど食べていては健康によくないです。(誤文)
c. 人を信用してばかりいては、いつか騙されます。
d. 人を信用してほどいては、いつか騙されます。(誤文)
e. 知識ばかりではなく、経験も重視すべきです。
f. 知識ほどではなく、経験も重視すべきです。(誤文)
g. 現象ばかり見ていては、本質を見落とします。
h. 現象ほど見ていては、本質を見落とします。(誤文)
i. 小さい活字ばかり見ていたら近視になってしまった。
j. 小さい活字ほど見ていたら近視になってしまった。(誤文)
k. 建てたばかりの家が地震で倒壊してしまった。
l. 建てたほどの家が地震で倒壊してしまった。(誤文)

接名詞或用言的場合，「ほど」是表示程度，「ばかり」表示限定。因此，意思不同。

a. 彼の変貌ぶりは驚くばかりだった。（對他的外觀改變了的樣子只感到吃驚。）
b. 彼の変貌ぶりは驚くほどだった。（他的外觀變得讓人吃驚的樣子。）
c. 飛べるのは鳥ばかりではない。（能飛的不只是鳥。）
d. 飛べるのは鳥ほどではない。（飛得沒有鳥那樣的程度。）
e. 彼ばかりではなく、彼女も英語ができる。（不只是他，她也會英語。）
f. 彼ほどではないが、彼女も英語ができる。（雖沒有他那樣的程度，但她也會英語。）
g. 病気は日増しに重くなるばかりだった。（病情只是漸漸沈重。）
h. 病気は日増しに重くなるほどだった。（錯誤）
i. 彼は株を買ってばかりいる。（他光是買股票。）
j. 彼は株を買ってほどいる。（錯誤）
k. 山口さんは一億円のダイヤを買えるばかりの金持ちだ。（錯誤）
l. 山口さんは一億円のダイヤを買えるほどの金持ちだ。（山口先生是買得起一億日元鑽石的有錢人。）

名詞、或いは用言に付く場合、「ほど」は程度を表しますが、「ばかり」は「限定」を表します。そのため、意味が異なります。

a. 彼の変貌ぶりは驚くばかりだった。
b. 彼の変貌ぶりは驚くほどだった。
c. 飛べるのは鳥ばかりではない。
d. 飛べるのは鳥ほどではない。
e. 彼ばかりではなく、彼女も英語ができる。
f. 彼ほどではないが、彼女も英語ができる。
g. 病気は日増しに重くなるばかりだった。
h. 病気は日増しに重くなるほどだった。(誤文)
i. 彼は株を買ってばかりいる。
j. 彼は株を買ってほどいる。(誤文)
k. 山口さんは一億円のダイヤを買えるばかりの金持ちだ。(誤文)
l. 山口さんは一億円のダイヤを買えるほどの金持ちだ。

a句是看到他外觀改變的樣子，說話者除了吃驚以外什麼都不會。b句是敘述他外觀改變的程度。c句是能飛的不只是鳥類，例如編幅也能飛的意思。d句是表示能飛是能飛，沒有鳥那麼能飛。e句是不光是他，她也會英語的意思，但f句是她雖比他差但也會英語，表示她的英語程度。關於g、h句、在文意上必須表示病情繼續沈重的「限定」。因此表示程度的「ほど」在文意上不適合，所以h句是錯誤的。h句如此、i句也是表示某限定狀況繼續的句子。買股票的行爲必須爲他繼續之事的意思。用「ほど」不能表示出這個意思，所以j句是錯誤的。相反的、k、l句的場合、因必須表示有錢人的程度，所以不能使用「ばかり」。

「ばかり」接「に」或「の」成爲「ばかりに」「ばかりの」時表示程度，但那不是通常的程度，是異常的程度。因此，表示通常程度的場合時不能使用。

a. トランクからはみ出さんばかりに荷物を詰め込んだ。（簡直要暴露出皮箱似地把行李塞進去了。）

b. トランクからはみ出すほど荷物を詰め込んだ。（快要暴露出皮箱（的程度）地把行李塞進去了。）

a文は彼の変貌ぶりを見て、話者が驚くこと以外にできなかった、という意味です。b文は彼の変貌の程度を述べた文です。c文は、飛べる動物は鳥類だけではなく、例えば、蝙蝠なども飛べるという意味です。d文は飛べるけれど鳥のようにうまく飛ぶことはできないことを表しています。e文は、彼だけではなく、彼女も英語ができる、という意味ですが、f文は彼女は彼よりも劣るが英語ができる、という彼女の英語能力の程度を表しています。g、h文に関しては、文意上、病気が重くなり続けるという「限定」を表さなければなりません。従って、程度を表す「ほど」は文意上相応しくないので、h文は誤文になります。h文もそうですが、i文も、或る限定された状況の継続を表す文です。株を買うという行為を彼が継続していたことを意味しなければなりません。「ほど」ではそういう意味を表せませんので、j文は誤文になります。逆に、k、l文の場合、金持ちの程度を表さなければならないので、「ばかり」は使えません。

「ばかり」は「に」ゆ「の」を付けて、「ばかりに」「ばかりの」とすると程度を表しますが、それは通常の程度ではなく、甚だしい程度です。従って、通常の程度を表す場合には使えません。

a. トランクからはみ出さんばかりに荷物を詰め込んだ。

b. トランクからはみ出すほど荷物を詰め込んだ。

c. ドアが壊れんばかりにノックした。（簡直是要把門打壞了似地敲著。）

d. ドアが壊れるほどノックした。（快要把門打壞了似地敲著。）

e. 湯飲みが溢れんばかりにお茶を注いだ。（幾乎要溢出茶杯似地倒茶。）

f. 湯飲みが溢れるほどお茶を注いだ。（快溢出茶杯似地倒茶。）

g. うちの子犬は小さくて、まだ猫ばかりの大きさしかありません。（錯誤）

h. うちの子犬は小さくて、まだ猫ほどの大きさしかありません。（我家的小狗很小，還只有貓那樣大。）

g句的錯誤是因爲表示通常的程度。

「時間的接近性」與中文的「剛～」或「快要～了」類似。這種用法必須用「ばかり」。

a. たった今戻って来たばかりです。（現在剛剛才回來。）

b. たった今戻って来たほどです。（錯誤）

c. 買ったばかりの服が台無しだ。（剛買的衣服弄糟了。）

d. 買ったほどの服が台無しだ。（錯誤）

e. 子供が寝付いたばかりですので、大声を出さないで下さい。（小孩才剛睡著請不要大聲。）

f. 子供が寝付いたほどですので、大声を出さないで下さい。（錯誤）

c. ドアが壊れんばかりにノックした。

d. ドアが壊れるほどノックした。

e. 湯飲みが溢れんばかりにお茶を注いだ。

f. 湯飲みが溢れるほどお茶を注いだ。

g. うちの子犬は小さくて、まだ猫ばかりの大きさしかありません。(誤文)

h. うちの子犬は小さくて、まだ猫ほどの大きさしかありません。

g文が誤文なのは、通常の程度を表しているからです。

「時間的近接性」とは、中国語の「剛～」や「快要～了」に類似するものです。この用法は必ず「ばかり」を使います。

a. たった今戻って来たばかりです。

b. たった今戻って来たほどです。(誤文)

c. 買ったばかりの服が台無しだ。

d. 買ったほどの服が台無しだ。(誤文)

e. 子供が寝付いたばかりですので、大声を出さないで下さい。

f. 子供が寝付いたほどですので、大声を出さないで下さい。(誤文)

g. さっき食事したばかりなのに、また食べるのですか?(剛剛才吃過飯,怎麼又再吃了?)

h. さっき食事したほどなのに、また食べるのですか?(錯誤)

i. 結婚したばかりなのに、彼はもう浮気をした。(才剛剛結婚,他就已經有外遇了。)

j. 結婚したほどなのに、彼はもう浮気した。(錯誤)

數量名詞的場合、「ばかり」和「ほど」都表示「~前後(左右)」,兩者均可使用,但「ほど」較廣泛地使用。

a. 二十人ばかり呼んで来ました。(叫來了二十個人左右。)

b. 二十人ほど呼んで来ました。(叫來了二十個人左右。)

c. 二十名様ばかり応接室でお待ちいただいております。(?)

d. 二十名様ほど応接室でお待ちいただいております。(二十位左右在接待室等著。)

如a句或b句的平常表現時,「ばかり」和「ほど」均可使用,但如c、d句的敬語表現時,不易與「ばかり」併用。那也許是,「ばかり」的「ばか」與日語裡侮辱用語的代表「馬鹿(笨)」同音的緣故吧?因此外國人在正式的場合,「ばかり」還是少用的比較好。

g. さっき食事したばかりなのに、また食べるのですか？
h. さっき食事したほどなのに、また食べるのですか？（誤文）
i. 結婚したばかりなのに、彼はもう浮気をした。
j. 結婚したほどなのに、彼はもう浮気した。（誤文）

数量名詞の場合、「ばかり」も「ほど」も「～前後」の意味を表しますから、どちらも使えますが、「ほど」の方が汎用性があります。

a. 二十人ばかり呼んで来ました。
b. 二十人ほど呼んで来ました。
c. 二十名様ばかり応接室でお待ちいただいております。（？）
d. 二十名様ほど応接室でお待ちいただいております。

a文やb文のような通常の表現では、「ばかり」も「ほど」も使えますが、c、d文のような敬語表現と「ばかり」は併存しにくいようです。それは恐らく、「ばかり」の「ばか」が日本語の代表的侮辱用語「馬鹿」と同じ発音だからでしょう。ですから、外国人の方は、公の場では「ばかり」を多用しない方がよいかもしれません。

又、「ばかりに」有時表示原因・理由，那只限於帶來不好的結果之原因・理由。

a. 高い本を買ったばかりに、食費が消えてしまった。（只因買了貴的書，飯錢就沒了。）
b. 郊外に家を建てたばかりに通勤が大変になった。（只因在郊外蓋了房子，上班就非常不方便了。）
c. 投機に手を出したばかりに破産してしまった。（只因我搞了投機買賣就破產了。）
d. あいつの言うことを信じたばっかりに大損してしまった。（只因聽信了那傢伙的話，大大地損失了。）
e. あんな男と結婚したばっかりに、私の人生は滅茶苦茶になってしまった。（只因跟那樣的男人結婚，我的人生就變得一塌糊塗了。）
f. 彼の忠告を無視したばっかりに、ひどい目にあってしまった。（只因忽視了他的忠告，就遭到困境了。）
g. 人の噂を鵜呑みにしたばっかりに、大恥をかいてしまった。（只因盲信了別人的傳說，就丟盡了面子。）
h. 試験対策を疎かにしていたばっかりに、落第してしまった。（只因應付考試的方法太草率了，就落榜了。）
i. 彼をクビにしたばっかりに、経営が悪化してしまった。（只因把他革職了，經營就惡化了。）

§4 「だけ」和「ばかり」

「だけ」和「ばかり」都表示「限定」，用法也非常相似。這兩者依所接的品詞所表示的意思如下。

また、「ばかりに」は原因・理由を表すことがありますが、それは良くない結果をもたらした原因・理由に限られるようです。

a. 高い本を買ったばかりに、食費が消えてしまった。
b. 郊外に家を建てたばかりに通勤が大変になった。
c. 投機に手を出したばかりに破産してしまった。
d. あいつの言うことを信じたばっかりに大損してしまった。
e. あんな男と結婚したばっかりに、私の人生は滅茶苦茶になってしまった。
f. 彼の忠告を無視したばっかりに、ひどい目にあってしまった。
g. 人の噂を鵜呑みにしたばっかりに、大恥をかいてしまった。
h. 試験対策を疎かにしていたばっかりに、落第してしまった。
i. 彼をクビにしたばっかりに、経営が悪化してしまった。

§4 「だけ」と「ばかり」

「だけ」も「ばかり」も共に「限定」を表し、用法もよく似ています。この両者は、どんな品詞に付くかによって、次のような意味を表します。

	接數量名詞之時	接通常名詞之時	接動詞・形容詞之時
だけ	限定（只是）	限定（只是）	限定、程度
ばかり	程度（左右）	限定（只是）	限定（經常）、時間的近接性

首先、說明接數量名詞的場合。

a. 財布には千円札が三枚だけ入っています。（放在錢包裡一千日元的鈔票只有三張。）

b. 財布には千円札が三枚ばかり入っています。（放在錢包裡的一千日元的鈔票有三張左右。）

c. 十分だけ歩くと大通りに出ます。（錯誤）

d. 十分ばかり歩くと大通りに出ます。（走十分鐘左右就可以到大馬路了。）

「だけ」表示數量少的事物。用中文說明的話，相當於「只有」。因此、a句是「只有三張～」的意思。「ばかり」等於中文的「～左右」。不是特別地指多的或少的，因此、b句是「三張左右」的意思。像這樣，因接數量名詞時，就有明顯地不同，所以必須從文脈上來區別。關於c句和d句說話者要說的是，到大馬路行走的時間。這時、一般使用「ばかり」表示大概的時間。用「だけ」來限定行走的時間是沒有意思的。

	数量名詞に付く時	通常名詞に付く時	動詞・形容詞に付く時
だけ	限定(只有)	限定(只是)	限定、程度
ばかり	程度(左右)	限定(只是)	限定(經常)、時間的近接性

先ず、数量名詞に付く場合から説明します。

a. 財布には千円札が三枚だけ入っています。
b. 財布には千円札が三枚ばかり入っています。
c. 十分だけ歩くと大通りに出ます。(誤文)
d. 十分ばかり歩くと大通りに出ます。

「だけ」は数量が少ないことを表します。中国語で言えば、「只有」に相当します。ですから、a文は「只有三張～」の意味です。「ばかり」は中国語の「～左右」に当たります。特に、多いとか少ないとか言っているのではありません。従って、b文は「三張左右」という意味です。このように、数量名詞に付く時は明らかな違いがありますから、文脈によって区別しなければなりません。c文とd文については、話者が言おうとしているのは大通りまでの走行時間

a. 一時間だけ仮眠を取った。(只小睡了一個小時。)
b. 一時間ばかり仮眠を取った。(小睡了一個小時左右。)
c. 四時間だけ仮眠を取った。(?)
d. 四時間ばかり仮眠を取った。(小睡了四個小時左右。)
e. 一度だけハワイに行ったことがある。(只去過夏威夷一次。)
f. 一度ばかりハワイに行ったことがある。(錯誤)
g. 五回だけ彼女と会っています。(?)
h. 五回ばかり彼女と会っています。(跟她見了五次左右。)
i. 三十人だけ集まった。(只集合了三十個人。)
j. 三十人ばかり集まった。(集合了三十個人左右。)

「仮眠(假寐・小睡)」是短時間的睡眠,所以是「假寐・小睡」。一小時是短時間,但四小時小睡似乎是太長了。與表示數量的「だけ」不相稱。f句是,「一度(一次)」與表示「左右」的「ばかり」不能共存所以是錯誤的。g句也是「五次」不能說是少的次數,所以不能用「だけ」。當然,依文脈來說,有時也可使用。i句是說話者判斷「三十個人」爲少數的時候使用。j句只是表示「三十人前後(三十個人左右)」。

です。こういう時は普通「ばかり」を使って大体の程度を表します。「だけ」を使って走行時間を限定しても、意味がありません。

a. 一時間だけ仮眠を取った。
b. 一時間ばかり仮眠を取った。
c. 四時間だけ仮眠を取った。(?)
d. 四時間ばかり仮眠を取った。
e. 一度だけハワイに行ったことがある。
f. 一度ばかりハワイに行ったことがある。(誤文)
g. 五回だけ彼女と会っています。(?)
h. 五回ばかり彼女と会っています。
i. 三十人だけ集まった。
j. 三十人ばかり集まった。

「仮眠」は短い時間眠るから仮眠です。一時間ですと短い時間ですが、四時間は仮眠にしては少し長過ぎるような気がします。少ない数量を表す「ばかり」とは相容れなくなります。

f文は、「一度」と「左右」を表す「ばかり」が共存できないので誤文になります。g文も、

a. リンゴを四つだけ買います。（只買四個蘋果。）

b. リンゴを四つばかり買います。（大概買四個蘋果。）

c. リンゴを四つくらい買います。（大概買四個蘋果。）

a句是「只有四個」的意思，b句對外國人來說，也許稍微有點兒特殊。「ばかり」因是表示大概的數量，所以是應該是「四個左右」的意思，但正好是買四個時也用b句。這如說成「買四個蘋果」就可以了，但、b句有四個夠不夠的念頭。也就是、買的時候想「買四個夠吧」時，所使用的表現。在「くらい」也有這種表現。

通常接名詞・代名詞的場合，「だけ」和「ばかり」都是限定，但有如下的不同。

だけ　主語和述語均可接

「五回」は必ずしも少ない回数とは言えませんから、「だけ」を使えません。勿論、文脈によっては使える場合もありますが。i文は、話者が「三十人」を少ないと判断した時に使います。j文は単に「三十人前後」という意味です。

a．リンゴを四つだけ買います。

b．リンゴを四つばかり買います。

c．リンゴを四つくらい買います。

a文は「四つのみ」の意味ですが、b文は外国人にとっては、ちょっと特殊な表現に見えるかもしれません。「ばかり」は大体の数量を表しますから、「四つ前後」という意味になるはずですが、ちょうど四つ買う時でもb文のように言います。それなら「リンゴを四つ買います。」と言えば済むはずですが、b文は、四つで充分かどうか、という考えが念頭にあります。つまり、四つ買えば充分だろう、と思って買う時に使う表現なのです。こういう表現は「くらい」にもあります。

通常名詞・代名詞に付く場合、「だけ」も「ばかり」も限定を表しますが、次のような違いがあります。

だけ　主語にも述語にも付く

ばかり　接二重主語文的第二主語，被動文的主語

a. 彼だけ来ました。（只有他來了。）
b. 彼ばかり来ました。（錯誤）
c. 彼だけ殴りました。（只打了他。）
d. 彼ばかり殴りました。（錯誤）
e. 彼女だけ叱られました。（只有她挨罵了。）
f. 彼女ばかり叱られました。（只有她挨罵了。）

b句和d句因接主語所以是錯誤的。但f句因是被動文的主語，所以不算是錯誤。

a. 彼は人の悪口だけを言う。（錯誤）
b. 彼は人の悪口ばかり言う。（他光說別人的壞話。）
c. 先生は李さんだけを褒めました。（老師只誇獎了李同學。）
d. 先生は李さんばかり褒めました。（?）
e. 先生は李さんの事ばかり褒めました。（老師只誇獎了李同學。）

ばかり　二重主語文の第二主語、受け身文の主語に付く

a. 彼だけ来ました。

b. 彼ばかり来ました。（誤文）

c. 彼だけ殴りました。

d. 彼ばかり殴りました。（誤文）

e. 彼女だけ叱られました。

f. 彼女ばかり叱られました。

b文とd文は、主語に付いているので誤文になります。しかし、f文は受け身文の主語なので誤文にはなりません。

a. 彼は人の悪口だけを言う。（誤文）

b. 彼は人の悪口ばかり言う。

c. 先生は李さんだけを褒めました。

d. 先生は李さんばかり褒めました。（？）

e. 先生は李さんの事ばかり褒めました。

a、b句必須是「經常說別人的壞話」的意思。如a句使用「だけ」時，就成了「他除了說人的壞話以外，絕對不說話」的意思。d句必須是「只有」的意思。在日常會話上，也許有人不經意地使用d句，但如e句「李さんの事」就比較自然。

接動詞的場合，「だけ」和「ばかり」均表示「限定」與「程度」，但表示「限定」與「程度」的「だけ」跟表示「限定」和「程度」的「ばかり」稍有不同。

a. 泣くだけ無駄だ。（只是哭是沒有用的。）
b. 泣くばかり無駄だ。（錯誤）
c. 余計なことを言うだけ不利になる。（越是多說話越是不利的。）
d. 余計なことを言うばかり不利になる。（錯誤）

a句是「泣く（哭）」的行爲是沒有用的意思。c句是表示程度，有「越～越…」的意思。「ばかり」有表示「繼續的行爲・事態」的用法。

a. 笑ってだけいる。（錯誤）

a、b文は、「いつも人の悪口を言う」という意味でなければなりません。a文のように「だけ」を使うと、「彼は人の悪口以外に絶対言わない」の意味になり、非現実的な文になります。

c、d文は、「只有」の意味にならなければなりません。日常会話では、うっかりd文を使う人がいるかもしれませんが、e文のように「李さんの事」と書く方が自然です。

動詞に付く場合、「だけ」も「ばかり」も「限定」と「程度」を表しますが、「だけ」が表す「限定」「程度」と「ばかり」が表す「限定」「程度」とは少し違うようです。

a．泣くだけ無駄だ。

b．泣くばかり無駄だ。（誤文）

c．余計なことを言うだけ不利になる。

d．余計なことを言うばかり不利になる。（誤文）

a文は「泣く」という行為が無駄なことである、という意味です。c文は程度を表し、「越～越…」という意味があります。

「ばかり」には「継続的な行為・事態」を表す用法があります。

a．笑ってだけいる。（誤文）

b. 笑ってばかりいる。（一直在笑。）

c. あのことだけ考えている。（？）

d. あのことばかり考えている。（一直在想著那件事。）

e. 私が聞いても、彼女はただ笑うだけでした。（我問著她，而她只是在笑。）

f. 私が聞いても、彼女はただ笑うばかりでした。（我問著她，而她只是一直在笑。）

g. 上司が注意しても、彼は怒るだけだった。（上司注意著他，而他只是在生氣。）

h. 上司が注意しても、彼は怒るばかりだった。（上司注意著他，而他一直在生氣。）

動詞接「いる」時，表示其動作繼續的狀態或完了的狀態。繼續的狀態之場合，是「經常」的意思。這場用法的場合，不能使用「だけ」。c句不一定是錯誤的，但在考試的時候最好不要使用。

又、「だけ」有表示「吃驚・佩服的事項」的用法。「ばかり」就沒有這種的用法。

a. あの課長は普段はおとなしいだけに怒ると怖い。（那個課長平常很老實，生氣的時候可恐怖的呢！）

b. 社長は何も言わなかっただけに却って不気味だ。（社長什麼都沒說，倒覺得怪可怕的。）

c. あの新人選手は甲子園大会で何度も優勝しただけに素晴しい投手だ。（那位新選手在甲子園大會上優勝了好幾次，可真是了不起的投手啊。）

b. 笑ってばかりいる。

c. あのことだけ考えている。（？）

d. あのことばかり考えている。

e. 私が聞いても、彼女はただ笑うだけでした。

f. 私が聞いても、彼女はただ笑うばかりでした。

g. 上司が注意しても、彼は怒るだけだった。

h. 上司が注意しても、彼は怒るばかりだった。

動詞「いる」が付いた時は、その動作が継続している状態、又は完了している状態を表します。継続している状態の場合、「経常」の意味です。この用法の場合、「だけ」は使えません。c文は必ずしも誤文とは言えませんが、試験の時は使用しない方がよいでしょう。

また、「だけ」には「驚き・感心の事態」を表す用法があります。これは「ばかり」にはない用法です。

a. あの課長は普段はおとなしいだけに怒ると怖い。

b. 社長は何も言わなかっただけに却って不気味だ。

c. あの新人選手は甲子園大会で何度も優勝しただけに素晴らしい投手だ。

d. 彼は小さい頃から苦労して来ただけに根性がある。（他從小的時候就辛苦過來的可真有毅力。）
e. あの新聞記者はベテランだけに勘が鋭い。（那個記者非常老練，感覺可真敏銳。）

「時間的接近性」可說是「ばかり」的特有用法，相當於中文的「剛～」。

a. たった今、成田空港に着いただけです。（錯誤）
b. たった今、成田空港に着いたばかりです。（現在剛剛到達成田機場。）
c. 私は練習を終えただけです。（錯誤）
d. 私は練習を終えたばかりです。（我剛剛練習完。）

（註）
（1）第三章「表示時間的助詞」請參照§1。
（2）在此說的「否定形式」是指只是「～ない」或「～ません」的接否定語句之事項，與「否定文」不同。否定文是敍述存在之否定的句子，因爲「Aしか～ない」和「Aしか～ません」都不是否定存在的事項。

d．彼は小さい頃から苦労して来ただけに根性がある。

e．あの新聞記者はベテランだけに勘が鋭い。

「時間的近接性」は「ばかり」に特有の用法と言ってよく、中国語の「剛～」に相当します。

a．たった今、成田空港に着いただけです。（誤文）

b．たった今、成田空港に着いたばかりです。

c．私は練習を終えただけです。（誤文）

d．私は練習を終えたばかりです。

（註）

（1）第三章　時間を表す助詞、§1を参照して下さい。

（2）ここで言う「否定形式」は、単に「～ない」や「～ません」という否定語句が付いたものを指しており、「否定文」とは違います。否定文は存在の否定を語る文ですが、「Aしか～ない」も「Aしか～ません」もAの存在を否定しているものではないからです。

第七章　表示強調的助詞

§1「も」和「さえ」

「も」和「さえ」接名詞、動詞、助詞，但在本項專說明接名詞的場合。接動詞，助詞的場合基本上也是一樣的。

「も」是係助詞，本來與「は」是成對的。在說「AはBです」時，「は」是A與B的連結，不與其他的連結，只是A與B的連結而已的意思（註1）。相對的在說「AもBです」時，「も」是A與B的連結，更而也有與其他的連結的意思（註2）。「も」爲表示強調的是因爲由暗示與其他連結而來的。也就是說，在說「AもBです」時，表示非常事件，暗示著「發生這樣大的事，那細小的事更不用說已經發生了」（註3）。例如：

a. この宴会には首相も来た。（這個宴會，首相也來了。）

b. 彼女もリンゴが好きです。（她也喜歡蘋果。）

c. ようやく雨も止んだ。（雨終於停了。）

d. 一文無しで食事もできない。（一文不名連飯也吃不成了。）

e. 彼はこんな簡単な歌も満足に歌えない。（他連這簡單的歌都不能得滿意唱。）

第七章　強調を表す助詞

§1「も」と「さえ」

「も」と「さえ」は名詞、動詞、助詞にも付きますが、本項では名詞に付く場合を中心に説明します。動詞、助詞に付く場合も基本的には同じだからです。

「も」は係助詞であり、本来は「は」と対をなすものです。「AはBです」と言った時、「は」はAとBの結び付きを、他の結び付きはない、ただAとBの結び付きだけがある、という意味(註1)であるのに対し、「AもBです」と言った時、「も」はAとBの結び付きもある、という意味なのです(註2)。「も」が強調を表すのは、他の結び付きを暗示させることから生じています。つまり、「AもBです」と言った時、それが大変なことを表していれば、「こんな大きな事が起こった、些細な事は尚更起こっている」ということを暗示しているのです(註3)。例えば、

a. この宴会には首相も来た。
b. 彼女もリンゴが好きです。
c. ようやく雨も止んだ。
d. 一文無しで食事もできない。
e. 彼はこんな簡単な歌も満足に歌えない。

a句的「首相也來了」是暗示著「像首相那樣了不起的人都來了，所以沒有首相那樣了不起的人更應該來了」的意思。b句、c句因沒談判倒非常事件，所以不是強調，d句是使人連想「飯都吃不了了，更何況其他的事都不能做了」的意思。e句是表示「這樣簡單的歌都不能得滿意唱，不簡單的歌更不可能會唱，可見對唱歌是多麼的笨啊」的意思。

「さえ」有兩個意思。一個是「強調」，表示稀奇的事項。另一個是「最低條件」，表示滿足的最低容許範圍。例如：

a. 君さえ反対するのか？（連你都反對是嗎？）

b. 君さえ賛成すればよい。（只有你贊成的話就好了。）

a句是「強調」。表示「知道其他的人反對，但連你都反對，很驚訝的心態」。b句是「最低條件」。是「其他的人都反對，只有你一個人贊成的話就可以」的意思。「さえ」的兩個意思可能不容易區別，「最低條件」的場合有「ば」或「たら」之類的假定條件句伴同。因此、如沒有假定條件句的話，可認爲是「強調」。

所謂「強調」、「も」本身沒有「強調」的意思。不出奇的內容句子有「も」也不能成爲稀奇的內容。可是、「さえ」是「さえ」本身就有「強調」的意思。不出奇的內容如接「さえ」，就成了出奇之內容的句子。

a文の「首相も来た」は、「首相のような偉い人が来たのだから、首相より偉くない人は尚更来ている」という意味を暗示しています。b文、c文は特に大変なことを語っていませんから、強調ではありませんが、d文は「食事もできないのだから、ましてや他のことはできない」ということを連想させます。e文は「こんな簡単な歌を満足に歌えないなら、簡単ではない歌をうまく歌えるはずがない、よほど歌が下手なのだな」という意味を表しています。

「さえ」には二つの意味があります。一つは「強調」であり、珍しい事柄を表します。もう一つは「最低条件」とでも呼ぶべき意味であり、満足の最低許容範囲を示します。例えば、

a．君さえ反対するのか？

b．君さえ賛成すればよい。

a文は「強調」です。「他の人たちが反対するのは分かるが、君まで反対するのか。驚いた。」という気持ちを表しています。b文が「最低条件」です。「他の人たちは反対しても、君一人だけが賛成すればよい。」という意味です。「さえ」の二つの意味は見分けにくいかもしれませんが、「最低条件」の場合は「ば」や「たら」のような仮定条件句を伴います。ですから、仮定条件句がなければ「強調」だと思ってかまいません。

「強調」と言いましたが、「も」自体には「強調」の意味がありません。珍しくない内容

以上、敘述了「も」和「さえ」的意思。其區別使用法如下。

①出奇之的內容的句子

も　　強調　不表示說話者的驚奇

さえ　強調　表示說話者的驚奇

②不出奇之內容的句子

も　　累加、詠嘆

さえ　強調、最低條件

首先、說明①。

a. こんなまずい料理は犬も食べない。(這樣難吃的菜，狗也不吃。)

b. こんなまずい料理は犬さえ食べない。(這樣難吃的菜連狗都不吃。)

c. 忙しくて食事を作る暇もない。(忙得做飯的時間也沒有。)

d. 忙しくて食事を作る暇さえない。(忙得連做飯的時間都沒有。)

の文に「も」を付けても、珍しい内容の文にはなりません。しかし、「さえ」は「さえ」自体に「強調」の意味があります。珍しくない内容の文に「さえ」を付けると、珍しい内容の文になります。

以上、「も」と「さえ」の意味を述べて来ましたが、その使い分けは次の通りです。

①珍しい内容の文
　も　強調　話者の驚きを表さない
　さえ　強調　話者の驚きを表す

②珍しくない内容の文
　も　累加、詠嘆
　さえ　強調、最低条件

先ず①から説明します。

a. こんなまずい料理は犬も食べない。
b. こんなまずい料理は犬さえ食べない。
c. 忙しくて食事を作る暇もない。
d. 忙しくて食事を作る暇さえない。

e. 親も彼を見放した。（雙親也拋棄了他。）

f. 親さえ彼を見放した。（連雙親都拋棄了他。）

g. 彼は私の分も食べた。（他也吃了我的份兒。）

h. 彼は私の分さえ食べた。（他連我的份兒都吃了。）

i. あの政治家は地元の人たちからも評判が悪い。（當地的人們也對那政治家的評價很不好。）

j. あの政治家は地元の人たちからさえ評判が悪い。（連當地的人們都對那政治家的評價很不好。）

這些句子本身都是在說出奇之內容的事項，所以「も」和「さえ」均可使用。但是使用「さえ」表示說話者的驚奇，而「も」就沒有這樣感覺，可說是客觀的表現。

關於②、「も」和「さえ」均可使用。

a. 眠気も感じた。（也覺得發睏了。）

b. 眠気さえ感じた。（都覺得發睏了。）

c. テレビの画面もぼんやりして来た。（電視的畫面也模糊起來了。）

d. テレビの画面さえぼんやりして来た。（電視的畫面都模糊起來了。）

e. 彼は日本で様々な事業も手がけています。（他在日本的各種事業也親自處理。）

e. 親も彼を見放した。

f. 親さえ彼を見放した。

g. 彼は私の分も食べた。

h. 彼は私の分さえ食べた。

i. あの政治家は地元の人たちからも評判が悪い。

j. あの政治家は地元の人たちからさえ評判が悪い。

これらはどれも文自体が珍しい内容のことを語っていますので、「も」も「さえ」も使えます。但、「さえ」を使うと話者の驚きが表されていますが、「も」にはそういう感じがなく、客観的な表現と言ってよいでしょう。

③に関しては、「も」も「さえ」も使えます。

a. 眠気も感じた。

b. 眠気さえ感じた。

c. テレビの画面もぼんやりして来た。

d. テレビの画面さえぼんやりして来た。

e. 彼は日本で様々な事業も手がけています。

f. 彼は日本で様々な事業さえ手がけています。（他連在日本的各種事業都親自作處理。）

g. 田中先生は生涯教育にも理想を持っています。（田中老師對生涯教育也抱著理想。）

h. 田中先生は生涯教育にさえ理想を持っています。（田中老師連對生涯教育都抱著理想。）

i. 私は彼の暴言に憤りも感じた。（我對他粗暴的話也感到憤怒。）

j. 私は彼の暴言に憤りさえ感じた。（我對他粗暴的話只感到憤怒。）

這種場合，「も」是累加的意思。「さえ」是強調表示說話者的驚奇。「最低條件」的場合，不能使用「も」。

a. 君が見ていてくれもいれば，僕はまだ頑張る。（錯誤）

b. 君が見ていてくれさえいれば，僕はまだ頑張る。（只要你看著我的話，我就再堅持下去。）

c. ペン一本もあれば用は足せる。（錯誤）

d. ペン一本さえあれば用は足せる。（只要一支筆就足夠了。）

e. この目もはっきりしていれば，犯人が誰だか指摘できる。（錯誤）

f. この目さえはっきりしていれば，犯人が誰だか指摘できる。（只要這雙眼睛明亮的話，犯人是誰就可指摘出來。）

g. 射撃もうまければ，彼は近代五輪に出場できた。（？）

f. 彼は日本で様々な事業さえ手がけています。

g. 田中先生は生涯教育にも理想を持っています。

h. 田中先生は生涯教育にさえ理想を持っています。

i. 私は彼の暴言に憤りも感じた。

j. 私は彼の暴言に憤りさえ感じた。

この場合、「も」は累加の意味になります。「さえ」は「強調」を表し、話者の驚きを示します。

「最低条件」の場合、「も」は使えません。

a. 君が見ていてくれもいれば、僕はまだ頑張る。（誤文）

b. 君が見ていてくれさえいれば、僕はまだ頑張る。

c. ペン一本もあれば用は足せる。（誤文）

d. ペン一本さえあれば用は足せる。

e. この目もはっきりしていれば、犯人が誰だか指摘できる。（誤文）

f. この目さえはっきりしていれば、犯人が誰だか指摘できる。

g. 射撃もうまければ、彼は近代五輪に出場できた。（？）

h. 射撃さえうまければ、彼は近代五輪に出場できた。(只要射擊好的話，他就可參加世運了。)

i. 子供もいなければ、あんな夫と離婚できたのに。(錯誤)

j. 子供さえいなければ、あんな夫と離婚できたのに。(只要沒孩子的話，就可跟那種丈夫離婚了。)

表示「累加」「詠嘆」的場合，有時不能使用「さえ」。這是因爲文意上不能表示「強調」。

a. 今年ももうすぐ終わりだ。(今年也快要結束了。)

b. 今年さえもうすぐ終わりだ。(錯誤)

c. 君もそんなことはしない方がよい。(你也不要幹那種事比較好。)

d. 君さえそんなことはしない方がよい。(錯誤)

e. 勝敗も決まらず試合は長引いた。(也不能決定勝負，比賽延長了。)

f. 勝敗さえ決まらず試合は長引いた。(錯誤)

g. この秘宝も門外不出になっている。(這個秘寶也變成門戶不出了。)

h. この秘宝さえ門外不出になっている。(錯誤)

i. 息子さんもあんなお父さんによく従いますねえ。(兒子也非常地順從那種父親哪!)

j. 息子さんさえあんなお父さんによく従いますねえ。(錯誤)

h. 射撃さえうまければ、彼は近代五輪に出場できた。
i. 子供もいなければ、あんな夫と離婚できたのに。(誤文)
j. 子供さえいなければ、あんな夫と離婚できたのに。

「累加」「詠嘆」の意味を表す場合、「さえ」を使えないことがあります。これは、文意的に「強調」を表してはいけないからです。

a. 今年ももうすぐ終わりだ。
b. 今年さえもうすぐ終わりだ。(誤文)
c. 君もそんなことはしない方がよい。
d. 君さえそんなことはしない方がよい。(誤文)
e. 勝敗も決まらず試合は長引いた。
f. 勝敗さえ決まらず試合は長引いた。(誤文)
g. この秘宝も門外不出になっている。
h. この秘宝さえ門外不出になっている。(誤文)
i. 息子さんもあんなお父さんによく従いますねえ。
j. 息子さんさえあんなお父さんによく従いますねえ。(誤文)

又、「さえ」不接表示個數的數量詞。

a. 冷蔵庫には大根が十本も入っている。（冰箱裡竟放著十根蘿蔔。）

b. 冷蔵庫には大根が十本も入っていない。（冰箱裡放著連十根都不到的蘿蔔。）

c. 冷蔵庫には大根が十本さえ入っている。（錯誤）

d. 冷蔵庫には大根が十本さえ入っていない。（錯誤）

a句是有著「冰箱裡放著是根蘿蔔」的「有很多」的意識。b句是「才放十根，不多」的意思。「さえ」接表示金額之語，通常都是否定形式，表示「連這樣少量的金額都沒有的意思」。

a. 百円もある。（竟有一百日元。）

b. 百円もない。（一百日元也沒有。）

c. 百円さえある。（錯誤）

d. 百円さえない。（連一百日元都沒有。）

また、「さえ」は個数を表す数量詞には付きません。

a．冷蔵庫には大根が十本も入っている。

b．冷蔵庫には大根が十本も入っていない。

c．冷蔵庫には大根が十本さえ入っている。（誤文）

d．冷蔵庫には大根が十本さえ入っていない。（誤文）

a文は「冷蔵庫に大根が十本入っていること」を「たくさん有る」という意識で捉えています。b文は、「十本なんて、そんなにたくさんは入っていない」と言う意味です。「さえ」は金額を表す言葉には付きますが、通常は否定文形式を取り、「こんな僅かの金額さえ持っていない」という意識を表します。

a．百円もある。

b．百円もない。

c．百円さえある。（誤文）

d．百円さえない。

「も」在肯定句時有所限制。

a. 一個もある。(錯誤)
b. 一個もない。(一個也沒有。)
c. 千個もある。(竟有一千個。)
d. 千個もない。(一千個也沒有。)
e. 一円もある。(錯誤)
f. 一円もない。(一塊日元也沒有。)
g. 一億円もある。(竟有一億日元。)
h. 一億円もない。(一億日元也沒有。)

a句和e句的錯誤在於「も」的用法。如最初所說明的,「も」暗示著與其他的連結。根據敘述某大的事態而暗示著比其小的事項。「一個もない(一個也沒有)」的話是重大的事項。但是、「一個もある」「一円もある」的事、不可能成爲大的事項。

§2 「さえ」和「まで」

「も」は肯定文では制約があります。

a. 一個も｜ある。（誤文）
b. 一個も｜ない。
c. 千個も｜ある。
d. 千個も｜ない。
e. 一円も｜ある。（誤文）
f. 一円も｜ない。
g. 一億円も｜ある。
h. 一億円も｜ない。

a文とe文が誤文になるのは、「も」の用法が原因です。最初に説明したように、「も」は他との結び付きを暗示するものです。或る大きな事態を述べることによって、それより小さい事態を暗示します。「一個もない」「一円もない」なら、重大な事態です。しかし、「一個もある」「一円もある」ということは、大きな事態にはなり得ないのです。

§2「さえ」と「まで」

「まで」在「表示場所的助詞」與「表示時間的助詞」之項已說明了，但在那場合、「まで」表示「移動的範圍」和「事態繼續的界限點」。可是與其說是表示「強調」的場合，不如說是表示「到達點」。也就是「到了非一般事態的到達點」。這個「到達點」有人的場合，也有場所或狀態的場合。

a. 花蓮まで行った。（到花蓮去了。）

b. 花蓮まで地震の被害を受けた。（甚至連花蓮都受到地震的災害。）

a句的「花蓮まで」是表示「移動的範圍」。這是因爲「花蓮」是地名，「行った」是移動性動詞的緣故。可是、同樣的「花蓮まで」，b句爲「強調」。這句有「其他的都市不用說了，就連花蓮也受到地震的災害」的驚訝之感。

「さえ」和「まで」的區別如下。

	肯定句	通常否定句	可能否定句
出奇的內容	さえ、まで	まで（は）	さえまで
不出奇的內容	さえ		

「まで」は「場所を表す助詞」と「時間を表す助詞」の項でも説明しましたが、その場合、「まで」は「移動の範囲」と「事態が継続する限界点」を示します。しかし、「強調」を表す場合は寧ろ「到達点」を表します。つまり、「通常ではない事態までの到達点」です。この「到達点」は人の場合もあれば、場所とか状態の場合もあります。

a・花蓮まで行った。

b・花蓮まで地震の被害を受けた。

a文の「花蓮まで」は「移動の範囲」を表しています。「花蓮」は地名ですし、「行った」は移動性動詞だからです。しかし、同じ「花蓮まで」でも、b文は「強調」の意味になります。この文には「他の都市は勿論、花蓮までも地震の被害を受けた」という驚きの気持ちがあります。「さえ」と「まで」の区別は次の通りです。

	肯定文	通常否定文	可能否定文
珍しい内容	さえ、まで	まで(は)	さえ、まで(は)
珍しくない内容	さえ、まで		

在此、問題在於出奇之事與不出奇之事的不同。某一事項之出奇與否，有時在於特殊狀況或說話者個人的經驗。例如：「繪畫」的行為、對一般成人來說並非出奇之事，但對於出生後一歲左右的嬰兒或猴子的行為來說，這是非常出奇之事。又、有時對某一個國家的人來說是理所當然之事，然而、對於外國人來說卻是非常出奇之事。例如：「日本沒有獅子」這對日本人來說是理所當然的，但對非洲人來說或許是不可思議的事。

a. 彼は空腹で靴さえ食べてしまった。(他肚子餓得連皮鞋都吃了。)

b. 彼は空腹で靴まで食べてしまった。(他肚子餓得甚至把皮鞋都吃了。)

c. 彼女はとうとう結婚指輪さえ質屋に入れた。(她終於連結婚介指都送入當鋪了。)

d. 彼女はとうとう結婚指輪まで質屋に入れた。(她到最後甚至把結婚介指都送入當鋪了。)

e. 博学の王先生さえ分からないのだから、誰にも分からないだろう。(就連博學的王老師都不知道，那誰也不知道吧。)

f. 博学の王先生まで分からないのだから、誰にも分からないだろう。(甚至連博學的王老師都不知道，那誰也不知道吧。)

g. この子は自分で靴さえはけるくらいになりました。(這孩子連鞋子都能自己穿了。)

h. この子は自分で靴まではけるくらいになりました。(這孩子甚至都能自己穿鞋了。)

i. 泥棒に茶碗や箸さえ持って行かれた。(被小偷連飯碗和筷子都給拿走了。)

j. 泥棒に茶碗や箸まで持って行かれた。(被小偷甚至把飯碗和筷子都給拿走了。)

さて、ここで問題なのは珍しいことと珍しくないことの違いです。或る事柄が珍しいかどうかは、特殊な状況や話者の個人的経験に依存している場合もあります。例えば、「絵を描く」という行為は、一般の成人なら珍しくないことですが、生後一ケ月くらいの赤ん坊や猿などの行為なら大変珍しいことです。また、或る国の人間にとっては自明のことでも、外国人にとっては珍しいことの場合もあります。例えば、「日本にライオンがいないこと」は日本人には当然のことですが、アフリカのどこかの国の人には不思議に思われるかもしれません。

a. 彼は空腹で靴さえ食べてしまった。
b. 彼は空腹で靴まで食べてしまった。
c. 彼女はとうとう結婚指輪さえ質屋に入れた。
d. 彼女はとうとう結婚指輪まで質屋に入れた。
e. 博学の王先生さえ分からないのだから、誰にも分からないだろう。
f. 博学の王先生まで分からないのだから、誰にも分からないだろう。
g. この子は自分で靴さえはけるくらいになりました。
h. この子は自分で靴まではけるくらいになりました。
i. 泥棒に茶碗や箸さえ持って行かれた。
j. 泥棒に茶碗や箸まで持って行かれた。

這些都是出奇之內容的肯定句。在這種場合，「まで」和「さえ」均可使用。用於否定句時、「まで」伴同著「は」。

a. 彼は土下座さえしなかった。（?）

b. 彼は土下座まではしなかった。（他沒做到下跪叩頭的地步。）

c. 彼は競馬好きだが、給料を全部つぎ込むことさえしない。（錯誤）

d. 彼は競馬好きだが、給料を全部つぎ込むことまではしない。（他喜歡賽馬，但沒做到把所有的薪水都投入的程度。）

e. あのヤクザは人殺しさえしたことはない。（?）

f. あのヤクザは人殺しまではしたことがない。（那個流氓沒做到殺人的地步。）

g. 私の父は社長にさえなれなかった。（?）

h. 私の父は社長にまではなれなかった。（我父親沒當到社長。）

出奇之內容的否定句，不易使用「さえ」。那是因爲否定出奇內容的話，就成了不出奇的內容了。例如、a句、下跪叩頭是非常出奇的事，一般人不下跪叩頭的。但如說，「土下座さえしない（連下跪叩頭都沒做）」的話，那就成了普通一般是下跪叩頭是理所當然的意思，非常奇怪的表現。e句或g句、如果是特殊狀況的話，那就是不算錯誤。例如，如以流氓殺人之類的事是當然的爲前提的話，成了「大したヤクザではない（並不怎麼樣

これらは珍しい内容の肯定文です。この場合、「まで」も「さえ」も使えます。否定文にすると、「まで」は「は」を伴います。

a．彼は土下座さえしなかった。（?）

b．彼は土下座まではしなかった。

c．彼は競馬好きだが、給料を全部つぎ込むことさえしない。（誤文）

d．彼は競馬好きだが、給料を全部つぎ込むことまではしない。

e．あのヤクザは人殺しさえしたことはない。（?）

f．あのヤクザは人殺しまではしたことがない。

g．私の父は社長にさえなれなかった。（?）

h．私の父は社長にまではなれなかった。

珍しい内容の否定文には「さえ」は使いにくくなります。それは、珍しい内容を否定すると、珍しくない内容になってしまうからです。例えば、a文は、土下座することは大変珍しいことであり、普通は土下座しません。ところが、「土下座さえしない」というのは、普通は土下座をする、という意味ですから、おかしな表現になるのです。e文やg文は、特殊な状況で

的流氓）」的意思。e句就不算是錯誤的。g句、如果我的父親是大人物，就是當首相也不覺得奇怪的話，那這句就可能成立。在這場合、就成了出奇之內容的句子。但這種特殊狀況對聽者來說因爲不易理解，所以有不易被認爲是出奇之內容的傾向。

「さえ」能自由地用於否定句，可以說是只限於可能動詞文之時。

a. 私はその時腰が抜けて動くことさえ出来なかった。（我那時嚇時連動都不能動了。）
b. 私はその時腰が抜けて動くことまでは出来なかった。（錯誤）
c. 突然の悲報に我を忘れて、瞬きさえ出来なかった。（突然的悲痛的消息，失神得連眨眼都不會了。）
d. 突然の悲報に我を忘れて、瞬きまでは出来なかった。（錯誤）
e. 彼女はお嬢さん育ちだから縫い物さえ満足に出来ない。（她是嬌生慣樣的小姐，所以連針線活兒都做不好。）
f. 彼女はお嬢さん育ちだから縫い物までは満足に出来ない。（錯誤）
g. 私は百メートルさえ泳げない。（我連一百公尺都不能游。）
h. 私は百メートルまでは泳げない。（我游不到一百公尺。）
i. 彼は漢字さえ書けない。（他連漢字都不會寫。）
j. 彼は漢字までは書けない。（至於漢字，他不會寫。）

あれば誤文にはなりません。例えば、ヤクザなら人殺しくらいやっていて当然だという前提があれば、「大したヤクザではない」という意味で、e文は誤文になりません。g文は、私の父が大人物で、首相になってもおかしくないような人だった、というのなら可能です。こういう場合、珍しくない内容の文になります。但、こういう特殊な状況は聞き手が理解しにくいことですから、珍しい内容とは考えられにくい傾向があります。

「さえ」が自由に使える否定文は可能動詞文に限られている、と言ってよいでしょう。

a. 私はその時腰が抜けて動くことさえ出来なかった。
b. 私はその時腰が抜けて動くことまでは出来なかった。（誤文）
c. 突然の悲報に我を忘れて、瞬きさえ出来なかった。
d. 突然の悲報に我を忘れて、瞬きまでは出来なかった。（誤文）
e. 彼女はお嬢さん育ちだから縫い物さえ満足に出来ない。
f. 彼女はお嬢さん育ちだから縫い物までは満足に出来ない。（誤文）
g. 私は百メートルさえ泳げない。
h. 私は百メートルまでは泳げない。
i. 彼は漢字さえ書けない。
j. 彼は漢字までは書けない。

b句、d句、f句是錯誤的，h句是「不能游一百公尺，但可以游比這種還短的距離」的意思。j句是「他會寫平假名，片假名，但漢字的話不會寫」的意思。

不出奇之內容的句子「さえ」和「まで」均可使用，但句意變成出奇的內容。

a. 彼女は裏方役さえ器用にこなした。（她連幕後之職都能靈巧掌握。）
b. 彼女は裏方役まで器用にこなした。（她甚至幕後之職都能靈巧掌握。）
c. 最近の奥さんたちはパチンコ屋にさえ入り浸っている。（最近的太太們都沈湎於鋼球遊戲店。）
d. 最近の奥さんたちはパチンコ屋にまで入り浸っている。（最近的太太們甚至沈湎於鋼球遊戲店。）
e. 彼は片手で三十キロのバーベルさえ持ち上げた。（他一隻手連三十公斤的槓鈴都舉起來了。）
f. 彼は片手で三十キロのバーベルまで持ち上げた。（他一隻手甚至三十公斤的槓鈴都舉起來了。）
g. 高田君は飴玉さえ噛み砕いた。（高田君連糖球都嚼碎了。）
h. 高田君は飴玉まで噛み砕いた。（高田君甚至把糖球都嚼碎了。）
i. 私は枯れ葉さえ踏んで歩いた。（?）
j. 私は枯れ葉まで踏んで歩いた。（?）

b文、d文、f文は誤文ですか、h文は「百メートルは泳げないけれど、それより短い距離なら泳げる」という意味です。j文は「彼は平仮名、片仮名は書けるけれど、まだ漢字を書けるまでには至っていない」の意味です。

珍しくない内容の文には「さえ」も「まで」も使えますが、文意は珍しい内容に変化します。

a. 彼女は裏方役さえ器用にこなした。
b. 彼女は裏方役まで器用にこなした。
c. 最近の奥さんたちはパチンコ屋にさえ入り浸っている。
d. 最近の奥さんたちはパチンコ屋にまで入り浸っている。
e. 彼は片手で三十キロのバーベルさえ持ち上げた。
f. 彼は片手で三十キロのバーベルまで持ち上げた。
g. 高田君は飴玉さえ噛み砕いた。
h. 高田君は飴玉まで噛み砕いた。
i. 私は枯れ葉さえ踏んで歩いた。(?)
j. 私は枯れ葉まで踏んで歩いた。(?)

i句和j句的不自然是因爲強調「踏著枯葉走的事項」沒什麼意思的。也就是強調沒必要強調的事項。

§3 「でも」和「で+も」

「でも」本來是斷定助動詞「だ」的連用形「で」與係助詞「も」連結而成的。現在幾乎是一語化了。還有可分解爲「で」和「も」之語。又有格助詞「で」接「も」之語。因此、這是非常復雜之語。以下、一語化的用「でも」，可分解的用「で+も」來表示。

「でも」有兩個意思。

①選擇性例示　幾項事物之中、隨便地取其之一

②逆接性假定　「即使~也」的意思

a. ゴルフでもしよう。(打個高爾夫吧。)

b. ゴルフでしよう。(錯誤)

c. 曹操は優れた詩人でもあった。(曹操也是個出色的詩人。)

d. 曹操は優れた詩人であった。(曹操是個出色的詩人。)

i文とj文がおかしいのは、「枯れ葉を踏んで歩いたこと」を強調しても意味がないからです。つまり、強調する必要がないことを強調しているからです。

§3「でも」と「で＋も」

「でも」は本来、断定の助動詞「だ」の連用形「で」と係助詞の「も」が結び付いたものです。現在ではほぼ一語化していますが、まだ「で」と「も」に分解できるものがあります。また、格助詞「で」に「も」が結び付いたものもあります。そのため、非常に紛らわしい語です。以後、一語化したものを「でも」、分解できるものを「で＋も」と表記します。

「でも」には二つの意味があります。

①選択的例示　幾つかあるもののうち、軽い気持ちで一つを取り上げる

②逆接的選択　「たとえ～でも」という意味

a. ゴルフでもしよう。

b. ゴルフでしよう。（誤文）

c. 曹操は優れた詩人でもあった。

d. 曹操は優れた詩人であった。

a句的「でも」是選擇性例示，不能分解。去掉「も」如b句就錯了。但是、c句可以分解。去掉「も」，如d句並非錯誤。從形態上來區別，如下：

①　接主語時

でも　　表示逆接性假定，後接表示可能・意志・許可・推量

で＋も　接數量詞，述語與「でも」相同

②　接對象語時

でも　　不能用於否定句，但可用於疑問句

で＋も　（不接對象語）

③接其他的助詞時

でも　　使用於有疑問詞的場合或列舉名詞的場合

で＋も　接場所語

首先、說明①項。接主語的場合、「で＋も」只接數量詞，「でも」可接一般名詞也可接數量詞。只是表示意志的主語限於「私（我）」。因爲說話者只能揣測他人的意志。

a文の「でも」は選択的例示であり、分解できません。「も」を取るとb文のように誤文になります。しかし、c文は分解できます。「も」を取り去ったd文は誤文ではありません。形態的な面からの見分け方としては、次のようなものがあります。

①主語に付いた時

でも　逆接的仮定を表し、後に可能・意志・許可・推量を意味する述語が来る

で＋も　数量詞に付き、述語は「でも」と同じ

②対象語に付いた時

でも　否定文の場合は使用できないが、但し、疑問文には使える

で＋も　（対象語には付かない）

③他の助詞に付いた時

でも　疑問詞がある場合や、名詞を列挙する場合に使う

で＋も　場所語に付く

先ず、①から説明します。主語に付く場合、「で＋も」は数量詞にしか付きませんが、「でも」は一般名詞にでも数量詞にでも付きます。但し、「意志」を表すのは主語が「私」に限られ

a. 現地調査なら彼でもできます。（當地調查的話，他也能做。）

b. 現地調査なら彼でできます。（錯誤）

c. 真面目なだけでいいなら誰でもできることです。（只要認真就可以的話，那是誰都能做的事。）

d. 真面目なだけでいいなら誰でできることです。（錯誤）

e. この大型クレーンは女性一人でも簡単に操作できます。（這大型起重機、女性一個人也能簡單地操作。）

f. この大型クレーンは女性一人で簡単に操作できます。（這大型起重機、女性一個人能簡單地操作。）

g. あんな弱いチームなら私一人でも勝てる。（那樣弱的隊伍、我一個人也能打勝。）

h. あんな弱いチームなら私一人で勝てる。（那樣弱的隊伍、我一個人能打勝。）

接主語時「でも」和「で＋も」都是逆接性假定。但是「でも」不能分解。

a. 一緒に食事でもしよう。（一起用個餐吧！）

b. 一緒に食事でもする。（錯誤）

c. 一緒に食事でもする？（一起用個餐吧？）

ています。他の人の意志は話者が推量することしかできないからです。

a．現地調査なら彼でもできます。

b．現地調査なら彼でできます。（誤文）

c．真面目なだけでいいなら誰でもできることです。

d．真面目なだけでいいなら誰でできることです。（誤文）

e．この大型クレーンは女性一人でも簡単に操作できます。

f．この大型クレーンは女性一人で簡単に操作できます。

g．あんな弱いチームなら私一人でも勝てる。

h．あんな弱いチームなら私一人で勝てる。

主語に付いた時は「でも」も「で＋も」も逆接的仮定を表します。しかし、「でも」は分解できません。

次は対象語に付いた場合です。

a．一緒に食事でもしよう。

b．一緒に食事でもする。（誤文）

c．一緒に食事でもする？

d. 一緒に食事でもしない。(錯誤)

e. 一緒に食事でもしない?(不一起用個餐嗎?)

這個「でも」是選擇性例示。b句因爲「する」是終止形所以是錯誤的。一般他動詞的終止形是表示意志。但、因這裡的「する」是表示說話者自己的意志,很難與「一緒に(一起)」之語在同一句裡使用。可是,「する」如像c句一樣,爲疑問表現的話就能使用。d句因爲是否定句,所以是錯誤的。於選擇性例示中特意去否定它是不自然的。但,如像e句一樣的疑問表現的話就能使用。

a. あなたにならどこへでも付いて行きます。(如果是你的話,到哪兒我都跟著去。)

b. 營業がうまいなら誰でもかまわない。(會營業的話,誰都沒關係。)

c. 彼は何時でも険しい顔をしている。(他什麼時候都露出嚴厲的表情。)

d. 何でもいいから早く料理を持って来い!(什麼都可以,快把菜端上來。)

e. どいつでもまとめてかかって来い!(哪一個傢伙都可以,你們全都上來吧!)

f. 鯖でも鰺でも鰊でも何でもありますよ。(青花魚也好竹筴魚也好鯡魚也好,什麼都有啊。)

g. 彼は怒って机でも椅子でも何でもひっくり返した。(他氣得把桌子也好椅子也好,什麼都翻倒了。)

d. 一緒に食事でもしない。（誤文）

e. 一緒に食事でもしない？

この「でも」は選択的例示です。b文は「する」が終止形なので誤文になります。一般に他動詞の終止形は意志を表しますが、この「する」は話者自身の意志を表しますから、「一緒に」という言葉と同じ文内に使いにくい傾向があります。しかし、「する」でもc文のように、それが疑問表現になっていれば使えます。d文は否定文ですから誤文になります。選択的に例示しておいて、わざわざ否定するのはおかしいからです。しかし、e文のような疑問表現であれば使えます。

a. あなたにならどこへでも付いて行きます。

b. 営業がうまいなら誰でもかまわない。

c. 彼は何時でも険しい顔をしている。

d. 何でもいいから早く料理を持って来い！

e. どいつでもまとめてかかって来い！

f. 鯖でも鯵でも鰊でも何でもありますよ。

g. 彼は怒って机でも椅子でも何でもひっくり返した。

h. 本でもノートでも鉛筆でも、彼はまとめて引き出しに放り込んだ。（他把書也好筆記本也好鉛筆也好都一併地放入抽屜裡。）

i. 彼女はパンツでも靴下でもハンカチでも一緒に洗濯する。（她把褲子也好襪子也好手帕也好，都放在一起洗。）

j. 彼は事務でも営業でも企画でも並外れた手腕を発揮した。（他在事務也好營業也好企畫也好，都發揮了不凡得手腕。）

像a句到e句一樣，「でも」接疑問詞時是表示「逆接性假定」。「で＋も」不接疑問詞。f句到j句是「選擇性例示」。接場所時是「で＋も」。只是，「で＋も」也可表現「選擇性例示」。

a. あの二人は路上でもケンカした。（那兩個人在路上也吵架了。）

b. あの二人は路上でもケンカした。（那兩個人在路上也吵架了。）

c. あの二人は店の中でも路上でもケンカした。（那兩個人在店裡，在路上都吵架了。）

d. 彼はここでも顔が効く。（他在這裡也吃得開。）

e. 彼はここで顔が効く。（他在這裡吃得開。）

f. 美空ひばりは台湾でも有名な歌手です。（美空雲雀在臺灣也是有名的歌手。）

g. 美空ひばりは台湾で有名な歌手です。（?）

h. 信じられないことに、高速道路のインターチェンジでも酒を販売しています。（真是不能相信，在高速公路的出入口也販賣酒。）

h. 本でもノートでも鉛筆でも、彼はまとめて引き出しに放り込んだ。

i. 彼女はパンツでも靴下でもハンカチでも一緒に洗濯する。

j. 彼は事務でも営業でも企画でも並外れた手腕を発揮した。

a文からe文のように、「でも」は疑問詞に付く時「逆接的仮定」を表します。「で＋も」は疑問詞には付きません。f文からj文までは「選択的例示」です。場所語に付く時は、「で＋も」です。但、「で＋も」も「選択的例示」を表現できます。

a. あの二人は路上でもケンカした。

b. あの二人は路上でケンカした。

c. あの二人は店の中でも路上でもケンカした。

d. 彼はここでも顔が効く。

e. 彼はここで顔が効く。

f. 美空ひばりは台湾でも有名な歌手です。

g. 美空ひばりは台湾で有名な歌手です。(?)

h. 信じられないことに、高速道路のインターチェンジでも酒を販売しています。

i. 信じられないことに、高速道路のインターチェンジで酒を販売しています。

i．信じられないことに、高速道路のインターチェンジで酒を販売しています。（真是不能相信，在高速公路的出入口販賣酒。）

j．この川でも虹鱒が釣れます。（在這河裡也可釣到虹鱒。）

k．この川で虹鱒が釣れます。（在這河裡可釣到虹鱒。）

只是、g句成了美空雲雀是臺灣人的意思了。

（註）

（1）尾上圭介　東京言語研究所「日本語文法理論」講座　一九九六年六月十一號的講義

尾上圭介「『は』的係助詞性和表現的機能」（「国語と国文学」

（2）尾上圭介　東京言語研究所「日本語文法理論」講座　一九九六年九月二十四號的講義

（3）尾上圭介　東京言語研究所「日本語文法理論」講座　一九九六年九月二十四號的講義

j．この川でも｜虹鱒が釣れます。

k．この川で｜虹鱒が釣れます。

但し、g文は美空ひばりが台湾人であるという意味になってしまいます。

（註）

（1）尾上圭介　東京言語研究所「日本語文法理論」講座　一九九六年六月十一日の講義より

尾上圭介「『は』の係助詞性と表現的機能」（「国語と国文学五十八巻五号　一九八一年）

（2）尾上圭介　東京言語研究所「日本語文法理論」講座　一九九六年九月二十四日の講義より

（3）尾上圭介　東京言語研究所「日本語文法理論」講座　一九九六年九月二十四日の講義より

第8章 表示變化的助詞「に」和「と」

在本項說明對象語之後接「に」或「と」，表示變化的場合。「に」和「と」表示變化的是，它們接表示變化的動詞的時候。因此，嚴格地，不如說是其變化的意思在於動詞，「に」和「と」其本身並非變化，而是表示變化的結果。

「に」和「と」有如下的不同。

に　使用於實際上把A改變成B的場合

と　使用於說話者把A判斷成B的場合（註1）

首先，說明「にする」和「とする」。

a．水を氷にする。（把水做成冰。）

b．水を氷とする。（錯誤）

c．駐車場の土地をマンションにする。（把停車場的土地建成高級公寓。）

d．駐車場の土地をマンションとする。（錯誤）

e．一万円を十万円にする方法があるよ。（有把一萬日圓變成十萬日圓的方法喲！）

第八章 変化を表す助詞「に」と「と」

本項では、対象語の後に「に」または「と」が付いて、変化を表す場合について説明します。「に」と「と」が変化を表すのは、それらが変化を表す動詞と結び付いた時です。ですから、厳密に言えば、変化の意味は寧ろ動詞の方にあり、「に」と「と」は変化そのものではなく、変化の結果を表すものと言えます。

「に」と「と」の違いは、次の通りです。

に　実際にAをBに改変する場合に使う

と　話者がAをBと判断する場合に使う(註1)

先ず、「にする」と「とする」から説明しましょう。

a．水を氷にする。

b．水を氷とする。(誤文)

c．駐車場の土地をマンションにする。

d．駐車場の土地をマンションとする。(誤文)

e．一万円を十万円にする方法があるよ。

f. 一万円を十万円とする方法があるよ。(錯誤)

g. 火星を人間が住める惑星にする。(把火星造成人類可以居住的惑星。)

h. 火星を人間が住める惑星とする。(錯誤)

i. 彼は論文を集めて一冊の本にしました。(他把論文集成一本書了。)

j. 彼は論文を集めて一冊の本としました。(錯誤)

上述例句、全部是實際上改變的場合，所以不能使用「と」。這些句子在「になる」和「となる」的情形也是一樣的。

a. (あなたは)あんな奴の相手にになってはいけない。(你別和那傢伙爭論。)

b. (あなたは)あんな奴の相手となってはいけない。(錯誤)

c. 彼はあちこちの会社でクビになった。(他在哪個公司都被革職了。)

d. 彼はあちこちの会社でクビとなった。(錯誤)

e. 明日から彼女は主任になります。(從明天起她成爲主任了。)

f. 明日から彼女は主任となります。(錯誤)

g. 僕は将来学校の先生になりたい。(我將來想當學校的老師。)

h. 僕は将来学校の先生となりたい。(錯誤)

f. 一万円を十万円とする方法があるよ。（誤文）

g. 火星を人間が住める惑星にする。

h. 火星を人間が住める惑星とする。（誤文）

i. 彼は論文を集めて一冊の本にしました。

j. 彼は論文を集めて一冊の本としました。（誤文）

上の例文は、全て実際に改変する場合ですから、「と」は使えません。これは、「になる」と「となる」でも同じです。

a. （あなたは）あんな奴の相手になってはいけない。

b. （あなたは）あんな奴の相手となってはいけない。（誤文）

c. 彼はあちこちの会社でクビになった。

d. 彼はあちこちの会社でクビとなった。（誤文）

e. 明日から彼女は主任になります。

f. 明日から彼女は主任となります。（誤文）

g. 僕は将来学校の先生になりたい。

h. 僕は将来学校の先生となりたい。（誤文）

i. この洗剤を使えば、ワイシャツが真っ白になります。(使用這洗衣粉的話，襯衣會變成雪白的。)

j. この洗剤を使えば、ワイシャツが真っ白となります。(錯誤)

相反的，下面的例句，不能使用「に」。

a. 彼を主犯にしたら、事件の全貌が解明できる。(錯誤)

b. 彼を主犯としたら、事件の全貌が解明できる。(他如果是主犯的話，事件的全情就可真相大白。)

c. それが事実にすると、この事件は思ったよりも根が深い。(錯誤)

d. それが事実だとすると、この事件は思ったよりも根が深い。(那是事實的話、這事件比想像的還要根深蒂固。)

e. 塵も積もれば山になる。(錯誤)

f. 塵も積もれば山となる。(積塵成山。)

g. 禍転じて福になる。(錯誤)

h. 禍転じて福となる(註2)。(轉禍爲福。)

i. 決議は採択の運びになった。(錯誤)

j. 決議は採択の運びとなった。(決議進行的結果通過了。)

k. 彼はいつも自分で仕事を仕切ろうにします。(錯誤)

l. 彼はいつも自分で仕事を仕切ろうとします。(他總是自己支配工作開。)

i. この洗剤を使えば、ワイシャツが真っ白になります。

j. この洗剤を使えば、ワイシャツが真っ白となります。(誤文)

逆に、次のような例文には、「に」を使えません。

a. 彼を主犯にしたら、事件の全貌が解明できる。(誤文)

b. 彼を主犯としたら、事件の全貌が解明できる。

c. それが事実にすると、この事件は思ったよりも根が深い。(誤文)

d. それが事実とすると、この事件は思ったよりも根が深い。

e. 塵も積もれば山になる。(誤文)

f. 塵も積もれば山となる。

g. 禍転じて福になる。(誤文)

h. 禍転じて福となる(註2)。

i. 決議は採択の運びになった。(誤文)

j. 決議は採択の運びとなった。

k. 彼はいつも自分で仕事を仕切ろうにします。(誤文)

l. 彼はいつも自分で仕事を仕切ろうとします。

這些並不是主語所改變的，而是言語主體（說話者）表示做那樣的判斷。像這樣，有關判斷的成立，使用「と」。「に」和「と」均可使用的有如下之例句，但其意思多少有點兒不同。

a. この細長い棒を箸にして使おう。（把這些細長的棒子做成筷子使用吧。）

b. この細長い棒を箸として使おう。（把這些細長的棒子當成筷子使用吧。）

c. この部屋を物置にする。（把這房間做成庫房。）

d. この部屋を物置とする。（把這房間當庫房。）

e. 親になる。（當父母。）

f. 親となる（註3）。（作爲父母。）

g. これを一個百五十円にすると、全部で三千三百円です。（這一個要一百五十日元的話，全部就三千三百日元。）

h. これを一個百五十円とすると、全部で三千三百円です。（這一個如果一百五十日元，全部就三千三百日元。）

i. 結局、発表会は中止になった。（結果、發表會中止了。）

j. 結局、発表会は中止となった。（結果、發表會中止了。）

a句有「把這細長的棒子加工做成筷子」的意思，b句的意思是，不加工，就這樣把它當筷子使用。c句是

これらは主語が改変したのではなく、言語主体(=話者)がそのように判断したことを表しています。このような、判断の成立に関しては、「と」を使用します。

「に」も「と」も使える例としては、次のようなものがありますが、少し意味が違います。

a. この細長い棒を箸にして使おう。
b. この細長い棒を箸として使おう。
c. この部屋を物置にする。
d. この部屋を物置とする。
e. 親になる。
f. 親となる。(註3)
g. これを一個百五十円にすると、全部で三千三百円です。
h. これを一個百五十円とすると、全部で三千三百円です。
i. 結局、発表会は中止になった。
j. 結局、発表会は中止となった。

a文には「この細長い棒を加工して箸にする」という意味がありますが、b文は加工せずに

把「這個房間，改造成庫房」的意思，而d句是就這樣把它當庫房的意思。在日常會話上、這樣的不同是不成問題的，所以哪一句都能用。e句是因生了小孩自然而然地成爲父母的意思。但f句是在立場成爲父母，也就是說、表示發生了做父母的責任、義務等。這種區別也是在日常會話上似乎都混著用的。g句是把「これ（這個）」價錢設定爲一百五十日元的意思，所以不知道說話者是賣方還是買方。i句是敘述中止的事，而j句則有上層決定的反響。j句的「と」可以說是表示最終變化。

a. 十六歳になる。（將要十六歲了。）
b. 十六歳となる。（？）
c. 二十歳になる。（將要二十歲了。）
d. 二十歳となる。（將是二十歲了。）

上面例句之中、爲何只有b句的表現有點兒奇怪呢？那是因爲「二十歲」這年齡是「成人」的意思，所以可像c句只是表示二十歲之事，也可如d句表示「成人」的立場的發生。可是、「十六歲」並沒有其他的意思，與立場・義務無關所以b句的表現有點兒奇怪。

そのまま箸として使う、という意味です。c文は「この部屋」を「物置に改造する」ことを意味していますが、d文はそのまま物置にする、という意味です。日常会話では、この違いは問題になりませんから、どちらを使ってもかまいません。e文は、子供が生まれたので自動的に親になることを意味していますが、f文は立場上親になる、つまり、親としての責任・義務などが生じることを表しています。この区別も、日常会話では混同されているようです。g文は、「これ」の値段を一個百五十円に設定する、という意味ですから、話者は売り手であることが分かります。h文は、「これ」の値段が一個百五十円だと判断すると、の意味なので、話者は売り手か買い手か分かりません。i文は単に中止になったことを述べているだけですが、j文は上層部が決定した、という響きがあります。j文の「と」は最終変化を表すと言えます。

a. 十六歳｜になる。
b. 十六歳と｜なる。（?）
c. 二十歳｜になる。
d. 二十歳と｜なる。

上の例文の中では、何故b文だけがおかしいのでしょうか。それは、「二十歳」という年齢は

a. 大変暑くになりました。（錯誤）

b. 大変暑くとなりました。（錯誤）

c. 大変暑くなりました。（變得非常熱了。）

這是接續的錯誤。「に」與「と」都不能接形容詞。

a. 彼は元気になりました。（他健康了。）

b. 彼は元気となりました。（錯誤）

c. 彼女はきれいになりました。（她變漂亮了。）

d. 彼女はきれいとなりました。（錯誤）

e. 静かになりました。（安靜了。）

f. 静かとなりました。（錯誤）

g. 何だか心配になりました。（不知怎麼地擔心起來了。）

「成人」を意味するため、c文のように単に二十歳になったことを示すのも可能ですし、d文のように、「成人」としての立場が生じたことも表せるからです。しかし、「十六歳」には別に何の意味もなく、立場・義務とは無関係ですから、b文はおかしいのです。

a. 大変暑くに|なりました。（誤文）
b. 大変暑くと|なりました。（誤文）
c. 大変暑くなりました。

これは接続を間違えた例です。「に」も「と」も形容詞には付きません。

a. 彼は元気に|なりました。
b. 彼は元気と|なりました。（誤文）
c. 彼女はきれいに|なりました。
d. 彼女はきれいと|なりました。（誤文）
e. 静かに|なりました。
f. 静かと|なりました。（誤文）
g. 何だか心配に|なりました。

h．何だか心配となりました。（錯誤）

i．恥ずかしくて真っ赤になりました。（很不好意思地滿臉通紅。）

j．恥ずかしくて真っ赤となりました。（錯誤）

這些句子也是接續的錯誤。「元気」「きれい」「静か」「心配」「真っ赤」等是形容動詞，所以必須使用「に」。

又、根據動詞、有時接「に」與否其意思也跟著不同。例如、假定某團體帶了一百萬日元去旅行。其中用了一些時、

a．予算が十万円減った。（預算減了十萬日元。）

b．予算が十万円に減った。（預算減少成十萬日元。）

a句是「予算が十万円減少した（預算減少了十萬日元）」的意思，殘款九十萬日元。但b句有表示變化的助詞「に」，所以表示「予算が十万円になった（預算變成十萬日元）」。殘款只有十萬圓。

（註）

h．何だか心配となりました。（誤文）
i．恥ずかしくて真っ赤になりました。
j．恥ずかしくて真っ赤となりました。（誤文）

これも接続を間違えた例です。「元気」「きれい」「静か」「心配」「真っ赤」などは形容動詞ですから、「に」を使用しなくてはなりません。

また、動詞によっては、「に」が付くと付かないとによって意味が違うことがあります。例えば、或るグループが旅行する費用として百万円持っていたと仮定します。その内、幾らか使ってしまった場合、

a．予算が十万円減った。
b．予算が十万円に減った。

（註）
a文は「予算が十万円減少した」という意味であり、残金は九十万円です。しかし、b文は変化を表す助詞「に」が付いているので、「予算が十万円になった」ことを示しています。残金は僅か十万円です。

(1)「見なす」「認定する」等之意的場合、「とする」表示知覺判斷。

(2)正確地是「轉禍爲福」《史記・蘇秦傳》。

(3)根據森田良行「基礎日本語辭典」(角川書店　一九八九年)。c、d、e、f文及其說明是參考森田氏的著書。

(1)「見なす」「認定する」などを意味する場合、「とする」は知覚的判断を表しています。

(2)正しくは「禍を転じて福と為す(史記・蘇秦伝)」です。

(3)森田良行「基礎日本語辞典」(角川書店　1984年)より。c、d、e、f文及びその説明は、森田氏の著書を参考にしています。

第九章　表示材料的助詞

表示材料的「から」和「で」也是日常會話裡已經地被混用。或許有很多年代差別、個人差別。但是、在此、爲了外國學習者，勉強地嚴格規定。這是因爲在日語的考試或立重要的契約書時，會被嚴格地要求。

首先、就「表示材料」來說、這接「から」和「で」是規定成爲製品的一部份或全部的場合。依此、將材料與手段或道具區別。

表示材料的「から」和「で」有如下的不同。

から　表示原材料　→　把某物裡含的素材抽出

で　表示直接材料　→　主要素材

「から」是抽出某種材料所含的物質，也就是說明使用於經過某一工程做的製品的場合。其製品的材料是單獨的素材。

a. ビールは麦から作ります。（啤酒是由麥子做的。）

b. ビールは麦で作ります。（錯誤）

c. ペニシリンは青カビから作ります。（盤尼西靈是由青霉做的。）

第九章　素材を表す助詞

材料を表す「から」と「で」も、日常会話では頻繁に混用されています。恐らく、年代差、個人差も相当あると思います。しかし、ここでは外国人の方々の為に、敢えて厳密に規定します。というのは、日本語の試験や大事な契約書などには、厳密さが要求されるからです。

先ず、「材料」を表すということですが、これは「から」と「で」が付くものが、製品の一部または全部になっている場合と規定します。これによって、材料を手段や道具とは区別します。

材料を表す「から」と「で」には次のような違いがあります。

から　原材料を示す　→　或る物に含まれるものを抽象した素材

で　直接材料を示す　→　主要素材

「から」は或る材料に含まれる物質を抽出したもの、つまり何らかの工程を経て出来た製品の場合に使用します。その製品の材料は単独素材です。

a・ビールは麦から作ります。

b・ビールは麦で作ります。（誤文）

c・ペニシリンは青カビから作ります。

d. ペニシリンは青カビで作ります。(錯誤)
e. 石油から化学繊維を作ります。(由石油做化學纖維。)
f. 石油で化学繊維を作ります。(錯誤)
g. 新発見の微生物から新しい薬品を作り出した。(從新發現的微生物做出新的藥品來。)
h. 新発見の微生物で新しい薬品を作り出した。(錯誤)
i. 彼は友達に聞いた話から小説を書いて賞を取った。(他由向朋友那兒聽來的話寫成小說而得獎了。)
j. 彼は友達に聞いた話で小説を書いて賞を取った。(錯誤)
k. あの医者は夢で体験したことから一風変わった精神医学を唱え出した。(那位醫生由做夢得到的體驗提出別開生面的精神醫學。)
l. あの医者は夢で体験したことで一風変わった精神医学を唱え出した。(錯誤)
m. 彼はベトナム戦争の経験から優れた本を書き上げた。(他以越南戰爭的經驗寫出一本很優秀的書。)
n. 彼はベトナム戦争の経験で優れた本を書き上げた。(錯誤)

這些製品・業績全部都是經過某工程而成的事物。不是用材料本身做的。而是用材料的一部份抽出做的製品。又、製品的材料是單獨的素材，而不是各種各樣的東西合成的。

a. このマンションは鉄筋コンクリートから出来ています。(錯誤)
b. このマンションは鉄筋コンクリートで出来ています。(這高級公寓是用鋼筋水泥建造的。)

d．ペニシリンは青カビで作ります。（誤文）

e．石油から化学繊維を作ります。

f．石油で化学繊維を作ります。（誤文）

g．新発見の微生物から新しい薬品を作り出した。

h．新発見の微生物で新しい薬品を作り出した。（誤文）

i．彼は友達に聞いた話から小説を書いて賞を取った。

j．彼は友達に聞いた話で小説を書いて賞を取った。（誤文）

k．あの医者は夢で体験したことから一風変わった精神医学を唱え出した。

l．あの医者は夢で体験したことで一風変わった精神医学を唱え出した。（誤文）

m．彼はベトナム戦争の経験から優れた本を書き上げた。

n．彼はベトナム戦争の経験で優れた本を書き上げた。（誤文）

これらの製品・業績は全て何らかの工程を経て出来た物です。また、製品の材料は単独素材であって、色々な物を合成したものではありません。

a．このマンションは鉄筋コンクリートから出来ています。（誤文）

b．このマンションは鉄筋コンクリートで出来ています。

c. このコップは純金から出来ています。(錯誤)

d. このコップは純金で出来ています。(這個杯子是用純金做的。)

e. 彼女は私に毛糸からセーターを編んでくれた。(錯誤)

f. 彼女は私に毛糸でセーターを編んでくれた。(她用毛線織毛衣給我。)

g. 君は持っている資料だけから論文を書いたから失敗したのだ。(錯誤)

h. 君は持っている資料だけで論文を書いたから失敗したのだ。(你只用你有的資料寫論文所以失敗了!)

i. 私は手元にあるものから食事をこしらえた。(錯誤)

j. 私は手元にあるもので食事をこしらえた。(我用手邊有的東西做飯了。)

k. 今日は極上の牛肉から中華風ハンバーグを作ってみました。(錯誤)

l. 今日は極上の牛肉で中華風ハンバーグを作ってみました。(今天用上好的牛肉試做中國式的漢堡包了。)

m. 彼は紙一枚から見事な折り紙作りを披露した。(錯誤)

n. 彼は紙一枚で見事な折り紙作りを披露した。(他公開發表了用一張紙做非常精巧的折紙手工。)

這些製品全部是直接材料。不是經過化學工程所做的。

又、下列例句與其說表示材料不如說是表示手段(註1)。

a. 海水温差で電気を起こす。(用海水的溫差生電。)

c．このコップは純金から出来ています。（誤文）

d．このコップは純金で出来ています。

e．彼女は私に毛糸からセーターを編んでくれた。（誤文）

f．彼女は私に毛糸でセーターを編んでくれた。

g．君は持っている資料だけから論文を書いたから失敗したのだ。（誤文）

h．君は持っている資料だけで論文を書いたから失敗したのだ。

i．私は手元にあるものから食事をこしらえた。（誤文）

j．私は手元にあるもので食事をこしらえた。

k．今日は極上の牛肉から中華風ハンバーグを作ってみました。（誤文）

l．今日は極上の牛肉で中華風ハンバーグを作ってみました。

m．彼は紙一枚から見事な折り紙作りを披露した。（誤文）

n．彼は紙一枚で見事な折り紙作りを披露した。

これらの製品は全て直接材料です。化学的工程を経て作ったものではありません。

また、次の例は材料というよりも手段を表しています（註1）。

a．海水温差で電気を起こす。

b. 火山の熱で温室栽培をする。(用火山的熱量做溫室栽培。)
c. 微生物の分解能力で海上に流出した原油を処理します。(用微生物的分解力處理流到海上的原油。)
d. 特殊効果で新しい映像を生み出した。(用特殊效果製造新的映象。)
e. レーザー光線で夜空に幻想的な絵を描くことが出来ます。(用雷射光線在夜裡的天空中可以畫上幻想式圖畫。)
f. 彼は外国から導入した交渉術で次々とビジネスを展開して行った。(他用從外國導入的談判術，事業一個接一個地發展下去。)
g. 棒で麺を作った。(用棒子趕麵。)
h. これは私がコンピューターで作成した画像です。(這是我用電腦製成的畫像。)
i. 彼女はミシンで洋服を仕上げるのが上手です。(她用縫紉機做衣服做得很好。)

(註)

(1) 有關手段或方法等，請參閱第十二章。

b. 火山の熱で｜温室栽培をする。

c. 微生物の分解能力で｜海上に流出した原油を処理します。

d. 特殊効果で｜新しい映像を生み出した。

e. レーザー光線で｜夜空に幻想的な絵を描くことが出来ます。

f. 彼は外国から導入した交渉術で｜次々とビジネスを展開して行った。

g. 棒で｜麺を作った。

h. これは私がコンピューターで｜作成した画像です。

i. 彼女はミシンで｜洋服を仕上げるのが上手です。

以上の例文は全て「から」を使えません。

(註)

(1)手段や材料などについては、第十二章を参照して下さい。

第十章　表示並列・順接的助詞

在進入本題之前先說明以下，所謂複句大體上可分爲並列・順接和逆接（註1）。順接和逆接是敘述前句和後句的關係，但並列只是敘述兩個事項。前項與後項沒有關連性。經常有人將並列與順接混淆，其實這並不一樣的。

§1「し」和「ながら」

「し」只是敘述前項和後項的並列而已，但「ながら」有並列和逆接的兩種用法。其中、逆接將在下一章說明，在此說明並列的「ながら」。

「し」和「ながら」的基本用法如下。

し　　因不使句子終止而形成累加式的，結果成爲複句形式而已

ながら　表示兩個事項的同時進行

「し」的「結果成爲複句形式而已」其意是，不是說複句就是正確的句子的意思。而是只成爲複句的形式而已，所以也有錯誤的場合。成爲正確的複句是，限於前項和後項在內容上有關連的場合。前項和後項在內容上無關連性時爲錯誤的。又、根據場合的不同，「し」有時表示詳細說明的意思。「ながら」的用法相當於中文的「一邊（面）＋動詞，一邊（面）＋動詞」。

第十章　並列・順接を表す助詞

本題に入る前に述べて置きますが、複文には大別して並列、順接、逆接があります(註1)。順接と逆接は、前句と後句の関係を語るものですが、並列は単に二つの事態を述べるだけです。前句と後句には相互関連性がありません。時々、並列と順接を混同する人がいますが、同じものではないのです。

§1「し」と「ながら」

「し」は前句と後句の並列を語るだけですが、「ながら」には並列と逆接の二つの用法があります。この内、逆接は次章で取り上げ、ここでは並列の「ながら」について説明します。

「し」と「ながら」の基本的用法は次の通りです。

し　　文を終止させないから累加的になり、結果的に複文形式になるだけ

ながら　二つの事態の同時進行を表す

「し」の「結果的に複文形式になるだけ」というのは、複文として正しい文になるという意味ではありません。ただ複文形式になるだけですから、誤文になる場合もあります。複文として正しい文になるのは、前件と後件が内容的に関連性がある場合に限られています。前件と後件に

a. 彼らは歩いたし、話した。(錯誤)

b. 彼らは歩きながら話した。(他們一邊走一邊說。)

c. パーティで私は大いに歌ったし、踊った。(在宴會上我盡情地唱歌、跳舞。)

d. パーティで私は大いに歌いながら踊った。(?)

e. 私は不安を感じていたし、期待もしていた。(我感到不安,又期待著。)

f. 私は不安を感じながら期待もしていた。(我一方面感到不安,一方面又期待著。)

g. 私は不安を感じたながら期待もしていた。(錯誤)

h. 彼は酒を飲むし語り出した。(錯誤)

i. 彼は酒を飲みながら語り出した。(他一面喝酒,一面說了出來。)

a句只是累加式地敘述「走路的事項」和「說話的事項」而已,沒有同時發生的意思。又、將這些行爲累加式的敘述,是沒有什麼意思的,這句子顯得很奇怪。也就是說、不知道a句是想表示在宴會上非常快樂得情形。這樣的話具體地詳述做了什麼事,是比較恰當的。c句是「大いに歌った(盡情地唱歌)」和「大いに踊った盡情地跳舞」」,根據累加式地敘述,表示非常快樂的情形。d句的「大いに歌いながら踊った(盡情地邊唱歌邊跳舞)主要的只是敘述「跳舞的事」。但是在文意上的表現來說c句較爲恰當。e句是同時抱著「感到不安的事」和「期待著的事」的矛盾心理的意思。這雖說是累加,但也近於逆接。本來、並列有近於逆接的關係(註2)。f句也是逆接的「ながら」的意思。g句是因爲「ながら」不能接「タ形」,連結タ形的「感じた」所以是錯誤

内容的関連性がない時は誤文になってしまいます。また、場合によっては、「し」は説明敷衍のような意味を示す事があります。「ながら」の用法は、中国語では「一邊＋動詞，一邊＋動詞」に相当します。

a. 彼らは歩いたし、話した。（誤文）
b. 彼らは歩きながら話した。
c. パーティで私は大いに歌ったし、踊った。
d. パーティで私は大いに歌いながら踊った。（？）
e. 私は不安を感じていたし、期待もしていた。
f. 私は不安を感じながら期待もしていた。
g. 私は不安を感じたながら期待もしていた。（誤文）
h. 彼は酒を飲むし語り出した。（誤文）
i. 彼は酒を飲みながら語り出した。

a文は「歩いた」と「話したこと」を累加的に述べただけで、同時に行ったことを意味していません。また、それらの行為を累加的に述べることは、あまり意味がありませんので、おかしな文になるのです。つまり、a文は何を言いたいのかよく分からないです。b文は「歩いたこ

的。h句的後句「語り出した（說出來）」是表示開始。可是「飲む（喝）」因是終止形，沒有動作性。動詞的終止形只是表示動作的種類而已。因此、與「～出した（出來）」的表示動作性的語句不一致。

其次說明複句的「し」和「ながら」有什麼不同。

	前項和後項爲同一主語的場合	前項和後項爲不同主語的場合
し	後項的「を」變爲「も」	仍舊使用
ながら	仍舊使用	（不能使用）

と」と「話した」ことを同時に行ったことを意味します。c、d文はパーティで大いに楽しんだことを言いたい文です。それなら、具体的に何をしたか説明敷衍する方がより適切な文になります。c文は「大いに歌った」「大いに踊った」と、累加的に述べることによって大いに楽しんだことを表していますが、d文の「大いに歌いながら踊った」は「踊ったこと」しか述べていません。c文の方が文意を表現するためにはより適切です。e文は「不安を感じていたこと」と「期待をしていたこと」という矛盾した心理を同時に抱いていた、という意味ですが、これは累加的でも逆接に近いものです。もともと並列は逆接と近い関係にあります(註2)。f文も逆接の「ながら」です。g文は、「ながら」はタ形に接続できませんので、「感じた」というタ形が結び付いているから誤文になります。h文は、後句「語り出した」が開始を表しています。しかし、「飲む」は終止形ですから動作性がありません。動詞の終止形は動作の種類を表すだけです。ですから「〜出した」のように動きを表す語句と一致しないのです。

さて、次は複文として「し」と「ながら」にはどのような違いがあるのかを説明しましょう。

	前件と後件が同一主語の場合	前件と後件の主語が違う場合
し	後件の「を」を「も」に変える	そのまま使用可能
ながら	そのまま使用可能	(使用不可能)

主語同樣的場合、「し」在後項的動詞爲自動詞的話沒問題，他動詞的話、「を」必須改爲「も」。「ながら」是表示動作的同時進行，所以主語必須一樣才行。

a. 黄さんはアメリカ人の世話をするし英語を学んでいます。(錯誤)

b. 黄さんはアメリカ人の世話をしながら英語を学んでいます。(黄先生一邊照顧美國人一邊學習英語。)

c. 黄さんはアメリカ人の世話をするし英語も学んでいます。(黄先生照顧美國人，也學習英語。)

d. 黄さんはアメリカ人の世話もするし英語も学んでいます。(黄先生又照顧美國人，又學習英語。)

這是主語一樣的場合。複句的問題是，前項與後項的關係。a句是「照顧美國人的事項」和「學習英語的事項」的並列，這兩個事項有何關係並不明，所以是錯誤的。b句是敘述照顧美國人日常生活的同時，學習英語。c句是「英語を」的「を」改成「も」，從文法上來說是正確的句子。這個「も」並不只與「英語」有關，而是與「英語を学ぶこと(學習英語的事項)」全體有關。「も」相當與中文的「也」，本來表示並列。根據這個「も」，可將「照顧美國人的事項」與「學習英語的事項」並列起來。又、也可如d句將前項的「を」改爲「も」，有時這種用法反而比較好。

主語が同じ場合、「し」は後件の動詞が自動詞なら問題ありませんが、他動詞なら「を」を「も」に変えなければなりません。

「ながら」は動作の同時進行を表しますから、主語は必ず同一でなければなりません。

a．黄さんはアメリカ人の世話をするし英語を学んでいます。（誤文）

b．黄さんはアメリカ人の世話をしながら英語を学んでいます。

c．黄さんはアメリカ人の世話をするし英語も学んでいます。

d．黄さんはアメリカ人の世話もするし英語を学んでいます。

これは主語が同一の場合です。複文で問題になるのは、前件と後件の関係です。a文は「アメリカ人の世話をすること」と「英語を学んでいること」が並列していて、この二つの事態がどういう関係にあるのか、その関係が不明なので誤文になるのです。b文はアメリカ人の日常生活の面倒を見ると共に、英語を勉強していることを述べた文です。c文は、「英語を」の「を」を「も」ら変えることによって、文法的に正しい文になっています。この「も」は「英語」だけにかかるのではなく、「英語を学ぶこと」全体にかかっています。「も」は中国語の「也」に相当する言葉であり、元来並列を表します。この「も」によって、「アメリカ人の世話をすること」と「英語を学ぶこと」の関係づけができるのです。また、d文のように前件の「を」を

a. 岩村さんの奥さんは掃除もしないし洗濯もしない。（岩村先生的太太又打掃，又不洗衣。）

b. 小松先生は絵も描くし小説も書きます。（小松老師也畫畫，也寫小說。）

c. 部長は仕事もできるし遊びも好きだ。（部長也會做事，也喜歡玩。）

d. 彼は勉強もできるしスポーツ万能だ。（他功課又好，運動也非常行。）

e. 王さんは英語も話せるしフランス語も話せる。（王先生又會說英語，又會說法語。）

f. 船便でもいいし航空便でもいい。（海運也可以，空運也可以。）

g. これも駄目だし、あれも駄目だ。（這個也不行，那個也不行。）

h. この店は酒も美味いし魚も美味い。（這家店，酒也好喝，魚也好吃。）

i. ワインもいいし店の雰囲気も悪くない。（葡萄酒又好喝，店裡的氣氛又不錯。）

其次是主語不同的場合。

a. 私はバナナを買ったし、彼はスイカを買った。（我買了香蕉，他買了西瓜。）

b. 私はバナナを買いながら彼はスイカを買った。（錯誤）

「も」に変えてもかまいませんし、場合によってはその方がよいことがあります。

他にも次のような例文があります。

a. 岩村さんの奥さんは掃除もしないし洗濯もしない。

b. 小松先生は絵も描くし小説も書きます。

c. 部長は仕事もできるし遊びも好きだ。

d. 彼は勉強もできるしスポーツ万能だ。

e. 王さんは英語も話せるしフランス語も話せる。

f. 船便でもいいし航空便でもいい。

g. これも駄目だし、あれも駄目だ。

h. この店は酒も美味いし魚も美味い。

i. ワインもいいし店の雰囲気も悪くない。

次に、主語が同一ではない場合です。

a. 私はバナナを買ったし、彼はスイカを買った。

b. 私はバナナを買いながら彼はスイカを買った。（誤文）

c. 社長は出掛けていますし、専務は休みです。（社長出去了，常務休假了。）

d. 社長は出掛けていながら専務は休みです。（錯誤）

e. 林さんは大学院に進むし、陳さんは就職します。（林先生進大學院，陳先生就職。）

f. 林さんは大学院に進みながら、陳さんは就職します。（錯誤）

g. 彼は国会議員になったし、彼女は大使になった。（他當了國會議員，她當了大使。）

h. 彼は国会議員になったながら、彼女は大使になった。（錯誤）

像這樣、上面例句不能使用「ながら」。但是「し」也有限制。那是後項的「を」不能變爲「も」。後件的「は」可變爲「も」。

a. 私はバナナを買ったし、彼はスイカも買った。（錯誤）

b. 私はバナナを買ったし、彼はスイカを買った。（我買了香蕉，他買了西瓜。）

c. 私はバナナを買ったし、彼もスイカを買った。（我買了香蕉，他也買了西瓜。）

§2「し」和「て」

「し」和「て」的基本用法如下。

c. 社長は出掛けていますし、専務は休みです。

d. 社長は出掛けていながら専務は休みです。（誤文）

e. 林さんは大学院に進むし、陳さんは就職します。

f. 林さんは大学院に進みながら、陳さんは就職します。（誤文）

g. 彼は国会議員になったし、彼女は大使になった。

h. 彼は国会議員になったながら、彼女は大使になった。（誤文）

このように、「ながら」は使えません。但し、「し」にも制約があります。それは、後件の「を」を「も」に変えなくてはいけない、ということです。後件の「は」を「も」に変えることはできます。

a. 私はバナナを買ったし、彼はスイカも買った。（誤文）

b. 私はバナナを買ったし、彼はスイカを買った。

c. 私はバナナを買ったし、彼もスイカを買った。

§2 「し」と「て」

「し」と「て」の基本的用法は次の通りです。

し　因不使句子終止而形成累加式的，結果成爲複句形式而已

て　表示前項之後，發生了後項的事態

所謂時間性的繼續是，表示發生前項的事態，然後發生了後項的事態。

a. 彼は自分で料理も作るし、掃除もする。（他自己又做菜，又打掃。）

b. 彼は自分で料理を作って、掃除もする。（?）

c. 家には犬もいるし猫もいる。（家裡有狗也有貓。）

d. 家には犬もいて猫もいる。（錯誤）

e. お風呂に入るし寝ます。（錯誤）

f. お風呂に入って寝ます。（洗了澡之後睡覺。）

g. 九時にホテルに行ったし、彼と会った。（錯誤）

h. 九時にホテルに行って、彼と会った。（九點到大飯店後，跟他見面了。）

a句和b句，「做菜的事」和「打掃的事」必須要並列。如b句使用「て」時，這兩項成爲時間性繼續所發生的事，所以不自然。c、d句也是一樣，「犬がいること（有狗的事項）」和「猫がいること（有貓的事項）」，應該用累加式的來表示，但d句使用「て」以時間性的繼續來表示所以是錯誤的。另一方面，e、f句的「お

し　文を終止させないから累加的になり、結果的に複文形式になるだけ

て　前件の後、後件が起こったことを表す

時間的継続というのは、前件の事態が先に起こり、その後で後件の事態が起こったことを表す、ということです。

a. 彼は自分で料理も作るし、掃除もする。
b. 彼は自分で料理を作って、掃除もする。(?)
c. 家には犬もいるし猫もいる。
d. 家には犬もいて猫もいる。(誤文)
e. お風呂に入るし寝ます。(誤文)
f. お風呂に入って寝ます。
g. 九時にホテルに行ったし、彼と会った。(誤文)
h. 九時にホテルに行って、彼と会った。

a文とb文は、「料理を作ること」と「掃除をすること」が並列していなければなりません。b文のように「て」を使うと、この二つが時間的に継続して起こることになりますので、おかしな文になるのです。c、d文も「犬がいること」と「猫がいること」を累加的に述べなけれ

風呂に入ること（洗澡的事項）」和「寝ること（睡覺的事項）」，以時間性的繼續事態來表示較自然，所以是e句是錯誤的。g句的錯誤也是同樣的理由。

a. 私は文を書くし、彼は挿絵を描きます。（我寫文章，他畫插圖。）
b. 私は文を書いて、彼は挿絵を描きます。（我寫了文章，他畫插圖。）
c. 私は部品を作るし、彼はそれを組み立てます。（我做零件，他將其組合。）
d. 私は部品を作って、彼はそれを組み立てます。（我做了零件，他將其組合。）
e. A社が商品を発注し、B社がそれを販売します。（A社訂商品，B社販賣。）
f. A社が商品を発注してB社が販売します。（A社訂了商品，B社販賣。）

這些例句、「し」和「て」均可使用，但意思不同。例如、以a句、b句的「私が文を書くこと（我寫文章的事項）」和「彼が挿絵を描くこと（他畫插圖的事項）」來說明：這兩件事項本來是無關的，但根據a句將其作累加式的敘述時，各成爲有關連的事項，也就是、表示共同作業的意思。b句是將其兩項根據以時間性的繼續行動來表示共同作業的意思。結果兩者均同，但是a句是表示「私」和「彼」同時相互地工作著。b句則爲首先「私（我）」寫文章，然後「彼（他）」畫插圖的流水作業式的共同作業。以下的例句也一樣。

ばならない文であるにもかかわらず、d文は「て」を使って時間的継続を表しているので誤文になります。一方、e、f文は「お風呂に入ること」と「寝ること」を時間的に継続する事態として表すのが自然ですから、e文は誤文になります。g文も同じ理由で誤文です。

a．私は文を書くし、彼は挿絵を描きます。
b．私は文を書いて、彼は挿絵を描きます。
c．私は部品を作るし、彼はそれを組み立てます。
d．私は部品を作って、彼はそれを組み立てます。
e．A社が商品を発注し、B社がそれを販売します。
f．A社が商品を発注して、B社が販売します。

これらの例文は「し」も「て」も使えますが、意味が違います。例えば、a文、b文の「私が文を書くこと」と「彼が挿絵を描くこと」を取り上げて説明しますと、この二つの事態は本来関連性の無いことですが、a文はそれを累加的に述べることによって、それぞれが関係ある事態、つまり、共同作業の意味を表します。b文は、その二つを時間的に継続する行動と表すことによって、共同作業の意味を示しています。結果的にはどちらも同じものになっていますが、a文は「私」と「彼」が同時にお互いの仕事をしているのに対し、b文は先ず「私」が文

§3「て」和「に」

「て」和「と」的用法如下。

て　接續用言的連用形，表示兩個事項時間性的繼續

と　①只是當場的動作，又表示習慣性動作・必然性動作。不容易使用於後項表示欲求、願望、命令、要求、意志的語句。

②表示過去偶然的一次性動作

「て」是本來敘述一次性之事項。只有當時的場合，「て」和「と」都可以用。當然、其意思並不完全相同。

a. 家に帰って|シャワーを浴びます。（回家後，洗淋浴。）

b. 家に帰ると|シャワーを浴びます。（一回家就洗淋浴。）

を書き、それから「彼」が挿絵を描く、という流れ作業的な共同作業です。以下の例文も同様です。

§3 「て」と「と」

「て」と「と」の用法は次の通りです。

て　用言の連用形に接続し、二つの事態の時間的継続を示す

と　①後件がスル形の時　その場だけの動作、または習慣的動作・必然的動作を表す。後件には欲求、願望、命令、要求、意志を表す語句は使いにくい。

　　②後件がタ形の時　過去の偶然的な一回性の動作を表す。

「て」は元来、一回性のことを述べるものです。その時だけ、「て」と「と」は重なります。勿論、完全に同じ意味ではありませんが。

a. 家に帰って|シャワーを浴びます。

b. 家に帰ると|シャワーを浴びます。

c. 家に帰ってシャワーを浴びました。（回家後，洗淋浴了。）

d. 家に帰るとシャワーを浴びました。（一回家就洗淋浴了。）

a句是「回到家以後，洗淋浴」的意思。b句有兩種意思。「今天現在回家，洗淋浴」的意思與「每天一回到家後都洗淋浴」的意思。像這樣，出現兩種意思，其原因在於動詞終止形的性質。終止形的時態不明。因此，可表示現在的事項，也可表示一直都在做的事項。這種場合，只能從文脈來判斷。用タ形時，c句只是在時態上成爲過去而已。而d句只表示在過去的當時之行爲而已。

a. 早くバスに乗って彼のところに行きたい。（想快點乘巴士到他那兒。）

b. 早くバスに乗ると彼のところに行きたい。（錯誤）

c. 桜の花が咲いて春の訪れを知る。（櫻花開了，知道春天將來臨。）

d. 桜の花が咲くと春の訪れを知る。（？）

e. 正月になって故郷に帰りたくなる。（錯誤）

f. 正月になって故郷に帰りたくなった。（到了正月，就想回故鄉了。）

g. 正月になると故郷に帰りたくなる。（一到正月就想回故鄉了。）

c. 家に帰って|シャワーを浴びました。
d. 家に帰ると|シャワーを浴びました。

a文は「家に帰った後、シャワーを浴びる」という意味ですが、b文には二つの意味があります。「今日これから家に帰ってシャワーを浴びる」という意味と、「家に帰るといつもシャワーを浴びる」という意味です。このように、二つの意味が出てしまうのは動詞の終止形の性質が原因です。終止形は時制が不明です。ですから、現在のことを表すこともあれば、いつもやっていることを表すこともあるのです。その場合、文脈から判断するしかありません。タ形にすると、c文は時制が過去になっただけですが、d文は過去のその時だけの行為を表します。

a. 早くバスに乗って彼のところに行きたい。
b. 早くバスに乗ると|彼のところに行きたい。(誤文)
c. 桜の花が咲いて春の訪れを知る。
d. 桜の花が咲くと|春の訪れを知る。(?)
e. 正月になって故郷に帰りたくなる。(誤文)
f. 正月になって|故郷に帰りたくなった。
g. 正月になると|故郷に帰りたくなる。

h. あまり暑くて仕事が嫌になる。（太熱了就討厭工作。）

i. あまり暑いと仕事が嫌になる。（太熱就討厭工作。）

b句是因爲後項接表示願望的形容詞，所以是錯誤的。c句的「て」是內容上表示因果關係。「桜の花が咲いたこと（櫻花開了的事項）」爲原因，發生了「春の訪れを知る（知道春天將來臨）」的結果。可是，「と」的後項爲スル形的場合，因爲沒有時態，所以帶有像一般法則的性質。也就是，d句是「一般櫻花一開，人們知道春天的來臨」的意思。這樣的話，說者與聽者多少脫離現實之場，所以令人感到不自然。e句「正月になって（到了正月）」是已經到了正月的意思。因此，後項的時態也必須像f句用タ形才行。h、i句，「現在因爲太熱所以討厭工作」的只敘述當時的事是h句。「一般太熱就討厭工作」的敘述一般傾向的是i句。

a. 無駄遣いばかりしてお金が無くなる。（錯誤）

b. 無駄遣いばかりするとお金が無くなる。（光是浪費就會沒錢。）

c. 無駄遣いばかりしてお金が無くなった。（光是浪費就沒錢了。）

d. 約束の場所に着いて、彼はすでに来ていた。（錯誤）

e. 約束の場所に着くと、彼はすでに来ていた。（一到約定的場所，他早已來了。）

h. あまり暑くて仕事が嫌になる。

i. あまり暑いと仕事が嫌になる。

b文は後件に「たい」という願望を表す形容詞が付いていますので、誤文になります。c文の「て」は内容的には因果関係を表しています。「桜の花が咲いたこと」が原因で「春の訪れを知る」という結果が生じています。しかし、「と」は後件がスル形の場合、時制がありませんから、一般法則のような性質を帯びます。こういう言葉は話し手・聞き手の現実の場と少し離れていますから、おかしい感じがするのです。e文は、「正月になって」は既に正月になっているのです。だから、後件の時制もg文のようにタ形にしなければなりません。h、i文は、「現在あまりにも暑いから仕事が嫌になる」と、その時だけのことを述べたものがh文で、「一般に暑すぎると仕事が嫌になる」と、一般的傾向のように述べたものがi文です。

a. 無駄遣いばかりしてお金が無くなる。（誤文）

b. 無駄遣いばかりするとお金が無くなる。

c. 無駄遣いばかりしてお金が無くなった。

d. 約束の場所に着いて、彼はすでに来ていた。（誤文）

e. 約束の場所に着くと、彼はすでに来ていた。

「無駄遣いばかりしたこと（光是浪費的事項）」和「お金が無くなること（會沒錢的事項）」的關係是，一般性法則關係。因此、不用「て」，使用「と」表示法則。假如想使用「て」的話，就必須像c句一樣，後項用タ形，以時間性繼續發生之事項的說法才行。d句是「約束の場所に着いたこと（到了約定場所的事項）」和「彼がすでに来ていたこと（他早已來了的事項）」的關係是偶然的。「て」的後項爲タ形的場合，因爲是表示預定的行動，不能敘述偶然之事。因此、d句爲錯誤。

§4 「たり」和「ながら」

「たり」和「ながら」的不同如下。

たり　例示事項

ながら　表示動作的同時進行

所謂例示事項是，並列存在之事物。與同時進行爲兩個事項重疊之存在相對的，例示是個別事項之存在。在意思上、基本與並列同樣的。

「無駄遣いばかりすること」と「お金が無くなること」の関係は、一般的な法則関係です。ですから、「て」を使わず、「と」を使って法則のように表します。もし「て」を使いたいなら、c文のように後件をタ形にして、時間的に続けて発生したこととして語らなければなりません。

d文は、「約束の場所に着いたこと」と「彼がすでに来ていたこと」の関係は、偶然的なものです。「て」は後件がタ形の場合、予定の行動を表しますので、偶然的なことを述べることができません。従って、d文は誤文になります。

§4 「たり」と「ながら」

「たり」と「ながら」の違いは次の通りです。

たり　事態を例示する

ながら　動作の同時進行を表す

事態の例示というのは、並列して存在するものです。同時進行が二つのものが重なって存在しているのに対し、例示は別個のものとして存在しています。そういう意味で、基本的には並列と同じものです。

a. テレビを見たり、新聞を読んだりした。(又看電視，又看報紙。)

b. テレビを見ながら新聞を読んだ。(一邊看電視，一邊看報紙。)

b句是表示「テレビを見ること(看電視的事)」和「新聞を読むこと(看報紙的事)」同時進行。但是、a句是各種行動之中，舉出例示「テレビを見たこと(看電視的事)」和「新聞を読んだこと(看報紙的事)」的句子。然後、根據例示表示只是做了那些事。

「たり」和「ながら」的形態上的不同是，「ながら」是只接在前項的述語動詞的後面。相對的、「たり」是必須接在前項和後項的述語動詞之後。

a. 笑ったり泣いたりする。(又笑，又哭。)

b. 笑いながら泣く。(一邊笑，一邊哭。)

c. 海で泳いだり砂浜でスイカ割りしたりして楽しみました。(又在海裡游泳，又在砂灘切西瓜玩得很愉快。)

d. 海で泳ぎながら砂浜でスイカ割りして楽しみました。(錯誤)

e. 今日の会議で上司に罵倒され、踏んだり蹴ったりの目に遭った。(今天在會議上被上司罵，吃了慘遭修理苦頭。)

f. 今日の会議で上司に罵倒され、踏みながら蹴ったの目に遭った。(錯誤)

g. よく考えたり行動したりした方がよい。(錯誤)

a．テレビを見たり、新聞を読んだりした。
b．テレビを見ながら新聞を読んだ。

b文は「テレビを見ること」と「新聞を読むこと」を同時に行っていることを表します。しかし、a文は色々な行動の内、「テレビを見たこと」と「新聞を読んだこと」を取り上げた例示した文です。そして、例示することによって、そのようなことばかりやった、という意味を示しているのです。

「たり」と「ながら」の形態上の違いは、「ながら」は前件の述語動詞の後だけに置くのに対し、「たり」は前件の述語動詞の後にも後件の述語動詞の後にも置かなければならないことです。

a．笑ったり泣いたりする。
b．笑いながら泣く。
c．海で泳いだり砂浜でスイカ割りしたりして楽しみました。
d．海で泳ぎながら砂浜でスイカ割りして楽しみました。（誤文）
e．今日の会議で上司に罵倒され、踏んだり蹴ったりの目に遭った。
f．今日の会議で上司に罵倒され、踏みながら蹴ったの目に遭った。（誤文）
g．よく考えたり行動したりした方がよい。（誤文）

h. よく考えながら行動した方がよい。(好好的考慮地做事比較好。)

i. 川面を大根の葉が浮かんだり沈んだりして流れて行きました。(河面上蘿蔔葉子一會兒浮，一會兒沈地流了過去。)

j. 川面を大根の葉が浮かびながら沈んで流れて行きました。(錯誤)

b句是，笑和哭同時進行的奇怪的句子，但如果臉上笑著而心理在哭的意思的話，那就正確。但這可說是逆接的「ながら」。d句是在海上一邊游泳同時在砂灘上切西瓜，這是不可能的所以是錯誤的。e句的「踏んだり蹴ったり（慘遭修理）」是慣用句，而f句改變了此慣用句，所是錯誤的。h句的「考慮的事項」和「做事的事項」必須同時進行才行，所以g句是錯誤的。j句是因「浮的事項」和「沈的事項」爲相反的事項不能同時進行所以是錯的。

並列的「ながら」只接動詞，而「たり」可接動詞以外的用言，也可接「名詞＋だ」。

a. 夕食のおかずは肉だったり、魚だったりします。(晚餐的菜有時是肉，有時是魚。)

b. 仕事は忙しかったり、暇だったりします。(工作有時忙，有時閒。)

c. 彼の話は嘘だったり、本当だったりします。(他的話、有時是謊言，有時是真的。)

d. 連続通り魔事件の被害者は老人だったり、少女だったりします。(連續路邊砍人事件的被害者有的是老人，有的是少女。)

h．よく考えながら行動した方がよい。

i．川面を大根の葉が浮かんだり沈んだりして流れて行きました。

j．川面を大根の葉が浮かびながら沈んで流れて行きました。（誤文）

b文は笑うと泣くを同時に行うという奇怪な文ですが、顔で笑って心で泣く、という意味なら正しい文です。これは寧ろ逆接の「ながら」と言えます。d文は海で泳ぎながら同時にスイカ割りをする、ということはあり得ませんから誤文になります。e文の「踏んだり蹴ったり」は一つの決まり文句でして、f文はその決まり文句を変えていますので誤文です。g、h文は、「考えること」と「行動すること」が同時進行でなければなりませんから、g文は誤文になります。j文も、「浮かぶこと」と「沈むこと」という相反することは同時進行できませんので、誤文になります。

並列の「ながら」は動詞にしか付きませんが、「たり」は動詞以外の用言にも、「名詞＋だ」にも付きます。

a．夕食のおかずは肉だったり、魚だったりします。

b．仕事は忙しかったり、暇だったりします。

c．彼の話は嘘だったり、本当だったりします。

d．連続通り魔事件の被害者は老人だったり、少女だったりします。

e. チップは小銭だったり、お札だったりします。(小費有時是零錢，有時是鈔票。)

f. 社長の行く先は取引会社だったり、愛人のマンションだったりします。(社長的去處有時是交易的公司，有時是愛人的高級公寓。)

g. あの小説家が書くものは傑作だったり、駄作だったりします。(那個小説家所寫的東西有時是傑作，有時是拙作。)

h. 最近の天気は雨だったり、晴れだったりします。(最近的天氣有時下雨，有時晴天。)

又、「ながら」只能連結兩個事項，相對的「たり」可連結兩個以上的事項。

a. 正月は初詣に行ったり、家でゴロ寝をしたり、テレビを見ていたりしました。(正月一會兒去參拜，一會兒在家躺著，一會兒看電視。)

b. 正月は初詣に行きながら、家でゴロ寝をしながら、テレビを見ながらしました。(錯誤)

c. 私は毎日畑を耕したり、牛や馬の世話をしたり、洗濯物を干したりして暮らしています。(我每天一會兒又耕地，一會兒又照料牛或馬，一會兒又晾曬衣物地過日子。)

d. 私は毎日畑を耕しながら、牛や馬の世話をしながら、洗濯物を干しながら暮らしています。(錯誤)

e. この海辺では鯨が泳いでいたり、イルカの大群が現れたり、大ダコが釣れたりします。(這個海有鯨魚在游著，有大群的海豚出現，還可以釣到大鱆魚。)

f. この海辺では鯨が泳ぎながら、イルカの大群が現れながら、大ダコが釣れながらします。(錯誤)

e．チップは小銭だったり、お札だったりします。

f．社長の行く先は取引会社だったり、愛人のマンションだったりします。

g．あの小説家が書くものは傑作だったり、駄作だったりします。

h．最近の天気は雨だったり、晴れだったりします。

また、「ながら」が二つの事態しか結びつけられないのに対して、「たり」は二つ以上の事態を結び付けることもできます。

a．正月は初詣に行ったり、家でゴロ寝をしたり、テレビを見ていたりしました。

b．正月は初詣に行きながら、家でゴロ寝をしながら、テレビを見ながらしました。（誤文）

c．私は毎日畑を耕したり、牛や馬の世話をしたり、洗濯物を干したりして暮らしています。

d．私は毎日畑を耕しながら、牛や馬の世話をしながら、洗濯物を干しながら暮らしています。（誤文）

e．この海辺では鯨が泳いでいたり、イルカの大群が現れたり、大ダコが釣れたりします。

f．この海辺では鯨が泳ぎながら、イルカの大群が現れながら、大ダコが釣れながらします。（誤文）

「たり」和「ながら」也可以同時在一個句子裡出現。

a. 妻が戻るまで昔のアルバムを眺めたりしながら過ごした。（在妻子回來之前，看著以前的相片簿等等的過日子。）

b. 噂話しに花を咲かせたりしながら三人ではしゃいだ。（說得天花亂醉地什麼的三個人喧鬧了一陣子。）

c. 雀たちが跳んだり跳ねたりしながら遊んでいます。（麻雀們又跳又躍地在玩著。）

d. 彼は唸ったり首を振ったりしながら考えています。（他一會兒又唸，一會兒又搖著頭地想著。）

e. 彼はおだてたりなだめたりしながら子供に言い聞かせた。（他一會兒又捧，一會兒又哄地什麼的讓孩子聽話。）

f. 山で遭難した時、私は草を食べたり生水を飲んだりしながら飢えをしのいだ。（遇到山難時，我又吃草又喝生水什麼的忍受著挨餓。）

§5 「し」和「たり」

「し」和「たり」在構文上的不同如下。

し　不使句子終止而成累加式的，結果只成爲複句形式而已

たり　前項和後項的主語必須相同

「たり」的前項和後項的主語相同的是，例示的性質。例示就是，舉出有關某人或其事物的例子，因此、主

「たり」と「ながら」を一つの文に一緒に使用することもできます。

a. 妻が戻るまで昔のアルバムを眺めたりしながら過ごした。
b. 噂話しに花を咲かせたりしながら三人ではしゃいだ。
c. 雀たちが跳んだり跳ねたりしながら遊んでいます。
d. 彼は唸ったり首を振ったりしながら考えています。
e. 彼はおだてたりなだめたりしながら子供に言い聞かせた。
f. 山で遭難した時、私は草を食べたり生水を飲んだりしながら飢えをしのいだ。

§5「し」と「たり」

「し」と「たり」の構文上の違いは、次の通りです。

し　文を終止させないから累加的になり、結果的に複文形式になるだけ

たり　前件と後件の主語が同じでなければならない

「たり」が前件と後件の主語が同一であるのは、例示というものの性質です。例示とは、或る人、或る物事に関する例を挙げるものだから、主語が違ってはいけないのです。

語不能不一樣。

到目前所述的，「し」是用於敘述累加的事項，「たり」是表示事項的例句。因此，「し」和「たり」的不同是累加與例示的不同，但這二者在現象上有時非常的相近。例如：

a. 今日は釣りをしに行くし映画を見にも行く。（今天去釣魚，也去看電影。）→ 累加

b. 今日は釣りをしに行ったり、映画を見に行ったりする。（今天又去釣魚，又去看電影。）→ 例示

上述兩句在情報（資料）上完全等價。這是因爲「釣りに行くこと（去釣魚的事）」和「映画を見に行くこと（去看電影的事）」爲與「今日（今天）」的行動有關連性。其他也有這樣子的句子。

a. この工務店は未来型の家を建てるし、昔の洋風屋敷も作る。（這家工務店蓋未來型的房子，也蓋以前的武士宅邸。）

b. この工務店は未来型の家を建てたり、昔の洋風屋敷を作ったりする。（這家工務店蓋未來型的房子，亦蓋以前的武士宅邸。）

c. 土石流は牧場を埋め尽くしたし、多数の家屋を倒壊させた。（泥石流把牧場掩埋了，也毀壞了多數的房屋。）

d. 土石流は牧場を埋め尽くしたり、多数の家屋を倒壊させたりした。（泥石流又把牧場掩埋了，又毀壞了多數的房屋。）

e. 医師は私の脈を測ったし、瞳孔も検査した。（醫生量了我的脈搏，也檢查了我的瞳孔。）

f. 医師は私の脈を測ったり、瞳孔を検査したりした。（醫生又量了我的脈搏，又檢查了我的瞳孔。）

今まで述べて来たように、「し」は事態を累加的に述べ、「たり」は事態の例示を表します。ですから、「し」と「たり」の違いは累加と例示の違いな訳ですが、この二つは現象的には非常に近い場合があります。例えば、

a．今日は釣りをしに行くし、映画を見にも行く。　↓　累加

b．今日は釣りをしに行ったり、映画を見に行ったりする。　↓　例示

上の二つの文は情報的には全く等価です。これは「釣りに行くこと」と「映画を見に行くこと」が「今日」の行動として関連性を持つからです。こういう文は他にもあります。

a．この工務店は未来型の家を建てるし、昔の洋風屋敷も作る。

b．この工務店は未来型の家を建てたり、昔の洋風屋敷を作ったりする。

c．土石流は牧場を埋め尽くしたし、多数の家屋を倒壊させた。

d．土石流は牧場を埋め尽くしたり、多数の家屋を倒壊させたりした。

e．医師は私の脈を測ったし、瞳孔も検査した。

f．医師は私の脈を測ったり、瞳孔を検査したりした。

g．財布を盗まれるし、自転車にぶつかるし、昨夜は散々だった。

g. 財布を盗まれるし、自転車にぶつかるし、昨夜は散々だった。（錢包被偷了，也被自行車撞了，昨天真狼狽。）

h. 財布を盗まれたり、自転車にぶつかったり、昨夜は散々だった。（錢包又被偷了，又被自行車撞了，昨天真狼狽。）

a、b句是以這家工務店的業務，c、d句是以泥石流的災害，e、f句是以醫生的診察，g、h句是以昨夜的受害，這些前項和後項都有關連性。

可是、例句只不過是例示與例示之間看不出其關連性。也就是，對於同一的對象，因例示與其他例示是獨立的關係，前項和後項不能成爲一組。使用了「も」也還是一樣，脱離不了其例示的性質。一方面、「し」根據使用「も」則可表示前項和後項的關連性，所以前項和後項可成爲一組。

a. 痛みもなくなったし、熱も引いた。（也不痛了，燒也退了。）

b. 痛みもなくなったり、熱も引いたりした。（錯誤）

c. 借金も返済できたし、逃げた女房も戻って来た。（負責也還了，逃了的太太也回來了。）

d. 借金も返済できたり、逃げた女房も戻って来たりした。（錯誤）

e. 仕事も終わったし、さあ帰ろう。（工作也做完了，那回家吧！）

f. 仕事も終わったり、さあ帰ったりしよう。（錯誤）

g. いつまで待ってもバスが来ないし、困ったな。（等了再等，巴士也不來，真傷腦筋。）

h．財布を盗まれたり、自転車にぶつかったり、昨夜は散々だった。

a、b文は、この工務店の業務として、c、d文は土石流の被害として、e、f文は医師の診察として、g、h文は昨夜の被害として、前件と後件に関連性があります。

しかし、例示はあくまでも例示に過ぎず、例示と例示の間に関連性を見出すことはできません。つまり、同じ対象に対しても、例示は他の例示とは独立しているため、前件と後件を一つのセットとして捉えることができないのです。「も」を使っても、やはり例示の性質から離れられないのです。一方、「し」は「も」を使うことによって、前件と後件の関連を表すことができるので、前件と後件を一つのセットにできるのです。

a．痛みもなくなったし、熱も引いた。

b．痛みもなくなったり、熱も引いたりした。（誤文）

c．借金も返済できたし、逃げた女房も戻って来た。

d．借金も返済できたり、逃げた女房も戻って来たりした。（誤文）

e．仕事も終わったし、さあ帰ろう。

f．仕事も終わったり、さあ帰ったりしよう。（誤文）

g．いつまで待ってもバスが来ないし、困ったな。

h. いつまで待ってもバスが来なかったり困ったな。(錯誤)

a句是根據敘述「痛みがなくなったこと(不痛了的事)」和「熱が引いたこと(燒退了的事)」的關連性，來表示身體康復的事。b句因是例示，所以將「痛みがなくなったこと(不痛了的事)」和「熱が引いたこと(燒退了的事)」支離地敘述。也就是，前項和後項的連結，不易表示出身體的康復。d句也一樣，敘說脫難苦之事時，詳細說明比較好，因用例示就不易了解其關連性。e句是以「仕事が終わったこと(工作做完了的事)」爲原因，下了「さあ帰ろう(那回家吧！)」的判斷。亦即，有因果關係。但是，f句則不易看出其因果關係。h句也一樣。

一方面，也有不能使用「し」的句子。

a. 近ごろ具合が悪く、毎日寝るし起きます。(錯誤)
b. 近ごろ具合が悪く、毎日寝たり起きたりです。(最近身體不適，每天睡了又起，起了又睡了。)
c. 今朝から雨が降ったし止んでいます。(錯誤)
d. 今朝から雨が降ったり止んだりしています。(從今天早上雨下了又停，停了又下。)
e. 授業中に居眠りするしいけません。(錯誤)
f. 授業中に居眠りしたりしてはいけません。(上課的時候不可以打瞌睡的什麼的。)

h．いつまで待ってもバスが来なかったり困ったな。（誤文）

a文は「痛みがなくなったこと」と「熱が引いたこと」を関連づけて述べることにより、病気が回復したことを表しています。b文は例示ですから、「痛みがなくなったこと」と「熱が引いたこと」をバラバラに述べています。つまり、前件と後件を結び付けて病気が回復したことを表しにくいのです。d文も、苦難を脱出できたということを語る時、説明敷衍として語った方がよいのに、例示しているから関連性が分かりにくくなっています。e文は「仕事が終わったこと」を原因にして、「さあ帰ろう」という判断を下しています。つまり、因果関係があるのです。しかし、f文はその因果関係が摑みにくいのです。h文も同様です。

一方、「し」を使えない文もあります。

a．近ごろ具合が悪く、毎日寝るし起きます。（誤文）
b．近ごろ具合が悪く、毎日寝たり起きたりです。
c．今朝から雨が降ったし止んでいます。（誤文）
d．今朝から雨が降ったり止んだりしています。
e．授業中に居眠りするしいけません。（誤文）
f．授業中に居眠りしたりしてはいけません。

g. むやみに人の誘いに乗るしない方がよいです。（錯誤）

h. むやみに人の誘いに乗ったりしない方がよいです。（不要隨隨便便地就受人誘惑比較好。）

這些句子與前述的相反，反而因表示關連性而錯誤。因有關連性而不能表示出其各別的行爲。因此、像a句不能表示出「寝ること（睡覺的事）」和「起きること（起來的事）」的各別行爲的反復。又、如c句也不能表示出「降ること（下雨的事）」和「止むこと（停止的事）」的反復。d、e句因是「いけないこと（不可以的事）」的例示「居眠りすること（打瞌睡的事）」的句子，所以不能使用「し」。g句也同様地因爲必須要有「しない方がよいこと（不要比較好）」的例示，所以不能使用「し」。

（註）

（1）除此之外、也有人加入連體修飾等複句。

（2）所謂並列，必須認爲空間性存在的同次元的兩個事物。

g．むやみに人の誘いに乗るしない方がよいです。（誤文）
h．むやみに人の誘いに乗ったりしない方がよいです。

これらの文はさっきとは逆に、寧ろ関連性を表すからいけない文です。関連性があるということは別々の行為を語れないということです。従って、a文のように「寝ること」と「起きていること」の、別々の行為が反復していることを表すことができません。また、c文のように「降ること」と「止むこと」の反復を表すこともできません。d、e文は「いけないこと」の例として、「居眠りすること」を例示する文ですから、「し」を使えません。g文も同様に、「しない方がよいこと」を例示しなければならない文なので、「し」を使うことができません。

（註）
（1）これ以外に、連体修飾なども複文に加える人もいます。
（2）並列は、空間的に同次元で二つのものが存在していることを認識していなければなりません。

第十一章　表示逆接的助詞

順接是對兩個事項在時間上繼起的認識時使用。相對的、逆接是對兩個事項在空間上對立的認識時使用。例如：

a. 彼は去った。（他離去了。）
b. 私は残った。（我留下了。）
c. 彼は去り、そして私は残った。（他離去了，我留下了。）
d. 彼は去り、私は残った。（他離去了，然後我留下了。）
e. 彼は去ったが、私は残った。（他離去了，但我留下了。）

a、b句的「他離去的事」和「我留下的事」把這兩個句子併爲一個句子就成了c句。這是單純的並列。對這兩個事項在時間上繼起的認識時，就成了d句。也就是，「他離去之後，我留下了」的認識。可是如注意到「離去」「留下」的內容之對立，將它組成句子的話，就成了e句。e句的前項和後項爲表示在同空間，亦即同次元的兩個對立的事項。這就是逆接（註1）。

稍具深度的來說、理論的接續關係是根據兩個事項爲同時或不同時、首先可分爲兩大類。然後，同時的場合，根據內容的對立與否，可區別爲逆接與並列。不同時的場合，根據內容的有無關係可分爲兩類。以圖示之如下：

第十一章　逆接を表す助詞

順接が二つの事態が時間的に継起するという認識であるのに対し、逆接は二つの事態が空間的に対立することを意識した時に使います。例えば、

a．彼は去った。
b．私は残った。
c．彼は去り、私は残った。
d．彼は去り、そして私は残った。
e．彼は去ったが、私は残った。

a、b文の「彼が去ったこと」と「私が残ったこと」、この二つの事態を一つの文で表しますと、c文になります。これは単なる並列です。この二つの事態が時間的に継起したものとして認識されますと、d文になります。つまり、「彼が去った後、私は残った」という意識です。しかし、「去った」「残った」という内容的な対立に注目し、これを文にすると、e文になります。e文は前件と後件が同じ空間に、つまり同次元に、二つの事態が対立していることを示しています。これが逆接なのです(註1)。

少し難しい話をしますと、論理的接続関係は二つの事態が同時にあるか、同時にはないか

- 同時
  - 逆接　內容對立　例：外面冷，但裡面暖和。
  - 並列　內容不對立　例：外面冷，行人少。
- 非同時
  - 繼起　無因果關係　例：吃了飯去學校。
  - 因果　有因果關係　例：看了照片很吃驚。

「外面冷」與「裡面暖和」的內容是對立的、所以是逆接、「外面冷」與「行人少」不是對立的所以是並列。「吃了飯」不是「去學校」的原因，而「看了照片」為「吃驚」的原因。前者只是敘述兩個事項時間上的先後關係、但是後者是敘述因果關係。

によって、先ず二つに大別されます。そして、同時の場合、内容的に対立しているかいないかによって、逆接と並列に区別されます。同時ではない場合、内容的に関係があるかないかによって、二つに分かれます。図で示すと、次の通りです。

- 同時
  - 逆接　内容が対立している　例：外は寒いが中は暖かい。
  - 並列　内容が対立していない　例：外は寒く、人通りが少ない。
- 非同時
  - 継起　因果関係がない　例：ご飯を食べて学校に行きます。
  - 因果　因果関係がある　例：写真を見て驚いた。

「外は寒い」と「中は暖かい」は内容的に対立していますから逆接であり、「外は寒い」と「人通りが少ない」は対立していませんから並列です。「ご飯を食べる」は「学校に行く」の原因になっていませんが、「写真を見る」は「驚いた」の原因になっています。前者は単に二つの事態の時間的先後関係を述べただけですが、後者は因果関係を述べたものです。

§1 順接的「が」和逆接的「が」

「が」有順接的用法和逆接的用法，但、可否同時擁有兩個完全相反用法？那麼所謂順接和逆接又有什麼樣的關係？假如、「が」併有順接和逆接的話，那就不得不說順接和逆接是很相近的。先在此下個結論，「が」表示逆接或並列、沒有所謂的順接的「が」。那看起來像是順接的是因為不懂得理論性的接續關係。例如：

a．彼は字がうまいが、絵もうまい。（他的字很美、畫也很行。）
b．彼は字がうまいが、絵はへただ。（他的字很美、但畫很糟。）

一般所謂順接的「が」是a句，而b句為逆接的「が」。原來、a句因「字很美的事」與「畫很行的事」並非對立，所以看起來像是順接。但是這句是並列。因為「字很美的事」和「畫很行的事」同時存在，沒有先後的問題。並列並非只將兩個事項排列，而是具有特殊的表現效果。例如、說完「字很美」，只是「字很美」而已。但是話「字很美的事」與「畫很行的事」並不止於「字很美」，而有「畫也很好」的意思。也就是說、只是說完「字很美」的內容一項後又有「不、不只這些」，關於他的事又加上「畫也很行」的表現。聽者認為只有一項內容而在聽完之後，又有他項。這就是a句的並列表現效果。

§1 順接の「が」と逆接の「が」

「が」には順接の用法もあるし、逆接の用法もあると言われています。しかし、意味的に全く正反対の用法を同時に持つということがあり得るでしょうか。では、そもそも順接と逆接はどういう関係にあるのでしょうか。もし「が」が順接と逆接を併せ持つなら、順接と逆接は近いものだ、という珍妙なことを言わざるを得なくなってしまいます。結論から先に言いますと、「が」は逆接か並列を表し、順接の「が」というのはありません。それが順接のように見えるのは、論理的接続関係というものがよく分かっていないからです。例えば、

a．彼は字がうまいが、絵もうまい。

b．彼は字がうまいが、絵はへただ。

順接の「が」と言われるのはa文です。b文は逆接の「が」です。なるほど、a文は「字がうまいこと」と「絵がうまいこと」は対立していませんから、一見順接のように見えます。しかし、これは並列なのです。何故なら、「字がうまいこと」と「絵がうまいこと」は同時に存在しており、どちらが時間的に先かは問題になっていないからです。並列は単に二つの事態を並べるだけではなく、特殊な表現効果をもたらすことがあります。例えば、「字がうまい」で話を終えたら「字がうまい」だけです。しかし、「字がうまい」だけで話を終わらせず、それだけ

是逆接或是並列，有時是非常微妙的。

a. 失礼ですが、どちら様でしょうか？（抱歉，請問是哪一位？）

b. 済みませんが、薬局はどこですか？（對不起，請問藥局在哪裡？）

這看起來像是並列，但是a句的「失礼ですが（抱歉）」是「因詢問這件事是很失禮的事，不應該問的，但還是問了」的意思。b句是「因爲是非常對不起的事，雖然不應這樣，但還是問了」之意思的逆接。

再看看其他的例子吧。

a. 大地震が来ようがこのビルは倒れない。（即使大的地震來了，這大樓是不會倒塌的。）

b. 誰が首相になろうが同じことさ。（誰來當首相都是一樣的。）

ではなく、「絵もうまい」という意味なのです。つまり、「字がうまい」という一つの内容だけで話が終わるところを、いいや違う、「彼」に関して言うなら、更に「絵もうまい」という表現なのです。聞き手は一つの内容だけで話が終わると思っていたのに、まだ他にもあるよ、というのがa文の並列の表現効果なのです。

逆接か並列かは、時に非常に微妙なことがあります。

a. 失礼ですが、どちら様でしょうか?

b. 済みませんが、薬局はどこですか?

これらは一見並列のように見えます。しかし、a文の「失礼ですが」は「こういうことを聞いては失礼に当たりますから聞いてはいけないことなのですが、にもかかわらず聞きます」という意味ですから、逆接です。b文の「済みませんが」も「済まないことだから、こんなことをしてはいけないでしょうが、にもかかわらず聞きます」の意味なので、逆接です。

もう少し色々な例文を見てみましょう。

a. 大地震が来ようがこのビルは倒れない。

b. 誰が首相になろうが同じことさ。

c. これは有名な日本語テキストですが、大変使いやすいです。（這是有名的日語教科書，非常好用。）

d. 自由は大切だが、平等はもっと大切だ。（自由很重要，但平等更重要。）

e. 李さんはきれいだが、私は徐さんの方が好きだ。（李小姐漂亮，但我比較喜歡徐小姐。）

f. 最近出生率が低下していますが、これは結婚しない女性が増えているからです。（最近出生率低降，這是因爲不結婚的女性增加了。）

g. こちらはシャンプーですが、そちらリンスです。（這是洗髮精，那是潤絲精。）

h. 日本文化は昔から知られていたが、今改めて脚光を浴びるようになった。（日本文化從以前就爲人所知的，但現在重新引人注目了。）

i. 社長は出掛けておりますが。（社長出去了……。）

j. さあ、聞いていませんが。（啊，沒聽說……。）

a句因是典型的逆接所以沒什麼問題。b句是「每個人的能力不同，有能力的人來當首相其結果當然是不一樣的」的與常識相反的句子，所以是逆接。c句是有名的教科書之事再加上「非常好用」的與一般常識相反之語，所以是逆接。d句是、自由是非常重要的事這是知道的。但是，這個句子如果在此結束了的話，就會被認爲自由是最重要的。說話者認爲比自由更重要的是平等，所以在「自由是重要的」之處不使句子結束，而繼續說最重要的是平等。e句是，說話者認爲李小姐漂亮的話，則話題必須向著說話者喜歡李小姐的方向進行才行，但卻與此相反地說，「喜歡徐小姐」。f句也是「最近出生率降低」這句在此結束時，就成了「不可思議」的話

c．これは有名な日本語テキストですが、大変使いやすいです。
d．自由は大切だが、平等はもっと大切だ。
e．李さんはきれいだが、私は徐さんの方が好きだ。
f．最近出生率が低下していますが、これは結婚しない女性が増えているからです。
g．こちらはシャンプーですが、そちらリンスです。
h．日本文化は昔から知られていたが、今改めて脚光を浴びるようになった。
i．社長は出掛けておりますが。
j．さあ、聞いていませんが。

a文は典型的な逆接ですから問題はないでしょう。b文は、「人はそれぞれ能力が違うから、有能な人が首相になれば結果は違うはずだ」という常識に反して言っている文なので、逆接です。c文は、有名なテキストであるということに加え、更に「大変使いやすい」という情報を提示することによって、特殊な表現効果をもたらす並列です。d文は、自由が大切なことは分かる。しかし、そこで文が終わってしまったら、自由が一番大切なことのように思われてしまいます。話者は自由より平等の方が大切だと思っていますから、「自由は大切だ」で文を終わらせず、もっと大切なのは平等だよ、と言っているのです。e文は、話者が李さんをきれいと思うなら、話者は李さんが好きだ、という風に話を進めなければなりませんが、それ

題了，但不使話題結束而說到，最近的出生率降低並非不可思議的現象，而是不結婚的女性增加了的必然現象。g句是、「這是洗髮精。那個和這個很相似也許會與洗髮精弄錯，不是洗髮精而是潤絲精」的意思。h句是「日本文化以前就爲人所知，但不被重視，可是現在被重視了」的意思。i句和j句是終助詞的用法。i句是秘書或接待的人對來見社長的人所說的話。這裡的「が」爲逆接的理由是，本來是對社長所說要說的事情因社長不在，所以不能實現。但是，因社長不在，所以秘書或接待人聽取其事的意思。j句是「那種事沒聽說。沒聽說，所以不應該有那種事」爲前提在說話者的腦中出現。但是、「現在你說了那件事，實際上也許有那回事，說不定是我聽漏了」的逆接。

又、一個句子之中有時也有兩個「が」的場合。

a. 出席しようが欠席しようが君の自由だ。（要出席或要缺席，是你的自由。）

に反して「徐さんの方が好きだ」と言っているのです。f文も「最近出生率が低下しています」で文が終わると、「不思議だな」という話になってしまいますが、文を終わらせないことによって、最近の出生率低下は不思議な現象ではなく、結婚しない女性が増えていることによる必然的な現象だ、と言っているのです。g文は、「こちらはシャンプーです。そちらはこちらと似ているからシャンプーと間違えるかもしれませんが、シャンプーではなく、リンスです」という意味です。h文は、「日本文化は昔から知られていたが、重要視されていなかった。しかし、今は重要視されるようになった」の意味です。i文とj文は終助詞的な用法です。i文は、社長に面会に来た人に対して社長の秘書か受付が言う言葉です。この「が」が逆接だという理由は、本来なら社長に対して話す用件ですから、その人の用件は社長がいないと実現できないはずです。しかし、社長が不在だから、秘書または受付が用件を聞きます、ということを表しているからです。j文は、「そういう話は聞いていません。聞いていないからそんな話はないはずです」という前提が話者の頭の中にあります。しかし、「今あなたがそういう話をするのは、実際にはそういう話があったけれど、私が聞き漏らしたのかもしれない」という逆接です。

また、一文中に「が」が二つある場合もあります。

a．出席しようが｜欠席しようが｜君の自由だ。

b. 雨が降ろうが嵐が吹こうが突き進む。(不管是下雨或刮暴風，要頂著奮勇前進。)

c. 結果が良かろうが悪かろうが、出場することに意義がある。(不論結果是好是壞，出場了就有意義。)

d. いくら殴られようが蹴られようが、あの選手はびくともしない。(再怎麼被打或被踢，那個選手卻無動於衷。)

e. あの社長は飾り物だ。いようがいまいが会社の運営に影響がない。(那個社長是個修飾品。在與不在，對公司的經營沒有影響。)

前者的「が」因是很明顯地是相反的比較，所以帶有對比的樣態，而後者的「が」是由前項當然可預想的結果，但卻敘述出相反的結果，所以是逆接。

§2「が」和「のに」

「が」和「のに」的不同如下：

が　　常識性內容的逆接

のに　非常識性內容的逆接

以「が」逆接的是表示一般常識之內容，而「のに」是與一般常識相反內容的逆接。例如：

b. 雨が降ろうが嵐が吹こうが突き進む。

c. 結果が良かろうが悪かろうが、出場することに意義がある。

d. いくら殴られようが蹴られようが、あの選手はびくともしない。

e. あの社長は飾り物だ。いようがいまいが会社の運営に影響がない。

最初の「が」ははっきり相反するものを比べていますから、対比の様相を帯びていますが、後の「が」は前件から当然予想される結果に対して、逆の結果を述べていますから逆接です。

§2「が」と「のに」

「が」と「のに」の違いは次の通りです。

が　　常識的な内容の逆接

のに　非常識な内容の逆接

「が」で表す逆接は内容が常識的なことであるのに対し、「のに」は非常識な内容の逆接です。例えば、

a. 仕事はきついが給料は高い。（工作很辛苦，但薪水很高。）
b. 仕事はきついが給料は安い。（錯誤）
c. 仕事はきついのに給料は高い。（錯誤）
d. 仕事はきついのに給料は安い。（工作很辛苦，薪水卻很低。）

常識上，「工作很辛苦」與「薪水很高」成正比。工作辛苦的話當然薪水必須高。這是固定的社會常識。「が」的逆接是基於這種常識。也就是，a句是「工作很辛苦也許很累，當然薪水很高，所以雖然很辛苦，但有工作的價值」的意思。因此，如b句反常識性內容的句子裡不能使用「が」。可是，「のに」的逆接是與常識相反的，表示不管工作多辛苦，薪水很低。因此，如d句的非常識性內容的句子可使用「のに」，但不能使用像c句的常識性內容的句子。

a. このカバンは古いが長年愛着してきたものだ。（這個皮包雖然舊了，但這是我長年愛用的東西。）
b. このカバンは古いのに長年愛着してきたものだ。（錯誤）
c. このパソコンは性能はいいが買えない。（這臺個人電腦性能很好，但我買不起。）

a. 仕事はきついが給料は高い。
b. 仕事はきついが給料は安い。（誤文）
c. 仕事はきついのに給料は高い。（誤文）
d. 仕事はきついのに給料は安い。

常識的に「仕事がきついこと」と「給料が高いこと」は正比例します。仕事がきついなら当然給料は高くなければなりません。このことは社会常識として固定されています。「が」の逆接はそういう常識に基づいています。つまり、a文は「仕事がきついから苦しいかもしれないが、当然給料が高いから苦しくても仕事をする価値がある」という意味なのです。ですから、b文のような反常識的な内容に文には「が」を使えません。しかし、「のに」の逆接はそういう常識に反して、仕事がきついにもかかわらず、給料が安いことを表しています。ですから、d文のような非常識な内容の文には「のに」は使えても、c文のような常識的な内容の文には使えないのです。

a. このカバンは古いが長年愛着してきたものだ。
b. このカバンは古いのに長年愛着してきたものだ。（誤文）
c. このパソコンは性能はいいが買えない。

d. このパソコンは性能はいいのに買えない。（錯誤）

e. 実験の第一段階は成功したが、第二段階はもっと難しくなる。（實驗的第一階段成功了，但第二階段更困難。）

f. 実験の第一段階は成功したのに、第二段階はもっと難しくなる。（錯誤）

g. このケーキは小さいが食べやすい。（這個蛋糕小，但是容易吃。）

h. このケーキは小さいのに食べやすい。（錯誤）

i. 彼は太っているが背は高い。（他很胖，但是個子高。）

j. 彼は太っているのに背が高い。（錯誤）

另一方面，前項和後項成正比，「が」和「のに」均可使用。這場合，「のに」不表示不滿。

a. 兄はまじめだが、弟は不良だ。（哥哥很認真，但是弟弟品性不端。）

b. 兄はまじめなのに、弟は不良だ。（哥哥很認真，弟弟卻品性不端。）

c. 顔色はあまりよくないが、元気に働いている。（臉色不太好，但很有精神地工作。）

d. 顔色はあまりよくないのに、元気に働いている。（臉色不太好，卻很有精神地工作。）

e. あの夫婦はとても仲がよさそうだったが、突然離婚した。（那對夫婦看起來感情很好，但是突然離婚了。）

f. あの夫婦はとても仲がよさそうだったのに、突然離婚した。（那對夫婦看起來感情很好，卻突然離婚了。）

d．このパソコンは性能はいいのに買えない。（誤文）
e．実験の第一段階は成功したが、第二段階はもっと難しくなる。
f．実験の第一段階は成功したのに、第二段階はもっと難しくなる。（誤文）
g．このケーキは小さいが食べやすい。
h．このケーキは小さいのに食べやすい。（誤文）
i．彼は太っているが背は高い。
j．彼は太っているのに背が高い。（誤文）

一方、前件と後件が比例することが社会的に認められていない場合、「が」も「のに」も使えます。この場合、「のに」は不満を表しません。

a．兄はまじめだが、弟は不良だ。
b．兄はまじめなのに、弟は不良だ。
c．顔色はあまりよくないが、元気に働いている。
d．顔色はあまりよくないのに、元気に働いている。
e．あの夫婦はとても仲がよさそうだったが、突然離婚した。
f．あの夫婦はとても仲がよさそうだったのに、突然離婚した。

g. 自動車事故でみんなが重症を負ったが、彼だけは無傷だった。(在車禍中大家都負了重傷，但只有他沒事。)

h. 自動車事故でみんなが重症を負ったのに、彼だけは無傷だった。(在車禍中大家都負了重傷，卻只有他沒事。)

i. 以前この山ではたくさんの山菜が採れたが、今ではほとんど採れなくなってしまった。(以前這座山可以採到很多的野菜，但現在幾乎採不到了。)

j. 以前この山ではたくさんの山菜が採れたのに、今ではほとんど採れなくなってしまった。(以前這座山可以採到很多的野菜，現在卻幾乎採不到了。)

又、「のに」在後項不能表示意志・命令。

a. 雨が降っているが出掛けよう。(雖然下著雨，還是走吧。)

b. 雨が降っているのに出掛けよう。(錯誤)

c. 眠いがもう少し勉強しよう。(想睡了，但稍再學習一下吧。)

d. 眠いのにもう少し勉強しよう。(錯誤)

e. 一応、社内恋愛はご法度だがやってしまえ。(大體上、公司內是禁止戀愛的、但不管它了。)

f. 一応、社内恋愛はご法度なのにやってしまえ。(錯誤)

g. 燃料は不足しているが、このまま突っ走れ。(燃料不夠，但就這樣猛跑吧。)

h. 燃料は不足しているのに、このまま突っ走れ。(錯誤)

g. 自動車事故でみんなが重症を負ったが、彼だけは無傷だった。
h. 自動車事故でみんなが重症を負ったのに、彼だけは無傷だった。
i. 以前この山ではたくさんの山菜が採れたが、今ではほとんど採れなくなってしまった。
j. 以前この山ではたくさんの山菜が採れたのに、今ではほとんど採れなくなってしまった。

また、「のに」は後件に意志・命令を表すことができません。

a. 雨が降っているが出掛けよう。
b. 雨が降っているのに出掛けよう。（誤文）
c. 眠いがもう少し勉強しよう。
d. 眠いのにもう少し勉強しよう。（誤文）
e. 一応、社内恋愛はご法度だがやってしまえ。
f. 一応、社内恋愛はご法度なのにやってしまえ。（誤文）
g. 燃料は不足しているが、このまま突っ走れ。
h. 燃料は不足しているのに、このまま突っ走れ。（誤文）

§3「けれど」と「ながら」

§3 「けれど」和「ながら」

「けれど」和「ながら」相似，在大部份的場合裡可以替換。「ながら」表示並列與逆接兩方面，但一般，「ながら」的前項爲狀態性的事項時是逆接，動作性的事項時是同時進行。例如：接於補助動詞「いる」的連用形「い」或形容動詞的語幹時表示逆接。

a. テレビを見ながらご飯を食べた。（一面看電視，一面吃飯。）

b. テレビを見ていながら見ていないと嘘をついた。（看電視了，卻謊說沒看。）

c. 上腕部に僅かながら出血が認められる。（手臂處雖然僅一點，但可看出是出血。）

a句的「ながら」是接於動詞「見る」的連用形，表示「看電視的事」和「吃飯的事」同時進行。b句的「ながら」是接於補助動詞「いる」的連用形，所以表示「テレビを見ること（看電視的事）」已經完了。這個「ながら」是逆接。c句也是因接於形容動詞的語幹，所以是逆接。

區別「けれど」和「ながら」，其大體上的基準如下：

けれど　將相反的事項並列

ながら　認爲前項的事態爲不好的

「けれど」は「が」と似ており、ほとんどの場合、置き換えできます。「ながら」は並列と逆接の両方を表しますが、一般には、「ながら」の前件が状態的なことなら同時進行になります。例えば、補助動詞「いる」の連用形「い」や形容動詞語幹に接続する時は逆接を表します。

a．テレビを見<u>ながら</u>ご飯を食べた。

b．テレビを見てい<u>ながら</u>見ていないと嘘をついた。

c．上腕部に僅か<u>ながら</u>出血が認められる。

a文の「ながら」は動詞「見る」の連用形に付いており、「テレビを見ること」と「ご飯を食べること」が同時に進行したことを示します。b文の「ながら」は補助動詞「いる」の連用形に接続していますので、「テレビを見ること」が既に完了していることを表しています。この「ながら」は逆接です。c文も形容動詞語幹に接続していますので、逆接です。

さて、「けれど」と「ながら」を区別する目安は次の通りです。

けれど　相反する事態を並列する

ながら　前件の事態を悪いことと認識する

「けれど」只是相反之事項的並列而已，與好壞之評價無關。即使是表示評價，那不是「けれど」構文的問題，而是前後配置的語句在意思上問題。例如：

a. このボクサーは小柄だけれど強い。（這個拳擊手體格小但很強。）

b. このボクサーは小柄ながら強い。（這個拳擊手體格小卻很強。）

「體格小」「強」的評價是在語句意思上的問題。「けれど」和「強いけれど小柄だ（強但體格小）」一樣，哪一項爲前項都無所謂。這表示「けれど」與評價並無關係。可是，「ながら」則必須「體格小」爲前項，不能說成「強いながら小柄だ（很強卻體格小）」。這是也許是在文法上「強」的形容詞不易接「ながら」的接續助詞，如在文法上作易接續的安排。將其換成「強打者ながら『強打者卻』」也是不合理。

雖說是不好的事項的認識，這並不是前項的是不好之意的語句的意思。即使是好的意思的語句，說話者將其認爲是不好之意的意思。例如：

a. 彼は金持ちであるけれどすごいドケチだ。（他是有錢人，但非常吝嗇。）

「けれど」は単に相反することを並列するだけで、良い悪いという評価とは無関係です。仮に評価を表すことがあっても、それは「けれど」構文の問題ではなく、前後に配置する語句の意味の問題です。例えば、

a．このボクサーは小柄だけれど強い。

b．このボクサーは小柄ながら強い。

「小柄」「強い」という評価は、語句の意味上の問題です。「けれど」は、「強いけれど小柄だ」のように、どちらを前件にしてもかまいません。これは、「けれど」は評価とは無関係であることを示しています。しかし、「ながら」は必ず「小柄」を前件にしなければならず、「強いながら小柄だ」と言うことはできません。これは、「強い」という形容詞と「ながら」という接続詞が文法的に接続しにくいからのように見えますが、文法的に接続しやすいように操作して、「強打者ながら」と言い換えてもやはり無理があります。

悪いことと認識している、と言っても、前件に来るのが悪い意味の語句だという意味ではなく、たとえ良い意味の語句であっても、話者がそれを悪いと認識している、という意味です。例えば、

a．彼は金持ちであるけれどすごいドケチだ。

b. 彼は金持ちでありながらすごいドケチだ。(他是有錢人，卻非常吝嗇。)

c. あの先生は学識博大だけれど社会常識がまるでない。(那個老師學識很豐富，但完全沒有社會常識。)

d. あの先生は学識博大でありながら社会常識がまるでない。(那個老師學識很豐富，卻完全沒有社會常識。)

e. 彼女は若い身だけれど中々の物知りだ。(她年紀輕輕的，但知識淵博。)

f. 彼女は若い身でありながら中々の物知りだ。(她年紀輕輕的，卻知識淵博。)

a句首先對「有錢人的事」褒獎。但是b句的說話者含有「有錢人的話，在金錢方面是很充裕的，卻不像有錢人的樣子」的責難意味。c句、d句是同樣的。e句、f句的「年紀輕輕」之語已經是經驗少的意思，所以這句在開頭是不太好的意思。

「ながら」經常接「も」而成「ながらも」，在意思上稍微強調「ながら」。

a. 不愉快に思うけれど我慢します。(覺得不愉快，但我忍耐。)

b. 不愉快に思いながらも我慢します。(感覺到不愉快，然而我卻忍耐。)

c. 短かったけれど充実した高校生活だった。(雖然是短暫的，但是很充實的高中生活。)

d. 短いながらも充実した高校生活だった。(雖然是短暫的，然而卻是很充實的高中生活。)

b．彼は金持ちでありながらすごいドケチだ。
c．あの先生は学識博大だけれど社会常識がまるでない。
d．あの先生は学識博大でありながら社会常識がまるでない。
e．彼女は若い身だけれど中々の物知りだ。
f．彼女は若い身でありながら中々の物知りだ。

a文は、「金持ちであること」を一応は褒めています。b文では、話者は「金持ちならお金の余裕があるはずなのに、彼は金持ちらしくない」と、非難の意味を込めて言っているのです。c文、d文も同様です。e文、f文は「若い身」という言葉が既に経験が少ないことを意味していますので、これは初めからあまりよくない意味です。

「ながら」にはよく「も」が付いて、「ながらも」にすることがありますが、意味は「ながら」を少し強調したものです。

a．不愉快に思うけれど我慢します。
b．不愉快に思いながらも我慢します。
c．短かったけれど充実した高校生活だった。
d．短いながらも充実した高校生活だった。

e. 狭いけれど楽しい我が家。（雖然很小，但是快樂的我們家。）

f. 狭いながらも楽しい我が家。（雖然很小，然而卻是很快樂的我們家。）

g. 私は彼の皮肉に気づいていたけれど気がつかない振りをした。（我察覺到他的諷刺，但裝作不知道。）

h. 私は彼の皮肉に気づいていながらも気がつかない振りをした。（我察覺到他的諷刺，然而卻裝作不知道。）

i. 川の水はまだ冷たいけれど春の足音が聞こえて来た。（河裡的水還很冷，但已經聽到春天的腳步聲了。）

j. 川の水はまだ冷たいながらも春の足音が聞こえて来た。（河裡的水還很冷，然而卻已經聽到春天的腳步聲了。）

§4 「ところが」和「ところで」

「ところが」和「ところで」是外國人最容易用錯的語句之一。那是兩語在外表上非常相似，和日本人獨特的微妙的表現有關係吧？這兩句的構造如下：

前項	ところが ところで	後項
↑		↑
評價的對象		評價的內容

e. 狭いけれど楽しい我が家。
f. 狭いながらも楽しい我が家。
g. 私は彼の皮肉に気づいていたけれど気がつかない振りをした。
h. 私は彼の皮肉に気づいていながらも気がつかない振りをした。
i. 川の水はまだ冷たいけれど春の足音が聞こえて来た。
j. 川の水はまだ冷たいながらも春の足音が聞こえて来た。

§4「ところが」と「ところで」

「ところが」と「ところで」は外国人の方々が最も誤用しやすい語句の一つです。それは両方が外見上はよく似ていることと、日本人独特の微妙な表現とも関係があるためでしょう。この両句の構造は次のようになっています。

前件		後件
↓	ところが	↓
評価の対象	ところで	評価の内容

也就是、前項爲被評價的對象，後項其評價的內容。同樣的此二者、對於前項、後項是爲其評價的構造。「ところが」和「ところで」的不同是，這個評價的方法不同。有如何的不同，現將其明列於後。

ところが　　後項爲偶然發生的結果　　　　後項是タ形
ところで　　後項前項的預測・期待有相反的結果　　後項是スル形

「ところが」因是偶然發生的結果，有好的結果也有壞的結果。「ところで」壞的結果較多，但只是與預想的相反而已，不一定是不好的結果。又、「ところが」因表示實際上已實行之事項，所以後項爲タ形。「ところで」實際上並未實行，只不過是在腦中預想之結果的事項，所以後項是スル形。例如：

a. 新事業を始めたところが、案外うまくいった。(開始了新事業，意想不到居然做得不錯。)
b. 新事業を始めたところで、案外うまくいった。(錯誤)
c. この家は頑丈だから、どんな超大型台風が来たところが大丈夫だよ。(錯誤)
d. この家は頑丈だから、どんな超大型台風が来たところで大丈夫だよ。(這個房子很堅固，即使是再大的超強級颱風，也沒關係。)

つまり、前件が評価される対象で、後件がその評価内容なのです。共に、前件に対して後件がその評価を下す、という構造になっています。「ところが」と「ところで」の違いは、この評価の仕方の違いです。それはどのように違うかと言いますと、

ところが　後件が偶然生じた結果　後件はタ形
ところで　後件が前件の予測・期待に反する結果　後件はスル形

「ところが」は偶然生じた結果ですから、良い結果であることも悪い結果であることもあります。「ところで」は悪い結果の方が多いですが、予想に反しているだけで、必ずしも悪い結果とは限りません。また、「ところが」は実際に実行したことを表しますので、後件はタ形です。「ところで」は実際に実行しない、言わば頭の中で結果を予想したものですから、後件はスル形になります。例えば、

a. 新事業を始めたところが、案外うまくいった。
b. 新事業を始めたところで、案外うまくいった。（誤文）
c. この家は頑丈だから、どんな超大型台風が来たところが大丈夫だよ。（誤文）
d. この家は頑丈だから、どんな超大型台風が来たところで大丈夫だよ。

e．彼を騙そうとしたところが、逆に彼に騙された。（想騙他，居然反而被他騙了。）

f．彼を騙そうとしたところで、逆に彼にだまされるだけだよ。（即使你想騙他，你反而只會受他的騙的。）

先從a句和b句檢討。前項「開始了新事業」和後項「意想不到居然做得不錯」是偶然的關係。a句、前項是對「開始新事業」的評價對象，在後項下了「意想不到做得好」的評價。b句因「ところで」是表示與預想的相反的事項，所以後項必須表示失敗的事項。因此、b句是錯誤的。關於c句、d句對於「颱風來的事」，「沒關係」的評價是逆接關係。一般、超級颱風來了的話，房屋會受到損傷，但因與其預想相反地說「沒關係」，所以後項是表示好的評價，不是順接。這不是說實際上超級颱風的來臨與否，而是說觀念之領域的事。因此、c句是錯誤的。e句、f句是、「騙他的事」和「相反的被他騙的事」爲逆接關係。e句是實際上騙他的事，但f句是即使騙他的意思。這是已經實行完了的事與觀念領域的不同，兩者均爲正確。

a．秋刀魚の肝を食べてみたところが、とても苦かった。（吃了秋刀魚的肝，居然非常苦。）

e．彼を騙そうとしたところが、逆に彼に騙された。

f．彼を騙そうとしたところで、逆に彼に騙されるだけだよ。

a文とb文から見て行きます。前件「新事業を始めたこと」と後件「案外うまくいった」は、偶然の関係にあります。a文は、前件の「新事業を始めた」という評価対象に対して、後件は「案外うまくいった」という評価を下しています。b文は、「ところで」が予想に反することを表しますから、後件は失敗したことを表さなければなりません。従って、b文は誤文になります。c文、d文に関しては、「台風が来ること」に対して、「大丈夫だよ」という評価は逆接の関係にあります。普通、超大型台風が来たら家は損傷を受けるはずですが、その予想に反して「大丈夫だよ」と言っているのですから、後件はよい評価を表していますが、順接ではありません。これは実際に超大型台風が来たかどうかと言っているのではなく、観念の領域で語っているのです。従って、c文は誤文になります。e文、f文は、「彼を騙そうとすること」と「逆に彼に騙されること」は逆接の関係です。e文は実際に彼を騙そうとしましたが、f文はたとえ騙そうとしても、という意味です。実行済みと観念領域の違いはありますが、どちらも正しい文です。

a．秋刀魚の肝を食べてみたところが、とても苦かった。

b. 秋刀魚の肝を食べてみたところで、とても苦かった。(錯誤)

c. 埋蔵金を発掘しようとしたところが、本当に見つかった。(想挖掘埋藏金，居然真的發現了。)

d. 埋蔵金を発掘しようとしたところで、本当に見つかった。(錯誤)

e. 埋蔵金を発掘しようとしたところで、本当に見つかるわけがない。(即使要挖掘埋藏金，不會真的發現的。)

f. 彼に会社を任せたところが、たちまち倒産させてしまった。(把公司委託了他，居然馬上破產了。)

g. 彼に会社を任せたところで、たちまち倒産させてしまった。(錯誤)

h. 久しぶりに恩師のお宅を訪ねたところが、あいにく留守だった。(隔了好久去恩師的府上拜訪，居然不巧他不在家。)

i. 久しぶりに恩師のお宅を訪ねたところで、あいにく留守だった。(錯誤)

j. ゴールを狙ってボールを蹴ったところが、観客席に飛び込んでしまった。(瞄準球門一踢，居然飛到觀眾席了。)

k. ゴールを狙ってボールを蹴ったところで、観客席に飛び込んでしまった。(錯誤)

以上的例句、因是敘述實際上實行的結果，所以不能使用「ところで」。但是、

a. 彼はどんなに練習したところが上達しそうにない。(錯誤)

b. 彼はどんなに練習したところで上達しそうにない。(即使他怎麼練習，也不會進步的。)

c. いくら釈明してみたところが分かってもらえそうにない。(錯誤)

b. 秋刀魚の肝を食べてみたところで、とても苦かった。(誤文)

c. 埋蔵金を発掘しようとしたところが、本当に見つかった。

d. 埋蔵金を発掘しようとしたところで、本当に見つかった。(誤文)

e. 埋蔵金を発掘しようとしたところで、本当に見つかるわけがない。

f. 彼に会社を任せたところが、たちまち倒産させてしまった。

g. 彼に会社を任せたところで、たちまち倒産させてしまった。(誤文)

h. 久しぶりに恩師のお宅を訪ねたところが、あいにく留守だった。

i. 久しぶりに恩師のお宅を訪ねたところで、あいにく留守だった。(誤文)

j. ゴールを狙ってボールを蹴ったところが、観客席に飛び込んでしまった。

k. ゴールを狙ってボールを蹴ったところで、観客席に飛び込んでしまった。(誤文)

以上の例文は、実際に実行して、その結果を述べたものですから、「ところで」は使えません。しかし、

a. 彼はどんなに練習したところが上達しそうにない。(誤文)

b. 彼はどんなに練習したところで上達しそうにない。

c. いくら釈明してみたところが分かってもらえそうにない。(誤文)

d. いくら釈明してみたところで分かってもらえそうにない。（看様子即使怎麼試著解釋也不會理解的。）

e. 呼んでみたところが誰もいないよ。（錯誤）

f. 呼んでみたところで誰もいないよ。（即使叫了，誰也不在的。）

g. 口先でいくら偉そうなことを言ったところが、悪いことばかりやっていたら誰も信用しない。（錯誤）

h. 口先でいくら偉そうなことを言ったところで、悪いことばかりやっていたら誰も信用しない。（即使嘴上說得再怎麼了不起，光是做壞事的話誰也不會相信的。）

i. 英語を読めたところが話せるとは限らない。（錯誤）

j. 英語を読めたところで話せるとは限らない。（即使看懂英文，不一定會說。）

這些並非實際上實行的事，而是說到觀念的領域，所以不能使用「ところが」。

又，「ところで」的後項有時爲タ形，但這是「ところ」和「で」非一體化的場合。「正好是那時」的意思。

a. 寝ようと思ったところで彼から電話がかかって来た。（正想睡的時候，他來了電話。）

b. 計画が暗礁に乗り上げたところで、一旦凍結せよと言う意見が出た。（計劃正觸上暗礁的時候，有人提出了姑且冷凍一下的意見。）

c. ゴールに入ろうとしたところで転んでしまった。（正要到達終點的時候跌倒了。）

d．いくら釈明してみたところで分かってもらえそうにない。
e．呼んでみたところが誰もいないよ。（誤文）
f．呼んでみたところで誰もいないよ。
g．口先でいくら偉そうなことを言ったところが、悪いことばかりやっていたら誰も信用しない。（誤文）
h．口先でいくら偉そうなことを言ったところで、悪いことばかりやっていたら誰も信用しない。
i．英語を読めたところが話せるとは限らない。（誤文）
j．英語を読めたところで話せるとは限らない。

これらは、実際に実行したのではなく、観念の領域で語っていますから、「ところが」は使えません。

また、「ところで」は後件が夕形になることもありますが、これは「ところ」と「で」が一体化していない場合です。「丁度その時」という意味です。

a．寝ようと思ったところで彼から電話がかかって来た。
b．計画が暗礁に乗り上げたところで、一旦凍結せよと言う意見が出た。
c．ゴールに入ろうとしたところで転んでしまった。

d. 途中までやったところで挫折してしまった。(正好做到中途的時候，遭了挫折了。)

e. 出掛けようとしたところで雨が降り出した。(正好要出門的時候，下起雨來了。)

§5 「ても」和「のに」

「ても」和「のに」都表示逆接，但「ても」用於假定條件，「のに」用於確定條件。這些從意思上來分別的話，就如下所示。

ても　表示無益處之類的逆接
のに　表示非常識性內容的逆接

因「のに」表示非常識性內容，所以後項爲對其表示不平・不滿等事項。「ても」相當於中文的「即使」，所以前項爲表示無益等事項。亦即、

a. 殺されても契約を取って来ます。(即使被殺，我也要取契約來的。)

b. 殺されるのに契約を取って来ます。(錯誤)

前項的「被殺」是表示對後項的「取契約來」來說，無任何障礙之事項。

d．途中までやったところで挫折してしまった。
e．出掛けようとしたところで雨が降り出した。

§5「ても」と「のに」

「ても」と「のに」は共に逆接を表しますが、「ても」は仮定条件に用いられ、「のに」は確定条件に用いられます。これらを意味の面から分類すると、次のようになります。

ても　役に立たない、という逆接
のに　非常識な内容の逆接

「のに」は非常識な内容ですから、後件はそれに対する不平・不満・驚きなどを表します。「ても」は中国語の「即使」に相当するもので、前件の事態が役に立たないことを表します。つまり、

a．殺されても契約を取って来ます。
b．殺されるのに契約を取って来ます。（誤文）

前件「殺される」は、後件「契約を取ること」にとって、何の障害にもならないことを示しています。他にも、

a. そんなものを見てもつまらないだけだよ。(即使看了那種東西，也只覺得沒趣而已。)
b. そんなものを見たのにつまらないだけだよ。(錯誤)
c. いくら頼まれても出来ないことは出来ない。(即使你再怎麼樣地懇求，不能就是不能。)
d. いくら頼まれたのに出来ないことは出来ない。(錯誤)
e. 彼女はどんな困難に遭っても挫けない人だ。(她是再怎麼碰到困難，也不氣餒的人。)
f. 彼女はどんな困難に遭ったのに挫けない人だ。(錯誤)
g. 嘘をついてこの場をごまかしても後でひどい目に会うよ。(即使在此用謊言來掩飾，以後總會遭到不好的局面的。)
h. 嘘をついてこの場をごまかしたのに後でひどい目に会うよ。(錯誤)
i. あいつの馬鹿は死んでも直らない。(那傢伙笨得死了也好不了。)
j. あいつの馬鹿は死んだのに直らない。(錯誤)
k. 腐っても鯛。(即使腐臭了，總還是鯛魚。)
l. 腐ったのに鯛。(錯誤)

a句是「看了那種東西」總歸是浪費時間的意思，c句是表示「拼命地懇求的事」不能變更說話者的行動。e句是「遇到困難的事項」也不會對當事者的心志有任何的影響，g句是，那樣地以謊言來逃避，只會遭來身敗名裂的意思。i句以「死的事」表示那傢伙的笨程度是好不了的句子，k句的腐臭的事不使鯛魚的價值下降，

a. そんなものを見てもつまらないだけだよ。
b. そんなものを見たのにつまらないだけだよ。(誤文)
c. いくら頼まれても出来ないことは出来ない。
d. いくら頼まれたのに出来ないことは出来ない。(誤文)
e. 彼女はどんな困難に遭っても挫けない人だ。
f. 彼女はどんな困難に遭ったのに挫けない人だ。(誤文)
g. 嘘をついてこの場をごまかしても後でひどい目に会うよ。
h. 嘘をついてこの場をごまかしたのに後でひどい目に会うよ。(誤文)
i. あいつの馬鹿は死んでも直らない。
j. あいつの馬鹿は死んだのに直らない。(誤文)
k. 腐っても鯛。
l. 腐ったのに鯛。(誤文)

a文は「そんなものを見ること」が結局時間の無駄だという意味であり、c文は「一生懸命頼むこと」が、話者の行動を変えることが出来ないことを表しています。e文は「困難に遭ったこと」が、当人の心に何の影響も与えていないということであり、g文は、その場逃れの嘘

也就是說，即使腐臭了，它還是高級魚的意思。像這些意思都不能使用「のに」。一方面、也有不能使用「ても」的場合。

a. 彼は苦労して大学に入っても、入学した途端、少しも勉強しなくなった。(錯誤)

b. 彼は苦労して大学に入ったのに、入学した途端、少しも勉強しなくなった。(他很辛苦地考入大學，一進入大學，卻一點也不用功。)

c. せっかくお土産を持って来ても、誰も喜んでくれなかった。(錯誤)

d. せっかくお土産を持って来たのに、誰も喜んでくれなかった。(特地帶來了土產，卻沒有一個人高興。)

e. あれほど禁酒を誓っても、彼はまた飲み始めた。(錯誤)

f. あれほど禁酒を誓ったのに、彼はまた飲み始めた。(那樣地發誓要戒酒，他卻又開始喝了起來。)

g. さっきまでここにいても、気がついたらいなくなっていた。(錯誤)

h. さっきまでここにいたのに、気がついたらいなくなっていた。(剛剛還在這兒的，等我發覺時，卻已經不在了。)

i. あの会社は契約を結んでも、すぐに破った。(錯誤)

j. あの会社は契約を結んだのに、すぐに破った。(那家公司才締結了契約，卻又馬上毀約了。)

は身の破滅をもたらすだけだ、という意味です。i文は「死ぬこと」はあいつの馬鹿さ加減を直す薬にはならないことを述べた文であり、k文は、腐ったことは、鯛の価値を下げるものではない、つまり、たとえ腐っても高級魚だ、という意味です。こういう意味は「のに」にはありません。

一方、「ても」が使えない場合もあります。

a. 彼は苦労して大学に入っても、入学した途端、少しも勉強しなくなった。（誤文）
b. 彼は苦労して大学に入ったのに、入学した途端、少しも勉強しなくなった。
c. せっかくお土産を持って来ても、誰も喜んでくれなかった。（誤文）
d. せっかくお土産を持って来たのに、誰も喜んでくれなかった。
e. あれほど禁酒を誓っても、彼はまた飲み始めた。（誤文）
f. あれほど禁酒を誓ったのに、彼はまた飲み始めた。
g. さっきまでここにいても、気がついたらいなくなっていた。（誤文）
h. さっきまでここにいたのに、気がついたらいなくなっていた。
i. あの会社は契約を結んでも、すぐに破った。（誤文）
j. あの会社は契約を結んだのに、すぐに破った。

這些句子不能使用「ても」是因爲確定條件句的緣故。確定條件是敘述已經發生的事項。因「ても」爲假定條件，所以不能表示已發生的事項。

但是、如下之場合、「ても」和「のに」均能使用。

a. ご馳走を作っても、お腹が痛いので食べられません。（即使做了好吃的菜，因肚子痛也不能吃。）
b. ご馳走を作ったのに、お腹が痛いので食べられません。（做了好吃的菜，卻因肚子痛不能吃。）
c. 彼は就職しても、まだ学生気分が抜けていない。（他雖然就了業，也還脫不了學生氣息。）
d. 彼は就職したのに、まだ学生気分が抜けていない。（他就了業，卻還脫不了學生氣息。）
e. 春になってもまだ寒い。（雖然到了春天，也還很冷。）
f. 春になったのにまだ寒い。（春天到了，卻還很冷。）
g. 迎えが来ていても、彼は帰ろうとしなかった。（雖然來接他了，他也不回去。）
h. 迎えが来ているのに、彼は帰ろうとしなかった。（來接他了，他卻不回去。）
i. 悪いことをしても平気な奴がいる。（居然有即使做了壞事，也不心虧的傢伙。）
j. 悪いことをしたのに平気な奴がいる。（居然有做了壞事，卻不心虧的傢伙。）

在這些例句之中，有些意思稍微不同。a句的「ても」表示假定，所以實際上並沒做好吃的菜。即使做了好吃的菜，今天也不能吃，所以不用做了的意思。b句的「のに」是確定條件，實際上好吃的菜已經做了，很遺

これらの例文に「ても」が使えないのは、確定条件の文だからです。確定条件は既に発生していることを語るものです。「ても」は仮定条件ですから、既に発生したことを語れないのです。

しかし、次のような場合は、「ても」も「のに」も使えます。

a．ご馳走を作っても、お腹が痛いので食べられません。
b．ご馳走を作ったのに、お腹が痛いので食べられません。
c．彼は就職しても、まだ学生気分が抜けていない。
d．彼は就職したのに、まだ学生気分が抜けていない。
e．春になってもまだ寒い。
f．春になったのにまだ寒い。
g．迎えが来ていても、彼は帰ろうとしなかった。
h．迎えが来ているのに、彼は帰ろうとしなかった。
i．悪いことをしても平気な奴がいる。
j．悪いことをしたのに平気な奴がいる。

これらの例文の中には、少し意味が違うものがあります。a文は「ても」が仮定を表してい

憾地不能吃的意思。c句和d句的「のに」有稍強的責難意味，但大體上可以說是相同的。e句是表示「春天已經來到」，而f句敘述「月曆上應已漸漸到了春天了」，但是否真是春天卻不明顯。g句、h句也與c句、d句同樣，日常會話裡大致完全相同。i句表示「何とひどい奴がいるものだ（竟有這樣差勁的傢伙）」的責難。

（註）

（1）川端善明「接續和修飾 一有關『連用』的序說 一」（國語國文二十七卷五號 一九五八年）

ますから、実際にはご馳走を作っていません。たとえご馳走を作っても今日は食べられませんかから、作らなくてもいいです、という文意です。b文は「のに」が確定条件ですから、実際にご馳走を作ったのですが、残念ながら食べられなかった、という意味です。c文とd文は、「のに」の方がやや非難の気持ちが強いですが、ほとんど同じと言ってもかまいません。e文は、「春が既に来ていること」を表していますが、f文は「暦の上ではもうそろそろ春になっているはずだ」ということを述べていて、本当に春なのかどうか曖昧なところがあります。g文、h文もc文、d文と同様、日常会話ではほとんど同じです。i文は「こういう奴もこの世にいるのか」という驚きの気持ちを表していますが、j文は「何とひどい奴がいるものだ」という非難を表しています。

(註)

(1)川端善明「接続と修飾―『連用』についての序説―」(国語国文二十七巻五号 一九五八年)

第十二章　表示原因・理由的助詞

§1「で」和「から」

「で」除了表示原因・理由以外，還表示道具或手段・方法。因這些很容易混淆，所以先說明其相異之處。其實這些並非完全不同，而是連續的。外國人經常問「電車で」的「電車」是道具還是手段，但是道具是以手來使用的，所以「電車」不為道具。「で」可接物與事兩方面，接物的場合，其物為可用手使用的則為道具，如果不能則為手段。接事的場合如果為有意圖的事則為手段、方法，非意圖的話則為原因・理由。以圖示之，如下：

接物的場合	
可以手使用	不能以手使用
道具	手段・方法

接事的場合	
有意圖的之事	非意圖之事
手段・方法	原因・理由

第十二章　原因・理由を表す助詞

§1「で」と「から」

「で」は原因・理由以外に、道具や手段・方法を表すことがあります。これらは混同しやすいので、先ずこの違いについて説明します。実はこれらは全く別のものではなく、寧ろ連続しているものなのです。よく外国人が「電車で」の「電車」は道具なのか手段なのかという質問をしますが、道具というのは手で持って使用するものです。ですから「電車」は道具になりません。「で」は物と事態の両方に付きますが、物に付いた場合、その物が手で持って使用出来るなら道具であり、出来ないなら手段になります。事態に付いた場合、意図的に行った事態なら手段・方法になり、意図的でなければ原因・理由になります。図にすると、次のようになります。

物に付いた場合		
	手で使える	手で使えない
	道具	手段・方法

事態に付いた場合		
	意図的事態	非意図的事態
	手段・方法	原因・理由

a. 彼は金槌で花瓶を粉々にした。（他用鐵鎚將花瓶打得粉碎。）→ 道具
b. 彼女は金魚を網ですくった。（她用網子撈金魚了。）→ 道具
c. 病気で学校を休みました。（因生病沒到學校上課。）→ 原因・理由
d. 病気で学校を休もう。（？）→ 手段・方法
e. 交通事故で会社を欠勤しました。（因車禍，沒到公司上班。）→ 原因・理由
f. 交通事故で会社を欠勤します。（以車禍爲由不到公司上班。）→ 手段・方法
g. 車でドライブに行った。（開車去兜風了。）→ 手段・方法
h. 車でドライブに行こう。（開車去兜風吧。）→ 手段・方法

a句、b句的「鐵鎚」「網」是道具。c句以下請注意述語的部份。c句的「休みました（休息←沒到學校上課）」只是敘述過去的事實，而不表示說話者的意思。這是原因・理由的「で」。一方面、d句的「休もう（休息吧）」是接表示動詞「休む（休息）」的意志助動詞「う」而成的。這述語很明顯地表示意志，所以是手段・方法的「で」。以日語來說多少是不自然的表現，但因其是以「生病」爲手段・方法不去上學，所以只能認爲是「假生病」。不是假生病，而是「生病」爲原因・理由，如要表示意志的「不去學校」的話，必須以下列句子表示。

a. 彼は金槌で花瓶を粉々にした。 → 道具
b. 彼女は金魚を網ですくった。 → 道具
c. 病気で学校を休みました。 → 原因・理由
d. 病気で学校を休もう。(?) → 手段・方法
e. 交通事故で会社を欠勤しました。 → 原因・理由
f. 交通事故で会社を欠勤します。 → 手段・方法
g. 車でドライブに行った。 → 手段・方法
h. 車でドライブに行こう。 → 手段・方法

a文、b文は「金槌」「網」が道具です。c文以下は述語部分に注目して下さい。c文の「休みました」は単に過去の事実を述べたものであり、話者の意志を表したものではありません。これは原因・理由の「で」です。一方、d文の「休もう」は動詞「休む」に意志を表す助動詞「う」が付いたものです。この述語は明らかに意志を表していますから、手段・方法の「で」です。日本語としては少し変な表現ですが、「病気」を手段・方法にして学校を休むのですから、これは仮病としか考えられません。もし、仮病ではなく、本当に「病気」が原因・理由で「学校を休もう」という意志を表すなら、次のように言わなければなりません。

a．病気だから学校を休もう。（因爲生病，所以不去學校。）

b．病気なので学校を休もう。（因爲生病，所以不去學校。）

那麼、其次說明重要的「で」與「から」的區別。前面也曾敘述過的，在接續關係中的原因・理由是屬於順接。在此必須先將原因・理由下定義。這是因爲「から」不被認爲是表示原因・理由的緣故。首先、比較原因・理由與結果看看，原因・理由一定存在於結果之前。結果不可能存在於原因・理由之前。因此、原因・理由與結果必須有時間性的繼起關係。其次、一般認爲「から」爲主觀原因，「ので」爲客觀原因。但並沒有所謂的「主觀原因」，所謂原因本來並不參與說話者的意志，在後項裡是不能有意志的參與。如果、說話者的意志發生了的話，那並非原因，而應稱爲「動機」或是「根據」。因此、「で」是表示原因・理由，而「から」則表示廣義的「起點」。可是所謂意思廣泛的起點也是很含糊的，所以再予以如下的說明。

で　表示一時的而且是直接的原因・理由

から　①表示行動的動機・判斷之根據

②表示事態的發生點（註1）

a. 病気だから学校を休もう。
b. 病気なので学校を休もう。

さて、肝心の「で」と「から」の区別に入ります。前章でも触れましたが、接続関係の中で原因・理由は順接に分類されます。ここで原因・理由について定義しておかなければなりません。というのは、「から」は原因・理由を示すものとは思えないからです。まず、原因・理由と結果を比べてみると、原因・理由は必ず結果よりも前に存在していなくてはなりません。結果よりも前に原因・理由が存在することはあり得ません。従って、原因・理由と結果は時間的継起関係になっていなければなりません。次に、「から」は主観的な原因、「ので」は客観的な原因と言われていますが、そもそも「主観的な原因」などというものがあるはずがありません。原因というのは本来話者の意志が関与していないものです。後件には意志が関与していてはいけません。もし、話者の意志で起こしたことなら、それは原因ではなく、「動機」または「根拠」と呼ぶべきものです。従って、「で」は原因・理由を表しますが、「から」は広い意味での「起点」を表す、と言わざるを得ません。但、広い意味での起点というのはあまりに漠然としていますので、次のように説明します。

で　一時的且つ直接的な原因・理由を示す
から　①行為の動機、判断の根拠を示す　②事態の発生点を示す（註1）

「事態的發生點」是所謂「間接的原因」。這是與所謂「で」為直接的原因相對而命名的，表示先發生小事，然後發展而成大的結果。

a. 風で戸が開いた。（因刮風而門開了。）
b. 風から戸が開いた。（錯誤）
c. 我が社は好景気でボーナスが上がった。（我們公司因景氣好而年終獎金提高了。）
d. 我が社は好景気からボーナスが上がった。（錯誤）
e. 雨で田畑が潤った。（因下雨而田地濕潤了。）
f. 雨から田畑が潤った。（錯誤）
g. 彼は職務怠慢でクビになった。（他因怠慢職守而被革職了。）
h. 彼は職務怠慢からクビになった。（錯誤）
i. 私は駐車違反で罰金を取られた。（我因違法停車而被罰款了。）
j. 私は駐車違反から罰金を取られた。（錯誤）

例如，「刮風」和「門開了」是直接的連結，所以使用「で」。「景氣好」和「獎金提高了」也是直接連結，這種直接連結不能使用「から」。可是，

「事態の発生点」は、「間接的原因」と言われるものです。これは「で」が直接的原因と言われることに対して、命名されたものですが、先ず小さいことが起こり、それが発展して大きな結果が生じたことを表します。

a. 風で戸が開いた。
b. 風から戸が開いた。（誤文）
c. 我が社は好景気でボーナスが上がった。
d. 我が社は好景気からボーナスが上がった。（誤文）
e. 雨で田畑が潤った。
f. 雨から田畑が潤った。（誤文）
g. 彼は職務怠慢でクビになった。
h. 彼は職務怠慢からクビになった。（誤文）
i. 私は駐車違反で罰金を取られた。
j. 私は駐車違反から罰金を取られた。（誤文）

例えば、「風（が吹いた）」と「戸が開いた」は直接に結び付きますから、「で」を使います。「好景気」と「ボーナスが上がった」も直接に結び付きます。こういう直接に結び付くものには「から」は使えま

a. 風邪で肺炎を併発した。(錯誤)
b. 風邪から肺炎を併発した。(因感冒併發肺炎了。)
c. 私はちょっとした思いつきで大発明をした。(錯誤)
d. 私はちょっとした思いつきから大発明をした。(我因爲偶然的靈感而有了大發明了。)
e. 彼は小さなヒントで大きな答えを得ることができる。(錯誤)
f. 彼は小さなヒントから大きな答えを得ることができる。(他因一點啓發而得到了大的答案了。)
g. あいつの口振りで嘘をついていると分かった。(錯誤)
h. あいつの口振りから嘘をついていると分かった。(由那傢伙的口吻知道是在說謊。)

a句的「感冒」和「併發了」不是直接的連結。因爲感冒的小病不一定馬上變成肺炎的重病。於此因爲是有發展性的,所以使用「から」。c句、d句也是被認爲「一般啓發」與「有大發明的事」之間有發展性。g句、h句的「那傢伙的口吻」是表示說話者判斷「說謊」的根據。

せん。しかし、

a. 風邪で肺炎を併発した。（誤文）

b. 風邪から肺炎を併発した。

c. 私はちょっとした思いつきで大発明をした。（誤文）

d. 私はちょっとした思いつきから大発明をした。

e. 彼は小さなヒントで大きな答えを得ることができる。（誤文）

f. 彼は小さなヒントから大きな答えを得ることができる。

g. あいつの口振りで嘘をついていると分かった。（誤文）

h. あいつの口振りから嘘をついていると分かった。

a文の「風邪」と「肺炎を併発した」は、直接結び付くものではありません。風邪という軽い病気で、直ちに肺炎という重病になるとは限らないからです。ここには発展性が認められますので、「から」を使います。c文、d文も「ちょっとした思いつき」と「大発明をしたこと」には発展性が認められます。g文、h文の「あいつの口振り」は「嘘をついている」という話者の判断の根拠を表しています。

「から」を使えない例文には、他にも次のようなものがあります。

a. 風邪で寝込んだ。(因感冒臥床不起。)
b. 風邪から寝込んだ。(錯誤)
c. 競馬で大儲けをした。(因賽馬賺了大錢。)
d. 競馬から大儲けをした。(錯誤)
e. 台風で送電がストップした。(因颱風停電了。)
f. 台風から送電がストップした。(錯誤)
g. 洪水で家が流された。(因洪水房屋被沖走了。)
h. 洪水から家が流された。(錯誤)

§2「ので」和「から」

「ので」與前項說明的「で」非常相近。此語的構造是「で」前接了準體助詞「の」。「ので」和「で」在意思上幾乎沒有不同,其區別也極爲簡單,所以沒有另闢一項說明的必要。因此、在此只作如下的敘述。

で　接於名詞

ので　接於用言

a. 風邪で寝込んだ。

b. 風邪から寝込んだ。（誤文）

c. 競馬で大儲けをした。

d. 競馬から大儲けをした。（誤文）

e. 台風で送電がストップした。

f. 台風から送電がストップした。（誤文）

g. 洪水で家が流された。

h. 洪水から家が流された。（誤文）

これらはいずれも直接に結び付く原因・理由だからです。

§2「ので」と「から」

「ので」は前項で説明した「で」に非常に近いものです。語構成的には「で」に準体助詞の「の」が付いたものです。ですから、「ので」と「で」は意味上ほとんど違いがなく、その区別も極めて簡単なので、特に一項を割いて説明する必要はないと思います。ですから、ここでは、

で　　名詞に接続

例如：

a. 雨で外出できない。（因下雨不能外出。）

b. 雨が降っているので外出できない。（因正在下雨不能外出。）

上面例句、在情報上所述的完全相同。

那麼、上述「ので」和「で」完全相同、「ので」和「から」的不同也完全與「で」和「から」的不同也完全與「で」和「から」的不一樣。這樣的話、可以說沒有理由特地闢一項來作解說，但複句有複句的趣旨，因此勉強在此說明。

ので　表示一時性的而且是直接的原因・理由

から　①表示行爲的動機・判斷之根據

　　　②表示事態的發生點

再稍加說明，因「ので」有表示自然現象・社會現象・生理現象的傾向，「から」是後項有表示意思・推量等的傾向。

ので　用言に接続

とだけ述べておきます。例えば、

a．雨で｜外出できない。

b．雨が降っているので｜外出できない。

という例文は、情報的には全く同じことを述べたものです。

さて、「ので」と「で」はほとんど同じ、と述べましたが、「ので」と「から」の違いも「で」と「から」の違いとほとんど同じなのです。それなら、わざわざ一項を割く理由がないように思えるかもしれませんが、複文には複文の趣がありますから、敢えて説明します。

ので　一時的且つ直接的な原因・理由を示す

から　①行為の動機、判断の根拠を示す

　　　②事態の発生点を示す

もう少し詳しく説明しますと、「ので」は自然現象、社会現象、生理現象などを表す傾向があり、「から」は後件に意志・推量などを表す傾向があります。

a. 地図を落としたので、道に迷ってしまいました。（因爲地圖掉了，所以迷路了。）

b. 地図を落としたから、道に迷ってしまいました。（?）

c. うっかりしていたので、名前を書き漏らしてしまいました。（因一時疏忽，漏寫名字了。）

d. うっかりしていたから、名前を書き漏らしてしまいました。（?）

e. 津波が発生したので、海は大荒れに荒れています。（因爲發生了海嘯，海上起了狂風暴浪。）

f. 津波が発生したから、海は大荒れに荒れています。（?）

g. 左記の住所に転居と致しましたので、ご通知申し上げます。（因遷往下列地址，特此通知。）

h. 左記の住所に転居いたしましたから、ご通知申し上げます。（?）

i. 私一人しかいないので、お出迎えには行けません。（因爲只有我一個人在，所以不能出去迎接。）

j. 私一人しかいないから、お出迎えには行けません。（?）

例如、a句、b句的「地圖掉了」是迷路直接的原因・理由，不是行爲的動機或判斷的根據。以下的例句是一様。這些例句都是前項爲後項的原因，不是説話者主觀的判斷，所以不易使用「ので」。

a. こんなもの要らないので返します。（?）

b. こんなもの要らないから返します。（這種東西不要了還你。）

a. 地図を落としたので、道に迷ってしまいました。
b. 地図を落としたから、道に迷ってしまいました。(?)
c. うっかりしていたので、名前を書き漏らしてしまいました。
d. うっかりしていたから、名前を書き漏らしてしまいました。(?)
e. 津波が発生したので、海は大荒れに荒れています。
f. 津波が発生したから、海は大荒れに荒れています。(?)
g. 左記の住所に転居と致しましたので、ご通知申し上げます。
h. 左記の住所に転居致しましたから、ご通知申し上げます。(?)
i. 私一人しかいないので、お出迎えには行けません。
j. 私一人しかいないから、お出迎えには行けません。(?)

例えば、a文、b文の「地図を落とした」は、道に迷ったことの直接的原因・理由であり、行為の動機や判断の根拠ではありません。以下の例文も同様です。これらの例文は、いずれも前件か後件の原因であって、話者が主観的に判定したものではないので、「ので」を使いにくいのです。

a. こんなもの要らないので返します。(?)
b. こんなもの要らないから返します。

c. 危ないのでここにいなさい。(?)

d. 危ないからここにいなさい。(危險所以待在這兒吧。)

e. 先生が論文を褒めたので、私は喜んだのです。(?)

f. 先生が論文をほめたから、私は喜んだのです。(因老師褒獎了論文，所以我很高興。)

g. あいつのことなので、どうせまた道草でも食っているのだろう。(?)

h. あいつのことだから、どうせまた道草でも食っているのだろう。(是那傢伙的事，反正又在路上閒逛了吧。)

i. せっかく横浜まで来たので、山下公園を見に行きましょう。(?)

j. せっかく横浜まで来たのだから、山下公園を見に行きましょう。(既然到橫濱來了，去山下公園看看吧。)

這次的例句表示行爲的動機或判斷的根據。「這種東西」或者「危險」等很明顯地是說話者判斷的根據。像這樣的句子使用「から」。雖然在本項如此地說明「から」和「ので」，但在日常會話裡混用的情形很多，日語學習者在會話上使用哪一種也都不會有大的錯誤和招致誤解。

§3 「で」和「に」

「で」和「に」爲表示原因・理由的場合，「で」可使用於自動詞也可使用於他動詞，而「に」只限使用於自

c. 危ないのでここにいなさい。(?)

d. 危ないからここにいなさい。

e. 先生が論文を褒めたので、私は喜んだのです。(?)

f. 先生が論文を褒めたから、私は喜んだのです。

g. あいつのことなので、どうせまた道草でも食っているのだろう。(?)

h. あいつのことだから、どうせまた道草でも食っているのだろう。

i. せっかく横浜まで来たので、山下公園を見に行きましょう。(?)

j. せっかく横浜まで来たのだから、山下公園を見に行きましょう。

今度の例文は行為の動機や判断の根拠を示しています。「こんなもの要らない」とか「危ない」などは明らかに話者の判断の根拠です。こういう文は「から」を使います。

但し、本項ではこのように「から」と「ので」を説明しましたが、日常会話では混同されている場合が多く、日本語学習者も会話ではどちらを使用しても大きな間違いはありませんし、誤解を招くこともありません。

§3「で」と「に」

「で」と「に」が原因・理由を表す場合、「で」は自動詞にも他動詞にも使えますが、「に」は自動詞

動詞。在本項只說明述語動詞爲自動詞的場合。有只能使用「で」的自動詞，也有只能使用「に」的自動詞，在此舉「で」和「に」均可使用的自動詞作說明。「で」和「に」的不同如下。

で　表示一時性的原因・理由

に　表示長期性的蓄積的原因・理由

a. 彼は病で倒れた。(他因病而倒下了。)

b. 彼は病に倒れた。(他因病而死了。)

這兩句的「で」和「に」都表示原因・理由，但意思不同。a句是表示「一時的生病而臥床的事」，而b句則有「長期地與病魔奮鬥的結果死亡」的意思。b句的「倒了」是「死了」的意思。

a. 仕事で疲れた。(因工作而累了。)

b. 仕事に疲れた。(因工作而疲勞了。)

a句也是表示一時的原因・理由，b句表示長期蓄積的疲勞。

に限られています。本項では、述語動詞が自動詞の場合だけを説明します。「で」しか使えない自動詞、「に」しか使えない自動詞もありますが、ここでは「で」も「に」も使える自動詞を取り上げます。「で」と「に」の違いは下の通りです。

で　一時的な原因・理由を示す

に　長期的に蓄積された原因・理由を示す

a．彼は病で倒れた。
b．彼は病に倒れた。

この文の「で」と「に」は共に原因・理由を表していますが、意味が違います。a文は「一時的に病気になって臥せったこと」を示していますが、b文には「長い闘病生活の果てに死んだ」という意味があります。b文の「倒れた」は「死んだ」という意味です。

a．仕事で疲れた。
b．仕事に疲れた。

a文も一時的な原因・理由を示しています。b文は、長期的に蓄積された疲労を表しています。

a. 仕事で疲れて自殺した。(錯誤)

b. 仕事に疲れて自殺した。(因工作積勞而自殺了。)

a句的錯誤是，一時性的勞累爲原因而自殺是很奇怪的。

a. 借金で苦しむ。(因欠債而苦惱。)

b. 借金に苦しむ。(因負債而苦惱。)

這個句子、也是「で」表示一時的原因・理由，「に」表示長期蓄積的原因・理由。因此、a句爲「現在負債」的意思，b句爲「長期負債」的意思。

又、表示災害的原因・理由的場合使用「で」。

a. 落雷で停電した。(因落雷而停電了。)

b. ストで混雑した。(因罷工而混亂。)

c. 火事で家が焼けた。(因火災房子被燒了。)

d. 土砂崩れで電車が一時ストップした。(因場方電車一時停了。)

e. 玉突き事故で三十台の自動車が衝突した。(因連環車禍、三十輛汽車相撞了。)

a. 仕事で疲れて自殺した。（誤文）
b. 仕事に疲れて自殺した。

a文が誤文なのは、一時的な疲れが原因で自殺するのはおかしいからです。

a. 借金で苦しむ。
b. 借金に苦しむ。

この文もやはり「で」は一時的な原因・理由を表し、「に」は長期的に蓄積された原因・理由を示しています。ですから、a文は「現在借金している」の意味になり、b文は「長い間借金苦です」という意味になります。

また、災害の原因・理由を表す場合は「で」を使用します。

a. 落雷で停電した。
b. ストで混雑した。
c. 火事で家が焼けた。
d. 土砂崩れで電車が一時ストップした。
e. 玉突き事故で三十台の自動車が衝突した。

f. 落盤でトンネルが埋まってしまった。（因塌方隧道被埋了。）

g. 海難事故で千人の命が失われた。（因航海事故、一千人喪生了。）

這些句子都不能以「に」代替「で」。

但是，前述所舉之規則有例外。「下雨」時「で」和「に」均可使用。

a. 雨で濡れた。（因下雨而濕了。）

b. 雨に濡れた。（因下雨而濕了。）

右例之句子的不同是，b句是比較自然的日語，使用a句也不算是錯的。但是、

a. 雨でコートが濡れた。（因下雨外套濕了。）

b. 雨にコートが濡れた。（錯誤）

如右列句子。其後不是單詞，而是接句子時，就不易使用「に」。

§4 「て」和「ので」

f. 落盤でトンネルが埋まってしまった。
g. 海難事故で千人の命が失われた。

これらの文はいずれも「で」を「に」に置き換えられません。
しかし、前に挙げた法則には例外があります。「雨」には「で」も「に」も使えるのです。

a. 雨で濡れた。
b. 雨に濡れた。

右の文の違いは、b文の方がやや自然な日本語だというくらいであり、a文を使っても間違いではありません。但し、

a. 雨でコートが濡れた。
b. 雨にコートが濡れた。(誤文)

右のように、後に単語だけでなく、文章が続くと「に」は使いにくくなります。

§4「て」と「ので」

「て」是用言和用言的連結，可以表示多種意思。可是在表示原因・理由的場合，「ので」比較可以自由地使用，相對的「て」就有相當的限制。依據其後所接的表現形式，「て」和「ので」必須要區別使用。表示原因・理由的場合，「て」和「ので」有如下的不同。

て　只用於其後繼續接單純的陳述句或推量表現之時

ので　後面大部份的表現形式都許可用

再詳細地說，表示原因・理由的「て」，其後之句子不能表示「意志・命令・依賴・觀誘・許可・禁止」等。例如、

a. 荷物が重たくて持って下さい。(錯誤)
b. 荷物が重たいので持って下さい。(行李太重了，請幫我提吧。)
c. 彼が怒って謝りました。(錯誤)
d. 彼が怒ったので謝りました。(他生氣了，所以我道了歉。)

上面的句子是「荷物が重たくて私一人では持てない。だから手伝って下さい。(行李太重了，我一個人提不動，所以請你幫忙我吧。)」的意思。「手伝って下さい(請你幫忙我吧)」是因爲在這之前有「荷物が重い(行

「て」は用言と用言を結び付け、非常にたくさんの意味を表すことができます。しかし、原因・理由を表す場合、「ので」は比較的自由に使用できるのに対して、「て」にはかなりの制約があります。後にどんな表現形式が来るかによって、「て」と「ので」を使い分けしなければなりません。原因・理由を表す場合、「て」と「ので」に次のような違いがあります。

て　　後に単純な陳述文か推量表現が続く時のみ

ので　後に大抵の表現形式が許される

より詳しく言いますと、原因・理由を表す「て」は、後の文に「意志・命令・依頼・勧誘・許可・禁止」などを表すことができません。例えば、

a. 荷物が重たくて持って下さい。(誤文)

b. 荷物が重たいので持って下さい。

c. 彼が怒って謝りました。(誤文)

d. 彼が怒ったので謝りました。

右の文は「荷物が重たくて私一人では持てない。だから手伝って下さい」という意味です。「手伝って下さい」と言うのは、「荷物が重い」という原因があるからです。「荷物が重い」と「手伝って下さい」

李太重了）」的原因。「行李太重了」和「請你幫忙我吧」很明顯地是因果關係。「て」之後不能接表示「手伝って下さい（請你幫忙我吧）」的依賴表現，所以a句是錯誤的。c句也同樣。

a. 事務所に行って書類を持って来て下さい。（請到事務所去把文件拿來。）

b. ここに名前を書いて提出して下さい。（請在這兒寫上姓名再提交。）

c. 仕事先が遠くて大変だろう。（工作地點很遠，非常辛苦吧！）

d. 仕事先が遠いので大変だろう。（因工作地點很遠，所以非常辛苦吧！）

a句、b句在「て」之後有「下さい（請）」的依賴表現，這並不是表示原因・理由，只不過是表示「て」之前文與後文的動作時間，所以「て」與依賴表現可能同時存在。c句與d句表示原因・理由，可使用「て」。那是因爲其後有「大変だろう（非常辛苦吧）」的推量表現。

以上、大略地說明了「て」和「ので」，因「て」的意思很多，稍再詳細地說明。這是有關「て」連結什麼樣的用言與用言之項。

用言的種類	「て」的意味
①動詞＋て＋形容詞	時間性順序（無原因・理由）
②動詞＋て＋動詞	時間性順序或原因・理由

は明らかに因果関係があります。「て」は後に「手伝って下さい」という依頼表現を続けることができないので、a文は誤文になります。c文も同様です。

a．事務所に行って｜書類を持って来て下さい。

b．ここに名前を書いて｜提出して下さい。

c．仕事先が遠くて｜大変だろう。

d．仕事先が遠いので｜大変だろう。

a文、b文には「て」の後に「下さい」という依頼表現がありますが、これらは原因・理由を表した文ではなく、「て」の前文と後文の動作的時間順序を示したに過ぎないから、「て」と依頼表現の同居が可能なのです。c文とd文は原因・理由を表していますが、「て」を使えます。それは、後が「大変だろう」という推量表現だからです。

以上、「て」と「ので」の違いを大まかに説明しましたが、「て」にはたくさんの意味がありますので、もう少し詳しい説明をします。「て」にはどんな用言と用言が結び付くか、に関してです。

用言の種類

①動詞＋て＋形容詞　時間的順序(原因・理由の意味無し)

②動詞＋て＋動詞　時間的順序または原因・理由

③形容詞＋て＋形容詞　形容詞的並列
④形容詞＋て＋動　詞　原因・理由

首先、說明①項。這場合、「て」沒有原因・理由的意思。

a．春が来て暖かい。(錯誤)
b．春が来て暖かくなった。(春天來了，暖和了。)
c．春が来たので暖かい。(春天來了，所以暖和了。)
d．ゴミが目に入って痛い。(灰塵掉入眼睛裡很疼。)
e．ゴミが目に入って痛くなった。(錯誤)
f．ゴミが目に入ったので痛い。(灰塵掉入眼睛裡所以很痛。)

「春天來了的事項」和「暖和的事項」是因果關係。但因「動詞＋て＋形容詞」的「て」只是表示時間性順序而已，所以不能表示因果關係。如欲表示「春天來了的事項」爲原因・理由而產生「暖和」的事項時，必須像c句一樣才行。如果、無論如何欲使用「て」的話，就必須如b句把「暖かい（暖和）」動詞化改成「暖かくなった（暖和了）」才行。d句和a句是同樣的スル形，但是春天來了也不一定是暖和的，與此相對的，灰塵掉入眼睛裡一定是疼痛的。特意地用タ形來表示發生，因顯得冗長多所以e句是錯誤的。

③ 形容詞＋て＋形容詞　形容詞の並列
④ 形容詞＋て＋動詞　原因・理由

先ず、①について説明します。この場合、「て」には原因・理由の意味がありません。

a. 春が来て暖かい。（誤文）
b. 春が来て暖かくなった。
c. 春が来たので暖かい。
d. ゴミが目に入って痛い。
e. ゴミが目に入って痛くなった。（誤文）
f. ゴミが目に入ったので痛い。

「春が来たこと」と「暖かいこと」には因果関係があります。しかし、「動詞＋て＋形容詞」の「て」は単に時間的順序を表すだけですので、因果関係を表すことができません。「春が来たこと」が原因・理由で「暖かい」という結果が生じたことを表すなら、c文のように「ので」を使わなければなりません。もし、どうしても「て」を使いたいのでしたら、b文のように「暖かい」を動詞化して「暖かくなった」にしなければなりません。d文はa文と同様にスル形ですが、春が来ても暖かくなるとは限らないのに対し、ゴミが目に入れば痛いに決まっています。わざわざタ形にして発生を表すとくどくな

②的場合、使用「て」的話，原因・理由的意思稍微薄弱，使用「ので」原因・理由之意就轉強了。

a. 寝坊して遅刻した。（貪睡，遲到了。）

b. 寝坊したので遅刻した。（由於貪睡，所以遲到了。）

c. 本を買って帰って来た。（買了書後回來了。）

d. 本を買ったので帰って来た。（?）

e. 私は理由があって彼を殴った。（我有理由打他的。）

f. 私は理由があったので彼を殴った。（?）

g. 時間が余って映画を見た。（錯誤）

h. 時間が余ったので映画を見た。（因有多餘的時間，所以看了電影。）

a句的「貪睡的事項」和「遲到的事項」可以說是表示原因・理由也可以說是表示時間的順序。這是因貪睡不一定會遲到。b句的「貪睡的事項」是「遲到的事項」的原因・理由，但讓人感到太過於強調原因・理由了。這種語感或許因人而異，但在日常會話上、也許使用a句的場合較多。c句完全沒有原因・理由之意。只是表示是時間性的順序而已。d句表示原因・理由，有點兒不自然沒有特殊的文脈就不能使用。這是「本を買うことが目的で外出し、それを果たしたので帰って来た（以買書爲目的外出，完成了此事所以回來了）」的意思。e句是原因・理由。「有理由」就是說「彼を殴って当然の理由がある（打了他是理所當然）」的意思。「有理由」

るので、e文は誤文になります。
②の場合、「て」を使うと原因・理由の意味がやや薄く、「ので」を使うと原因・理由の意味が強くなります。

a. 寝坊して遅刻した。
b. 寝坊したので遅刻した。
c. 本を買って帰って来た。
d. 本を買ったので帰って来た。(?)
e. 私は理由があって彼を殴った。
f. 私は理由があったので彼を殴った。(?)
g. 時間が余って映画を見た。(誤文)
h. 時間が余ったので映画を見た。

a文は、「寝坊したこと」と「遅刻したこと」が原因・理由を示しているとも言えますし、単に時間的順序を示しただけとも言えます。寝坊すれば必ず遅刻するとは限らないからです。b文は「寝坊したこと」が「遅刻したこと」の原因・理由ですが、原因・理由を強調し過ぎるような感じを与えます。こういう語感は人によって違うかもしれませんが、日常会話では、恐らくa文を使う場合が多いでしょう。c文には原因・理由の意味は全くありません。ただ単に時間的順序を示しているだけです。d文

和「打他」的因果關係極強。僅是「て」就有十分強烈的因果關係。因此、使用「ので」就反而有過於強烈的說明原因・理由，一般使用「て」。g句、h句本來必須有表示「看了電影的事項」的原因・理由的句子。「時間が余ったこと（有多餘的時間的事項）」和「映画を見たこと（看了電影的事項）」的因果關係不太強烈。因爲有多餘時間，不一定看電影。必須使用「ので」明顯地表示原因・理由才行。

③的場合、「て」是形容詞的並列。相當於英語的「and」，沒有原因・理由的意思。「ので」連結形容詞與形容詞的場合，有下列的限制。

ので　只使用於兩個同性質意思的形容詞，並且後面的形容詞包括前面的形容詞的意思

例如：

a．この柿は渋くて|まずい。（這個柿子很澀，很難吃。）

b．この柿は渋いので|まずい。（這個柿子很澀，所以很難吃。）

は原因・理由を示しています。少し変な文であり、特殊な文脈がないと使えません。「本を買うことが目的で外出し、それを果たしたので帰って来た」という意味があります。e文は原因・理由です。「理由がある」というのは「彼を殴って当然の理由がある」という意味です。「理由がある」と「彼を殴った」の因果関係は極めて強いです。「て」だけで十分強い因果関係を示しています。その為、「ので」を使うと、却って原因・理由を説明しようとする意識が強すぎるようです。通常は「て」を使います。g文、h文は本来「映画を見たこと」の原因・理由を示さなければならない文です。「時間が余ったこと」と「映画を見たこと」の因果関係はあまり強くありません。時間が余ったからといって、映画を見るとは限らないからです。「ので」を使ってはっきり原因・理由を示さなければなりません。

③の場合、「て」は形容詞の並列です。英語の「ａｎｄ」に相当します。原因・理由の意味はありません。「ので」が形容詞と形容詞を結び付ける場合、次のような制約があります。

　ので　二つの形容詞が同質の意味を持ち、尚且つ後の形容詞が前の形容詞の意味を包括する場合のみ使える

例えば、

a．この柿は渋くてまずい。

b．この柿は渋いのでまずい。

c．韓国は日本にとって近くて遠い国です。（對日本來說韓國是近而遠的國家。）

d．韓国は日本にとって近いので遠い国です。（錯誤）

e．この本は面白くて有益だ。（這本書很有興趣，有益處。）

f．この本は面白いので有益だ。（錯誤）

a句是「很澀」與「很難吃」並列地敘述。b句「很澀」與「很難吃」是同質的意思，前面的形容詞「很澀」是含在後面形容詞「很難吃」的範疇裡。也就是難吃的條件很多，「澀」也是其中之一。c句、d句是「韓國對日本來說，在距離是近的，但在心理上是遠的國家」。這時、使用「て」可將「近」和「遠」並列，但使用「ので」就不自然了。因爲「近」不但不在「遠」的範疇裡，而且是對立的概念。「ので」一定是表示原因・理由，所以成爲「因爲近所以遠」的意思不明之語。e句、f句是「形容詞＋て（ので）＋形容動詞」的例句，如e句「很有趣」與「有益處（形容動詞）」並列，可說成「面白くて尚且つ有益だ（有趣並且有益）」，但就不能說成f句。因爲在f句裡「很有趣」和「有益處」不是同性質的意思。再怎麼樣有趣的，有時也有有害的。

最後說明④項。這本來可認爲是表示「補充說明」的，但以日常會話的程度上來看，將其認爲是原因・理由亦無所謂。

c. 韓国は日本にとって近くて遠い国です。
d. 韓国は日本にとって近いので遠い国です。（誤文）
e. この本は面白くて有益だ。
f. この本は面白いので有益だ。（誤文）

a文は「渋い」と「まずい」を並列して述べたものです。b文は「渋い」と「まずい」が同質の意味を持っており、前の形容詞「渋い」は後の形容詞「まずい」の範疇に含まれます。つまり、まずいことの条件は色々ありますが、「渋い」もその中の一つだ、ということです。c文、d文は「韓国は日本にとって、距離的には近いが、心理的には遠い国です」という意味です。この場合、「て」を使って「近い」と「遠い」を並列することはできますが、「ので」を使うとおかしくなります。「近い」は「遠い」の範疇に入らないどころか、対立概念だからです。「ので」は必ず原因・理由を示しますので、「因為近所以遠」という意味不明の言葉になってしまうからです。e文、f文は「形容詞＋て(ので)＋形容動詞」の例ですが、e文のように「面白い」と「有益(形容動詞)」を並列し、「面白くて且有益だ」と言うことはできますが、f文のように言うことはできません。「面白い」と「有益」は必ずしも同質の意味ではないからです。いくら面白くても有害なものもあります。

最後に④を説明しましょう。これは本来「補足説明」を表すと考えられますが、日常会話レベルでは原因・理由と考えてもかまいません。

a．安くて買える。（便宜所以買得起。）

b．安いので買える。（便宜所以買得起。）

右記例句「便宜」爲「買得起」得原因・理由。一般多使用 a 句。

a．隣の人がうるさくて困る。（鄰居吵雜，所以傷腦筋。）

b．隣の人がうるさいので困る。（因鄰居吵雜，所以傷腦筋。）

c．背が低くて届かない。（個子矮，所以搆不著。）

d．背が低いので届かない。（因爲個子矮，所以搆不著。）

這些句子也是一般使用「て」。

（註）

（1）「から」的意思分成兩種的是根據上林洋二「條件表現各論―カラ／ノデ―」（「日本語學」一九九四年八月號　明治書院）。但是、上林氏把「から」的意思分爲「因果關係」和「含意關係」。

a. 安くて買える。

b. 安いので買える。

右の例文は「安いこと」が原因・理由で「買える」と言っているのです。一般にはa文を使用することの方が多いようです。

a. 隣の人がうるさくて困る。

b. 隣の人がうるさいので困る。

c. 背が低くて届かない。

d. 背が低いので届かない。

これらの例文も「て」を使う方が一般的です。

(註)

(1)「から」の意味を二つに分けるのは、上林洋二「条件表現各論―カラ/ノデ―」(「日本語学」一九九四年八月号　明治書院)によっています。但し、上林氏は「から」の意味を「因果関係」と「含意関係」に分けています。

第十三章　表示假定條件的助詞

§1「たら」「なら」

「たら」和「なら」的區別由接續的方面來看很簡單的，有如下的公式。

たら　接於連用形

なら　接於連體形・體言・準體助詞「の」

關於區別的問題這是十分足夠的，其次說明用法的不同。

たら　如果前項實際發生的話、的意思。但是、發生的時點在後項表示。

なら　如果有那樣的事的話、的意思。觀念的領域。

「たら」表示事項實際發生，可是在前項的階段尙未決定其於何時發生。事項既已發生了，亦或於將來發生，並未定。若已發生的話爲完了（＝確定），若將來的話爲未了（＝假定）。而於後項表示發生的時點。也就是說、後項爲タ形的話爲確定，スル形的話則爲假定。

a. お風呂に入ったら、さっぱりするよ。（洗澡的話，會爽快的喲。）　＝　仮定

第十三章　仮定条件を表す助詞

§1「たら」と「なら」

「たら」と「なら」の区別は接続面から見ると簡単であり、次のような公式があります。

たら　連用形に付く
なら　連体形・体言・「の」に付く

区別に関してはこれで十分ですから、次に用法の違いを説明しましょう。

たら　実際に前件が発生すれば、の意味。但し、発生時点は後件で示す
なら　もしそういう話があれば、の意味。観念の領域。

「たら」は事態が実際に発生することを表します。しかし、それが何時発生するかは前件の段階では未だ決定していません。事態が既に発生しているのか、或いは将来発生するのか未定です。既に発生していれば完了(=確定)、将来発生するなら未了(=仮定)です。発生時点を示すのは後件です。つまり、後件がタ形なら確定、スル形なら仮定なのです。

a．お風呂に入ったら、さっぱりするよ。　＝仮定

b. お風呂に入ったら、さっぱりした。（洗澡了，爽快多了。）＝確定

c. 夜になったら冷えますよ。（到了夜裡的話，會冷喲。）＝仮定

d. 夜になったら冷えてきた。（到了夜裡，就冷起來了。）＝確定

e. お酒を飲んだら車を運転してはいけません。（喝了酒的話，不可以開車。）＝仮定

f. お酒を飲んだら眠くなった。（喝了酒，就想睡了。）＝確定

g. 勝手にピアノを弾いたら叱られるよ。（任意地彈鋼琴，會挨罵的喲。）＝仮定

h. 勝手にピアノを弾いたら叱られた。（任意地彈了鋼琴，挨罵了。）＝確定

i. 着替えたらすぐに行きます。（換了衣服，馬上就去。）＝仮定

j. 着替えたら随分印象が変わった。（換了衣服，印象就不一樣了。）＝確定

上面哪一句都是，後項爲スル形的話是假定，タ形的話是確定。

又，只有「たら」可知前項爲假定的情形。

a. いますぐ夏休みになったらとても嬉しい。（現在馬上是夏天的話，多好。）

b. このまま時間が止まってくれたら最高だ。（就這樣時間停止的話最好了。）

c. 夏に雪が降ったら、みんなびっくりする。（夏天下雪的話，大家一定會吃驚的。）

d. この石ころがダイヤに変わったら、僕は大金持ちになれるのに。（這個石子變成鑽石的話，那我就成了

b. お風呂に入ったら、さっぱりした。 ＝ 確定

c. 夜になったら冷えますよ。 ＝ 仮定

d. 夜になったら冷えてきた。 ＝ 確定

e. お酒を飲んだら車を運転してはいけません。 ＝ 仮定

f. お酒を飲んだら眠くなった。 ＝ 確定

g. 勝手にピアノを弾いたら叱られるよ。 ＝ 仮定

h. 勝手にピアノを弾いたら叱られた。 ＝ 確定

i. 着替えたらすぐに行きます。 ＝ 仮定

j. 着替えたら随分印象が変わった。 ＝ 確定

いずれも、後件がスル形なら仮定であり、タ形なら確定です。

また、「たら」には前件だけで仮定と分かる場合があります。

a. いますぐ夏休みになったらとても嬉しい。

b. このまま時間が止まってくれたら最高だ。

c. 夏に雪が降ったら、みんなびっくりする。

d. この石ころがダイヤに変わったら、僕は大金持ちになれるのに。

大富翁了。）

e. あの時彼がいてくれたら助かったのに。（那時候他在的話，我就得救了。）

f. タイムマシーンが作れたら、いつでも好きな時代に行ける。（時間機械做成的話，經常可以去喜歡的時代。）

g. 僕が鳥だったら、君のところに飛んで行く。（我是鳥的話，就飛到你那兒去。）

h. 人間が五百歳まで生きられたら、どんなに知恵が身につくか分からない。（人類可以活到五百歲的話，不知道將會獲得多少智慧。）

i. 伊達政宗がもう二十年早く生まれていたら、日本の歴史は変わっていたはずだ。（伊達政宗早出生二十年的話，日本歷史應該會改變的。）

j. 彼女が男だったら、立派な国王になっていただろう。（她是男的話，會成爲出色的國王吧。）

這些是所謂的「反實假想」。這樣的事項是不可能的，所以只看到前項就知道是假定的。

「たら」表示現實事項的發生。而「なら」不表示發生，終究是止於觀念領域。亦即、問題並非在實際上其事態的發生與否，而是在話題上，或在道理上等等。例如：

a. 東京に行ったら、ついでにこれを持って行って下さい。（錯誤）

b. 東京に行くなら、ついでにこれを持って行って下さい。（去東京的話，請順便把這個帶去。）

c. 大物を釣り上げたら、この釣竿がよい。（錯誤）

d. 大物を釣り上げるなら、この釣竿がよい。（要釣起大魚的話，這支釣魚竿比較好。）

e. あの時彼がいてくれたら助かったのに。

f. タイムマシーンが作れたら、いつでも好きな時代に行ける。

g. 僕が鳥だったら、君のところに飛んで行く。

h. 人間が五百歳まで生きられたら、どんなに知恵が身につくか分からない。

i. 伊達政宗がもう二十年早く生まれていたら、日本の歴史は変わっていたはずだ。

j. 彼女が男だったら、立派な国王になっていただろう。

これらは所謂「反実仮想」です。こういう事態はあり得ませんから、前件を見ただけで仮定だと分かるのです。

「たら」が現実に事態が発生することを表すのに対し、「なら」は発生を表しません。あくまでも観念の領域に留まります。つまり、実際にそういう事態が発生するかどうかは問題にせず、話の上で、または理屈の上で云々というものです。例えば、

a. 東京に行ったら、ついでにこれを持って行って下さい。(誤文)

b. 東京に行くなら、ついでにこれを持って行って下さい。

c. 大物を釣り上げたら、この釣竿がよい。(誤文)

d. 大物を釣り上げるなら、この釣竿がよい。

e. 証拠を見せろと言ったら、今すぐ見せてやる。(錯誤)
f. 証拠を見せろと言うなら、今すぐ見せてやる。(說要看證據的話，現在馬上就讓你看。)
g. 怪我が早く直ったら医者に行きます。(錯誤)
h. 怪我が早く直るなら医者に行きます。(受的傷要早點好的話，去看醫生。)
i. しばらく台北に滞在したら、故宮博物館を見学するとよいです。(錯誤)
j. しばらく台北に滞在するなら、故宮博物館を見学するとよいです。(暫時在臺北停留的話，最好去故宮博物院參觀。)

這些例句的前項，其問題並非在實際地實行與否，而是敘述假定有那樣的事項。因此，並不知道「去東京的事項」「釣起大魚的事項」等是否真的實行。而是假使有那樣的事的話之意。

又，有很多人指摘「なら」的前項爲後發生，而後項爲先發生。例如：

a. アメリカに行く(の)なら、英語を勉強するだろう。(要去美國的話，學習英語吧。)
b. アメリカに行った(の)なら、英語を勉強するだろう。(去了美國的話，會學習英語吧。)
c. アメリカに行く(の)なら、英語を勉強しただろう。(要去美國的話，學了英語了吧。)
d. アメリカに行ったなら、英語を勉強しただろう。(去了美國的話，學習了英語了吧。)(註1)

e. 証拠を見せろと言ったら、今すぐ見せてやる。（誤文）
f. 証拠を見せろと言うなら、今すぐ見せてやる。
g. 怪我が早く直ったら医者に行きます。（誤文）
h. 怪我が早く直るなら医者に行きます。
i. しばらく台北に滞在したら、故宮博物館を見学するとよいです。（誤文）
j. しばらく台北に滞在するなら、故宮博物館を見学するとよいです。

これらの例文の前件は、実際に実行したかどうかを問題にしているのではなく、仮にそういう話があれば、と言っているのです。ですから、「東京に行くこと」「大物を釣り上げること」等は、果たして本当に行うのかどうか分かりません。仮に、そういう話なら、という意味なのです。

また、「なら」は前件の事態が後に発生し、後件の事態が先に発生する、ということを指摘する人が大勢います。例えば、

a. アメリカに行く(の)なら、英語を勉強するだろう。
b. アメリカに行った(の)なら、英語を勉強するだろう。
c. アメリカに行く(の)なら、英語を勉強しただろう。
d. アメリカに行ったなら、英語を勉強しただろう。（註1）

a句、c句的「學習英語的事項」在先。這裡、a句和c句的被認爲「後面事項先發生」。但是、畢竟、「なら」並非敘述事項的發生，所以所謂事項的發生順序是有疑問的。因「なら」爲觀念領域，所以並非將事項的發生順序以線條式的敘述，而是敘述判斷的發生順序。也就是、a句和c句都是、如有去美國這件事的話爲前提，而在其前提之下、敘述「學習英語吧」或「學了英語了吧」，以此觀點來看的話「なら」也必須是前項爲先了。

又、也有「たら」和「なら」均可使用的場合。

a. そんな屁理屈が通用したら、世の中めちゃくちゃだ。（那樣的歪理都可通的話，世上會亂七八糟的。）

b. そんな屁理屈が通用するなら、世の中めちゃくちゃだ。（那樣的歪理都可通的話，世上會亂七八糟的。）

c. 私が間違っていたら謝ります。（我錯了的話，向你道歉。）

d. 私が間違っているなら謝ります。（是我錯了的話，向你道歉。）

e. 貰えたら貰います。（給了我的話，我就要。）

f. 貰えるなら貰います。（給我的話，我就要。）

g. これが欲しかったら上げますよ。（想要這個話，給你吧。）

a文、c文は「英語を勉強すること」が先で、b文、d文は「アメリカに行くこと」が先です。この、a文とc文が「後件の事態が先に発生する」と言われるものです。しかし、そもそも「なら」は事態の発生を語るものではありませんから、事態の発生順序を云々するのは疑問です。「なら」は観念の領域ですから、事態の発生順を線条的に述べたものではなく、判断の発生順に述べたものなのです。つまり、a文もc文も、もしアメリカに行くという話があるなら、という前提を立て、その前提の元で「英語を勉強するだろう」とか「英語を勉強しただろう」とか言っているのです。そういう観点に立てば、「なら」もやはり前件が先と言わなければなりません。

また、「たら」でも「なら」でもよい場合があります。

a. そんな屁理屈が通用したら、世の中めちゃくちゃだ。
b. そんな屁理屈が通用するなら、世の中めちゃくちゃだ。
c. 私が間違っていたら謝ります。
d. 私が間違っているなら謝ります。
e. 貰えたら貰います。
f. 貰えるなら貰います。
g. これが欲しかったら上げますよ。

h. これが欲しいなら上げますよ。(想要這個話，給你吧。)

i. 引越しをしたらお金がかかります。(搬了家的話，要花錢的。)

j. 引越しをするならお金がかかります。(搬家的話，要花錢的。)

這些內容是實際上發生的事項，或只是在談話上的事項都可以。例如，a句和b句的「もし実際にそんな屁理屈が通用してしまったら(如果實際上那樣的歪理通用了的話)」和「もし仮にそんな屁理屈が通用するという話なら(如果那樣的歪理通用的話)」在情報上是等價的。其下的例句也一樣。

§2 「たら」和「と」

假定條件句的前項與後項的因果關係，有一般的與個別的。一般的是，前項的發生必然的或習慣的產生後項的因果關係。這種因果關係的發生與人的意志無關。個別的是，在當場成立，或者當場發生的事項偶而引起的因果關係。這有因人的意志而發生的，與無意志的發生。由此觀點來看，表示假定條件的「たら」和「と」，可有如下的區別。

たら	主要的是個別的因果關係	後項爲有意志的和無意志的均可
と	主要的是一般的因果關係	後項多爲無意志

h. これが欲しいなら上げますよ。
i. 引越しをしたらお金がかかります。
j. 引越しをするならお金がかかります。

これらの内容は、実際に発生したことでも、単に話の上のことでもよいからです。例えば、a文とb文は、「もし実際にそんな屁理屈が通用してしまったら」と「もし仮にそんな屁理屈が通用するという話なら」は情報的には等価です。以下の例文も同様です。

§2「たら」と「と」

仮定条件文に於ける前件と後件の因果関係には、一般的なものと個別的なものがあります。一般的なものとは、前件が発生すると必然的もしくは習慣的に後件が発生する因果関係です。こういう因果関係は人間の意志とは無関係に起こります。個別的なものとは、その場限りで成り立つ、もしくはその場に起こったことをたまたま取り上げた因果関係です。これには、人間の意志によるものと無意志のものがあります。この観点から、仮定条件を表す「たら」と「と」は、次のように区別できます。

たら	主に個別的因果関係	後件は意志があってもなくてもよい
と	主に一般的因果関係	後件は無意志が多い

「たら」主要的表示個別的因果關係的是，因有在某一時點的「發生」的意思。一般的因果關係是發生時點不明的事項。因不知道什麼時候發生的，亦即、相反的說，什麼時候都可能發生，所以是表示一般性的關係。

a. この犬は餌を与えたらいつも喜んで尻尾を振った。(錯誤)
b. この犬は餌を与えるといつも喜んで尻尾を振った。(這條狗一給他東西吃，經常就高興地搖著尾巴。)
c. この商品を買ったら、もれなく景品が貰えます。(?)
d. この商品を買うと、もれなく景品が貰えます。(買這個商品的話，統統都可得到贈品。)
e. 目をつぶったら、昔のことが脳裏に浮かんで来る。(錯誤)
f. 目をつぶると、昔のことが脳裏に浮かんで来る。(眼睛一閉，以前的事就浮到腦海來。)
g. 夜が明けたら、通りに人影が目立ち始めた。(?)
h. 夜が明けると、通りに人影が目立ち始めた。(天一亮，大街上的人影就開始明顯起來了。)
i. 私は歯を磨いたら歯茎から血が出ます。(錯誤)
j. 私は歯を磨くと歯茎から血が出ます。(我一刷牙，就從牙齦出血來。)

上面的例句、使用「たら」就不對。這是因爲句子的內容並非敘述個別的或一次性的事項，而是必然性的或習慣性的發生事項。

「たら」が主に個別的因果関係を表すのは、或る時点での「発生」を意味するからです。一般的因果関係は発生時点不明の事柄です。いつ発生するか分からないから、つまり、逆に言うと、いつでも発生し得るのであり、一般的な関係を表すことになるのです。

a. この犬は餌を与えたらいつも喜んで尻尾を振った。(誤文)
b. この犬は餌を与えるといつも喜んで尻尾を振った。
c. この商品を買ったら、もれなく景品が貰えます。(?)
d. この商品を買うと、もれなく景品が貰えます。
e. 目をつぶったら、昔のことが脳裏に浮かんで来る。(誤文)
f. 目をつぶると、昔のことが脳裏に浮かんで来る。
g. 夜が明けたら、通りに人影が目立ち始めた。(?)
h. 夜が明けると、通りに人影が目立ち始めた。
i. 私は歯を磨いたら歯茎から血が出ます。(誤文)
j. 私は歯を磨くと歯茎から血が出ます。

上の例文では、「たら」を使うと誤文になります。それは、文の内容が個別的または一回的な事柄を述べたものではなく、必然的または習慣的に起こる事柄だからです。

相反的敘述個別的或一次性的事項時，有時不能使用「と」。

a．食事が終わったら勉強しよう。（吃完了飯學習吧。）

b．食事が終わると勉強しよう。（錯誤）

c．湖が見えたら私の別荘はすぐそこです。（看到了湖的話，我的別墅就在那兒。）

d．湖が見えると私の別荘はすぐそこです。（錯誤）

e．年を取ったら体が弱くなった。（上了年紀，身體就弱了。）

f．年を取ると体が弱くなった。（錯誤）

g．梅が咲いたら次は桜だ。（梅花開過後，其次是櫻花了。）

h．梅が咲くと次は桜だ。（錯誤）

i．電話が鳴ったら早く出て下さい。（電話響了的話，請早點出來接。）

j．電話が鳴ると早く出て下さい。（錯誤）

也有「たら」和「と」均可使用的場合。

a．家に帰ったら先ず風呂に入ります。（回家了的話，先洗澡。）

b．家に帰ると先ず風呂に入ります。（一回到家就先洗澡。）

逆に、個別的または一回的な事柄を述べる場合、「と」は使えないことがあります。

a. 食事が終わったら勉強しよう。
b. 食事が終わると勉強しよう。（誤文）
c. 湖が見えたら私の別荘はすぐそこです。
d. 湖が見えると私の別荘はすぐそこです。（誤文）
e. 年を取ったら体が弱くなった。
f. 年を取ると体が弱くなった。（誤文）
g. 梅が咲いたら次は桜だ。
h. 梅が咲くと次は桜だ。（誤文）
i. 電話が鳴ったら早く出て下さい。
j. 電話が鳴ると早く出て下さい。（誤文）

「たら」も「と」も使える場合があります。

a. 家に帰ったら先ず風呂に入ります。
b. 家に帰ると先ず風呂に入ります。

c. この望遠鏡を覗いたら、火星がはっきり見えます。（用這個望遠鏡看的話，火星可看得很清楚。）
d. この望遠鏡を覗くと、火星がはっきり見えます。（用這個望遠鏡一看，火星就可看得很清楚。）
e. そんな大声で怒鳴ったら血圧が上がりますよ。（那樣大聲怒罵的話，血壓會上昇的喲。）
f. そんな大声で怒鳴ると血圧が上がりますよ。（那樣大聲怒罵，血壓就會上昇的喲。）
g. 十メートル以内に近づいたらベルが鳴る仕組みです。（接近十公尺以內的話，鈴聲會響的構造。）
h. 十メートル以内に近づくとベルが鳴る仕組みです。（接近十公尺以內，鈴聲就會響的構造。）
i. 詳しく調査したら、彼の話は全部デタラメだった。（詳細調查了，原來他的話全都是胡說。）
j. 詳しく調査すると、彼の話は全部デタラメだった。（一詳細調查，原來他的話全都是胡說。）
k. やって見たら、意外とうまくいった。（一做做看，意想不到居然成功了。）
l. やって見ると、意外とうまくいった。（一做做看，意想不到居然就成功了。）

b句是表示每天習慣性的行爲。a句有看起來只是表示當時的意志的場合，和敘述每天的習慣性行爲的場合。c句、還是只限於敘述當場的情況。d句、不如說是望遠鏡的性能，也就是有可以清楚地看到火星這樣好的望遠鏡的意思。但這兩句都是「請用這個望遠鏡看看，可以清楚地看到火星喲」的意思，文意是相同的。f句是、那樣大聲地怒罵的話，一般血壓是會上昇的，表示一般性的句子。從其發出此言的情況來看，可視爲與e句大體上是同文意的。g句的前項是「もし誰かが十メートル以内に近づいたとしたら（如果有誰接近十公尺以內的話）」的意思，h句的前項是「どんな人が十メートル以内に近づいても（什麼人接近十公尺以內也是）」的

c. この望遠鏡を覗いたら、火星がはっきり見えます。

d. この望遠鏡を覗くと、火星がはっきり見えます。

e. そんな大声で怒鳴ったら血圧が上がりますよ。

f. そんな大声で怒鳴ると血圧が上がりますよ。

g. 十メートル以内に近づいたらベルが鳴る仕組みです。

h. 十メートル以内に近づくとベルが鳴る仕組みです。

i. 詳しく調査したら、彼の話は全部デタラメだった。

j. 詳しく調査すると、彼の話は全部デタラメだった。

k. やって見たら、意外とうまくいった。

l. やって見ると、意外とうまくいった。

b文は毎日の習慣的行為を表しています。a文は単にその時の意志を表しているだけのように見える場合と、毎日の習慣的行為の場合があります。c文は、やはりその場限りの状況を述べたものですが、d文はむしろ望遠鏡の性能、つまり火星がはっきり見えるくらいよい望遠鏡だ、というような意味があります。しかし、これらの文は、どちらも「この望遠鏡を覗いて下さい。火星がはっきり見えますよ」という意味であり、文意は同じです。f文は、そんな大声で怒鳴ると、一般には血圧が上がるものです、という一般的な傾向を表す文ですが、言葉を発する情況を考えますと、e文とほぼ同

意思。嚴格地說，文意有少許不同，但由說話情況來看，大致上文意相同。i與j、k與l也一樣。

§3 「たら」和「ば」

「たら」和「ば」是表現於假定條件、確定條件、一般條件三者均可，幾乎可說是同類，勉強地說則有如下的不同。

たら　主要的是個別性連結，但有時也表示必然性的連結

ば　表示必然性的連結（註2）

「ば」被認爲本來與「は」相同。在體言或體言相當句接「は」，在用言的假定形接「ば」。假定形在古語被稱爲已然形，因其表示言語並不在此結束，有後繼之事項（註3），所以是表示必然性的結果。前項和後項的連結是必然性的事項。

a. 生まれ変われたら今度は男がいい。（重新投胎的話，下次當男的比較好。）

じ文意だと見てよいでしょう。g文は、前件が「もし誰かが十メートル以内に近づいたとしたら」という意味であり、h文は「どんな人が十メートル以内に近づいても」という意味です。厳密に言うと幾らか文意は異なりますが、発話情況から言うと、ほぼ同じ文意だと言えます。iとj、kとlも同様です。

§3「たら」と「ば」

「たら」と「ば」は仮定条件、確定条件、一般条件のいずれにも顔を出し、ほとんど同類とも言えますが、敢えて言えば次のような違いがあります。

たら　主に個別的結び付きだが、必然的結び付きを表すこともある

と　必然的結び付きを表す（註2）

「ば」は本来「は」と同じものだと言われています。体言または体言相当句には「は」が付き、用言の仮定形には「ば」が付きます。仮定形は古語では已然形と言われ、言葉がそこで終わらず、後に続くことを表すものですから（註3）、必然的な結果を表します。前件と後件の結び付きは必然的なものです。

a．生まれ変われたら｜今度は男がいい。

b. 生まれ変われれば今度は男がいい。(錯誤)

c. 疲れたら少し休んでもいいです。(累了的話，可以稍微休息一下。)

d. 疲れれば少し休んでいいです。(錯誤)

e. 途中まで行ったら雨が降り出した。(到了途中，就下起雨來了。)

f. 途中まで行けば雨が降り出した。(錯誤)

g. あんな奴に負けたら死んでやる。(敗給那傢伙的話，我寧可死。)

h. あんな奴に負ければ死んでやる。(錯誤)

i. 靴を脱いだら靴下が破けていた。(鞋子一脫，原來襪子破了。)

j. 靴を脱げば靴下が破けていた。(錯誤)

上面的例句都是前項與後項爲個別的連結關係，所以不能使用「ば」。但是慣用句或如第五章註5曾述過，本來無必然性的連結，有時因說話者的意思而有連結的情形。

a. 犬も歩いたら棒に当たる。(錯誤)

b. 犬も歩けば棒に当たる。(出外的話有時會碰到意想不到的事。)

c. 努力したらするほど偉くなれる。(錯誤)

d. 努力すればするほど偉くなれる。(越努力的話地位就越高。)

b. 生まれ変われれば今度は男がいい。（誤文）

c. 疲れたら少し休んでもいいです。

d. 疲れれば少し休んでいいです。（誤文）

e. 途中まで行ったら雨が降り出した。

f. 途中まで行けば雨が降り出した。（誤文）

g. あんな奴に負けたら死んでやる。

h. あんな奴に負ければ死んでやる。（誤文）

i. 靴を脱いだら靴下が破けていた。

j. 靴を脱げば靴下が破けていた。（誤文）

上の例文はいずれも前件と後件が個別的結び付きの関係にあるので、「ば」は使えません。但し、慣用句や、本来必然的な結び付きではないものを、話者の意識で結び付ける場合があります。

a. 犬も歩いたら棒に当たる。（誤文）

b. 犬も歩けば棒に当たる。

c. 努力したらするほど偉くなれる。（誤文）

d. 努力すればするほど偉くなれる。

e．お前が約束を守らなかったら、俺も約束を守らない。（?）

f．お前が約束を守らなければ、俺も約束を守らない。（你不守約的話，我也不守約了。）

g．仕事はきちんとやらなかったら。（錯誤）

h．仕事はきちんとやらなければ。（不好好地工作的話不行。）

i．真っ先駆けて突っ込んだら、何と脆いぞ敵の陣。（錯誤）

j．真っ先駆けて突っ込めば、何と脆いぞ敵の陣。（打先鋒一衝入，原來，是個脆弱的敵陣。）（註4）

a至d的例句是慣用句。a、b句本來「狗走路的事項」和「狗碰到棍棒的事項」沒有任何的必然性的，但因說話者的意識而使兩者連結，就好像是敘說必然性的事情一樣。c、d句也是一樣。「たら」如§1項曾述過的，實際上前項所發生的事爲前項，但e句、這句的意思並不在「實際上守約與否」的問題，因僅在「不守約」的條件之下所說的，所以不自然。g句以文脈來看，這後面必須有必然性的「いけない」的意思之詞才行。可是在此「たら」因表示偶然的連結，所以是錯誤的。i句和j句的「打先鋒衝入的事項」與「敵陣的脆弱的事項」並無必然性的連結，然而根據將其作必然性連結的敘說，可表示經常打先鋒突擊敵入的勇敢表現。

e. お前が約束を守らなかったら、俺も約束を守らない。(?)
f. お前が約束を守らなければ、俺も守らない。
g. 仕事はきちんとやらなかったら。(誤文)
h. 仕事はきちんとやらなければ。
i. 真っ先駆けて突っ込んだら、何と脆いぞ敵の陣。(誤文)
j. 真っ先駆けて突っ込めば、何と脆いぞ敵の陣。(註4)

aからdまでの例文は慣用句です。a、b文は、本来「犬が歩くこと」と「犬が棒に当たること」にはなんら必然的関係がありませんが、話者の意識によって両者を結びつけ、あたかも必然的な出来事のように語っているのです。c、d文も同様です。「たら」は§1にも述べたように、実際に前件が発生したことを前提にしていますが、e文は、この文の意味が「実際に約束を守ったかどうか」を問題にしているのではなく、ただ単に「約束を守らない」という条件の元では、と言っていますので、おかしな文になるのです。g文は、文脈の流れとして、この後に必然的に「いけない」という意味の言葉が来なければなりません。しかし、「たら」は寧ろ偶然的な結び付きを表してしまいますので、誤文になるのです。

i文とj文は、「真っ先駆けて突っ込むこと」と「敵の陣が脆いこと」には必然的な結び付きはありませんが、それを必然的な結び付きとして語ることによって、常に真っ先に攻撃して敵をやっつけた、という勇ましさを表しているのです。

在日常會話裡，可使用「たら」而不能使用「ば」的場合很多，相反的，可使用「ば」而不能使用「たら」的場合較少。因此，要使用「たら」或「ば」而感到猶豫時，使用「たら」時可說是錯誤的情形較少。

其次，說明「たら」和「ば」均可用的情形。

a. 入り口が分からなかったら警備員に聞いて下さい。（不知道入口的話，請問問警衛。）

b. 入り口が分からなければ警備員に聞いて下さい。（不知道入口的話，請問問警衛。）

c. そんなに簡単にできたら誰も苦労しない。（如果是那麼容易做的話，那誰也不辛苦了。）

d. そんなに簡単にできれば誰も苦労しない。（如果是那麼容易做的話，那誰也不辛苦了。）

e. 悪いことをしたら捕まりますよ。（做了壞事的話，會被捕的。）

f. 悪いことをすれば捕まりますよ。（做壞事的話，會被捕的。）

g. 予想がはずれたら大損するぞ。（預測落空了的話會大虧本啊！）

h. 予想がはずれば大損するぞ。（預測落空的話會大虧本啊！）

i. ちゃんとカギを掛けておかなかったら泥棒に入られるよ。（不好好地上鎖的話，會遭小偷的喲！）

j. ちゃんとカギを掛けておかなければ泥棒に入られるよ。（不好好地上鎖的話，會遭小偷的喲！）

日常会話に於いては、「たら」は使えても「ば」は使えない場合が多く、逆に、「ば」は使えても「たら」は使えない場合は少ないでしょう。そういう意味で、「たら」か「ば」か迷ったら、「たら」を使った方が間違う可能性が少ないと言えましょう。

次に、「たら」でも「ば」でもよい場合を説明します。

a. 入り口が分からなかったら警備員に聞いて下さい。
b. 入り口が分からなければ警備員に聞いて下さい。
c. そんなに簡単にできたら誰も苦労しない。
d. そんなに簡単にできれば誰も苦労しない。
e. 悪いことをしたら捕まりますよ。
f. 悪いことをすれば捕まりますよ。
g. 予想がはずれたら大損するぞ。
h. 予想がはずれれば大損するぞ。
i. ちゃんとカギを掛けておかなかったら泥棒に入られるよ。
j. ちゃんとカギを掛けておかなければ泥棒に入られるよ。

これらの例文は、いずれも前件と後件が必然的な結び付きを持っています。こういう場合は、後件が

（註）

（1）這些例句是引自於鈴木義和氏的「ナラ條件文的意味」（「日本語的條件表現」益岡隆志編 黑潮出版 一九九三年）。鈴木氏的論文的主旨不是「ナラ條件文」的事項發生順序，而是在別處。

（2）松下大三郎「標準日本口語法」（中文館 一九三〇年）

（3）川端善明「活用的研究II」（大修館書店 一九七九年）

（4）i句和j句引自於「愛馬進軍歌」。

スル形であれば「たら」も必然的な関係を表します。

(註)

(1)これらの例文は鈴木義和氏の「ナラ条件文の意味」(「日本語の条件表現」益岡隆志編 くろしお出版 一九九三年)から引用しました。但し、鈴木氏の論文の趣旨は「ナラ条件文」の事態発生順ではなく、別の所にあります。

(2)松下大三郎「標準日本口語法」(中文館 一九三〇年)

(3)川端善明「活用の研究 II」(大修館書店 一九七九年)

(4)i文とj文は「愛馬進軍歌」より引用。

第十四章 表示被動・使役的助詞

§1被動句的「から」、「に」和「によって」

日本語的被動句的基本形式如下。

①Aは　　　　～(さ)れる
②AはBに　　　～(さ)れる
③AはBに…を～(さ)れる

①和②是直接被動，③是間接被動。

a. 私は奪われました。(我被搶了。)
b. 私は彼に奪われました。(我被他搶了。)
c. 私は彼に現金を奪われました。(我被他搶走現款了。)

上面例句全都敍述「我」受搶奪的事項的句子。a句只是敍述我被搶之事，而b句爲敍述搶者，c句更而明示被搶之物。搶者爲「他」，被搶者爲「我」。但請仔細考慮。「被他」的「他」爲動作主，所以應爲主語。主語則必須用「は」或「が」等表示之。而在此用「に」來表示。一方面，動作對象的「我」用「は」來表示。主

第十四章　受身・使役を表す助詞

§1　受身文の「から」と「に」と「によって」

日本語の受身文の基本は次の通りです。

①　Aは　～(さ)れる
②　AはBに　～(さ)れる
③　AはBに…を～(さ)れる

①と②は直接受身、③は間接受身と言われています。

a．私は奪われました。
b．私は彼に奪われました。
c．私は彼に現金を奪われました。

上の例文は全て「私」が強奪を受けたことを述べた文です。a文は単に私が奪われたことだけですが、b文は奪った相手を述べ、c文はさらに奪われた相手を明示しています。奪った人が「彼」で、奪われた人が「私」です。しかし、よく考えて下さい。「彼に」の「彼」は動作主ですから、本来は主語になるはずです。主語でしたら「は」や「が」等で示さなくてはなりません。しかし、「に」によって示されています。一方、動作の対象である「私」が「は」によって示されています。主語と対象語が逆

語與對象語對調，這是被動句的特色。

被動的動作主以「に」「から」「によって」來表示。這有如下的不同。

に　表示直接動作主，接於個體

から　表示動作發生方面，接於個體・組織

によって　表示業績・事件的主角

「によって」是表示顯赫的業績或引人注目的事件等發生的主角。有接於個體的場合，也有接於組織的場合。

a. 熊本市迷惑条例によって、彼は書類送検された。（根據熊本市迷惑《妨害》條令他被書類送檢了。）

b. 辛亥革命は孫文によって成し遂げられた。（辛亥革命因孫文而成功了。）

c. 法隆寺は聖徳太子によって建立された。（法隆寺是因聖德太子而被建設的。）

d. この無公害エンジンはA重工の技術陣によって開発された。（這無公害的引擎是由A重工技術陣開發的。）

e. 象形文字の読み方は、一人の若き天才によって解明された。（象形文字的讀法，被一個年輕的天才解讀了。）

f. 新都市計画によって首都が移転された。（由於新都市計劃，首都被遷移了。）

g. 日本語文法の道は山田孝雄博士によって切り開かれた。（日語文法之路被山田孝雄博士開闢出來了。）

転しているのです。これが受身文の特色です。

さて、受身の動作主は「に」「から」「によって」（註1）で表します。これらには次のような違いがあります。

に　　　直接的動作主を示し、個体に付く

から　　動作発生方面を表し、個体・組織に付く

によって　業績・事件の主役を示す

「によって」は、立派な業績とか、人目を引く事件などを引き起こした主役を示します。個体に付く場合もありますし、組織に付く場合もあります。

a. 熊本市迷惑条例によって、彼は書類送検された。
b. 辛亥革命は孫文によって成し遂げられた。
c. 法隆寺は聖徳太子によって建立された。
d. この無公害エンジンはA重工の技術陣によって開発された。
e. 象形文字の読み方は、一人の若き天才によって解明された。
f. 新都市計画によって首都が移転された。
g. 日本語文法の道は山田孝雄博士によって切り開かれた。

h. 新しい貯水計画によって白帝城はダムの底に沈んだ。(因新的貯水計劃白帝城沈入水庫底了。)

i. 我が社の土台は先々代の経営者によって確立された。(我們公司的基礎由上上代的經營者確立了。)

這些句子都只能用「によって」(註1)。

「に」表示直接動作主,而「から」表示動作發生方面。所謂動作發生方面是在某領域動作的發生,某動作由說話者的領域移動到主語・主題的領域。也就是、對某領域來的動作之認識。這種表現方法、讓人產生動作的給予者和接受者多少有點距離的心象。例如:

a. 彼に殴られた。(被他打了。)

b. 彼から殴られた。(被他給打了。)

與a句相較之下,b句的「他」由說話者的心理上來看屬於較遠存在的同時,被打的事項,在時間上來說也比a句有較早的語感。像這樣、「から」在心理上、時間上多少有點距離。

「に」和「から」之區別,根據行爲的給予者與接受者之身份的上下關係和受害與否,有如下之傾向。

h. 新しい貯水計画によって白帝城はダムの底に沈んだ。

i. 我が社の土台は先々代の経営者によって確立された。

これらは「によって」しか使えません(註1)。

「に」は直接的動作を表しますが、「から」は動作発生方面を表します。動作発生方面というのは、或る領域で動作が発生し、その動作が話者の領域や主語・主題の領域に移行した、ということです。つまり、或る領域から動作が来た、という認識です。こういう表現方法は、動作の与え手と受け手の間に少し距離がある、という心象を与えます。例えば、

a. 彼に殴られた。

b. 彼から殴られた。

a文と比較すると、b文の「彼」は話者から心理的には遠い存在であると同時に、殴られたこともa文より時間的に古いことのような語感があります。このように、「から」は「に」よりも心理的・時間的に少し離れています。

「に」と「から」の区別は、行為の与え手と受け手の身分的上下関係、並びに被害を受けたかどうかによって、次のような傾向を示します。

給予者和接受者的上下關係	被害性	
	有	無
上	から、(に)	から、(に)
同	(から)、に	から、(に)
下	から、に	から、(に)

給予者與接受者之上下關係是，給予者(＝對象)在接受者(＝主語)之上的存在的話「上」，同程度的話「同」，下的話則記爲「下」。有括弧的「(に)」和「(から)」是有使用的情形，但較少的意思。身份爲上與爲下場合相似，這些是因爲「から」表示由某領域移動到他領域之語。所謂領域，在這場合是立場的問題。也就是、表示從較高的立場到較低的立場的授與，用「から」比較適合。

a. 係長が長官に|小言を言われた。(股長被長官申斥了。)

b. 係長が長官から|小言を言われた。(股長被長官申斥了。)

c. 役員に|問責された。(被幹部責問了。)

与え手と受け手の上下関係	被害性 有	被害性 無
上	から、(に)	から、(に)
同じ	(から)、に	から、(に)
下	から、に	から、(に)

与え手と受け手の上下関係は、与え手(=相手)が受け手(=主語)よりも上の存在なら「上」、同程度なら「同じ」、下なら「下」と記してあります。括弧付きの「(に)」と「(から)」は、使うことはあっても少ないという意味です。身分が上の場合と下の場合が似ていますが、これは「から」が或る領域から他の領域への移行を表す言葉だからです。領域というのは、この場合、立場の問題です。つまり、より高い立場からより低い立場への授与を表すのには、「から」の方が適しています。

a. 係長が長官に小言を言われた。

b. 係長が長官から小言を言われた。

c. 役員に問責された。

d. 役員から問責された。（被幹部責問了。）

e. 社長に褒められた。（被社長誇獎了。）

f. 社長から褒められた。（被社長誇獎了。）

g. 彼は恩師に叱咤激励された。（他被恩師叱咤激勵了。）

h. 彼は恩師から叱咤激励された。（他被恩師叱咤激勵了。）

這些是給予者在上的立場的場合，從a至d是受害的句子，從e至h是無受害的句子。也可用「に」，但使用「から」由較高的立場向較低立場的授與的事項是比較自然的表現。

a. 彼のお兄さんは警察に表彰された。（?）

b. 彼のお兄さんは警察から表彰された。（他哥哥被警察表揚了。）

c. 彼のお兄さんは警察に逮捕された。（他哥哥被警察逮捕了。）

d. 彼のお兄さんは警察から逮捕された。（錯誤）

表揚並非爲難，所以a句、b句不是爲難的被動。不是不能使用「に」，但「警察」爲組織名，所以用「から」比較自然。b句的「警察から」爲自然，而d句的「警察から」則爲錯誤的句子。這是因爲b句的「警察」是警察組織的意思，相對的、d句的「警察」是警員的意思。

d. 役員から問責された。

e. 社長に褒められた。

f. 社長から褒められた。

g. 彼は恩師に叱咤激励された。

h. 彼は恩師から叱咤激励された。

これらは与え手が上の立場の場合です。aからdまでは被害を受けた文で、eからhまでは被害のない文です。「に」も使えますが、「から」を使って、より高い立場からより低い立場へ何らかの授与があったことを示す方が自然です。

a. 彼のお兄さんは警察に表彰された。（?）

b. 彼のお兄さんは警察から表彰された。

c. 彼のお兄さんは警察に逮捕された。

d. 彼のお兄さんは警察から逮捕された。（誤文）

表彰は迷惑なことではないので、a文、b文は迷惑の受身ではありません。「に」を使えないこともないのですが、「警察」は組織名ですから、「から」を使う方が自然です。b文の「警察から」は自然で

a. 妹が車に轢かれた。（妹妹被車軋了。）

b. 妹が車から轢かれた。（錯誤）

c. 雨に降られた。（被雨淋了。）

d. 雨から降られた。（錯誤）

e. 彼女は悪い男に弄ばれた。（她被壞男人玩弄了。）

f. 彼女は悪い男から弄ばれた。（？）

g. 師匠に破門された。（被師父開除了。）

h. 師匠から破門された。（被師父開除了。）

a句、b句的「車」很明顯地是個體所以不能使用「から」。一方面、「雨」並非個體。如爲個體的話則是「雨點」。但、「雨」並不是組織，所以可說是一種集合體。e句、f句的上下關係同等，因屬於被害的場合，所以使用「に」較自然。g句、h句的給予者在上，因此、一般使用「から」。

又、日語的被動表現多表示被害，所謂的「爲難被動」，可是、在日常會話裡也有很多不表示爲難的，例如：

すが、d文の「警察から」は誤文になります。これは、b文の「警察」が警察組織を意味するのに対し、d文の「警察」が警察官の意味だからです。

a. 妹が車に轢かれた。
b. 妹が車から轢かれた。(誤文)
c. 雨に降られた。
d. 雨から降られた。(誤文)
e. 彼女は悪い男に弄ばれた。
f. 彼女は悪い男から弄ばれた。(?)
g. 師匠に破門された。
h. 師匠から破門された。

a文、b文の「車」は明らかに個体ですので、「から」は使えません。一方、「雨」は個体ではありません。個体なら「雨粒」です。と言っても、「雨」は組織ではありませんから、一種の集合体ということになるでしょう。e文、f文は上下関係が同等で、被害がある場合ですから、「に」を使った方が自然です。g文、h文は与え手が上なので「から」の方が普通です。

また、日本語の受身表現は被害を表すことが多く、「迷惑の受身」と言われるほどですが、しかし、

a. 謎が解明された。(謎顯然地被解開了。)
b. 古代文字が解読された。(古代的文字被解讀了。)
c. この寺は彼の先祖によって建立された。(這個寺院由他的祖先建立的。)
d. 新しいシステムが開発された。(新系統被開發了。)
e. 圧迫から解放された。(從壓迫中解放了。)
f. 社長から褒められた。(被社長褒獎了。)
g. 消防署から表彰された。(被消防署表揚了。)
h. 諸葛孔明は三顧の礼をもって迎えられた。(諸葛孔明以三顧之禮被迎請了。)
i. 友達に元気づけられた。(被朋友鼓勵了。)
j. 先輩に励まされた。(受前輩鼓勵了。)
k. 厳格な家庭で育てられた。(在嚴格的家庭中長大的。)
l. 日本代表に選ばれた。(被選爲日本的代表了。)
m. 首相に指名された。(被指定爲首相。)
n. 宣誓書が読み上げられた。(宣誓書被宣讀了。)

日常会話には迷惑を表さない受身もかなりあります。例えば、

a. 謎が解明された。
b. 古代文字が解読された。
c. この寺は彼の先祖によって建立された。
d. 新しいシステムが開発された。
e. 圧迫から解放された。
f. 社長から褒められた。
g. 消防署から表彰された。
h. 諸葛孔明は三顧の礼をもって迎えられた。
i. 友達に元気づけられた。
j. 先輩に励まされた。
k. 厳格な家庭で育てられた。
l. 日本代表に選ばれた。
m. 首相に指名された。
n. 宣誓書が読み上げられた。

這些全都不表示爲難。用心的話我們可發現更多這類的句子。

§2 使役句「に」和「を」

表示使役的句型如下。

①AはBを～（さ）せる
②AはBに～（さ）せる
③AはBに～を…（さ）せる

重要的是①的「Bを」與②的「Bに」。對於此問題，在第二章曾說明過。

に　稍近於依賴
を　表示強制・命令

在此、作更詳細的說明。

「に」和「を」除了上述的意思之外，有時也爲了避免助詞的重複。在文法書中也有如下的敍述，原句的動詞爲意志動詞的話「を」和「に」都可使用，如爲無意志動詞的話只能用「を」。但這情形只在無其他助詞時可行。

例如：

これらは全て迷惑を表していません。探せばもっとたくさんあると思います。

§2 使役文の「に」と「を」

使役を表す文型は次の通りです。

① AはBを～(さ)せる
② AはBに～(さ)せる
③ AはBに～を…(さ)せる

大事なところは①の「Bを」と②の「Bに」です。これについては、第二章で一応、

に　やや依頼に近い
を　強制・命令を表す

と説明しておきました。ここでは、もっと詳しい説明をします。

「に」と「を」は、上に述べた意味的な違い以外に、助詞の重複を避けるという面もあります。文法書の中には、元の文の動詞が意志動詞なら「を」も「に」もどちらも可能だが、無意志動詞なら「を」しか使用できない、と述べているものもあります。しかし、これは他の助詞が無い時だけです。例えば、

a. 私に部屋に入らせた。（錯誤）
b. 私を準備運動をさせた。（錯誤）
c. 彼を服を着せる。（錯誤）
d. 彼女に網走に転勤させる。（錯誤）
e. 彼女を自分で好きな道を選ばせた。（錯誤）
f. 彼をこの子を監禁させる。（錯誤）
g. 娘に自転車に乗せた。（錯誤）

元の文

a. 私は部屋に入った。（我進入房間了。）
b. 私は準備運動をした。（我做準備運動了。）
c. 彼は服を着る。（他穿衣服。）
d. 彼女は網走に転勤する。（她將調職到網走。）
e. 彼女は自分で好きな道を選んだ。（她選擇了自己喜歡之路。）
f. 彼はこの子を監禁する。（他將監禁這孩子。）
g. 娘は自転車に乗った。（女兒騎自行車了。）

上面例句雖都是意志動詞的句子，但用使役句則全部錯誤。這些例句一見可知，哪一句都重複同樣的助詞。正確的使役句子，必須如下例句一樣「に」與「を」交換才行。

a. 私を部屋に入らせた。（讓我進房子裡了。）
b. 私に準備運動をさせた。（讓我做準備運動了。）
c. 彼に服を着せる。（讓我穿衣服。）
d. 彼女を網走に転勤させる。（讓她調職到網走。）
e. 彼女に自分で好きな道を選ばせた。（讓她選擇自己喜歡之路。）

a. 私に部屋に入らせた。（誤文）
b. 私を準備運動をさせた。（誤文）
c. 彼を服を着せる。（誤文）
d. 彼女に網走に転勤させる。（誤文）
e. 彼女を自分で好きな道を選ばせた。（誤文）
f. 彼をこの子を監禁させる。（誤文）
g. 娘に自転車に乗せた。（誤文）

元の文
a. 私は部屋に入った。
b. 私は準備運動をした。
c. 彼は服を着る。
d. 彼女は網走に転勤する。
e. 彼女は自分で好きな道を選んだ。
f. 彼はこの子を監禁する。
g. 娘は自転車に乗った。

上の例文は全て意志動詞であるにもかかわらず、使役文にすると全部誤文になってしまいます。これらの例文を見ても分かるように、どの例文も同じ助詞が重複しています。正しい使役文にするためには、次のように「に」と「を」を交換しなければなりません。そうすれば、全て正しい文になります。

a. 私を部屋に入らせた。
b. 私に準備運動をさせた。
c. 彼に服を着せる。
d. 彼女を網走に転勤させる。
e. 彼女に自分で好きな道を選ばせた。

f. 彼にこの子を監禁させる。（讓他監禁這個孩子。）

g. 娘を自転車に乗せた。（讓女兒騎自行車。）

如此，於使役句裡「に」和「を」的區別使用，可說是依後面的助詞來決定也不爲過。這如下表所示。

後面有「に」的時	を
後面有「を」的時	に
後面無助詞時	に、を
後面有表示場所之助詞時	を

與後面的助詞之性質似乎無關。只是爲了避免在一個句子之中同樣助詞的重複，不論是表示對象的助詞或表示場所的助詞，後面有「に」的話，使役句不能使用「に」，後面有「を」的話，使役句不能使用「を」。但是、後面的助詞爲「動詞＋に」的場合使役句「に」和「を」均可使用。

f. 彼に|この子を監禁させる。

g. 娘を|自転車に乗せた。

このように、使役文に於ける「に」と「を」の使い分けは、後に来る助詞によって決まると言っても過言ではありません。これを表にすると、次のようになります。

後に「に」がある時	を
後に「を」がある時	に
後に助詞が無い時	に、を
後に場所を表す助詞がある時	を

後に来る助詞の性質はあまり問題ではないようです。単に、一つの文中で同じ助詞の重複を避けるためですから、対象を表す助詞であろうと、場所を表す助詞であろうと、後に「に」があれば使役文に「に」を使えませんし、後に「を」があれば使役文に「を」を使えません。但し、後に来る助詞が「動詞＋に」の場合は使役文に「に」も「を」も使えます。

a. 彼女に社長の忘れ物を取りに行かせます。（我讓她去取社長所忘的東西。）

b. 彼女を社長の忘れ物を取りに行かせます。（我叫她去取社長所忘的東西。）

c. 彼に買いに行かせます。（讓他去買。）

d. 彼を買いに行かせます。（叫他去買。）

後面無助詞時，

意志動詞	「に」「を」都可能使用
無意志動詞	只能用「を」

a. 彼女に変装させた。（讓她喬裝。）

b. 彼女を変装させた。（叫她喬裝。）

c. 犬に飛び掛らせた。（讓狗跳了過去。）

d. 犬を飛び掛らせた。（叫狗跳了過去。）

e. 二人に競争させた。（讓他們兩個人競爭了。）

f. 二人を競争させた。（叫他們兩個人競爭了。）

g. 彼に働かせる。（讓他工作。）

a. 彼女に社長の忘れ物を取りに行かせます。

b. 彼女を社長の忘れ物を取りに行かせます。

c. 彼に買いに行かせます。

d. 彼を買いに行かせます。

後に助詞が無い時は、

意志動詞　「に」「を」どちらも可能

無意志動詞　「を」のみ

a. 彼女に変装させた。

b. 彼女を変装させた。

c. 犬に飛び掛らせた。

d. 犬を飛び掛らせた。

e. 二人に競争させた。

f. 二人を競争させた。

g. 彼に働かせる。

h. 彼を働かせる。（叫他工作。）

i. 部下に徹夜させる。（讓部下熬夜工作。）

j. 部下を徹夜させる。（叫部下熬夜工作。）

以上句子，意志動詞的場合「に」和「を」都可使用，但無意志動詞不能使用「に」。

a. 豚に太らせた。（錯誤）

b. 豚を太らせた。（使豬長肥了。）

c. 白血球に増加させた。（錯誤）

d. 白血球を増加させた。（使白血球增加了。）

e. 部下の成功は彼に喜ばせた。（錯誤）

f. 部下の成功は彼を喜ばせた。（部下的成功使他高興了。）

g. 経済に回復させた。（錯誤）

h. 経済を回復させた。（使經濟恢復了。）

i. その話は私に驚かせた。（錯誤）

j. その話は私を驚かせた。（那樣的話使我吃驚了。）

h. 彼を働かせる。
i. 部下に徹夜させる。
j. 部下を徹夜させる。

以上、意志動詞の場合は「に」も「を」も使えますが、無意志動詞の場合は「に」を使えません。

a. 豚に太らせた。（誤文）
b. 豚を太らせた。
c. 白血球に増加させた。（誤文）
d. 白血球を増加させた。
e. 部下の成功は彼に喜ばせた。（誤文）
f. 部下の成功は彼を喜ばせた。
g. 経済に回復させた。（誤文）
h. 経済を回復させた。
i. その話は私に驚かせた。（誤文）
j. その話は私を驚かせた。

後面有表示場所的助詞時，通常使用「を」。但、必須避免同樣助詞的重複。

a. 彼に公園で散歩させる。(錯誤)
b. 彼を公園で散歩させる。(叫他在公園散步。)
c. 彼に公園で犬を散歩させる。(叫他在公園讓狗散步。)
d. 彼を公園で犬を散歩させる。(錯誤)
e. 彼女にアフリカへ赴任させました。(錯誤)
f. 彼女をアフリカに赴任させました。(叫她到非洲去上任了。)
g. 担当者に現地まで行かせます。(錯誤)
h. 担当者を現地まで行かせます。(叫負責人到現場去。)
i. あいつに会から追放させる。(錯誤)
j. あいつを会から追放させる。(使那傢伙被公司趕出去。)
k. 会計に一からり直させる。(錯誤)
l. 会計を一からやり直させる。(叫會計重新從一開始做起。)

d句使用「を」，但後面有「犬を」所以是錯誤的句子。

後に場所を表す助詞がある場合は通常「を」を使います。但し、同じ助詞の重複は避けなければなりません。

a. 彼に公園で散歩させる。（誤文）
b. 彼を公園で散歩させる。
c. 彼に公園で犬を散歩させる。
d. 彼を公園で犬を散歩させる。（誤文）
e. 彼女にアフリカへ赴任させました。（誤文）
f. 彼女をアフリカに赴任させました。
g. 担当者に現地まで行かせます。（誤文）
h. 担当者を現地まで行かせます。
i. あいつに会から追放させる。（誤文）
j. あいつを会から追放させる。
k. 会計に一からやり直させる。（誤文）
l. 会計を一からやり直させる。

d文は「を」を使っていますが、後に「犬を」があるので誤文になってしまいます。

（註）

（1）據尾上圭介氏說，「によって」是江戶時代末期以後所作的，本來日語裡沒有這種表現。

参考文献

森田良行「基礎日本語辞典」（角川書店　一九八九年）

（註）

（1）尾上圭介氏によれば、「によって」は江戸時代末期に作られたものであり、本来の日本語にはない表現だそうです。

参考文献

森田良行「基礎日本語辞典」（角川書店　一九八九年）

第十五章　終助詞

在日語的日常會話裡，有很多場合在句子的最後使用前投助詞或終助詞。又、這些都有各種各樣的意思。在本項、選擇當中特別容易混淆之語，並說明其相異之處。

§1「か」和「の」

「か」和「の」都表示疑問・提問。現在將其意思詳細列舉就如下。

か　疑問・提問、叮囑、反問的強調、勸誘、非難、選擇、詠嘆、依賴

の　疑問・提問、叮囑、強調

「か」有較多的意思，但在此只說明其中的有關疑問・提問的「か」和「の」。衆所周知的，日語裡有男性用語和女性用語，另外還有中性用語。這些在日語會話上，如果使用錯誤，有時會鬧笑話，所以必須要好好地勞記。疑問・提問的「か」和「の」依其所接的語句，有如下的不同。

第十五章　終助詞

日本語の日常会話では、文の最後に間投助詞や終助詞を使う場合がたくさんあります。また、それらは色々な意味を持っています。本項では、それらの内、特に紛らわしいものを選んで、その違いを説明します。

§1「か」と「の」

「か」と「の」は共に疑問・質問を表します。その意味を詳しく列挙すれば、次の通りです。

か　疑問・質問、念を押す、反語の強調、勧誘、非難、選択、詠嘆、依頼

の　疑問・質問、念を押す、強調

「か」の方が意味をたくさん持っていますが、その内、疑問・質問の「か」と「の」についてのみ説明します。

よく知られているように、日本語には男性言葉と女性言葉、それに中性言葉があります。日本語の会話では、これらを使い間違えると笑われることもありますので、きちんと覚えなければなりません。疑問・質問の「か」と「の」は、どんな語句に付くかによって、次のような違いがあります。

	丁寧語（です、ます）	丁寧語以外	か	の
か	中性語	男性語		男性語
の	女性語	中性語	老人男性語（稀有）	

所謂中性用語是，男性和女性都能使用之語。又、疑問・提問的「か」也有如下的特徵。

か　有表示勸誘性疑問的情形

首先、說明接於「です」「ます」的場合。

a. あなたはどこの国の人ですか？（你是哪國人？）　↓　中性語

b. あなたはどこの国の人ですの？（你是哪國人？）　↓　女性語

c. 彼は日系ブラジル人ですか？（他是日裔巴西人嗎？）　↓　中性語

d. 彼は日系ブラジル人ですの？（他是日裔巴西人嗎？）　↓　女性語

e. 誰がそんなことを指示したのですか？（是誰指示做了那樣的事呢？）　↓　中性語

f. 誰がそんなことを指示したのですの？（是誰指示做了那樣的事呢？）　↓　女性語

	丁寧語(です、ます)	丁寧語以外	か	の
か	中性語	男性語		男性語
の	女性語	中性語	老人男性語	

中性語というのは、男性でも女性でも使える言葉です。更に、疑問・質問の「か」には次のような特徴もあります。

か　勧誘的な疑問を表すことがある

先ず、丁寧語「です」「ます」に付く場合から説明します。

a. あなたはどこの国の人ですか↗？　→　中性語
b. あなたはどこの国の人ですの↗？　→　女性語
c. 彼は日系ブラジル人ですか↗？　→　中性語
d. 彼は日系ブラジル人ですの↗？　→　女性語
e. 誰がそんなことを指示したのですか↗？　→　中性語
f. 誰がそんなことを指示したのですの↗？　→　女性語

g. どんな証明書が必要ですか↗?(須要什麼様的證明書呢?) ↓中性語

h. どんな証明書が必要ですの↗?(須要什麼様的證明書呢?) ↓女性語

i. 歯茎が痛みますか↗?(牙齦疼嗎?) ↓中性語

j. 歯茎が痛みますの↗?(牙齦疼嗎?) ↓女性語

k. あなたは本当に論文を書く気がありますか↗?(你真的有心要寫論文嗎?) ↓中性語

l. あなたは本当に論文を書く気がありますの↗?(你真的有心要寫論文嗎?) ↓女性語

m. 今すぐ戻らなければなりませんか↗?(現在不馬上回來不行嗎?) ↓中性語

n. 今すぐ戻らなければなりませんの↗?(現在不馬上回來不行嗎?) ↓女性語

o. 次のオリンピック開催地はもう決まりましたか↗?(下次奧林匹克舉行的地點已經決定了嗎?) ↓中性語

p. 次のオリンピック開催地はもう決まりましたの↗?(下次奧林匹克舉行的地點已經決定了嗎?) ↓女性語

以上「か」爲中性用語,「の」爲女性用語。男性如使用女性用語會令人作嘔,所以極須注意。

但是,「です」如接「の」而成「のです」的場合,其後不能接「の」。

a. 何をこそこそやっているのですか↗?(你偷偷摸摸地,是在做什麼!)

b. 何をこそこそやっているのですの↗?(錯誤)

g. どんな証明書が必要ですか? ↓ 中性語
h. どんな証明書が必要ですの? ↓ 女性語
i. 歯茎が痛みますか? ↓ 中性語
j. 歯茎が痛みますの? ↓ 女性語
k. あなたは本当に論文を書く気がありますか? ↓ 中性語
l. あなたは本当に論文を書く気がありますの? ↓ 女性語
m. 今すぐ戻らなければなりませんか? ↓ 中性語
n. 今すぐ戻らなければなりませんの? ↓ 女性語
o. 次のオリンピック開催地はもう決まりましたか? ↓ 中性語
p. 次のオリンピック開催地はもう決まりましたの? ↓ 女性語

以上、「か」は中性語であり、「の」は女性語です。男性が女性語を使うと不気味に思われますので、注意しなければなりません。

但し、「です」に「の」が付いて「のです」になった場合、その後に「の」は付きません。

a. 何をこそこそやっているのですか?
b. 何をこそこそやっているのですの?(誤文)

c. 寝坊でもしたのですか？（睡過頭了，是嗎？）

d. 寝坊でもしたのですの？(錯誤)

e. こんな夜遅くまでまだ勉強しているのですか？（都這麼晚了還在學習呀？）

f. こんな夜遅くまでまだ勉強しているのですの？(錯誤)

g. あなたは進学したいのですか？（你想升學，是嗎？）

h. あなたは進学したいのですの？(錯誤)

i. パソコンの電源を切る時、いきなり切ってはいけないのですか？（關電腦的電源時，是不可以突地關掉的嗎？）

j. パソコンの電源を切る時、いきなり切ってはいけないのですの？(錯誤)

接於丁寧語以外（具體地說是用言或名詞）的場合，在此必須注意一下。那是因爲對長輩不能使用。又、動詞直接接「か」多少讓人感到粗魯，這主要的是對屬下・晚輩時使用的。在日常會話裡、對同等地位的人、使用「かい」的場合也很多。

a. 君は毎日お風呂に入っているかい？（你每天洗澡嗎？）

b. 最近暖かくなって来たから花見に行くかい？（最近天氣暖和了，去賞花好嗎？）

c. 彼は僕の言うことを聞くと思うかい？（你認爲他會聽我的嗎？）

c. 寝坊でもしたのですか？
d. 寝坊でもしたのですの？(誤文)
e. こんな夜遅くまでまだ勉強しているのですか？
f. こんな夜遅くまでまだ勉強しているのですの？(誤文)
g. あなたは進学したいのですか？
h. あなたは進学したいのですの？(誤文)
i. パソコンの電源を切る時、いきなり切ってはいけないのですか？
j. パソコンの電源を切る時、いきなり切ってはいけないのですの？(誤文)

丁寧語以外(具体的に言いますと用言や名詞です)に付く場合、これには少し注意が必要です。それは、目上の人に対して使わないからです。また、動詞に直接「か」を付けると少しぞんざいな感じになりますので、これは主に目下の人に対して使います。日常会話では、対等の人に対して使う時は「かい」の形で使用することが多いです。

a. 君は毎日お風呂に入っているかい？
b. 最近暖かくなって来たから花見に行くかい？
c. 彼は僕の言うことを聞くと思うかい？

d. 彼にチームを統率することができるかい？（他能統率隊伍嗎？）

e. おにぎりを落としたくらいで、そんなに悲しいの？（只是飯糰掉了，怎麼那麼傷心呢？）

f. 彼は無罪を主張したの？（他堅持自己是無罪的嗎？）

g. アメリカでは言いたいことは遠慮なく言った方がいいの？（在美國想說的話不客氣地說出來，比較好嗎？）

h. ローンは全部返済したんじゃなかったの？（分期附款不是全部還清了嗎？）

i. それは本当かい？（那是真的嗎？）

j. それは本当なの？（那是真的，是嗎？）

k. 明日は晴れるのか？（明天會天晴嗎？）

l. 明日は晴れるのかのう？（明天會是晴天嗎？）

a句、c句的「かい」換成「の」亦可。但是、b句表示勸誘，這裡的「かい」如改爲「の」的話，就無勸誘的意思。又、i句爲男性用語，女性使用了的話則會被認爲粗野。對方如爲同等地位的人，使用j句較好。k句、l句是「か」與「の」連結的句子。兩者均男性用語，但是「かのう」爲老年人的用語，現在只有方言或古裝戲裡才使用。

又、「か」在有疑問詞的句子裡，有時不易使用。

d. 彼にチームを統率することができるかい?

e. おにぎりを落としたくらいで、そんなに悲しいの?

f. 彼は無罪を主張したの?

g. アメリカでは言いたいことは遠慮なく言った方がいいの?

h. ローンは全部返済したんじゃなかったの?

i. それは本当かい?

j. それは本当なの?

k. 明日は晴れるのか?

l. 明日は晴れるのかのう?

a文、c文は「かい」を「の」に変えてもかまいません。しかし、b文は勧誘を表しており、この「かい」を「の」に変えると勧誘の意味がなくなります。また、i文は男性語ですから、女性が使うと乱暴な女性と思われてしまいます。相手が対等の人なら、j文を使う方がよいです。k文、l文は「か」と「の」が結び付いた例です。共に男性語ですが、「かのう」は年寄りが使用する言葉でして、今日では方言またはテレビの時代劇くらいでしか使用されません。

また、「か」は疑問詞がある文には使いにくい場合があります。

a. 誰が新しい大使に任命されたかい？(錯誤)

b. 誰が新しい大使に任命されたの？（誰被任命爲新的大使？）

c. いつ床屋に行くかい？(？)

d. いつ床屋に行くの？（什麼時候去理髮廳？）

e. どこに飛行機が不時着したかい？(錯誤)

f. どこに飛行機が不時着したの？（飛機在哪兒被迫緊急降落的？）

g. 赤ペンで何を修正すればいいのかい？(？)

h. 赤ペンで何を修正すればいいの？（用紅筆修正哪兒好呢？）

i. あの商品を買うにはどうやって申し込むのかい？(？)

j. あの商品を買うにはどうやって申し込むの？（要買那件商品時，怎麼申請呢？）

§2 「さ」「ね」「よ」

在日常會話裡、日本人在談話中經常加入「さ」「ね」「よ」。例如：

○ あのさ、この前さ、家の近くにね、変な人が来てね、色んなものを盗んで行ったよ。（那個啊，在這之前呀，我家附近呀，來了個奇怪的人呀，偷走了各種各樣的東西喲！）

a. 誰が新しい大使に任命されたかい？（誤文）

b. 誰が新しい大使に任命されたの？

c. いつ床屋に行くかい？（？）

d. いつ床屋に行くの？

e. どこに飛行機が不時着したかい？（誤文）

f. どこに飛行機が不時着したの？

g. 赤ペンで何を修正すればいいのかい？（？）

h. 赤ペンで何を修正すればいいの？

i. あの商品を買うにはどうやって申し込むのかい？（？）

j. あの商品を買うにはどうやって申し込むの？

§2「さ」「ね」「よ」

日常会話において、日本人は話の間によく「さ」「ね」「よ」を入れます。例えば、

○あのさ、この前さ、家の近くにね、変な人が来てね、色んなものを盗んで行ったよ。

などと話すことも珍しくありませんし、「さあ」「ねえ」のように、長く発音することもよくあります。

等這樣說的情形也不算稀奇。也有如「さあ」「ねえ」一樣地拉長發音。上面例句的「さ」「ね」「よ」也可以各各地置換，意思上並無大差。那是因爲，調整語調，置於會話之間，爲了吸引對方的注意。這些並無嚴密的區別，大致上有如下的傾向。

さ　輕微的主張

ね　同意、依賴、委曲

よ　強烈的主張、同意、依賴

有關「よ」在往昔、「～だよ」是男性用語，女性無此種說法，但現在這樣地說的女性增加了。

a. そうさ。（是啊。）

b. そうね。（是呀！）

c. そうよ。（是嘛！）

d. そうだよ。（是嘛。）

a句是對自己的意見有輕微主張是使用，但屬於男性用語，女性不要使用爲好。若使用了的話會被認爲「三八（不正經）」。b句是對對方的意思表示同意。c句也屬主張，比a句的說法強烈。但其屬女性用語，男性用語則須如d句。

上の例文の「さ」「ね」「よ」はそれぞれ置き換えることも可能であり、意味的にも大差ありません。それは、語調を整えたり、会話の間を置いたり、相手の注意を引くためにこういう話し方をしているからです。これらは厳密に区別されているわけではありませんが、大体次のような傾向があります。

さ　軽い主張

ね　同意、依頼、婉曲

よ　強い主張、同意、依頼

「よ」に関しては、一昔前でしたら、「～だよ」は男性語で、女性はこういう言い方はしませんでしたが、現在はこのように喋る女性が増えて来ました。

a. そうさ。
b. そうね。
c. そうよ。
d. そうだよ。

a文は自分の意見を軽く主張する時に使いますが、男性語ですから女性の方は使用しない方がよいでしょう。もし使ったら「三八」と見なされます。b文は相手の意見に対する同意を示しています。c文も主張ですが、a文より強い言い方です。但し、女性語ですから、男性の方はd文のように言います。

a. つまり、こういうことなのさ↓。（也就是、這樣的事啊！）
b. 君は何も知らないのさ↓。（你什麼也不知道的啊！）
c. それでいいのさ↓。（那樣就可以的啦。）
d. 自分一人でできるんだね↓？（你自己一個人能做的吧！）
e. きれいな月だね↓。（很美的月亮吧！）
f. 嫌だね↓。（覺得討厭！）
g. 何をするのよ！（你做什麼呀！）
h. いいんだよ↓。（好啦！）（別說了！）
i. それは私の新聞だよ↓。（那是我的報紙呢！）
j. こういう風にすればいいんだよ↓。（這樣做的話就可以啦！）

a句、b句、c句是輕微地主張自己的意見之句。d句是宛轉地確認之表現。e句是，自己感到月亮很美，而微求對方同意的句子。f句是將「討厭」的事宛轉地敘述。g句是被施以無禮之事，非常生氣的女性用語。在會話上、也有「何すんのよ！（做什麼呀！）」。h句在「そのことを話してはいけない（那件事不可以說）」的意思的時候，使用得較多。i句是別人弄錯了把自己的報紙取走時所說的話。j句是對做了好幾次也不會的人，不耐煩時所說的話。

「～だね」之語依說法的不同，有同意或只是在考慮中所說的話。

a. つまり、こういうことなのさ。
b. 君は何も知らないのさ。
c. それでいいのさ。
d. 自分一人でできるんだね？
e. きれいな月だね。
f. 嫌だね。
g. 何をするのよ！
h. いいんだよ。
i. それは私の新聞だよ。
j. こういう風にすればいいんだよ。

a文、b文、c文は、やはり軽く自分の意見を主張する言葉です。d文は、婉曲的に確認する表現です。e文は、自分が月をきれいだと感じ、相手に同意を求める文です。f文は、「嫌だ」ということを婉曲的に述べたものです。g文は失礼なことをされて、かなり怒った時に言う女性語です。会話では、「何すんのよ！」と言う人もいます。h文は、「そのことを話してはいけない」という意味で使うことが多いです。i文は、他人が間違えて自分の新聞を取ろうとした時に言います。j文は、何度やってもできない人に業を煮やして言う言葉です。

「～だね」という言葉は、言い方によって同意になったり、単に考え中に言うだけの言葉になったり

a. そうだね。(是啊!) ↓ 同意

b. そうだねえ。(是嘛。) ↓ 考え中

a句是表示同意,但b句因爲只是在考慮之中從嘴裡發出之語,所以不是向對方表示同意。是「思考中」的意思。

§3 有關「な」

與「さ」「ね」「よ」同樣的「な」也是會話中經常出現之終助詞。有時也拉長而成爲「なあ」。

○ あのな、この間な、俺な、公園に行ってな、一人でな、一杯な、やったわけ。(那個啊,在這之前呀,我啊,到公園呀,一個人呀,喝了酒了啊。)

可是,這是非常不雅的語言,品行不端或是近於此類人物所使用之語,外國人最好不要使用,應小心有這種語調的人物。

「な」的意思有下列四種。

命令　接續於動詞的連用形

します。

a．そうだね。↓ 同意

b．そうだねえ。↓ 考え中

a文は同意を示していますが、b文は単に考え中に口から出ただけの言葉ですから、相手に対して同意しているのではありません。「思案中」という意味です。

§3「な」について

「さ」「ね」「よ」と同様、「な」も会話中に頻繁に現れます。「なあ」と伸ばすこともあります。

○ あのな、この間な、俺な、公園に行ってな、一人でな、一杯な、やったわけ。

但し、これはかなり品の無い言葉遣いです。不良もしくはそれに近い人が使う言葉ですから、外国人の方は使わない方がよいですし、また、そういう言い方をする人物には注意すべきでしょう。

「な」の意味は次の四つです。

命令　動詞の連用形に接続

禁止　接續於動詞的終止形

確認　（根據文脈）

詠嘆　使用「だなあ」之形

a. 君一人でやりな。（你一個人做吧！）　↓　命令

b. 君一人でやるな。（你一個人別做呀！）　↓　禁止

命令和禁止一見之下像是相反之事項。將其同樣地以「な」來表示也許會被認爲很奇怪的，命令是「不可無」的意思，禁止是「不可以有」的意思。說得更深一點、命令是「要求存在的」，禁止是「要求非存在的」。以要求表現來說，命令和禁止有表裡一體的關係。

a. 人の話を聞きな。（要聽別人的話呀！）　↓　命令

b. 人の話を聞くな。（別聽別人的話啊！）　↓　禁止

c. そんなことは彼にやらせな。（那樣的事讓他做吧。）　↓　命令

d. そんなことは彼にやらせるな。（那樣的事別讓他做呀！）　↓　禁止

e. ワインを抜きな。（打開葡萄酒吧！）　↓　命令

禁止　動詞の終止形に接続
確認　（文脈による）
詠嘆　「だなあ」という形で使う

a. 君一人でやりな。→　命令
b. 君一人でやるな。→　禁止

命令と禁止は一見、相反することのように思えます。それを同じ「な」で表すのは変に思うかしれませんが、命令とは「無ければならない」ということであり、禁止とは「有ってはならない」ということです。難しく言えば、命令は「存在を要求するもの」であり、禁止は「非存在を要求するもの」です。要求表現として、命令と禁止は表裏一体の関係にあります。

a. 人の話を聞きな。→　命令
b. 人の話を聞くな。→　禁止
c. そんなことは彼にやらせな。→　命令
d. そんなことは彼にやらせるな。→　禁止
e. ワインを抜きな。→　命令

f. ワインを抜くな。(別打開葡萄酒啊!) → 禁止

g. ここでは帽子を脱ぎな。(在這兒把帽子脫了吧!) → 命令

h. ここでは帽子を脱ぐな。(在這兒別脫帽子!) → 禁止

i. 本当のことを言いな。(你說實情吧!) → 命令

j. 本当のことを言うな。(別說實情啊!) → 禁止

當然、在文意上、也有無禁止之意的場合。

a. もっとしっかりしな。(再堅強點啊!) → 命令

b. もっとしっかりするな。(錯誤)

c. 授業に出ている以上、きちんと授業を受けな。(既然上了課，就得好好地聽課呀!) → 命令

d. 授業に出ている以上、きちんと授業を受けるな。(錯誤)

e. 原因が分かったら、早く対策を考えな。(既知道了原因，就要早點想出對策呀!) → 命令

f. 原因が分かったら、早く対策を考えるな。(錯誤)

g. 食事がすんだら、食器は片付けな。(吃完了飯，就要把碗盤清洗整理好呀!) → 命令

h. 食事がすんだら、食器は片付けるな。(錯誤)

i. 勉強している時はテレビを消しな。(學習的時候，把電視關掉呀!) → 命令

j. 勉強している時はテレビを消すな。(錯誤)

f. ワインを抜くな。 → 禁止

g. ここでは帽子を脱ぎな。 → 命令

h. ここでは帽子を脱ぐな。 → 禁止

i. 本当のことを言いな。 → 命令

j. 本当のことを言うな。 → 禁止

勿論、文意上、禁止を意味しない場合もあります。

a. もっとしっかりしな。 → 命令

b. もっとしっかりするな。(誤文)

c. 授業に出ている以上、きちんと授業を受けな。 → 命令

d. 授業に出ている以上、きちんと授業を受けるな。(誤文)

e. 原因が分かったら、早く対策を考えな。 → 命令

f. 原因が分かったら、早く対策を考えるな。(誤文)

g. 食事がすんだら、食器は片付けな。 → 命令

h. 食事がすんだら、食器は片付けるな。(誤文)

i. 勉強している時はテレビを消しな。 → 命令

j. 勉強している時はテレビを消すな。(誤文)

k. 気安く人の名前を呼ぶな。（不要不客氣地直呼人家的名字。）→命令

l. 気安く人の名前を呼びな。（錯誤）

又、在文意上、也有無命令之意的場合。

a. 心配しな。（錯誤）

b. 心配するな。（不要擔心哪！）→禁止

c. あまり見栄を張りな。（錯誤）

d. あまり見栄を張るな。（不要太虛榮呀！）→禁止

e. 人の物に勝手に手を触れな。（錯誤）

f. 人の物に勝手に手を触れるな。（不要任意觸摸人家的東西呀！）→禁止

g. 人の書いたものを盜作しな。（剽竊別人寫的東西吧！）→命令

h. 人の書いたものを盜作するな。（不要剽竊人家寫的東西呀！）→禁止

i. 何も知らないくせに、余計なことはしな。（錯誤）

j. 何も知らないくせに、余計なことはするな。（既然不知道，就別多事啊！）→禁止

g句並非錯誤，只是勸人剽竊，這種事不太好。

k. 気安く人の名前を呼ぶな。 → 命令

l. 気安く人の名前を呼びな。（誤文）

また、文意上、命令を意味しない場合もあります。

a. 心配しな。（誤文）

b. 心配するな。 → 禁止

c. あまり見栄を張りな。（誤文）

d. あまり見栄を張るな。 → 禁止

e. 人の物に勝手に手を触れな。（誤文）

f. 人の物に勝手に手を触れるな。 → 禁止

g. 人の書いたものを盗作しな。 → 命令

h. 人の書いたものを盗作するな。 → 禁止

i. 何も知らないくせに、余計なことはしな。（誤文）

j. 何も知らないくせに、余計なことはするな。 → 禁止

g文は誤文ではありませんが、盗作を勧めていますから良いことではありません。

a. 君の言っていることは本当だな。(你說的事是真的吧?)
b. 一週間以内に商品が届くのだな。(一星期以內商品可送到,是吧?)
c. 彼にきちんと謝ったんだろうな。(你好好地向他道歉了,是吧?)
d. 約束の期日には手形が落とせるんだな。(在約定的日期票據可以兌現,是吧?)
e. いい小春日和だな。(好一個小陽春向陽處哪。)
f. この書物からは学ぶことが多いな。(從這本書可學到很多的東西呢!)
g. 随分太ったな。(你胖多了呀!)
h. ずっと、このままこうやっていたいな。(我想一直就這樣地做下去呢!)
i. 君、そんなことをされては困るな。(你、那樣做我很爲難的呀!)
j. この家も古くなったな。(這個房子也很舊了呀!)

a句到d句是確認的例句,「な」的確認比「ね」的確認要強烈,所以聽起來像是質問的語氣。

参考文献

森田良行「基礎日本語辞典」(角川書店 一九八九年)

a. 君の言っていることは本当だな。
b. 一週間以内に商品が届くのだな。
c. 彼にきちんと謝ったんだろうな。
d. 約束の期日には手形が落とせるんだな。
e. いい小春日和だな。
f. この書物からは学ぶことが多いな。
g. 随分太ったな。
h. ずっと、このままこうやっていたいな。
i. 君、そんなことをされては困るな。
j. この家も古くなったな。

a文からd文までが確認の例ですが、「な」の確認は「ね」よりもきつい言い方ですから、尋問調に聞こえます。

参考文献

森田良行「基礎日本語辞典」（角川書店　一九八九年）

著者介紹

檜山 千秋

１９５６年東京生、日本語教育學碩士。早稲田大學第一文學部畢業後，曾在臺灣教學日語。回國後在東京言語研究所繼續深造。對日語助詞有很深入的研究。曾任東京語文學院日本語中心講師。

現任銘傳大學、中華大學、中國文化大學兼任講師。

主要著作：日語助詞區別用法

認識中國

認識日本

王 廸

１９４９年臺北生。御茶之水女子大學大學院博士課程人間文化研究科、專攻比較文化學。人文科學博士。旅居日本長久，日語造詣深厚。又對老莊有深入的研究，曾有多篇以日文發表的有關論文：〈《日本國見在書目録》における老莊関係書物〉、〈日本における老莊的概念〉、〈江戸時代における老莊研究—老莊関係書物を中心に—〉、〈室町時代の老莊—惟肖得嚴を中心に—〉等。

曾任日本學術振興會外國人特別研究員、日本國立埼玉大學、法政大學經濟學部、社會學部兼任講師。

現在臺灣中華大學人文社會學院外國語文學系日語組助理教授。

主要著作：『日本における老莊思想の受容』

初級から中級へ中国語

会話　加油！加油！

翻 譯 書：『日語助詞區別用法』

國家圖書館出版品預行編目資料

日語助詞區別使用法 / 檜山千秋 · 王迪合著.
--初版.--臺北市：鴻儒堂，民89
面；公分
ISBN 957-8357-23-0 (平裝)
日本語言－文法

803. 167 89003057

日語助詞區別使用法

定價：400元

2000年(民國89年)4月初版一刷
2004年(民國93年)9月二版一刷
本出版社經行政院新聞局核准登記
登記證字號:局版臺業字1292號

著　　者：檜山千秋．王迪合著
發 行 人：黃成業
發 行 所：鴻儒堂出版社
地　　址：台北市中正區100開封街一段19號二樓
電　　話：23113810• 23113823
電話傳真機：23612334
郵政劃撥：01553001
E－　mail：hjt903@ms25.hinet.net

日語助詞區別使用法

定價：400元

2000年(民國89年)4月初版一刷
2004年(民國93年)9月二版一刷
本出版社經行政院新聞局核准登記
登記證字號：局版臺業字1292號
編　　著：檜山千秋　王迪合著
發 行 人：黃成業
發 行 所：鴻儒堂出版社
地　　址：台北市中正區100開封街一段19號二樓
電　　話：23113810‧23113823
電話傳真機：23612334
郵政劃撥：01553001
E－mail：hjt903@ms25.hinet.net

法律顧問：蕭雄淋律師

本書凡有缺頁、倒裝者，請逕向本社調換